BASTEI
LÜBBE

Taschenbücher von Edna Buchanan
Im BASTEI-LÜBBE-Programm

13 403 Niemand lebt ewig
13 475 Bullenhitze
13 524 Der wahre Kriminalfall
Die Leiche kam mir sehr vertraut vor

Edna Buchanan

Miami Psycho

Thriller

Ins Deutsche übertragen
von Christine Pavesicz

BASTEI
LÜBBE

BASTEI-LÜBBE-TASCHENBUCH
Band 13 581

Erste Auflage:
Oktober 1994

Deutsche Lizenzausgabe 1994
Bastei-Verlag Gustav H. Lübbe
GmbH & Co., Bergisch Gladbach
Originaltitel: Miami, it's Murder
Lektorat: Iris Schmidt
Titelbild: Esser & Strauss
Umschlaggestaltung:
Quadro Grafik, Bensberg
Satz: KCS GmbH,
Buchholz/Hamburg
Drúck und Verarbeitung:
Brodard & Taupin, La Flèche,
Frankreich
Printed in France

ISBN 3-404-13581-4

Der Preis dieses Bandes
versteht sich einschließlich der
gesetzlichen Mehrwertsteuer.

Für Marilyn Lane,
eine echte Freundin
und wahre Schwester.

Nichts ist verhüllt, was nicht enthüllt,
und nichts verborgen,
was nicht bekannt werden wird.

Lukas, 12:2

KAPITEL 1

Er war der Mann, von dem alle Frauen träumen – in ihren schlimmsten Alpträumen. Bereits am ersten Sommertag trieb er in der Stadt sein Unwesen – ein Sexualverbrecher, der die Frauen in den Toiletten von Bürohäusern überfiel und vergewaltigte. Er tauchte auf und verschwand wie ein Gespenst; seine verängstigten Opfer – bisher sechs – waren die einzigen, die ihn sahen.

Der Sommer in Miami ist auch eine verrückte Jahreszeit. Der ›Stinker‹, ein Bankräuber mit einem auffallend üblen Körpergeruch, begab sich auf eine hemmungslose Raubtour: Er überfiel jeden Tag eine Bank und nahm sich zwischendurch offenbar nicht einmal die Zeit zum Duschen. Die Polizei und die frustrierten FBI-Agenten schienen ihn nicht aufspüren zu können. Ein höherer Verwaltungsbeamter ließ sich mit einem Strichjungen ein, der ein getarnter Polizist war; bei seiner Verhaftung behauptete er, er habe lediglich Recherchen über soziale Probleme angestellt. Man entdeckte einen ausgehungerten, vierzig Pfund schweren Piranha, der erwartungsvoll im Swimmingpool eines Strandhotels seine Kreise zog. Dann fiel Schnee vom Himmel (in Miami fällt er aus Flugzeugen) – eine halbe Tonne Kokain krachte durch das Dach einer Baptistenkirche; sie war von der Crew einer Cessna 310 abgeworfen worden, der ein Flugzeug der US-Zollfahndung auf den Fersen war. Und in Miami Beach flog ein Polizeihubschrauber allzu dicht an einer Gruppe Bungee-Jumper vorbei, worauf diese beim Innenministerium und der Bundesluftfahrtbehörde Beschwerde einlegten.

Unsere schwülen Sommer mit ihrem ganzen Irrsinn haben etwas an sich, das mir Energie verleiht. Ich brauche weniger Schlaf, ich erwache früher aus meinen Technicolor-Träumen und erlebe spektakuläre Sonnenaufgänge, ohne den Wecker stellen zu müssen. Das ist gut so, denn im Sommer nimmt die Hektik in meinem Ressort, in dem immer viel los ist, noch zu.

Ich war beinahe fertig mit meinem Artikel über die Hubschraubermannschaft, die Startverbot bekommen hatte, als über Polizeifunk gemeldet wurde, daß auf einer der Inseln vor Miami Beach offenbar jemand ertrunken war. Mehr als dankbar für jede Gelegenheit, aus der Redaktion hinauszukommen, schnappte ich mir ein Notizheft und meine Handtasche. Gretchen Platt hatte heute Dienst, die schlimmste stellvertretende Lokalchefin aller Zeiten; sie hatte sich schon eine ganze Weile um meinem Schreibtisch herumgedrückt, was nichts Gutes verhieß.

»Ich fahr' lieber mal raus und schau nach, was passiert ist«, sagte ich zu Gretchen.

»Ein Ertrunkener, Britt?« Sie rümpfte ihre klassische Nase. Gretchen zieht es vor, keine negativen Meldungen zu bringen. Es könnte ja jemand beleidigt sein. Irgend jemand Wichtiges. Wie die Handelskammer, der Altstadt-Revitalisierungsverein oder das Fremdenverkehrsamt. Blond, schön und gekleidet wie für die Chefetage, sieht sie aus wie die personifizierte Erfolgsfrau, die dynamische junge Führungskraft, die einen direkten Draht zum Zentrum der Macht hat. In Wirklichkeit würde sie eine gute Story nicht mal erkennen, wenn sie sie ins Bein bisse. Ein aufgeblasener Beitrag, der für irgendeine lokale Organisation oder ein kulturelles Ereignis wirbt – das ist ihre Vorstellung von einer guten Meldung.

»Es ist in einem exklusiven Viertel passiert«, betonte ich, »auf einer der bewohnten Inseln. Man weiß nie, um wen es sich handeln könnte, und es sind nur ein paar Minuten Fahrt. Vielleicht ist etwas faul an der Sache. Kann nicht schaden, es zu überprüfen.«

»Nun ja, aber kommen Sie gleich wieder zurück«, sagte sie skeptisch. »Ich habe vielleicht einen Auftrag für Sie.«

Das beunruhigte mich. Ich zog es vor, mein fruchtbares Ressort selbst zu durchkämmen und meine Stories selbst auszusuchen, als mich Gretchens hirnverbrannten Einfällen und Geistesblitzen auszuliefern.

Ich bewegte mich im Rückwärtsgang auf den Lift zu, wobei ich versuchte, ihre Anweisungen und Ermahnungen auszublenden und die ganze Zeit mit dem Kopf nickte wie diese kleinen Hündchen in den Heckfenstern der Autos.

Es war immer eine Wohltat, aus diesem Riesengebäude, in dem eine Temperatur wie im Kühlhaus herrscht, herauszukommen und in die nachmittägliche Luft zu brausen, selbst wenn es im Schatten schwüle achtunddreißig Grad waren und die Klimaanlage in meinem sechs Jahre alten Thunderbird ständig streikte. Die milde Luft umfing mich wie eine feuchte Decke und wärmte meine tiefgekühlten Knochen. Ich fuhr auf dem Venetian Causeway Richtung Osten. An dieser Straße wetteifern spektakuläre violette Bougainvillea und feuerrote mexikanische Rankengewächse um die Aufmerksamkeit des Betrachters. Sie überwuchern Steinmauern und Zäune unter majestätischen, mit leuchtend scharlachroten Blüten übersäten Flammenbäumen.

Die schmale Brücke verband eine Reihe von künstlichen, bebauten Inseln mit romantisch klingenden italienischen Namen: San Marco, San Marino, Dilido und Rivo Alto. Als ich an dem Schild mit der Aufschrift ›Dilido‹ vorbeifuhr, stutzte ich, verzog das Gesicht und schüttelte den Kopf. Irgendein Witzbold mit einer Spraydose hatte wieder einmal das zweite *i* übermalt.

Als ich zur östlichen Zugbrücke kam, blinkten rote Warnsignale auf, und die Alarmsirene ertönte. Also gab ich Gas und schoß hinüber – ich schaffte es um Haaresbreite. Im Rückspiegel sah ich, wie sich eine schmale Holzwand herabsenkte und die Brücke für einen hochmastigen Schoner hochgezogen wurde, der zwischen den Markierungen südlich der Brücke durchfuhr. Diese eleganten Segelboote, die so still über das Wasser gleiten, verschwenden mehr Benzin als Motorboote. Achthundert Autos warten im Leerlauf vor einer Zugbrücke und werden immer heißer, nur damit ein einziges Schiff passieren kann.

Der Polizeifunk-Scanner in meinem Auto fing auf der Frequenz von Miami Beach ein Gespräch auf. Der Beamte der

Mordkommission vor Ort änderte seine Meldung: Das Opfer war möglicherweise nicht ertrunken, sondern durch Stromschlag getötet worden. Er fragte, wann der Gerichtsmediziner eintreffen würde, und erhielt die Antwort, daß er unterwegs sei. Interessant, dachte ich und bog links auf die Sunset Island ab. Mein Puls ging schneller – ich erkannte die Gegend. Ich war schon einmal wegen einer Story hiergewesen. Konnte es sein? Ja! Es war das gleiche Haus. Davor zwei blau-weiße Autos, eines davon gerade im Begriff abzufahren. Der Rettungswagen war bereits weg. Die elektronisch gesicherten Eisentore standen weit offen. Kein gelbes Seil, das den Zugang absperrte, keine Menschenmenge, die in Schach gehalten werden mußte. In diesem Viertel gab es so etwas nicht. Hier sind die Häuser mit schmiedeeisernen Zäunen umgeben. Die meisten Bewohner fahren den Sommer über weg. Diejenigen, die das nicht können, würden in der Nachmittagshitze nicht mal ins Freie gehen, um den Dritten Weltkrieg zu sehen, geschweige denn eine einzige Leiche. Ein wohlbekannter Chrysler schloß hinter mir auf; am Steuer saß eine Frau mit krausen roten Haaren. Lottie Dane hatte anscheinend ebenfalls den Polizeifunk abgehört und war auch vorbeigekommen, um sich die Sache anzusehen.

»Weißt du, wer hier wohnt?« fragte ich zur Begrüßung.

Sie schüttelte den Kopf. Eine Nikon 8008 mit einem langen Objektiv hing über ihrer rechten Schulter. Aus den vollgestopften Taschen ihrer weiten khakifarbenen Weste ragten orangefarbige und schwarze Filmbüchsen heraus.

»Dieter Steiner!« sagte ich. »Bevor er wegen des Mordes an seiner dritten Frau angeklagt wurde, bin ich einmal hier herausgefahren und wollte ihn interviewen. Er hat mir das Tor nicht geöffnet und gedroht, meine Herausgeber anzurufen – und die Polizei«, sagte ich.

Den Frauen von Dieter Steiner waren schlimme Dinge zugestoßen. Zwar war der Mann noch kein richtiger Blaubart, aber er war auf dem besten Weg. Seine erste Frau hatte er beim Tauchen verloren. Er sei ins Boot geklettert, sagte er, habe sich umgedreht, und sie war weg. Ihre Leiche tauchte später auf. Zu dem Zeitpunkt war niemand mißtrauisch gewesen. Unfälle passieren nun mal. Ehefrau Nummer zwei hatte offenbar statt des Rückwärtsgangs den Vorwärtsgang eingelegt und Gas gegeben, als sie von ihrem Parkplatz im sechsten Stock eines Parkhauses im Stadtzentrum zurücksetzen wollte. Ihr Mercedes-Kabriolett schoß vorwärts, durchbrach die Absperrung und stürzte hinunter auf den Gehsteig, wobei auch ein älterer Fußgänger getötet wurde, der auf einen Bus wartete. Wieder ein tragischer Unfall.

»Der Do-it-yourself-Witwer?« fragte sie.

»Ja.«

»Da soll mich doch gleich –« Wir starrten einander an.

»Das heißt nicht, daß er es ist«, sagte ich. »Es könnte auch eine neue Freundin sein, ein Arbeiter oder sein Gärtner oder sein –«

Ein Kriminalbeamter aus Miami Beach namens Greg Wallace schlenderte von der Rückseite des Hauses her auf uns zu. Er war erhitzt, schweißüberströmt – und grinste.

»Es *ist* Steiner!« sagte ich. »Schau dir das Gesicht des Polizisten an.«

»Ich werd' verrückt«, sagte Lottie und kontrollierte ihren Fotoapparat.

»Wo ist er?« fragte ich den Kriminalbeamten.

»Sie haben es schon gehört?« Er deutete mit dem Kopf zur Rückseite des Hauses und führte uns auf einen mit Betonplatten belegten Weg, der rund um die üppig bewachsene, gärtnerisch gestaltete Seite des Hauses führte.

Dieter Steiner lag auf dem hölzernen Pier auf dem Rücken; eine rasch trocknende Pfütze umgab seinen nassen, sonnengebräunten Körper. Seine Arroganz war verschwunden. Ebenso das Glitzern seines einzelnen goldenen Ohrrings, der vom Salzwasser trüb geworden war. Neben ihm lagen Gummihandschuhe und die selbstklebenden Schutzfolien der EKG-Elektroden auf dem Boden; die Sanitäter, die versucht hatten, ihn wiederzubeleben, hatten sie weggeworfen. Er trug bunte Shorts und kein Hemd. Seine Fäuste waren geballt, der Mund war mit Schaumflocken bedeckt. Sein Hosenschlitz war offen.

Einen Moment lang standen wir schweigend da. Die Wellen

machten klatschende, saugende Geräusche unter dem Pier. »Schwer zu verstehen, was all diese Frauen an ihm fanden«, sagte Lottie schließlich.

Die Polizei war von einem Schiff aus über Funk benachrichtigt worden. Eine Familie, die eine Fahrt auf ihrer 24-Fuß-Bertram unternahm, hatte gesehen, wie Steiner von seinem Pier aus in die Bucht urinierte. Ein paar Sekunden später hatten sie ihn aufschreien und dann ins Wasser fallen gehört.

»Die Nachbarn sagen, er hat sich das angewöhnt«, sagte Greg.

»Was?« fragte ich und machte mir Notizen.

»Sich zu entblößen, die Bucht als Toilette zu benutzen. Gewöhnlich tat er das, wenn Leute auf Booten vorbeifuhren. Besonders, wenn Frauen an Bord waren. Vielleicht hatte er was gegen das Kielwasser, das sie aufwirbelten, oder er wollte ihnen damit zu verstehen geben, daß sie zu nahe ans Ufer kamen.«

»Oder vielleicht war er einfach nur ein Spinner«, sagte ich.

»Einer weniger, um den wir uns Sorgen machen müssen«, antwortete er.

»Was ist passiert?« fragte ich den Kriminalbeamten. »War er betrunken? Oder glauben Sie, daß ihm nur schwindlig wurde und er deshalb hineinfiel?«

»Das dachten wir zuerst auch«, sagte er und wischte sich mit einem Taschentuch die Stirn ab. »Aber die Leute auf dem Schiff sahen, wie er hineinfiel, wendeten das Boot, kamen zurück, fischten ihn heraus und versuchten, ihn wiederzubeleben. Nichts zu machen. Ich glaube, ich weiß, warum.«

Er blickte vielsagend auf eine Reklametafel für Budweiser Bier, die auf dem Pier aufgestellt war.

»Ich glaube, es war ein Stromschlag. Ist das nicht unglaublich? Der Staat brauchte keinen Finger zu rühren. Er hat sich selbst gekillt.«

»Aber wie?«

»Der Gerichtsmediziner wird es genau feststellen, aber sowohl die Leute, die versuchten, ihn wiederzubeleben, als auch einer der Sanitäter haben einen Schlag bekommen, als sie diese Stange berührten.« Er deutete auf eine der vier Stangen, die zur Befestigung einer gestreiften leinenen Markise dienten, die über dem Pier aufgespannt war. Die so harmlos wirkende Stange übte plötzlich eine unwiderstehliche Anziehungskraft aus, wie eine Wand mit dem Schild ›Frisch gestrichen‹. »Nicht anfassen«, warnte er.

»Warum hat es ihn umgebracht und sie nicht?«

»Er hielt sich an der Stange fest, an der das Stromkabel verläuft – pinkelte ins Wasser und bekam einen Schlag.«

Ich krümmte mich innerlich und fragte mich, warum Männer beim Anblick einer großen Wasserfläche immer sofort den Drang haben, den Reißverschluß zu öffnen und zu urinieren. Ein auffallend hoher Prozentsatz der Männer, die in Miami ertrinken, wird vollständig bekleidet und mit offenem Hosenschlitz aus dem Wasser gezogen.

Lottie fragte sich dasselbe. »Greg?« fragte sie. »Warum macht ihr Männer das eigentlich?«

»Was?« Sein Hemd war am Kragen und unter den Achseln schweißdurchtränkt. Er füllte gerade sorgfältig ein Berichtformular aus, das auf seinem Klemmbrett befestigt war.

»Na ja, ins Meer und in die Bucht, in Kanäle und Swimmingpools?«

Er wirkte verärgert, hörte auf zu schreiben und zerrte mit einem Finger am Kragen. »Verdammt, was weiß ich.« Er zuckte die Achseln. »Weil es eben da ist, nehme ich an.«

»Sie werfen Bierdosen ins Wasser und pinkeln hinein – weil es eben da ist?« wiederholte Lottie.

»Muß wohl eine Art Revierverhalten sein«, sagte ich kopfschüttelnd. »Wie Hunde, die das Bein heben, um Bäume und Hydranten zu markieren.«

Greg sah fassungslos drein. »He, es ist nun mal so, daß die meisten Männer Bier trinken und gerne pinkeln, wann immer sich die Gelegenheit dazu ergibt.«

»Wahrscheinlich ist es ein latentes Bedürfnis, ihren Pimmel zu zeigen, wann immer sich eine Möglichkeit dazu bietet«, erklärte Lottie.

»Quatsch! Es ist nun mal so.« Gregs Stimme wurde lauter. »Gottes Wille.«

»Zumindest ist es ausgleichende Gerechtigkeit«, sagte ich beruhigend. »Besonders, wenn er durch Strom getötet wurde. Er wurde zum Tod auf dem elektrischen Stuhl verurteilt. Der Gouverneur war schon drauf und dran, das Todesurteil zu unterschreiben, als Steiner seinen neuen Prozeß gewann. Seither hat er nicht schlecht gelebt.« Ich drehte mich um und betrachtete den riesigen Swimmingpool mit Terrasse und das weitläufige einstöckige Haus mit großen Panoramafenstern und einer mit kunstvollen schmiedeeisernem Geländer eingefaßten Terrasse im ersten Stock.

»Schönes Haus«, pflichtete der Kriminalbeamte bei, »aber bei der Elektrik hat er gespart. Das war sein Fehler. Er hätte es ordentlich machen lassen sollen, von einem Profi. Faßt nichts an, ja?« Er ging zur Vorderseite des Hauses, um Dr. Vernon Duffy zu begrüßen, einen der Gerichtsmediziner von Dade County.

Dr. Duffy, der aus New Hampshire stammte, wirkte in der feuchten Hitze total schlapp. Er trug eine styroporverkleidete Kameratasche aus Aluminium, in der sich seine Ausrüstung befand. In einer Innentasche seiner Jacke steckte ein Voltmeter; unter dem Saum seines unförmigen Sportjacketts baumelten die Elektroden hervor. Er erinnerte mich an einen dußligen High-School-Freund, der jetzt Wissenschaftler bei der NASA ist. Duffy hat eine leicht gebeugte Haltung und eine blasse Haut — er verbringt zuviel Zeit im Leichenschauhaus. Er nickte mir und Lottie mechanisch zu, als hätte er erwartet, uns hier anzutreffen, dann warf er einen Blick auf die Leiche.

»Ist das wirklich jener besagte Mann?«

»Er war's«, sagte Greg. »Seine Glückssträhne konnte wohl nicht ewig anhalten.«

»So ist es immer«, sage Duffy und zog das Voltmeter aus der Tasche.

»Bei der Mordkommission von Miami werden sie ihm keine Träne nachweinen«, sagte Greg. »Oder im Büro des Staatsanwalts. Die waren wirklich stinksauer, als er freikam.«

Duffy bückte sich, um den roten positiven Pol des Voltmeters an den unteren Teil der verzinkten Stange zu halten und warf den negativen schwarzen Pol ins Wasser der Bucht. Die Nadel schoß auf hundertzwanzig Volt hoch. Die Bierreklame – die Art, die man gewöhnlich in Bars und Cocktailbars sieht – wurde von einer Neonlampe beleuchtet und hing an zwei verrosteten Metallklammern, die an Metallstangen befestigt waren.

»Weder diese Lampe noch die Steckdose sind für einen Außenanschluß geeignet«, sagte er. Sein Blick folgte dem Verlauf des Verlängerungskabels, das zu einem Geräteschuppen in der Nähe des Docks lief. »Er hat das Kabel nicht mal geerdet. Warum war er bloß bei dem Anschluß so schlampig?«

»Aus Faulheit« sagte Greg. »Oder einfach aus Dummheit. Sehen Sie sich das an.« Es gab einen neueren Anschluß, bei dem auch ein Erdungskabel vorgesehen war; er war nur ein paar Meter entfernt, in der Nähe der Davits für Steiners Boot, ein starkes, blau-weißes achtzehn Fuß langes Custom Craft, auf dessen Bug ›PHOTOG‹ gemalt war. »Er hätte die alte Leitung stillegen sollen.«

»Sieht aus, als hätte er die Stange, die unter Strom stand, angefaßt und durch den Harnstrahl geerdet. Der Strom lief von seinem Arm in seinen Penis. Ich erinnere mich an einen ähnlichen Fall in Chicago«, sagte Duffy, der Steiners Füße untersuchte, wobei er zuerst den einen, dann den anderen anhob. Dann richtete er sich auf. »Ein Mann wurde durch einen Stromschlag getötet, als er in der U-Bahn auf die dritte Schiene urinierte; der Schlag warf ihn glatt vom Bahnsteig.«

Greg nickte. Das weckte offenbar angenehme Erinnerungen, und seine Miene wurde weicher. »Ja, als ich klein war, überredeten wir einen anderen Jungen, in einen laufenden Rasenmäher zu pinkeln. Der Strom lief direkt über den Harnstrahl hinauf und setzte ihn auf den Hintern.«

Ich holte tief Luft und starrte Lottie an; sie verdrehte die Augen.

Ich wollte zurück zur Zeitung, um meinen Artikel für die überregionale Ausgabe zu schreiben; Lottie nahm ein Foto von Steiner auf, wie er noch immer flach auf dem Rücken lag und in die Sonne starrte. »Wofür ist das denn?« murmelte ich. »Du weißt doch, daß sie in der Morgenzeitung niemals ein Bild von einer unbekleideten Leiche bringen werden.«

Sie warf mir einen kurzen Blick zu. »Für deinen Freund Danny Boy. Ich dachte, vielleicht möchte er sich Steiner gerne ein letztes Mal ansehen.«

Wahrscheinlich hatte sie recht. So ist Lottie, stets aufmerksam.

Detective Daniel P. Flood hatte Steiner verhaftet und bewiesen, daß er seine Frau ermordet hatte. Ich hatte von Anfang bis Ende über den Fall berichtet. Dans Beweise hatten Steiner überführt und in die Todeszelle gebracht – doch nur vorübergehend. Die Verteidigung hatte einen neuen Prozeß gewonnen, in dem es um Formfehler des Richters bei der Präsentation der Anklagepunkte gegenüber den Geschworenen gegangen war, und beim zweiten Mal war es von vornherein aussichtslos; die Zeugen waren gestorben, verschwunden, litten an Gedächtnisschwund oder waren seltsam zurückhaltend geworden. Der Angeklagte hatte das Gerichtsgebäude als freier Mann verlassen.

Es war ungewöhnlich, den Schauplatz eines plötzlichen Todes zu verlassen, an dem es keine Tränen gab. Alle wirkten fast fröhlich, dachte ich, als ich den Thunderbird aufschloß. Dann tauchte eine weitere Akteurin auf; sie parkte ihren grünen Jaguar mit offenem Verdeck auf dem schattigen Abstellplatz. Die junge Frau rückte ihre Sonnenbrille zurecht und runzelte die Stirn, als sie den Streifenwagen, das Zivilfahrzeug des Kriminalbeamten und das Auto des Gerichtsmediziners sah, die die Zufahrt blockierten. Sie trug weiße Tennisshorts und einen dazu passenden Pullover. Ihre Beine waren lang und braungebrannt.

Sie hielt inne, starrte mich mit verwirrtem Gesichtsausdruck an und warf einen Blick zur Rückseite des Hauses, wo das Sonnenlicht auf den leuchtenden grünen Blättern schimmerte.

»Wo ist Dieter?« Sie musterte mich neugierig.

»Sind Sie eine Freundin von ihm?« fragte ich ruhig. »Es ist etwas passiert.«

Ihr Blick wanderte über meine Schulter.

»Gehen Sie nicht nach hinten«, warnte ich sie.

»Warum, was geht hier vor?« Sie drehte sich um und blickte

mich einen Augenblick an; was sie sah, gefiel ihr nicht. Ihre Augen weiteten und verdüsterten sich.

Ich trat vor sie und griff nach ihrem Arm. »Ein Unfall. Sie dürfen nicht ...«

Sie wich mir aus und begann zu laufen, rannte um die schattige Seite des Hauses.

»Warten Sie!« Aber sie hörte mich nicht. Sie war bereits um die Ecke gebogen, sah das Dock und hatte schrill zu schreien begonnen; bei jedem Schritt hob und senkte sich ihre Stimme.

»Nei-ei-ei-ein!«

Ich lief ihr nach. Der Kriminalbeamte packte ihre Handgelenke, sprach mit leiser Stimme auf sie ein und versuchte, sich zwischen sie und die Leiche zu stellen, doch ihre Knie gaben nach, und sie sank zu Boden.

»Wir werden heiraten!« schrie sie und versuchte sich loszumachen. »Er kann nicht tot sein. Was sagen Sie da? Was meinen Sie?« Als ich ging, schluchzte sie, die Fäuste geballt, und bettelte: »Warum liegt er da? Lassen Sie ihn doch nicht einfach so da liegen!«

Wenn Menschen mit gebrochenem Herzen weinen, habe ich oft das Gefühl, mitweinen zu müssen. Ich kämpfte dagegen an, als ich in die Redaktion zurückfuhr; ich sagte mir, daß diese junge Frau in Wirklichkeit Glück gehabt hatte. Sie würde Steiner immer als den Geliebten in Erinnerung behalten, den sie auf tragische Weise verloren hatte, ohne je zu wissen, daß in diesem Fall die Erfüllung ihrer Träume wahrscheinlich bei weitem tragischer für sie gewesen wäre.

Ich war erst ganz kurz bei der Zeitung, als Eloise Steiner auf einer bewaldeten Lichtung neben einem städtischen Park gefunden wurde. Die Polizisten nahmen mich noch nicht ernst, und einige von ihnen machten sich einen Sport daraus, die neue Polizeireporterin zu schockieren. Statt mir wie üblich aus dem Weg zu gehen, hatten mich Dan und sein Partner eingeladen, mir die Leiche anzusehen. Überrascht über dieses Glück – Reporter hassen es, hinter dem gelben Band bleiben zu müssen, mit dem der Schauplatz eines Verbrechens abgesperrt wird – folgte ich ihnen brav über einen mit Gestrüpp bewachsenen, von Brombeeren und Unkraut überwucherten Pfad. Den Anblick, der sich mir auf dieser düsteren Stelle im Wald bot, werde ich nie vergessen. Die Polizisten erwarteten Zeichen von Schwäche. Sie bekamen nichts dergleichen zu sehen. Ich blieb kühl und professionell – oder erweckte zumindest diesen Eindruck – und legte nur eine Art klinischer Neugier an den Tag. Es war nicht leicht, mich so zu verstellen. Die Leiche lag seit drei Tagen da, es war Hochsommer, und Eloise Steiner war im neunten Monat schwanger gewesen.

Als die Nachricht bekannt wurde, rief Steiner die Polizei an, um zu melden, daß die noch nicht identifizierte Leiche seine Frau sein könnte, mit der er noch kein Jahr verheiratet war. Er hatte sie am vorhergehenden Samstag um etwa zehn Uhr früh zum letzten Mal gesehen. Sie war zu einem privaten Flohmarkt gefahren und hatte versprochen, bis zwei Uhr nachmittags zurückzusein, sagte er, aber sie kam nicht nach Hause – sie kam nie mehr nach Hause.

Die Kriminalbeamten kamen nicht dazu, ihn zu fragen, warum er keine Vermißtenmeldung aufgegeben hatte. Als sie bei seinem großen Haus am Meer eintrafen, war Steiners Anwalt bereits da. Er weigerte sich, mit der Polizei zu sprechen oder sich einem Lügendetektor zu unterziehen.

An meinem Schreibtisch angekommen, forderte ich in der Bibliothek Zeitungsartikel über Steiner an. Onnie wartete nicht auf einen Laufburschen, um sie mir zu schicken, sie brachte sie mir selbst. »Also hat ihn die göttliche Gerechtigkeit doch noch ereilt«, sagte sie.

»Sieht ganz so aus. Wie geht's Darryl?«

»Er ist ganz aufgeregt, weil er in die Schule kommt.« Ein Lächeln breitete sich über ihr Gesicht, das die Farbe von verbranntem Toast hatte. »Er kann es gar nicht erwarten.«

»Gib ihm einen Kuß von mir«, sagte ich und gab das Paßwort in mein Computerterminal ein. Ich sah Onnie nach, wie sie in die Bibliothek zurücklief. Sie war jahrelang von ihrem Ehemann geprügelt worden, hatte sich aber aus ihrer Misere befreit und zog jetzt ihren Sohn alleine auf. Ich hatte sie für diesen Job empfohlen, und es klappte; sie hatte etwas zugenommen, schminkte sich ein wenig und sah gut aus. Es schadet nie, wenn man als Reporterin eine gute Freundin in der Bibliothek hat, besonders kurz vor Redaktionsschluß.

Ich griff nach dem Telefonhörer und rief Dan Flood zu Hause an. Er hob nach dem zweiten Läuten ab.

»Hallo, Danny, hier ist Britt. Du errätst nie, an welcher Story ich gerade arbeite. Rate mal, wer heute nachmittag umgekommen ist?«

»Nun, laß mich mal überlegen, ich habe gehört, Dieter Steiner hat ins Gras gebissen.«

»Wer hat dir das erzählt?« schrie ich verärgert auf. »Wieso weißt du immer schon alles?«

»Dein und mein Freund, Ken McDonald, unser Lieblingslieutenant, hat mich angerufen und mir gesagt, daß Steiner abgekratzt ist.« Als der Name McDonald fiel, krampfte sich mein Magen zusammen, wie üblich. Würde das je aufhören? fragte ich mich.

»Sieht aus, als gäbe es doch noch so etwas wie Gerechtigkeit«, sagte ich.

»Vielleicht gibt es sie wirklich«, erwiderte Dan.

»Jetzt brauche ich ein Zitat von dem altgedienten Beamten der Mordkommission, der Steiner in die Todeszelle brachte. Wie lautet deine Stellungnahme?«

»Es war ein ziemlicher Schock«, sagte er und lachte leise vor sich hin.

»Im Ernst.«

»Okay, okay.« Dan schwieg ein paar Augenblicke und dachte nach; ich konnte ihn atmen hören. »Er steht jetzt vor einem höheren Richter«, sagte er feierlich. »Manchmal triumphiert am Ende doch die Gerechtigkeit.«

Die ersten beiden Ehefrauen von Mr. Steiner waren im Abstand von drei Jahren gestorben. Beide waren jung, attraktiv und gut versichert gewesen. Beide waren eingeäschert worden. In diesen Fällen hatte es keine Möglichkeit gegeben, nachträgliche Untersuchungen anzustellen, doch beim Tod von Eloise, der Ehefrau Nummer drei, war Dan bei seinen Ermittlungen überaus gründlich vorgegangen.

»Gut«, sagte ich und tippte Dans Worte in den Computer vor mir. »Sonst noch etwas?«

»Ganz unter uns? Er hat seine verdiente Strafe bekommen. Er hätte schon vor langer Zeit gegrillt werden sollen. Den Schweinehund wird niemand vermissen.«

»Ein Mensch bestimmt. Jeder hat jemanden, der ihm nahesteht, sogar Steiner. Seine Verlobte kam hin. Ein hübsches Mädchen in einem Jaguar. Sie hatten gerade ihre Hochzeit geplant. Sie nimmt es sehr schwer.«

Er schniefte. »Das Schicksal hat es gut mit ihr gemeint, hat ihr wahrscheinlich das Leben gerettet.«

»Das wird sie niemals glauben.« Ich nahm einen Schluck *café con leche* aus dem Styroporbecher, den ich mit an meinen Schreibtisch genommen hatte. »Du weißt, wie das ist mit der Liebe.«

»Ja.« Sein Tonfall wurde jetzt freundschaftlicher. »Weißt du, ich habe deinen Anruf schon erwartet, Mädchen. Nach so vielen Jahren weiß ich genau, wie du tickst.«

»Du solltest meine Arbeitsweise mittlerweile kennen, Pops. Wie geht es dir denn?«

»Mies. Wenn ich mich früh morgens aus dem Bett rolle, hört es sich an, wie wenn jemand Popcorn macht. Alles läßt nach. Ich sterbe, aber das tun wir ja alle, jeden Tag ein wenig mehr.«

»Hör auf zu jammern – ich finde, du klingst gut«, sagte ich zärtlich. »Du mußt auf die Ärzte hören und tun, was sie dir sagen. Du mußt besser auf dich achtgeben.«

»Aber sicher. Treffen wir uns doch nächste Woche mal auf einen Kaffee oder zum Mittagessen, Britt.«

»Abgemacht«, sagte ich. Dann widmete ich mich meinem Einleitungssatz.

Er lautete:

Ein Mann, der aufgrund eines Formfehlers dem Tod durch den elektrischen Stuhl entging, kam am Mittwoch in seinem luxuriösen Haus in Miami Beach bei einem ungewöhnlichen Unfall offenbar durch Stromschlag ums Leben.

Ich saß neben Bobby Tubbs, dem diensthabenden stellvertretenden Lokalchef, und sah zu, wie er den Beitrag redigierte. Dann hing ich in der Lokalredaktion herum, bis der Redakteur die Schlagzeile schrieb. Ich vergewissere mich gerne, daß keine Schnitzer passieren und daß die Schlagzeile auch wirklich etwas mit dem Artikel zu tun hat. Sie hatte.

MORDVERDÄCHTIGER IN HAUS AM STRAND DURCH STROMSCHLAG GETÖTET, in 55 Punkt Bodoni. VON BRITT MONTERO, REPORTERIN DER MIAMI DAILY NEWS. Das bin ich.

Ich ging an meinen Schreibtisch zurück, nahm das Bündel Notizen über die eingegangenen Anrufe zur Hand und sah sie rasch durch. Zwei davon stammten von meiner Mutter.

Als ich nach dem Hörer griff, merkte ich plötzlich, daß jemand hinter mir stand. Eduardo de la Torre, der große, elegant gekleidete Gesellschaftsreporter, stand in einer unnatürlichen Haltung neben meinem Ellbogen, als posiere er für ein Modejournal. Ich wußte, was er wollte. Trotz seiner guten Erziehung und seiner vornehmen Manieren ist er immer ganz scharf auf alle Einzelheiten über Todesfälle, Katastrophen, Skandale und Verbrechen in den elitären Kreisen, über die er schreibt. Je gräßlicher, desto besser.

»Wollen wir einen Kaffee zusammen trinken?«

»Ich habe schon einen.« Ich hielt meinen Becher hoch. »Sie haben mir gar nicht gesagt, daß Sie mit Dieter Steiner befreundet waren.«

Unangenehm berührt bewegte er die Schultern und wandte mir sein Profil zu. Seine Familie rühmt sich, von spanischen Adeligen abzustammen, und er läßt einen das nie vergessen. »Warum sagen Sie das? Er ist kein Freund. Es ist nur so, daß Sie und ich schon eine ganze Weile keine Stories mehr ausgetauscht haben.«

»Ach, kommen Sie, Eduardo, Sie laden mich doch nur auf einen Kaffee ein, wenn einer Ihrer Leute aus der besseren Gesellschaft Probleme hat – wenn er ausgeraubt, angeklagt oder tot aufgefunden worden ist.«

»Dann stimmt es also?« flüsterte er und zog eine wohlgeformte Augenbraue hoch.

Die Meldung würde am Morgen in einer halben Million Zeitungen erscheinen, aber sein fast lüsternes Interesse erweckt bei mir immer einen verrückten Widerwillen, ihm die Einzelheiten zu erzählen. Er scheint sich einfach zu sehr daran zu weiden. Doch Eduardo kann eine gute Quelle für Informationen und Geheimnummern sein, wenn seine Prominenten ihre Manieren vergessen und das Interesse der Polizeireporterin auf sich ziehen.

»Stimmt was?«

»Steiner. Ist er tot?«

»Ich wußte nicht, daß er im Schwarzen Buch steht.«

»Sie meinen das Gesellschaftsregister. Muffy, seine Verlobte, steht drinnen: Sie ist eine der Palm-Beach-Benedicts«, sagte Eduardo im Plauderton; er zählte die Namen an seinen makellos manikürten Fingern ab. »Eloise stand auch drin. Und er auch, das eine Jahr oder so, das sie verheiratet waren. Als er unter Mordverdacht festgenommen wurde, war er natürlich raus.«

»Natürlich. Nun, jetzt ist er endgültig draußen. Er ist tot.«

»Wer?« mischte sich Ryan Battle, der Reporter für allgemeine Berichterstattung, der hinter mir sitzt, in unser Gespräch ein. »Der ›Stinker‹? Haben Sie schon gehört? Die hiesigen Banken legen sich jetzt Kanarienvögel zu. Wenn der Vogel eingeht, wissen sie, daß der Bankräuber in der Gegend ist.«

Ich warf ihm einen vernichtenden Blick zu. Die Polizisten, die den Bankräuber jagten, hatten nichts zu lachen.

»Nein, der nicht«, sagte Eduardo eifrig. »Dieter Steiner, der deutsche Fotograf, dem ständig die Frauen starben.«

»Was ist passiert?« Ryan stand von seinem Schreibtisch auf und wanderte zu dem meinen herüber.

»Ja, was ist passiert?« echote Eduardo.

Ich erzählte es in kurzen Worten.

»Haben Sie die Leiche selbst gesehen?« Eduardos Augen glänzten wie schwarze Murmeln. »Was hatte er an?«

»Nicht viel«, antwortete ich wahrheitsgemäß und sagte ihnen dann, daß Lottie Fotos hatte. Sie trabten miteinander in Richtung Dunkelkammer, um ihr über die Schulter zu sehen. Es war ein mieser Trick, und ich wußte, daß mich Lottie verfluchen würde, aber es war meine Chance, zu entkommen.

Ich drückte auf den Aufzugknopf und fuhr allein hinunter in die Eingangshalle; ich war weder traurig noch glücklich darüber, daß Dieter Steiner tot war. Das vorherrschende Gefühl war, daß etwas beendet war, als hätte das Schicksal irgendwie seinen natürlichen Lauf genommen.

Das liebe ich am meisten an meinem Job – daß man das Leben sozusagen aus der ersten Reihe beobachten kann. Das Gesetz konnte Steiner nichts anhaben, aber eine andere, eine höhere Macht sehr wohl. Ich dachte an Eloise, an die beiden Frauen vor ihr und an Daniel Flood zu Hause. Er würde jetzt wahrscheinlich besser schlafen. Die beste Rache, dachte ich, ist, am Leben zu bleiben.

Lottie stieß zehn Minuten später unten am Parkplatz zu mir, und wir fuhren hinüber zum La Esquina de Tejas, um *media noches*, Mitternachtssandwiches, mit Schinken, Schweinefleisch, Schweizer Käse, Senf und Essiggemüse auf süßen Brötchen zu bestellen. Wir aßen sie an einem Tisch mit Plastiktischtuch und Papiersets, die mit einer Karte von Florida bedruckt waren.

»Vielen Dank, daß du mir die Bobbsey-Zwillinge in die Dunkelkammer geschickt hast«, meckerte Lottie und goß scharfe Paprikasauce über ihre Beilage, schwarze Bohnen und Reis. Als Texanerin braucht sie zu allem Unmengen Tabasco, sogar zu ihren Haferflocken zum Frühstück.

»Ich wußte doch, daß du dich darüber freuen würdest«, sagte ich. »Tut mir leid.«

»Glaubst du, Steiner hätte diese bedauernswerte neue Frau geheiratet?«

»Wenn ja, dann ist Dan sicher, daß sie irgendwann einmal mit dem Gesicht nach unten in irgendeinem Straßengraben gefunden worden wäre.«

»Was hat er dazu gesagt, daß Steiner schließlich doch noch seine gerechte Strafe bekommen hat?«

Ich ahmte Dans tiefes Brummen nach. »Er sagte: ›Ach was, Steiner war nur einer von vielen. Sein Fall ist bei weitem nicht der schlimmste‹.«

»Was ist der schlimmste?« Lottie tupfte sich geziert mit einer Serviette die Lippen ab, beugte sich über den Tisch und sah mich mit ihren dunklen Augen aufmerksam an.

Ich überlegte einen Augenblick. Wir wußten beide, wie besessen Dan von alten Fällen war, von den ›ungelösten‹ Mordfällen, bei denen er wußte, wer der Mörder war, ihn aber nicht vor Gericht bringen konnte. Das Versagen der Justiz war sein liebstes Gesprächsthema.

»Mary Beth Rafferty, glaube ich.«

Lottie sah mir erwartungsvoll zu, wie ich den kubanischen Kaffee umrührte, der mich wahrscheinlich bis in die frühen Morgenstunden wachhalten würde.

»Mary Beth Rafferty ist ein alter Fall, ein großer Fall«, erklärte ich. »Er geschah lange bevor du nach Miami kamst. Ich war damals noch ein Kind, zehn oder elf Jahre alt. Aber ich kann mich noch daran erinnern.« Ich trank einen Schluck Kaffee und stellte dann die Tasse auf die winzige Untertasse. »Meine Mutter hat mich monatelang nicht aus den Augen gelassen. Dieser Mord hat die ganze Stadt in Angst und Schrecken versetzt. Du darfst nicht vergessen, damals war Miami wie eine Kleinstadt. Mary Beth war ein kleines Mädchen, das entführt, sexuell mißbraucht und ermordet wurde.«

Lottie reagierte mit einem übertriebenen Schaudern. »Ungelöst?«

»Juristisch gesehen, ja. Es wurde nie Anklage erhoben, aber die Polizei hatte immer einen Verdächtigen, und du errätst nie, wer das war.«

Lotties Augen weiteten sich. »Jemand, den ich kenne?«

Ich nickte. »Eric Fielding.«

»Du machst Witze. Der Politiker? Unser Möchtegern-Gouverneur? Den Mann habe ich schon ein halbes dutzendmal fotografiert.« Sie legte die Gabel hin. »Erzähl mir die Geschichte.«

Ich fing an: »Das war vor zweiundzwanzig Jahren. Ein kleines Mädchen, die achtjährige Mary Beth, spielt um drei Uhr nachmittags auf der Straße draußen, nur ein Stück von ihrem Haus entfernt, im Roads-Viertel. Irgendein Mann entführt sie und schleppt sie in den Wald. Ihr kleiner Spielgefährte läuft nach Hause und ist eine Zeitlang zu verängstigt, jemandem davon zu erzählen. Nicht lange nachdem die Polizei alarmiert wurde, entdeckt ein siebzehnjähriger Junge auf einem Fahrrad am Ufer eines Kanals ihre nackte Leiche. Der siebzehnjährige Junge? Eric Fielding.«

»Und du glaubst, er hat es getan?«

»Dan ist überzeugt, daß er es war. Ganz sicher. Soviel ich weiß, gab es nie einen anderen Verdächtigen. Der Junge war schon vorher als Voyeur aufgefallen, und es paßte allzugut, daß er gerade vorbeikam.«

Lottie machte ein ernstes Gesicht. »Die Leute, die der Polizei einen Leichenfund melden, entpuppen sich oft als diejenigen, die die Leiche hingelegt haben.«

»Stimmt genau«, sagte ich. »Sie sind auf Anerkennung aus, wollen im Mittelpunkt stehen. Manche glauben sogar, daß es sie davor schützt, verdächtigt zu werden, als wären die Polizisten so blöd.«

»Warum haben sie ihn nicht verhaftet?«

»Sie wollten ja, hatten aber nie genug Beweise.«

»Keine Zeugen?«

»Nur der Spielgefährte, ein kleiner Junge, der einmal von einem Auto angefahren und fast getötet worden war und seither stark hinkt. Er war dabei, als sie vom Mörder entführt wurde, aber seine Mutter verlor die Nerven und ließ die Polizisten nicht an ihn heran. Sie war wohl von vornherein eine übertrieben fürsorgliche Mutter und hatte schreckliche Angst. Das war auch kein Wunder. Die Fieldings waren eine hochangesehene Familie, hatten jede Menge Geld und politischen Einfluß, auch damals schon. Als Dan und seine Partner Druck machten, legten ihnen der Stadtratsvorsitzende und der Bürgermeister nahe, die Ermittlungen gegen Fielding einzustellen und den Mörder woanders zu suchen.« Ich beugte mich vor. »Dan sagt, es ist hundertprozentig sicher, daß unser Möchtegern-Gouverneur dieses kleine Mädchen auf dem Gewissen hat. Ich habe noch nie erlebt, daß er sich irrt.«

Geistesabwesend kaute Lottie an ihrem Sandwich. »Wenn sie

so sicher waren, daß der kleine Junge Fielding als Mary Beths Entführer hätte identifizieren können, hätte Dan dann nicht dessen Mutter zwingen können, den Jungen mit der Polizei reden zu lassen und an einer Gegenüberstellung teilzunehmen?«

»Sie war eine berufstätige Mutter, eine Frau, die ihr einziges Kind allein aufzog. Er hätte auf den Sohn einer vermögenden, einflußreichen Familie gezeigt. Was würdest du tun? Sie muß entsetzliche Angst gehabt haben. Und sieh dir an, was danach aus Fielding geworden ist – er hat in Harvard studiert, ist zweimal in die Stadtverwaltung gewählt worden und jetzt Spitzenkandidat für den Gouverneursposten.«

»Wie ich Dan kenne, muß ihn das in den Wahnsinn treiben«, sagte Lottie. »Man sollte etwas unternehmen. Ich kann einfach nicht glauben, daß wir vielleicht einen Gouverneur wählen, der einen Mord auf dem Gewissen hat.«

»Da paßt er gut zu all den anderen gewählten Beamten«, sagte ich mürrisch.

»Ich meine es ernst. Irgend jemand, vielleicht ein guter Reporter«, sagte sie und warf mir einen vielsagenden Blick zu, »sollte noch einen Versuch unternehmen.«

»Aber sicher«, sagte ich. »Die Polizei findet seit zweiundzwanzig Jahren keine Beweise, und du glaubst, ein Reporter wird jetzt noch vor dem Wahltag beweisen können, daß er ein Mörder ist?«

»Ein Versuch könnte nicht schaden«, sagte sie. »Manchmal werden alte Geheimnisse eines Tages reif, und man braucht den Baum nur noch einmal zu schütteln, damit sie einem in den Schoß fallen.«

Vielleicht würde es wirklich nicht schaden, den Baum zu schütteln, dachte ich. Das ist das Schöne an Lottie. Sie glaubt, daß nichts unmöglich ist.

»Dan war einer der besten Kriminalbeamten, die die Stadt je hatte«, sagte ich traurig, als wir zu ihrem Wagen zurückfuhren, der noch bei der Redaktion stand. »Und sie haben ihn gezwungen, aufzuhören.«

»Wie können sie das tun?«

»Vom rechtlichen Standpunkt können sie einen todkranken Polizisten nicht zwingen, in Pension zu gehen. Aber sie tun es trotzdem. Seine Vorgesetzten sagten, die Arbeit in der Mordkommission sei zu gefährlich für ihn. Sie sagten, sie sei ein Gesundheitsrisiko für ihn, wegen seiner Herzkrankheit.«

»Die Arbeit ist wahrscheinlich das einzige, was ihn am Leben gehalten hat.«

»Genau.« Dans Frau, mit der er vierunddreißig Jahre lang verheiratet gewesen war, war plötzlich gestorben. Sie war auf der Straße zusammengebrochen – Aneurysma. Sechs Monate davor war ihre Tochter, die bei den Marines war, im Golfkrieg bei einem SCUD-Raketenangriff auf eine Militärbaracke in Saudi-Arabien ums Leben gekommen. Und den Höhepunkt erreichte diese Unglücksserie, als Dans bis dahin unentdeckte Herzkrankheit voll ausbrach. »Die Arbeit war alles, was ihm geblieben war. Das können wir ihm doch nachfühlen.«

»Wem sagst du das«, antwortete sie. »Wann war meine letzte Verabredung, bei der mir mein Job nicht einen Strich durch die Rechnung gemacht hat? Wann hattest du überhaupt deine letzte Verabredung?«

Kendall McDonald, Dans ehemaliger Partner, und ich hatten eine kurze, wunderschöne Romanze gehabt, bis das Berufsethos und unsere Jobs miteinander in Konflikt gerieten und sein Ehrgeiz siegte. Für ihn hatte sich die Trennung gelohnt: er war jetzt Lieutenant. Ich ignorierte Lotties Bemerkungen über mein – nicht vorhandenes – Liebesleben.

»Es war eine echte Katastrophe«, sagte ich. »Sie gaben Dan einen Schreibtischjob, wo er Berichte bearbeiten und Papierkram erledigen mußte. Als das nicht funktionierte, setzten sie ihn an den Schreibtisch in der Eingangshalle, in Uniform.« Wir blieben an einer roten Ampel stehen, und ich drehte mich zu ihr. »Kannst du dir das vorstellen? Da ist ein Mann, der seit Jahrzehnten keine Uniform mehr getragen hat, ein Kriminalbeamter, der stolz auf seine Aufklärungsrate ist, und den zwingt man jetzt, eine Arbeit zu verrichten, die man gewöhnlich Versagern oder behinderten Polizisten gibt.«

»Als Schreibtischhengst.«

»Ja, wo er sich mit jedem erbosten Bürger, mit jedem Geistesgestörten und mit jedem Freak unterhalten muß, der von der Straße hereinspaziert. Das brachte das Faß zum Überlaufen. Nach zwei Tagen reichte er seine Kündigung ein und ging in Pension.«

»Er überlebt im Krieg gegen das Verbrechen, und dann fallen ihm die eigenen Leute in den Rücken.« Lottie seufzte und schüttelte den Kopf. »Was Schlimmeres kann einem kaum passieren.«

»Ich weiß.« Ich seufzte auch. »Ich habe sogar mit dem Gedanken gespielt, ihn zu adoptieren.«

»Was?«

»Es gelang mir, ihm zufällig über den Weg zu laufen, als ich mal mit meiner Mutter ausging – ich habe sie einander vorgestellt und gehofft, es würde funken.«

»Und was ist passiert?«

»Gar nichts. Also bat ich ihn, den Leuten in ihrem Apartmenthaus einen Vortrag über Sicherheitsvorkehrungen zu halten; es hatte ein paar Einbrüche gegeben. Nichts. Ich glaube, meine Versuche, sie zu verkuppeln, sind ungefähr so erfolgreich wie ihre Bemühungen bei mir.«

»Armes Baby«, sagte Lottie. »Du brauchst einen Daddy.«

»Ich bin ohne Vater aufgewachsen. Mein Vater starb bei dem Versuch, sein Heimatland Kuba zu befreien. Ich war drei, als er von einem von Castros Exekutionskommandos hingerichtet wurde. »Ich könnte mir schlimmere Familienmitglieder als Dan vorstellen.«

Der Polizeifunk-Scanner an meinem Armaturenbrett gab knatternd Routinemeldungen von sich, während wir durch die stillen Straßen fuhren. Ich dachte an Dan. Im Laufe eines Berufslebens, das fünfunddreißig Jahre umfaßte, in denen sich Miami von einem malerischen Ferienort im Süden zur exotischen internationalen Großstadt Miami entwickelte, die für Verbrechen ebenso bekannt ist wie für die Palmen und Strände, war es nur natürlich, daß einige Fälle ungelöst blieben. Doch Beamten der Mordkommission geben die Hoffnung nie auf. Mord ersten Grades verjährt nicht.

Dan hatte seinen Beruf länger ausgeübt als die meisten Polizisten. Doch jetzt war es damit vorbei, und er hinterließ Fälle, an die sich kein anderer Kriminalbeamter mehr erinnern, geschweige denn sie verfolgen würde. Niemand dachte mehr an die Opfer, mit Ausnahme von ein paar Menschen, die ihnen nahegestanden hatten – und Daniel P. Flood. Dan war die letzte Verbindung zu diesen Mordopfern, und wenn sich seine Ärzte nicht irrten, würde er ihnen bald nachfolgen.

KAPITEL 2

Ich erwachte früher als sonst und dachte an den Fall Mary Beth Rafferty und daran, was Lottie gesagt hatte. Ich löffelte Katzenfutter in Billy Boots' Schüssel, ignorierte Bitsys Schwanzwedeln und steckte sie in die Badewanne. Patschnaß und eingeseift sah sie eher aus wie eine überdimensionale Ratte und nicht wie ein Zwergpudel. Aber sie ließ die Dusche und das Bürsten und Kämmen gutmütig und geduldig über sich ergehen. Eigentlich wollte ich so einen kleinen Kläffer nie haben, doch ich hatte Bitsy nach dem plötzlichen Tod ihrer Besitzerin geerbt, die im Diensteinsatz umgekommen ist. Die Hündin schüttelte sich kräftig; ich wich ihr aus, wickelte sie in ein Badetuch und trug sie in die Küche, wo ich ihr Frühstück gab. Nachdem sie gefressen hatte, holte ich die Leine und ging mit ihr laufen, damit sie trocken wurde.

Sorgfältig vermieden wir alle Pfützen und schmutzigen Rinnsteine und liefen zur Strandpromenade und zurück. Sehr langsam. Bitsys Beine sind kurz. Als ich sie aufhob, um sie das letzte Stück zu tragen, war ihr Fell flauschig weiß, und sie hechelte durstig.

Ich duschte, zog ein dunkles Kleid an und stärkte mich mit einem starken kubanischen Kaffee. Dann band ich ihr eine rote Schleife ins Fell, wie Francie das immer getan hatte, und nahm sie mit zum Polizeipräsidium von Miami. Bitsy fuhr zum ersten Mal wieder mit zum Polizeirevier, doch sie konnte sich erinnern; als wir aus dem Thunderbird ausstiegen, wurde sie ganz aufgeregt. Sie versuchte sogar, in den ersten Streifenwagen, an dem wir vorbeikamen, hineinzuhuschen. Ich zog an ihrer Leine, und der Polizist machte rasch die Autotür zu.

»Entschuldigung«, sagte ich. »Sie glaubt, sie ist noch immer ein Polizeihund.«

Die Feier hatte noch nicht begonnen, und die Leute wanderten in der riesigen Eingangshalle umher. Ich hatte Angst, es könne sich jemand daran stoßen, daß ich Bitsy zu diesem ernsten Anlaß mitbrachte, doch statt dessen nickten mir einige Streifenpolizisten traurig zu. Wir stellten uns auf einer Seite an den Rand und sahen zu. Der Polizeichef und seine Leute erschienen in Galauniform mit goldenen Litzen. Dann entdeckte ich Dan. Unsere Blicke trafen sich, und ich lächelte. Er durchquerte die Halle und stellte sich neben uns.

»Hallo, gut siehst du aus, Mädchen.«

»Du auch, Dan.« Wir wußten beide, daß das eine Lüge war. Der Mann hatte sich so verändert, daß mir sein Anblick fast weh tat. Er wirkte eingeschrumpft und plötzlich alt. In zwölf Monaten hatte der einst so kräftige, muskulöse und lebendige Mann dreißig Pfund verloren.

Es waren viele andere Polizisten und Kriminalbeamte und einige Zivilisten da; ein paar von ihnen kannte ich von den viel zu vielen Polizeibegräbnissen, über die ich schon berichtet hatte. Diesmal machte ich mir keine Notizen. Wir waren hier, um den Toten unsere Ehre zu erweisen.

Eine Ehrengarde mit dem Sternenbanner und den Flaggen von Florida und Miami marschierte zackig herein. Der Polizeichef trat ans Mikrofon.

»Wir haben uns hier an diesem Polizei-Gedenktag versammelt, um gefallenen Helden unsere Ehre zu erweisen, Männern – und Frauen –, die ihr Leben gaben, um das Leben und die Sicherheit der Bürger dieser Stadt zu schützen und zu erhalten.« Durch die Rückkopplung hallte seine Stimme in der riesigen Eingangshalle wider. »Besonders gedenken wir der neuen Namen, die auf dieser Gedenktafel eingraviert wurden, seit wir zum letzten Mal hier zusammengekommen sind.«

Ich sah mir Dans zerknittertes Gesicht an. Den Kopf gesenkt, blickte er starr geradeaus, schloß die Augen und bewegte lautlos die Lippen. Sein Name war nicht unter denen, die gewürdigt wurden, doch auch er hatte sein Leben gegeben. Der Job hat auch ihn umgebracht, dachte ich.

Der Polizeichef schritt nach vorn und legte einen Kranz aus

Frühlingsblumen, Nelken, Lilien und Margeriten vor die riesige, sechs mal dreieinhalb Meter große Gedenktafel aus Edelstahl. Zweiunddreißig Namen von Polizeibeamten, die in Ausübung ihres Berufes gestorben waren. Ihre Todesdaten waren auf der glänzenden, spiegelnden Fläche eingraviert.

Auf ein Zeichen wurden über Polizeifunk die Namen der toten Helden verlesen. Jeder Name wurde rundum von den Funkgeräten, die die anwesenden Polizeibeamten bei sich trugen, x-fach wiedergegeben.

Ein kleiner Junge in einer winzigen Polizeiuniform stand stramm und salutierte. Das ältere Ehepaar, das ihn mitgebracht hatte, wischte sich die Tränen aus den Augen. Der kraftlos wirkende Mann legte seine arthritische Hand auf die Schulter des kleinen Jungen und den anderen Arm tröstend um die Frau. Ich konnte mich an ihren gutaussehenden, bärenstarken Sohn erinnern, den Vater des kleinen Jungen, einen Beamten der Motorradstreife. Ich bemühte mich, nicht auf das Kind zu schauen.

Als Francies Name verlesen wurde, spitzte Bitsy die Ohren. Sie zog an der Leine, tänzelte herum und begann aufgeregt zu bellen. Als ich sie aufhob, stieß sie ein schrilles, langgezogenes Heulen aus, als hätte sie Schmerzen. Ich vergrub mein Gesicht in ihrem weichen Fell und trug sie hinaus ins Freie.

Wir warteten, bis die siebenköpfige Ehrengarde herausmarschierte und vor dem Präsidiumsgebäude Aufstellung nahm. Der Sergeant gab Order, die Gewehre zu präsentieren. Der Trompeter spielte den Zapfenstreich, und die Ehrengarde feuerte drei Salven ab, einundzwanzig Salutschüsse. Bitsy zuckte kein einziges Mal zusammen; ich schon.

Dan trat neben mich. »Ich habe so viele von ihnen gekannt.« Er schüttelte den Kopf. »All diese guten Polizisten, tot. Und wofür? Die Mörder lachen doch über unsere Rechtsprechung. Sie kommen ungestraft davon. Weiß du, daß der Mann, der Foster in Overtown aus dem Hinterhalt ermordet hat, bereits auf Bewährung entlassen worden ist?«

Ich wußte es nicht.

»Und den Schweinehund, der Francie während der Unruhen erschossen hat, hat man gar nicht erwischt«, murmelte er.

Unbeholfen tätschelte er Bitsys Kopf, wie ein Mann, der es nicht gewohnt ist, so einen kleinen Hund anzufassen.

»Du hast das alles auch überlebt, meine Kleine.«

Ich schob Bitsy auf den linken Arm, kramte in meiner Tasche nach einem Taschentuch und schneuzte mich.

Wir verabredeten uns für meinen nächsten freien Tag zum Mittagessen, und ich brachte Bitsy nach Hause. Wie immer kauerte sie sich vor dem Beifahrersitz auf den Boden. Arme Bitsy, dachte ich. Sie und Billy Boots duldeten einander, doch ihr neues Leben mußte ihr langweilig vorkommen. Die einzige Dramatik und Aufregung, die es bei uns gab, entstand bei den Mahlzeiten, wenn ich versuchte, die Katze vom Hundefutter fernzuhalten und den Hund daran zu hindern, sich über das Katzenfutter herzumachen.

Meine wunderbare Vermieterin, Helen Goldstein, geht oft mit Bitsy spazieren und kümmert sich liebevoll um sie, bis ich nach Hause komme. Der Hund bekommt genug Aufmerksamkeit, doch nichts in ihrem gegenwärtigen Leben läßt sich mit der Aufregung vergleichen, die sie mit ihrer Besitzerin erlebte, einer Polizistin. Sie wurde um Mitternacht in einen Streifenwagen geschmuggelt, nahm an rasanten Verfolgungsjagden teil und beförderte bis zum Morgengrauen Missetäter ins Gefängnis. Kein Wunder, daß Bitsy ständig gähnte und gelangweilt aussah. Francie fehlte uns beiden sehr. Dan hatte recht. Es gibt keine Gerechtigkeit, dachte ich. Ich setzte den Hund zu Hause ab und fuhr zur Arbeit.

Auf dem Weg in die Redaktion dachte ich daran, was Dan gesagt hatte und am letzten Abend Lottie. Ich dachte an Mary Beth Rafferty. Ich machte ein paar Kontrollanrufe. In meinem Ressort schien alles ruhig zu sein, und ich gab in der Lokalredaktion Bescheid, daß ich für die Wochenendausgabe an einer Story über den Vergewaltiger arbeitete. Dann bestellte ich in der Bibliothek Zeitungsberichte über den Fall Rafferty.

Als Mary Beth Rafferty ermordet wurde, hatte die Bibliothek der Zeitungsredaktion noch Archiv geheißen. Jeder Artikel wurde von Hand ausgeschnitten und abgelegt, die Originale mitsamt den Schlagzeilen und Fotos. Vergilbt, aber unversehrt, stecken sie sauber gefaltet in dicken, pastellfarbigen Umschlägen. Manchmal legen andere Reporter sie nicht an den richtigen Platz zurück, und dann sind sie schwer zu finden, doch die alten Zeitungsausschnitte sind leichter zu lesen als die endlosen grauen Computerausdrucke von heute. Damals, vor der Einführung der EDV, war das Leben bei der Zeitung leichter, und auch für Miami waren die Zeiten leichter. Mord war noch nichts Alltägliches, und ein Fall wie der von Mary Beth Rafferty beherrschte wochenlang die Titelseiten.

Die meisten Artikel zeigten dasselbe Foto. Mary Beth in Sonntagskleidung. Sie hatte eine kleine Stupsnase, und unter ihrem schmalkrempigen Häubchen, das unter dem Kinn zu einer Schleife gebunden war, sahen Shirley-Temple-Löckchen hervor. Sie war acht Jahre alt.

Als man sie fand, war sie nackt, und ein Stoffetzen war ihr in den Mund gestopft worden. In einigen Artikeln stand, sie sei mißbraucht worden, andere deuteten an, sie sei sexuell mißhandelt worden. An ihrer Leiche fanden sich Spuren eines Kampfes mit ihrem Mörder. Zwei Reporter, die inzwischen längst pensioniert waren, berichteten, daß die Polizei sofort mehr als zwei Dutzend stadtbekannte ›Perverse und verdächtige Individuen‹ verhaftet hatte. Binnen weniger Tage waren zweihundert Männer verhört worden.

Der Junge, mit dem sie an jenem Nachmittag gespielt hatte, wurde nur am Rande erwähnt. Nachdem Mary Beth gekidnappt worden war, war er total verängstigt nach Hause gegangen. Als die Mutter des Mädchens sie schließlich zu suchen begann, sagte er, ein Fremder habe sie mitgenommen.

In den Berichten stand, daß die Leiche von einem Teenager, Eric Fielding, gefunden worden war, dem Sohn einer bekannten Familie, der die angesehene Bayside Academy besuchte.

Einige Monate nach dem Mord setzte Mary Beth' Vater, ein Versicherungsvertreter, für die Ergreifung und Überführung des Mörders seiner kleinen Tochter eine Belohnung von zehntausend Dollar aus. »Drei Monate lang ist in der Sache nichts geschehen«, hatte William Rafferty gesagt. »Die Polizei behauptet, sie arbeite noch an dem Fall, aber ich glaube, sie haben ihn zu den Akten gelegt. Die Bestie, die diese furchtbare Tat begangen hat, muß gefaßt werden.«

Detective Daniel P. Flood hatte auf den Vorwurf des Vaters, die Polizei sei untätig, geantwortet. »Es sind intensive Ermittlungen im Gange«, sagte er. »Der Fall ist nicht in Vergessenheit geraten, und das wird er auch nicht, bis er gelöst ist.«

Und das hat er wirklich ernst gemeint, dachte ich. Eine Welle der Zuneigung zu dem Mann erfaßte mich, und ich fragte mich, ob sich wohl noch irgend jemand anderer bei der Polizei an die kleine Mary Beth erinnerte.

William und Judith Rafferty standen nicht im aktuellen Telefonbuch. Unter der Adresse, an der sie zum Zeitpunkt des Mordes gewohnt hatten, war im städtischen Adressenverzeichnis jetzt ein Ronald DeAngelo angeführt, der eine Geheimnummer hatte.

Ich wußte, daß ich eigentlich an dem Artikel über den Vergewaltiger für die Wochenendausgabe arbeiten sollte, doch ich beschloß, hinzufahren und zu sehen, was ich herausbekommen konnte, bevor andere berichtenswerte Dinge passierten und ich keine Gelegenheit mehr dazu hatte.

Das Roads-Viertel war eine elegante Gegend mit alten Bäumen und großzügig angelegten Häusern. Ein schattiger, mit Steinplatten belegter Weg führte zu einer altmodischen, fliesengitterbespannten Veranda hinauf.

Eine attraktive, dunkelhaarige Frau öffnete die Tür. Modisch gekleidet und geschminkt, war sie eine jener Frauen, deren Alter man nicht schätzen konnte; sie mochte zwischen fünfunddreißig und fünfundfünfzig sein. Sie trug ein Leinenkleid in kühlem Pastellblau und machte gerade den Verschluß einer einreihigen Perlenkette zu.

Ich stellte mich vor und entschuldigte mich für die Störung. »Ich suche die Leute, die hier gewohnt haben, die Raffertys.«

»Ich war gerade im Begriff wegzugehen.« Ihre Stimme war sanft und kultiviert.

»Erinnern Sie sich an sie?«

Sie lächelte zögernd. »Ja.«

»Wissen Sie vielleicht, wie ich sie erreichen kann?«

»Sie haben sich schon vor vielen Jahren scheiden lassen«, sagte sie ruhig.

»Das wußte ich nicht« sagte ich stirnrunzelnd. Ich war mir nicht ganz sicher, ob wir von denselben Leuten sprachen. »Das Ehepaar, das das kleine Mädchen verlor?«

Die Frau schüttelte den Kopf. »Sie haben es nicht verloren«, verbesserte sie mich. »Es wurde ihnen genommen, ermordet.«

Irgend etwas an ihrer Stimme verriet mir, mit wem ich sprach. »Sind Sie mit ihnen verwandt?«

»Ich bin Judith Rafferty De Angelo«, sagte sie. »Was wollen Sie?«

»Ich hätte ein paar Fragen über Mary Beth.«

Normalerweise sind die Angehörigen sehr froh, wenn ein Reporter Nachforschungen über den ungelösten Mord an einem geliebten Menschen anstellt. Sie wollen Gerechtigkeit und sind dankbar, daß sich jemand dafür interessiert. Aber natürlich sind die meisten dieser Fälle nicht über zwei Jahrzehnte alt.

»Warum jetzt?« Sie wirkte verwirrt. »Hat sich in dem Fall etwas Neues ergeben?«

»Eigentlich nicht«, sagte ich lahm. »Aber er hat viel Staub aufgewirbelt, und manchmal greifen wir alte Geschichten wieder auf und gehen ihnen erneut nach.«

»In Miami sind Tausende Morde passiert, seit mein kleines Mädchen –« Sie warf einen Blick auf ihre goldene Uhr. »Sie können ein paar Minuten hereinkommen.«

Ich folgte ihr in ein geschmackvoll eingerichtetes Wohnzimmer mit dicken Vorhängen an den Fenstern, einem glänzenden Holzfußboden und orientalischen Teppichen. Über dem Kamin hing ein Familienbild. Offenbar hatten sie und ihr neuer Mann noch zwei Töchter.

»Sie sind jetzt elf und zwölf«, sagte sie, als sie meinen Blick sah. »Wunderbare Mädchen.«

»Sie sind reizend«, murmelte ich und kam dann sofort auf den Grund meines Besuches zu sprechen. »Was haben Sie damals gedacht? Hatten Sie und Ihr Mann je rein gefühlsmäßig einen Verdacht, wer der Mörder sein könnte?«

Sie zögerte und sah dann nochmals auf meine Karte. »Miss Montero, ich weiß nicht, ob Sie Kinder haben –«

»Nein, aber ich kann mir vorstellen, wie furchtbar –«

»Sie können es sich nicht vorstellen«, sagte sie. »Niemand kann es sich vorstellen, der es nicht erlebt hat. Es hat uns fast umgebracht. Unsere Ehe zerstört. Das Leben meines Mannes ruiniert. Und meines beinahe auch.

Sie dürfen nicht vergessen, Organisationen für Verbrechensopfer oder Selbsthilfegruppen für die Eltern ermordeter Kinder, so etwas gab es damals nicht. Wir mußten das ganz allein durchstehen. Mein Mann wurde damit nicht fertig. Sie fragten ihn sogar, wo er zur Zeit der Entführung unserer Tochter gewesen war. Anscheinend war das für die Polizei eine Routinefrage, aber er konnte weder vergessen noch verzeihen, daß man ihn eines so grauenhaften Verbrechens an seinem eigenen Kind auch nur verdächtigen konnte. Der Kriminalbeamte war sehr nett und versuchte zu helfen, doch als es zu keiner Verhaftung kam, war William schließlich enttäuscht von der Polizei und wurde richtiggehend besessen von dem Fall.«

»Ich habe in den alten Zeitungsgeschichten gelesen, daß er eine Belohnung ausgesetzt hat.«

Sie nickte. »Als auch das nichts brachte, engagierte er Privatdetektive. Die zogen uns nur das Geld aus der Tasche, sonst gar nichts. Dann ging er zu Hellsehern, die den Rest einsteckten. Und er trank.« Sie hatte ihre forsche, lebhafte Art verloren und sprach jetzt, bei diesen schmerzlichen Erinnerungen, langsamer und weicher, als hätte eine Vergangenheit, die schwer zu vergessen war, sie wieder eingeholt.

»Lebt Mary Beth' Vater noch in Miami?«

»Er ist tot«, sagte sie schlicht und mit festem Blick.

»Das wußte ich nicht«, sagte ich. »Ich habe keine diesbezügliche Meldung gesehen.«

»Er ist nach unserer Scheidung nach Atlanta gezogen. Es war ein Herzschlag, sechs Jahre nach dem Mord. Er war neununddreißig.«

»Das tut mir leid.«

»Mich hat es auch fast umgebracht, aber ich weigerte mich, das zuzulassen. Der Kriminalbeamte . . .«

»Dan Flood?«

»Stimmt, Detective Flood. Er kam immer wieder her, um uns zu sagen, daß er den Fall nicht vergessen hätte. Aber es gab nie etwas Neues, und er hat nur immer wieder alte Wunden aufgerissen. Schließlich war ich gezwungen, ihm zu sagen, er solle nicht mehr kommen, es sei denn, um mir zu sagen, daß der Mensch, der das getan hat, festgenommen worden ist.«

Ich schluckte und nickte. Sie hatte einen Strich unter die Vergangenheit ziehen müssen, um zu überleben, doch es schien irgendwie traurig für Mary Beth.

»Unsere alten Nachbarn sind alle entweder gestorben oder weggezogen. Meine Töchter wissen sehr wenig über all das.« Sie beugte sich vor, ein leicht feindseliges Glitzern in den Augen. »Ist Ihnen klar, wie schwer es ist, nach so einer Tragödie nicht übertrieben fürsorglich gegenüber seinen Kindern zu sein? Besonders, als sie in Mary Beth' Alter waren.« Sie lächelte und schloß einen Moment die Augen. »Das ist das erste Mal seit Jahren, daß ich ihren Namen ausgesprochen habe. Ist Ihnen klar, daß Mary Beth inzwischen fast dreißig wäre?« Ihre Stimme war leise. »Sie hätte jetzt schon selber Kinder.« Abrupt stand sie auf und sah wieder auf die Uhr. »Wir wollen keine Publicity. Wozu auch? Und ganz gewiß wollen wir keine weitere Tragödie herausfordern.«

»Das muß eine sehr schwere Zeit gewesen sein«, murmelte ich.

»Das stimmt. Ohne Sylvia und Matthew Fielding hätte ich es nie durchgestanden«, sagte sie, als wir zur Tür gingen.

Ich spürte ein Kribbeln am Rücken. »Ach? Die Eltern des Gouverneuranwärters?«

»Eine wunderbare Familie. Und ein wunderbarer Mann. Ich hoffe, er gewinnt die Wahl.«

»Er hat damals Ihre Tochter gefunden.«

»Ja.« Ihre Augen verdüsterten sich. »Wir kannten sie damals nur flüchtig, nur als Nachbarn, aber als Eltern haben sie versucht, uns auf jede erdenkliche Art zu helfen. Sie ermöglichten mir sogar, nach der Scheidung in diesem Haus zu bleiben, und als ich wieder heiratete, gaben sie Ronald eine Starthilfe bei der Eröffnung seines Geschäfts.«

»Sie haben investiert?«

Sie nickte. »Matthew Fielding ist Teilhaber in der Firma meines Mannes. Leuchtstofflampen. Die Fabrik befindet sich in Hialeah.«

Meine Gedanken rasten. »Und der kleine Junge, Mary Beths Spielgefährte an jenem Tag?«

Sie zögerte, neigte den Kopf zur Seite und hielt mir die Tür auf. »Ich weiß nicht genau, was aus ihm geworden ist«, sagte sie, als ich hinaustrat. »Ich weiß auch nicht mehr, wie die Mutter hieß. Sie hat in einem Haus in der Gegend hier als Haushaltshilfe gearbeitet. Das arme Kind erlitt einen Schock, und sie hat sich schrecklich aufgeregt. Das ist alles so lange her.« Und sie schloß die Tür hinter mir.

Auf der Rückfahrt zur Zeitung machte ich einen Umweg und fuhr am Schauplatz des Verbrechens vorbei. Die Stelle, wo Mary Beth Raffertys Leiche an jenem längst vergangenen Nachmittag gefunden worden war, gab es nicht mehr. Keine Mangroven, kein sandiges, angeschüttetes Gelände. Jetzt stand das Sea Breeze, eine dreizehnstöckige Eigentumswohnanlage mit Swimmingpool und überdachtem Autoabstellplatz, an dieser Stelle.

In der Redaktion verbrachte ich eine Weile in der Bibliothek und las über Eric Fielding nach. Er war sehr bekannt, doch im Gegensatz zu vielen meiner Kollegen bin ich nicht fasziniert von der Macht und dem Glanz der Politik und selten gefesselt von der Berichterstattung darüber. Er bezeichnete sich gerne als einen Kandidaten, der für Recht und Ordnung stand und war ein vehementer Verfechter der Todesstrafe.

Das war interessant, doch an diesem Punkt war ich geneigt, die ganze Sache fallenzulassen – bis ich mehr über das Privatleben des Gouverneuranwärters las. Die Einzelheiten klangen harmlos, jagten mir aber eine Gänsehaut über den Rücken.

Fielding hatte spät geheiratet, erst vor ein paar Jahren, und zwar eine Witwe mit einer kleinen Tochter. Seine Stieftochter war jetzt acht Jahre alt.

KAPITEL 3

Ich wollte mit Fred Douglas, dem Lokalredakteur, sprechen, doch er war nicht in seinem Büro. Als ich nach Hause gehen wollte, fing mich Gretchen ab.

»Wie kommen Sie mit dem Artikel über den Vergewaltiger voran?«

Ich muß ein verdutztes Gesicht gemacht haben, denn ihr Blick wurde mißtrauisch.

»Ihr Beitrag über den Vergewaltiger für die Wochenendausgabe«, sagte sie anklagend. »Wir haben ihn eingeplant.«

»Kein Problem«, sagte ich. »Sie bekommen ihn.«

Willkommen in der Gegenwart, dachte ich und verbannte die Vergangenheit aus meinen Gedanken. Dann fuhr ich nach Hause, um in Ruhe zu arbeiten.

Ich machte mir eine Flasche Iron-Bier auf und setzte mich an den Küchentisch, um meine Notizen über den Vergewaltiger durchzugehen.

Seine Opfer waren berufstätige Frauen. Bisher waren es sechs – von denen wir wußten. Die Polizei vermutet, daß nur eine von zehn Vergewaltigungen angezeigt wird. Genau weiß das niemand.

Der Attentäter war über Dreißig, sprach mit spanischem Akzent und lauerte seinen Opfern in den hell erleuchteten Bürotürmen auf, die in der Skyline von Miami hervorstechen. Er wählte den einen Ort, wo man garantiert Frauen antrifft: die Damentoilette. Wenn sein Opfer eintrat, wartete er bereits.

Das Telefon auf der Theke hinter mir unterbrach meine Konzentration. Ich erschrak, griff nach dem Hörer und vergaß ganz, daß ich nicht in der Redaktion saß.

»Britt Montero.«

»Hallo, mein Liebes«, sagte meine Mutter. »Wo warst du?«

»Bin gerade heimgekommen.« Ich klemmte den Hörer unter das Kinn.

»Du arbeitest zu viel.«

»Du auch, Mama.« Sie war seit Jahren in der Modebranche tätig und leitete jetzt das Innenstadtbüro einer florierenden Boutiquenkette.

Ich spielte mit einer Haarsträhne, wickelte sie immer wieder um den Zeigefinger; mein Blick wurde magisch von den Worten in dem aufgeschlagenen Notizheft vor mir angezogen.

Der Vergewaltiger drückte seinem Opfer ein Jagdmesser an die Kehle und warnte es, ihn ja nicht anzusehen. Wenn er die Frau überwältigt, ihr die Augen verbunden und den Mund zugeklebt hatte, nahm er ein Papierhandtuch aus dem Behälter, schrieb AUSSER BETRIEB darauf und befestigte es mit Klebstreifen an der Toilettentür.

Der vertraute Rhythmus der Stimme meiner Mutter bildete eine surrealistische Untermalung zu dem beängstigenden Bild des Vergewaltigers in Aktion.

»Ein paar Mädchen aus meinem Haus gehen hin, und natürlich auch alle Kolleginnen.« – Ich versuchte, mich darauf zu konzentrieren, was sie sagte. Irgend etwas über ein Essen und eine Modeschau im Falls. »Alle Gäste bekommen ein kleines Geschenk, Tüten mit Kosmetika und Parfümproben von den Geschäften im Einkaufszentrum, die daran teilnehmen.«

Gegen meinen Willen zog es meine Augen unwiderstehlich zu meinen Notizen zurück. Die Handgelenke wurden ihr an die Knöchel gebunden; sehr praktisch für das, was er als nächstes vorhatte.

»Ein paar Teile aus der Herbstkollektion sind einfach göttlich«, sagte meine Mutter. »Die Farben und die bezaubernden Stricksachen sind ein Traum.«

Die Toiletten in der Innenstadt waren jetzt gefährliche Orte für erwachsene Frauen. Die Polizei riet ihnen, nur zu zweit zu gehen – für Angestellte vieler kleiner Firmen natürlich ein

Ding der Unmöglichkeit. Ein halbes Dutzend Überfälle in vier Gebäuden.

Aufgrund meiner Schwäche für kubanischen Kaffee bin ich ständig auf der Suche nach einer Toilette. Ich habe sie immer für sicher gehalten. Bis jetzt.

»Britt? Britt? Bist du noch dran?«

Ich riß meinen Blick vom Notizheft los. »Mama«, platzte ich heraus, »hast du von dem Vergewaltiger gelesen? Weißt du, daß er die Frauen in Toiletten überfällt?«

»Unsere Toiletten sind abgesperrt«, sagte sie nach einer kleinen Pause; sie klang etwas verwirrt über den plötzlichen Themenwechsel.

»Mama, er kommt trotzdem hinein.« Meine Augen wanderten wieder zurück zu meinen Notizen. »Ich arbeite gerade an einem Beitrag über den Vergewaltiger.«

»Den was . . .! Ach, du meine Güte, Britt!«

»Mach dir keine Sorgen, Mama. Du bist in größerer Gefahr als ich.«

»Sag mir nicht, daß ich mir keine Sorgen machen soll, Britt. Erst unlängst habe ich in der *Newsweek* gelesen, daß im letzten Jahr mindestens sechzig Journalisten getötet oder als vermißt gemeldet worden sind.«

»Aber vor allem in Jugoslawien oder in El Salvador. Ich verspreche dir, daß ich dort nicht hingehe.« Es waren harte Zeiten für die Nachrichtenredaktion. Bei dem knappen Budget mußte ich froh sein, wenn ich zweiundzwanzig Cents pro Meile bekam, um zu einer Schießerei nach Opa-Locka zu fahren, von einem Ticket für einen Flug in ein Kriegsgebiet ganz zu schweigen.

In Miami als Reporter zu arbeiten, kann gefährlich sein, doch das würde ich meiner Mutter gegenüber nie zugeben. Ein Journalist hat beide Beine durch eine Bombe verloren, und etliche von uns sind schon angeschossen, verprügelt, bedroht, mit dem Messer angegriffen und natürlich auch mit Steinen und Flaschen beworfen und ausgeraubt worden. Aber alles in allem ist die Verletztenrate in diesem Beruf niedriger als in anderen, mörderischeren Jobs – zum Beispiel bei Tankwarten im Nachtdienst oder Verkäufern in kleinen Gemischtwarenläden.

»Viele Reporter kommen auch ins Gefängnis.« Ihr Tonfall schien zu besagen, daß mir genau das bevorstand.

»In Kuba, Mama, nicht hier.«

Sie schwieg einen Augenblick; dann noch einen. »Du weißt, daß mir dieses Thema Unbehagen bereitet.«

Ich überlegte, woher sie diesen Satz hatte, und ob sie vielleicht zu einem Psychotherapeuten ging. »Hör mal«, sagte ich, plötzlich ganz zerknirscht. »Wo ist diese Veranstaltung, zu der ich kommen soll?«

Sie sagte es mir.

»Okay, wenn am Samstag nicht allzuviel los ist, versuche ich mir freizunehmen und vorbeizuschauen, um hallo zu sagen. Wenn nicht, dann gehen wir am Montag miteinander Abend essen, das ist mein freier Tag«, sagte ich.

»Gut«, trillerte sie. »Aber gehen wir lieber diesen Freitag. Da wird im Fine Arts Center eine wunderbare neue Ausstellung eröffnet, Kopfweh-Exponate.«

»Wie bitte?«

Sie lachte. »Deine eigene Zeitung hat sogar darüber berichtet. Sie stellen Arbeiten von Künstlern mit Kopfweh aus, in denen sie ihre Schmerzen ausdrücken.«

»Du machst Witze.«

»Hast du noch nichts von leidenden Künstlern gehört? Diese Ausstellung verleiht dem Begriff eine neue Bedeutung. Euer Kunstkritiker hat gesagt, sie ist wunderbar. Das Selbstporträt eines Künstlers stellt einen explodierenden Kopf dar; ein anderes Bild zeigt eine Hand, die aus dem Kopf eines schreienden Mannes eine Handvoll Hirn herausreißt, wie flüssiges Karamel. Vielleicht sind interessante Leute dort«, meinte sie vielsagend.

Genau das, was ich nach einer harten Arbeitswoche brauche, dachte ich. Mein linkes Unterlid hatte kaum wahrnehmbar zu zucken begonnen. Das tut es manchmal. Ich drückte meine Finger dagegen und kniff die Augen zusammen. Wie war das bloß gelaufen? Aus dem Abendessen am Montag war ein extravagantes Ereignis am Freitag geworden, bei dem im Hintergrund wie ein Schreckgespenst die kupplerischen Ambitionen meiner Mutter lauerten. Als ich schwieg, sagte meine Mutter:

»Was ist los?«

»Nichts. Mein Augenlid zuckt.«

»Kaliummangel. Iß eine Banane, Liebes. Oder eine gute gebackene Süßkartoffel. Du ißt nicht das Richtige und bekommst nicht genug Schlaf.«

»Also, wegen Freitag weiß ich nicht so recht.«

»Er ist Augenarzt, Britt.«

»Wer?« Doch ich wußte es.

»Der Sohn meiner Freundin Emma. Sie kann es kaum erwarten, daß du ihn kennenlernst«, sagte sie begeistert. »Er ist nur ein paar Tage hier.«

Ich seufzte und hielt mein Lid fest, das unkontrolliert zuckte. Mit dem anderen Auge sah ich, wie Billy Boots seine Schnauze mit den langen Schnurrhaaren kühn in Bitsys Schüssel zwängte. Die zierliche kleine Hündin hörte auf zu fressen, setzte sich höflich hin und sah zu, wie der Kater ihr deftiges Futter verschlang.

»Britt, ich hoffe, sie erwischen des Vergewaltiger, aber warum üben die Schattenseiten des Lebens eine solche Faszination auf dich aus, warum befaßt du dich mit so niederträchtigen Dingen, die dich eigentlich gar nichts angehen?«

»Niederträchtig?«

»Ja«, fauchte sie. »Du bist genau wie . . . wie . . .«

»Sag's schon«, sagte ich müde. »Wie mein Vater.«

Ich spannte das Telefonkabel, streckte mein rechtes Bein aus, so weit es ging, und versuchte, Bitsys Schüssel mit dem Fuß wegzuschieben und in Sicherheit zu bringen, doch der gefräßige Kater bewegte sich immer schneller mit der Schüssel mit und schlang das Hundefutter mit erstaunlicher Geschwindigkeit hinunter.

»Keiner von uns bleibt ewig jung«, meinte meine Mutter. Meine Gedanken wanderten wieder zu meinem Notizheft zurück. »Und es werden sich nicht ewig neue Gelegenheiten bieten«, sagte sie warnend.

Für den Vergewaltiger bieten sie sich viel zu oft, dachte ich.

»O je, in der Küche kocht etwas über«, sagte ich. »Ich muß aufhören. Ich rufe dich morgen an. Auf Wiederhören.«

Von Schuldgefühlen geplagt, starrte ich Bitsy, die ihre leere Schüssel abschnüffelte, finster an. »Was ist los mit dir?« schimpfte ich. »Warum wehrst du dich nicht mal?«

Ich machte ihr eine neue Dose auf und wärmte mir selbst ein übriggebliebenes Stück *pulpeta* auf. Der hausgemachte Hackbraten meiner Tante Odalys ist toll; sie macht ihn mit Schinken, Rindfleisch, harten Eiern und gefüllten Oliven. Sie hatte ihn am Vortag in einem ›Carepaket‹ hergebracht. Die jüngste Schwester meines Vaters und meine Mutter stehen seit meinem fünfzehnten Geburtstag miteinander auf Kriegsfuß. Ich notierte mir, daß ich Bananen einkaufen mußte, machte einen *ensalada* mit einer leichten Essig-und-Öl-Marinade an, schenkte mir ein Glas Rotwein ein und schnitt mir eine Scheibe knuspriges kubanisches Brot ab.

Nach dem Essen fühlte ich mich besser. Ich befestigte meinen Piepser am Bund meiner Jogging-Shorts und machte mit Bitsy einen Spaziergang um den Block. Es war eine schöne Nacht, blasse Wolken zogen über den Himmel wie Fischernetze. Ein paar Nachbarn winkten mir zu und blieben stehen, um ein bißchen zu schwatzen.

Der Vergewaltiger lauerte in meinem Hinterkopf und warf seinen Schatten auf jeden Mann, an dem wir vorbeikamen, besonders auf die jungen, dunkelhaarigen von seiner Größe. Merkwürdigerweise hatte ihn außer seinen Opfern noch niemand gesehen. In den Gängen der Gebäude waren keine Fremden gemeldet worden.

Ich sah auf die digitale Zeitanzeige auf dem markanten Gebäude an der Lincoln Road 407 und überlegte, ob Harry Arroyo, der die polizeilichen Ermittlungen in diesem Fall leitete, wohl noch arbeitete. Jetzt wäre ein guter Zeitpunkt, ihn anzurufen. Ich freute mich nicht darauf; im Augenblick würde ich im Büro für Sexualdelikte wohl kaum einen Beliebtheitswettbewerb gewinnen. Doch ich bin Ablehnung gewohnt, dachte ich verbittert. Der Lieutenant des Vergewaltigungsdezernats hatte heute schon zweimal einfach den Hörer aufgelegt, aber Arroyo war gewöhnlich weniger gereizt. Jeder war gewöhnlich weniger gereizt als der Lieutenant.

Vor Jahren nannten sich die – ausschließlich männlichen – Beamten des Vergewaltigungsdezernats gern ›Bumskommando‹. Seit damals hatte ich in diesem Dezernat eine Menge geändert, aber Polizisten, die mit Vergewaltigungen zu tun hatten, konnten noch immer schwierig und manchmal gefühllos sein. Die Ermittlungsbeamten hatten versucht, nichts über den Fall durchdringen zu lassen, in der Hoffnung, den Vergewaltiger in flagranti zu erwischen. Ich hatte nach dem dritten Überfall von ihm gehört, doch der Lieutenant hatte mich darauf hingewiesen, daß Publicity dem Verdächtigen Informationen liefern könnte. »Der Täter wird vorsichtiger werden, wird andere Tatorte wählen, seine Vorgehensweise ändern und es uns schwieriger machen, ihn zu fassen«, hatte der Lieutenant behauptet.

Diese Denkweise konnte ich nie verstehen. Ein Mann, der irgendwo da draußen Frauen vergewaltigt und ausraubt, muß doch annehmen, daß die Polizei gerne ein Wörtchen mit ihm reden will. Außerdem war sie bisher nicht fähig gewesen, ihn zu stoppen. Wie viele große Toiletten in der Stadt konnte eine Handvoll Polizisten schon überwachen? Wie viele Frauen würden ihm noch zum Opfer fallen? Die Berichterstattung über den Fall würde ihn vielleicht aufscheuchen oder wertvolle neue Informationen bringen. Vielleicht wurde die Ehefrau des Vergewaltigers, seine Mutter, seine Geliebte, ein Nachbar, Arbeitskollege oder sein Arbeitgeber mißtrauisch, argumentierte ich, und meldete ihn der Polizei. Und wenn schon sonst nichts erreicht wurde, dann würden zumindest potentielle Opfer darauf aufmerksam gemacht, daß sie sich besser schützen sollten.

Seit dem ersten Bericht hieß er nur noch ›der Vergewaltiger‹. Er ließ sich nicht abschrecken. Entweder las der Mann keine Zeitung, oder es kümmerte ihn einen Dreck. Entweder hatte er Chuzpe, oder er war machtlos gegenüber den Dämonen, die ihn trieben.

Ich nestelte mit dem Schlüssel herum und merkte plötzlich, wie dunkel es an meiner Eingangstür war. Ich ließ Bitsy von der

Leine, ging in die Küche und sah, daß Billy Boots auf dem Fußboden das Futter wieder von sich gegeben hatte.

»Was hast du erwartet, nachdem du dir den Bauch mit Hundefutter vollgeschlagen hast? Ich habe dir gesagt, daß das nicht gut für dich ist.« Ich wischte die Schweinerei mit einem Papierhandtuch auf, nahm mir dann mein Notizheft und machte es mir in meinem Lieblingssessel neben dem Telefon bequem.

Was ich brauchte, war ein Aufhänger. Ich wählte die Kurzwahlnummer fünf. Ich hörte es läuten und fragte mich, ob meine Mutter nicht vielleicht doch recht hatte. Normale Menschen speichern die Telefonnummer ihrer engsten Freunde ein, ihres Geliebten, naher Verwandter und vielleicht die Nummern ihrer Lieblingsboutiquen oder ihrer Pizzalieferanten. In meinem sind die Morddezernate von zwei Polizeirevieren, das Leichenschauhaus, die Feuerwehr, das Vergewaltigungsdezernat, die Polizeipressestelle, die Notaufnahme des County Hospitals, die Lokalredaktion und Lottie einprogrammiert.

Harry Arroyo meldete sich. »Hallo, Harry, hier ist Britt Montero, von den *News*.«

»Lassen Sie den Scheiß. Ich weiß, wer Sie sind und wo Sie arbeiten.« Er klang mürrisch, wie ich erwartet hatte.

»Gibt es etwas Neues über den Vergewaltiger?«

»Nichts, was veröffentlicht werden kann.«

Ich tat, als hätte ich das nicht gehört. »Haben Sie schon ein Phantombild? Was ist mit einem psychologischen Persönlichkeitsprofil?«

Er antwortete mit einer Frage: »Haben Sie eine Ahnung, wieviel Kummer Sie uns bereitet haben?«

Ich hasse das. »Was meinen Sie, Harry?«

»Die Fernsehsender machen uns fertig! Der Altstadt-Revitalisierungsverein ist fuchsteufelswild.«

Das Fernsehen hatte über jede der drei neuen Vergewaltigungen seit dem ersten Artikel in zunehmend hysterischem Tonfall berichtet.

»Das Fremdenverkehrsamt ruft beim Chef an, er macht Kleinholz aus dem Lieutenant, und der Lieutenant geht auf uns los. Frauenrechtlerinnen machen dem Bürgermeister die Hölle heiß – und da rufen Sie an und fragen ganz lieb und unschuldig, was los ist. Sie *wissen*, was los ist, Teufel noch mal; Sie haben das alles ins Rollen gebracht!«

»Harry, niemand ist mehr daran interessiert, daß dieser Mann gefaßt wird, als ich.«

»Aber sicher. Ich wette, Sie können es gar nicht erwarten, daß er hinter Schloß und Riegel kommt. Wie wollen Sie denn dann ihre Zeitungen verkaufen?«

»Hier geht es nicht darum, Zeitungen zu verkaufen, Harry. Das wissen Sie.« Ich bemühte mich um einen aufrichtigen und hilfsbereiten Tonfall. »Haben Sie schon kontrolliert, ob ein und derselbe Mann vielleicht in mehr als einem der betreffenden Gebäude gearbeitet hat?«

Er seufzte und antwortete widerwillig: »Wir gehen gerade die Personalunterlagen durch.«

»Und?«

»Es ist nicht leicht. Jedes Gebäude hat eine Wartungsmannschaft oder engagiert Leute von einer Reinigungsfirma. Das Reinigungspersonal in den Büros kommt und geht; die Unterlagen über diese Art Niedriglohnjobs werden nicht so gewissenhaft geführt. Und dann hat jedes Büro noch seine eigenen Angestellten. Und Laufburschen, Boten, Lieferanten, Postzusteller und Leute vom Kurierdienst, alle möglichen Typen, die ständig ein- und ausgehen.« Der Zorn war aus seiner Stimme verschwunden; jetzt klang er müde – ein frustrierter Polizist in einer Sackgasse.

»Seltsam, daß ihn außer den Opfern niemand gesehen hat. Das muß bedeuten, daß er sich harmonisch in den Hintergrund einfügt. Entweder gehört er dazu, oder er sieht aus, als würde er dazugehören.«

»Vielleicht arbeitet er ja dort.«

»Zum Beispiel als Sicherheitsbeamter?«

»Wir haben uns ein paar angesehen.«

»Was ist mit den Triebtätern, die in letzter Zeit auf Bewährung freigekommen sind? Oder vielleicht engagiert eine dieser Servicefirmen Häftlinge, die zur Arbeit freigestellt sind.«

»Wir überprüfen das; auch da gibt es eine ganze Menge.«

»Was ist mit dem Phantombild? Sind sich die Opfer einig, daß es ihm ähnlich sieht?«

»Ziemlich.«

Wild kritzelte ich in mein Notizheft. Das war die erste offizielle Bestätigung, daß eine Phantomzeichnung angefertigt worden war.

»Was ist mit dem psychologischen Persönlichkeitsprofil?«

»Ist nicht zur Veröffentlichung in den Medien bestimmt.«

Ja! dachte ich. Sie haben eines! »Warum nicht?« jammerte ich. »Eine halbe Million Leser – irgendeiner von ihnen erkennt ihn vielleicht und riskiert einen Anruf.«

»Fragen Sie mich nicht, fragen Sie den Lieutenant.«

»Wo transportiert er sein Messer? Steckt es in einer Scheide?«

»Er hat irgendeine Tasche – sieht aus wie eine Sporttasche oder eine kleine Reisetasche.«

»Da muß er wohl auch das Geld und den Schmuck hineingeben, den er seinen Opfern wegnimmt.« Wir hatten berichtet, daß die Frauen auch ausgeraubt wurden. »Glauben Sie, er ist ein Vergewaltiger, der seine Opfer ausraubt, oder ein Räuber, der seine Opfer vergewaltigt, wenn sich die Gelegenheit ergibt?«

»Er ist ein Vergewaltiger. Viele Typen nehmen ihren Opfern den Schmuck ab, um sich selbst einzureden, daß sie in Wirklichkeit Räuber sind und nicht Vergewaltiger, aber für diesen Kerl ist die Beute eindeutig sekundär. Und das paßt auch zu den anderen Sachen, die er mitnimmt.«

»Was für andere Sachen?«

»Das sagen wir nicht.«

»Was meinen Sie? Was für andere Sachen? Was nimmt er sonst noch mit?« Keine Antwort. Ich würde ihm die Informationen wie Würmer aus der Nase ziehen müssen. »Harry?«

Sein Stuhl knarrte; er setzte sich anders zurecht. »Ja?«

»Nimmt er ihre Unterwäsche?«

»Mmmm, nicht direkt.«

»Ist er ein Schuhfetischist?«

»Nein. Sagen wir mal, er nimmt ganz bestimmte Kleidungsstücke mit.«

»Wofür? Glauben Sie, er masturbiert später damit, während er in Gedanken die Vergewaltigungen noch einmal durchlebt?«

»Das werden wir erst erfahren, wenn wir ihn fragen können. Sagen wir einfach, der Mann hat gerne Souvenirs. Aber daß Sie das ja nicht drucken, Britt! Hören Sie?« Sein Streßpegel stieg und verlieh seiner müden Stimme neue Energie. »Wenn er das liest, wirft er alles weg, und wir müssen ihn mit den Beweisstücken erwischen.«

»Er weiß doch, was er mitgenommen hat, Harry. Wenn er es liest, ist das für ihn keine Überraschung.«

»Ja, aber er weiß nicht mit Sicherheit, daß wir es wissen.«

Ich seufzte. Mein Nacken war steif, und mein Kopf hatte wieder zu schmerzen begonnen. »Was ist mit seinem Akzent?«

»Die beiden spanisch sprechenden Opfer sagen, er hört sich an wie ein Kubaner.«

»Ist er beschnitten?« Die Kubaner, die in Amerika geboren wurden, sind normalerweise beschnitten, diejenigen, die in Kuba geboren wurden, nicht.

»Nein.«

»Glauben Sie, er ist ein *Marielito*?«

»Möglich. Das wissen wir erst, wenn wir ihn schnappen.«

»Hat er Tätowierungen?«

»Vielleicht.«

»Wo? Und was für welche?«

»Britt.« Er klang verärgert. »Wenn der Lieutenant herauskriegt, daß ich mit Ihnen spreche, lande ich mit Sicherheit im Squat-Team.«

»Im SWAT-Team?« fragte ich hoffnungsvoll.

»Nein, Sie haben mich schon verstanden. Im Squat-Team!« Amateurschmuggler aus Kolumbien, Bolivien oder Peru kamen mit kokaingefüllten Kondomen im Darm und im Magen nach Miami. Wenn sie einer bestimmten Beschreibung entsprachen – einmal war es ein kolumbianischer Bauer in Anzug und Weste – holte der Zoll sie aus der Warteschlange und ließ sie im County Hospital röntgen. Die Schmuggler hatten die Wahl: Entweder sofortige Operation oder ein starkes Abführmittel. Die meisten entschieden sich für das letztere. Ihre Körperfunktionen wurden von Polizisten überwacht, die die Aufgabe hatten, die Drogen sicherzustellen – dem Squat-Team. Die Polizeiarbeit ist nicht nur Glanz und Glorie.

»Das würden sie Ihnen nicht antun, Harry.« Ich hoffte, er merkte nicht, wie ich grinste. »Sie sind ein zu guter Kriminalbeamter.«

»Ja? Wenn sie mich erwischen, wie ich mit Ihnen rede? Der Lieutenant würde durchdrehen, wieder einmal einen Tobsuchtsanfall bekommen, und ich könnte dann zusehen, wie irgendwelche –«

»Was ist bei den Laboruntersuchungen über den Vergewaltiger herausgekommen?«

»Er ist ein Ausscheider.«

Bei einem Ausscheider kann man im Schweiß, im Speichel und in anderen Körperflüssigkeiten, wie zum Beispiel dem Samen, die Blutgruppe feststellen. »Gut. Was für eine Blutgruppe hat er?«

»Das kann ich nicht sagen.«

»Was ist mit seinem Persönlichkeitsprofil? Was meinen die Psychologen?«

»Er hat keine Achtung vor Frauen.«

»Ach, kommen Sie, Harry. *Das* wußten wir schon.« Wenn er die Frauen brutal mißbraucht und erniedrigt hatte, ließ er sie gefesselt in einer Position zurück, die die größte Schockwirkung erzeugte. Wer immer die Tür öffnete, fand sie nackt und den Blicken preisgegeben. Eine junge Praktikantin in einer Wirtschaftsprüfungskanzlei, die bis spätabends gearbeitet hatte, war überfallen und erst am nächsten Morgen entdeckt worden. Das war jetzt Wochen her; sie stand noch immer unter Beruhigungsmitteln.

»Das müssen Sie sich alles vom Lieutenant erzählen lassen. Von mir haben Sie nichts erfahren, klar?«

»Klar.«

»Er ist wahrscheinlich schon öfter verhaftet worden, wenn auch nicht unbedingt wegen Vergewaltigung, hat Probleme mit Beziehungen zu Frauen, kommt aus einer gestörten Familie, wurde als Kind psychisch und vielleicht auch sexuell mißbraucht. Hatte als Kind Trotzanfälle und hegt eine Haßliebe zu einer älteren, dominierenden Verwandten. Lebt vielleicht sogar mit ihr zusammen.«

Das übliche. »Sonst noch etwas?«

»Überdurchschnittlich intelligent, hat einen festen Job oder lebt oder arbeitet in der Innenstadt, nicht weit von den Tatorten entfernt.«

»Das ist interessant.«

»Und noch etwas. Er hat den Tripper, den penicillinresistenten Typ.«

»O nein! Sind die Opfer infiziert worden?«

»Zwei, bis jetzt.«

»Mein Gott, Harry, stoppen Sie diesen Kerl!«

»Das brauchen Sie mir nicht zu sagen. Das einzige, was ich noch nicht getan habe, ist, mich mit Make-up und einer Perücke in der Damentoilette auf den Topf zu setzen. Und jetzt tun Sie uns einen Gefallen, ja, Britt? Geben Sie in Ihrem Artikel unsere Telefonnummer an.« Seine Stimme krächzte vor Müdigkeit. »Bitten Sie alle, die Informationen haben, uns anzurufen.«

»Klar. Und jetzt tun Sie mir einen Gefallen.«

Er stöhnte auf. »Was, Britt?«

Ich mußte immer wieder an meine Mutter denken. »Fassen Sie ihn, Harry«, sagte ich.

Ich las meine Notizen nochmals durch und trug dann Billy Boots in die Küche. Er war hocherfreut über die Aufmerksamkeit, die ihm zuteil wurde, hörte dann aber abrupt zu schnurren auf, als er die Arznei gegen Haarballen erkannte. Es ist ein dunkles, klebriges Zeug in einer Tube, wie Zahnpasta, das aussieht und riecht wie Melasse. Auf dem Etikett wird dem Katzenbesitzer versichert, daß die Katzen es begeistert direkt aus der Tube lecken. Ich las das Billy Boots laut vor. Er war nicht beeindruckt und versuchte, zu entwischen. Ich war zu schnell für ihn. Ich drückte ihm die Paste zwischen die zusammengebissenen Zähne, sagte ihm, daß er mir später dafür dankbar sein würde und hielt ihm den Mund zu. Er versuchte, sich zu befreien, um dann aber schließlich doch mit resigniertem Gesichtsausdruck das Zeug zu schlucken.

Ich wusch mir die Hände, putzte mir die Zähne, zog mich aus und machte das Licht aus. Normalerweise habe ich keine Schlafprobleme, doch als ich in diesen Zustand zwischen Wachen und Schlafen glitt, überlegte ich, ob in diesem Augenblick wohl da draußen in der Dunkelheit, in irgendeinem pompösen Hochhaus im Stadtzentrum, gefesselt und verängstigt eine Frau lag, die noch nicht entdeckt worden war. Ihr Schluchzen verfolgte mich in meinen Träumen.

KAPITEL 4

Am Morgen fuhr ich ins Büro des Vergewaltigungsdezernats, in der Hoffnung, den Lieutenant dazu zu bringen, das Phantombild und das psychologische Persönlichkeitsprofil des Sextäters freizugeben.

Das Büro war fast leer, die Schreibtische und Telefone waren nicht besetzt. Der Lieutenant war nicht da. Kein Kriminalbeamter in Sicht. »Sie sind alle an einen Tatort gefahren«, sagte die Sekretärin. Sie war eine kleine, steife Frau mit einem winzigen scharlachroten Mund und trug einen gerade geschnittenen Rock, eine maßgeschneiderte weiße Hemdbluse mit einer kleinen Krawatte und bequeme Schuhe. Mißtrauische Augen blickten aus einem verhärmten Gesicht, als hätte sie in diesem Job schon alles, aber auch wirklich alles gehört, würde aber kein Wort davon wiederholen.

»Wieder der Vergewaltiger?« fragte ich.

Sie schüttelte den Kopf. »Sie wissen, daß ich keine Informationen weitergeben kann.«

Ich holte tief Luft. »Ich frage gar nicht, worum es sich handelt«, sagte ich liebenswürdig, jedoch innerlich stinksauer, weil ich nicht wußte, was los war. »Ich brauche nur die Adresse. Die ist doch sicher kein Geheimnis.«

Wieder schüttelte sie den Kopf, spähte durch ihre Lesebrille auf ein Blatt Papier in ihrer IBM-Selectric und ließ eine aufreizende Bemerkung fallen. »Die Mordkommission ist auch dort.«

Was hatte ich bloß verpaßt? Verdammt, dachte ich, ich hatte keinerlei Hinweis im Scanner gehört.

»Wie lautet die Adresse?«

Sie ließ sich nicht erweichen. »Sie kennen den Lieutenant«, – ihr Blick schoß im Raum herum, als wolle sie sich vergewissern, daß der Lieutenant nicht irgendwo auf der Lauer lag und lauschte – »und wissen, was mir blühen würde, wenn ich anfinge, mit der Presse zu reden.«

Ich verschwendete keine Zeit mit dem Versuch, sie herumzukriegen, sondern stürmte beleidigt hinaus, lief zum Telefon in der Eingangshalle und wählte die Nummer des Gerichtsmediziners. Die Vorzimmerdame meldete sich.

»Hallo«, sagte ich, nannte meinen Namen und bemühte mich um einen ungezwungenen Tonfall. »Welcher Doktor fährt denn zu dem Tatort, an dem auch die Mordkommission und die Leute vom Vergewaltigungsdezernat sind?«

»Sie sind schon weg«, sagte sie fröhlich. »Dr. Duffy und der Chef sind beide hingefahren.«

»Der Chef? Alle beide? Das ist ungewöhnlich.«

»Ja, sie sind schon vor einer ganzen Weile weg.«

»Sprechen wir auch über denselben Tatort?«

»Der in der Southwest Fourteenth Street 176?«

»Den meine ich.«

Jetzt mußte ich mich sputen. Die Beamten von der Mordkommission holten den Pathologen oft erst nach Stunden; sie warteten, bis die Leute vom Labor mit ihrer Arbeit fertig waren, bevor sie die Leiche auch nur anrührten. Was immer da passiert war, mußte sich bereits einige Stunden vorher ereignet haben. Wie hatte ich das bloß verpassen können? Wie war es möglich, daß unseren Leuten, die den Polizeifunk abhören, das entgangen war? Die Adresse war in einer heruntergekommenen Wohngegend am Rand von Little Havana. Es klang, als sei es in einem Haus passiert. Wahrscheinlich eine ältere Frau, dachte ich. Meine Gedanken rasten, während ich mich in mein Auto zwängte. Junge Vergewaltigungsopfer werden gewöhnlich in entlegene Wälder verschleppt. Ältere Frauen werden eher in ihrer eigenen Wohnung von Eindringlingen überfallen.

Es war ungewöhnlich, daß die Leute vom Büro für Sexualdelikte an den Tatort eines Mordes fuhren.

Vielleicht gab es mehrere Opfer, dachte ich, vielleicht wurde ein Opfer ermordet und eines vergewaltigt. Ich war wahrscheinlich die einzige Reporterin in Miami, die die Sache verpaßt hatte. Die Lokalredaktion hatte offensichtlich nichts davon gehört, oder sie hätte mich angepiepst. Verdammt. Ich schoß mit dem Thunderbird bei Gelb über eine Kreuzung und betete, daß ich nicht angehalten wurde. Es herrschte dichter Verkehr, und normalerweise verirrte ich mich in diesem alten Viertel mit all den engen Einbahnstraßen und Sackgassen. Im Polizeifunk-Scanner an meinem Armaturenbrett ließ nichts auf ein Polizeiaufgebot, das die Menschenmengen in Schach halten sollte, oder auf eine Verbrecherjagd schließen.

Ich hasse es, zusammen mit den anderen Leuten von den Medien auf eine zwei Absätze lange, im Polizeijargon abgefaßte Pressemitteilung zu warten, die so gut wie keine Informationen enthält. Die Klimaanlage des Thunderbird pumpte fleißig heiße Luft in den Wagen, was mein Unbehagen und meine Gereiztheit noch verstärkte. Draußen waren es jetzt weit über dreißig Grad, und im Wagen war es noch heißer. Wenn der Behälter für die Kühlflüssigkeit leckte, dann hatte ich noch einen weiteren Grund, ein schlechtes Gewissen zu haben. Nicht nur, daß ich eine Story, die in mein Ressort fiel, vermasselt hatte, verpestete ich auch die Atmosphäre und vergrößerte das Ozonloch. Als ich in die Nähe des Viertels kam, sah ich mir die anderen Fahrzeuge genau an, doch ich entdeckte keine anderen Vertreter der Nachrichtenmedien oder Hubschrauber von Fernsehteams. Die Meute mußte schon dort sein; vielleicht war sie auch schon wieder weg. Ich hasse es, an einen Tatort zu kommen, nachdem die Leute vom Fernsehen schon das ganze Viertel gestürmt, die Zeugen vor den Kopf gestoßen und die Einwohner verärgert haben. Der ganze verdammte Häuserblock war vermutlich abgeriegelt. Ich würde wohl kaum eine Chance haben, auch nur in die Nähe des Tatortes zu gelangen.

Ich irrte mich.

Es war ein billig gebautes Haus, von dem die Farbe abblätterte, mit einer geschlossenen Garage und einem grobkörnigen Betonweg, der bis zur vorderen Veranda führte. Auf der Straße standen diverse Dienstautos; etliche Einsatzwagen, eine Reihe ziviler Dienstfahrzeuge, ein Wagen der Bezirksverwaltung, den der Gerichtsmediziner fuhr, aber kein Blaulicht, kein Beamter der Polizeipressestelle, keine anderen Reporter. Keine Absperrung.

Nichts dergleichen.

Es war unheimlich.

Wenn ich nicht die letzte war, war ich vielleicht die erste? Ich wußte nicht, was ich davon halten sollte; ich parkte den Thunderbird einen halben Häuserblock weiter und ging zu Fuß zum Haus Nummer 176. Die Vorhänge waren zugezogen, und durch die Jalousien sah man nicht hinein. In einem Fenster an der Vorderseite gab eine defekte Klimaanlage ächzende Geräusche von sich.

Ich klingelte. Es dauerte etwa zwei Minuten, bis eine Frau an die Tür kam. Es war keine Beamtin. Ich hatte jemanden von der Polizei erwartet.

Hinter ihr ertönten murmelnde Stimmen; es waren irgendwelche Aktivitäten im Gange. Sie sah aus wie Ende Vierzig und hatte glatt herabhängende, dunkelbraun gefärbte Haare mit grauem Ansatz. Ihr Gesicht war gerötet, die Augen waren rotgerändert, und ihr knochiges Kinn wirkte entschlossen. Sie trug ein zerknittertes T-Shirt und eine schwarze Steghose.

»Ja, was ist?« fragte sie. Ihre Stimme klang nach Whiskey.

Ich hatte nicht die leiseste Ahnung, was hier vorging, und ich wußte nicht, was ich fragen sollte, also stellte ich mich vor.

»Eine Reporterin?« Sie drehte sich zu jemandem hinter ihr um und hob die Stimme. »Das kommt doch nicht in die Zeitung, oder?«

»Das möchte ich bezweifeln«, erwiderte der Leiter der Gerichtsmedizin. Er hatte sein Jackett ausgezogen und seine Krawatte gelockert.

Ein beleibter Beamter der Mordkommission mit einer halbautomatischen Pistole in einem Velcro-Halfter an der Hüfte trat hinter die Frau und sah ihr über die Schulter. »Britt, wie haben Sie davon erfahren?« Sein Tonfall war bärbeißig, doch seine Miene war freundlich und leise amüsiert.

Der Doktor und der Kriminalbeamte kamen an die Tür, und die Frau trat teilnahmslos zurück.

»Was ist passiert?« fragte ich sie.

»Nichts, was Sie in der Zeitung schreiben können.« Der Kriminalbeamte grinste.

»Ein Mord, nicht wahr?«

»Nein. Nur Tod durch Unfall.« Der Pathologe machte ein ernstes Gesicht.

»Warum haben Sie dann so viele Leute hier?«

»Weil wir Fälle wie diesen nicht allzuoft zu Gesicht bekommen«, sagte Dr. Duffy, der aus einem anderen Zimmer trat.

»Machen Sie die Tür zu.« Die Frau setzte sich an einen Küchentisch, sie klang verärgert. »Sie klimatisieren das ganze verdammte Viertel.«

Ich trat über die zerschrammte Türschwelle in den Raum.

Der Kriminalbeamte wandte sich an die Frau. »Macht es Ihnen etwas aus?«

Sie zuckte die Achseln, pflanzte ihren knochigen Ellbogen auf den Tisch und legte die Stirn in die Handfläche.

»Es ist eine ungewöhnliche Szene, ein lehrreiches Erlebnis«, sagte Duffy ruhig.

»Das kann man wohl sagen«, meinte der Kriminalbeamte. »Ich habe von solchen Typen gehört, aber das ist der erste, den ich sehe.« Sein Gesichtsausdruck war fast anzüglich. »Was ist denn passiert?« fragte ich verwirrt.

»Der Mann dieser Dame ist durch einen Unfall ums Leben gekommen«, sagte der Leiter der Gerichtsmedizin. »Haben Sie schon mal von Asphyxie bei sexuellen Praktiken gehört?«

»As – ich glaube nicht.«

Ich warf einen Blick zurück auf die Frau, die ihr Gesicht in den sehnigen Händen vergraben hatte. Die Ärzte und ich gingen in die andere Richtung, ins Wohnzimmer; der Kriminalbeamte folgte uns. Andere Polizisten kamen gerade kopfschüttelnd heraus. Der Lieutenant vom Vergewaltigungsdezernat war bereits weg.

»Es handelt sich um eine autoerotische Betätigung grundsätzlich narzißtischer Natur, bei der die Männer gleichzeitig mit Hilfe mechanischer oder chemischer Mittel die Atmung einschränken«, sagte der Chefpathologe. Der schimmernd weiße

Flaum um sein glattes, rosa Gesicht verlieh ihm ein fast engelhaftes Aussehen.

»Sie masturbieren?«

»Auf eine etwas andere Art«, sagte Duffy. »Sie unterbinden die Blutversorgung des Gehirns, um den Orgasmus zu steigern.«

Großer Gott, dachte ich. Er sah mein verwirrtes Gesicht.

»Sie erzielen diesen Effekt, indem sie eine Ader abbinden, oder indem sie sich aufhängen oder Kohlenwasserstoff einatmen. Der Kohlendioxydspiegel steigt, was angeblich den Orgasmus verstärken soll. Aber manchmal gehen sie zu weit.«

»Sex mit tödlichem Ausgang«, grinste der Kriminalbeamte.

»Und was hat der hier gemacht?« Meine Stimme war kaum zu hören.

»Er hat sich aufgehängt. Seine Frau geht heute früh aus dem Haus, kommt ein paar Stunden später zurück und findet ihn da«, sagte der Kriminalbeamte.

»Wo?«

»Im Schlafzimmer. Die Szene ist ziemlich bizarr«, warnte mich der Chefpathologe. »Das sind sie immer. Es gibt nicht besonders viel Literatur über diese Art von Fällen. Viele werden irrtümlich für Mordopfer oder Selbstmörder gehalten.«

Er ging auf einen Raum zu, der offenbar das Schlafzimmer war. »Die Frau dachte, er habe Selbstmord begangen, aber das ist eindeutig nicht der Fall.« Ich folgte ihm.

Es war warm im Haus, doch mir lief eine Gänsehaut über Rücken und Arme. Die Rettungsmannschaft, die von der Witwe herbeigeholt worden war, hatte ihn abgeschnitten. Der Tote trug einen hauchdünnen roten Body. Durch das spitzenverzierte Teil stachen dunkle Körperhaare. Der Mann war fast fünfzig, grauhaarig und unförmig und bot einen widerlich abstoßenden Anblick, doch ihn hatte sein Aussehen offenbar fasziniert. Er hatte einen großen Spiegel vom Toilettentisch auf den Fußboden gelegt, so daß er sich anschauen konnte.

Abgesehen von einem hauchdünnen schwarzen Strumpf an seinem linken Bein war er von der Hüfte abwärts nackt. Sein Penis war mit einer roten Schleife verziert. Seine Hände waren mit einem besudelten Seidentuch zusammengebunden.

Schweigend standen wir da. Die meisten Polizisten hatten ihre Neugier befriedigt und waren gegangen. »Wie können Sie sicher sein, daß das kein Mord oder Selbstmord ist?« flüsterte ich.

»Deswegen, zum Beispiel.« Dr. Duffy deutete auf etwas, das vor dem Toten auf dem Boden lag.

Ein *Playboy*-Magazin, das beim Faltblatt in der Mitte aufgeschlagen war.

»Er hatte nicht vor, zu sterben. Er hat sich nur verrechnet.« Der Chefpathologe sprach in seinem üblichen belehrenden Tonfall. »Beachten Sie, daß das Tuch, mit dem er seine Hände zusammengebunden hat, sehr lose geknüpft ist, und daß er ein Handtuch um den Hals gelegt hat, damit ihn die Schlinge nicht einschneidet.«

»Sie wollen nicht, daß der Strick Abdrücke hinterläßt«, erklärte Duffy.

»Genau«, sagte sein Chef.

Ich spürte plötzlich, wie ich Kopfweh bekam.

»Sie bewegen sich auf dünnem Eis«, sagte der Chefpathologe, »aber sterben wollen sie nicht. Sie haben immer irgendeinen Sicherheitsmechanismus eingebaut. Doch manchmal irren sie sich.«

»Oder sie sind so weggetreten, daß sie die Kontrolle verlieren«, sagte der Kriminalbeamte mit wissendem Blick. »Diese Typen leben ihre Phantasien voll aus.«

»Das stimmt. Er ist relativ alt für so etwas«, sagte der Chefpathologe nachdenklich und packte seine Minolta in eine Ledertasche. »Manchmal sehen wir Opfer, die nicht älter als zwölf sind. Wahrscheinlich hatte er Glück, er hat es viel länger gemacht.«

Ich schluckte und erinnerte mich daran, daß ich mir Notizen machen wollte. »Sie sagten, manche von ihnen atmen etwas ein? Was zum Beispiel?« Ich versuchte, nicht in die Augen des Toten zu sehen. Es fiel mir schwer. Beim Sex ohne Partner zu sterben, hat etwas schrecklich Trauriges an sich – man gibt seine innersten Geheimnisse völlig Fremden preis, die ins Schlafzimmer eindringen.

»Statt sich den Hals abzuschnüren«, erklärte der Chefpathologe, »erzielen manche den gewünschten Effekt, indem sie Klebstoff einatmen oder Kühlflüssigkeit, Distickstoffmonoxyd, Deodorant, verschiedene Gase und Lösungsmittel, sogar die Korrekturflüssigkeit für Schreibmaschinen.«

»Stimmt«, sagte Duffy. »Erinnern Sie sich an den Zahnarzt, der Distickstoffmonoxyd und eine Narkosemaske verwendet hat? Normalerweise ziehen sie sich einfach Plastiktaschen über den Kopf.«

Sein Chef nickte.

Plastiktaschen über den Kopf? »Korrekturflüssigkeit für Schreibmaschinen?« murmelte ich.

»Enthält 1-1-1-Trichloräthan«, sagte Duffy und nickte grimmig.

Kein Wunder, daß die Assistentin des Chefredakteurs in ihrem kleinem, fensterlosen Büro um fünf Uhr abends so benebelt aussah, dachte ich.

»Es liegt nur eine dünne Trennlinie zwischen ein klein wenig und zu viel«, erklärte der Chefpathologe und zog sich seine Gummihandschuhe aus. »Manche Leute erkennen den Unterschied nicht. Im Gegensatz zu anderen von der Norm abweichenden Sexualpraktiken gibt es für diese Menschen keine eigenen Publikationen – wie für Leute, die auf Fesselung stehen, auf Sadomasochismus, auf Faustficken, und die ihre Praktiken mit den Praktiken von anderen Leuten mit denselben Neigungen vergleichen können.«

Publikationen. Faustficken. So langsam fühlte ich mich selbst ein bißchen benebelt.

»Die Geschmäcker sind eben verschieden« sagte der Kriminalbeamte gedehnt. »Zum Beispiel«, sagte er beiläufig, »die Typen, die darauf stehen, daß beim Sex jemand mit einer geladenen Waffe auf sie zielt.«

Scheiße, von solchen Typen hatte ich noch nicht einmal gehört. Wir drehten uns alle um und sahen ihn an.

»Nun, Sie wissen schon«, sagte er, als er unsere Reaktion sah. Er machte eine schwache Geste, und sein Grinsen erlosch, während die Röte in seine Wangen stieg. »Der Reiz der Gefahr.« Aus der Art, wie die beiden Ärzte den Kriminalbeamten anstarrten, war zu erkennen, daß sie mit derartigen Praktiken auch nicht allzu vertraut waren, er jedoch offensichtlich schon. Zweiunddreißig, dachte ich, und noch immer überrascht von den Dingen, die mir Mami verschwiegen hat.

»Glauben Sie, daß viele Leute auf so etwas stehen?« fragte ich ruhig.

»Das ist schwer zu sagen.« Der Chefpathologe zupfte an seinem Ohrläppchen. »Wir bekommen ja nur diejenigen zu Gesicht, die es vermasseln. Es kommt vielleicht häufiger vor, als wir glauben.«

»Mr. Creech hat offensichtlich die Trennlinie überschritten.« Duffy sah den Kriminalbeamten noch immer forschend an, und dieser war plötzlich sehr mit seinen Formularen beschäftigt.

»Creech?« fragte ich erstaunt. »Heißt er vielleicht mit Vornamen Emerson?«

»Stimmt«, sagte der Polizist, der auf dem Formular auf seinem Klemmbrett nachsah.

»Ich kenne ihn!« sagte ich und warf einen Blick zurück ins Schlafzimmer. »Der ›gute Onkel‹. Ich habe ihn nicht erkannt.«

»Kein Wunder«, sagte der Chefpathologe trocken.

Die Witwe war noch immer blind für uns; sie hatte uns den Rücken zugekehrt und machte in der Küche mechanisch Kaffee. Sie hieß Ruby, wie mir jetzt einfiel.

Ich senkte die Stimme. »Das wird ein paar Leute in der Mordkommission wirklich interessieren.«

Der Kriminalbeamte horchte auf, als er hörte, welche neue Wendung unser Gespräch jetzt nahm. »Wie lange sind Sie schon bei der Einheit?« fragte ich ihn.

»Ungefähr eineinhalb Jahre.«

»Dann werden Sie sich an den Fall nicht erinnern. Er war vor Jahren der Hauptverdächtige in einem Mordfall; das war in meinem ersten Jahr bei der Zeitung. Das Mordopfer war Darlene Fiskus, seine Nichte. Sie war vierzehn, ging auf die Junior-High-School.«

»Ich glaube, daran erinnere ich mich«, sagte der Chefpathologe und nickte. »Die Cheerleaderin.«

»Richtig. Er wollte sie eines Abends nach einem Footballspiel abholen. Die Leute sahen sie in ein Auto mit derselben Farbe wie seines einsteigen, aber niemand konnte das Auto oder den Fahrer je identifizieren. Er behauptete, er sei es nicht gewesen, sagte, er habe Probleme mit dem Wagen gehabt, und als er verspätet hingekommen sei, sei sie schon weggewesen. Am nächsten Morgen fand man sie. Sie war vergewaltigt und auf einer Müllhalde abgeladen worden.«

»Sie konnten den Fall nie vor Gericht bringen«, sagte der Chefpathologe.

»Man fand ihre Fingerabdrücke und ein paar Haare, die von ihr stammten, in seinem Wagen – aber schließlich war er ihr Onkel und brachte sie oft mit dem Auto zur Schule. Ich habe einmal versucht, mit ihm zu reden, vor der Polizeistation, als er zum Verhör hingebracht wurde. Er weigerte sich, mit mir oder mit der Polizei zu sprechen. Zehn Jahre davor hatte er wegen versuchter Vergewaltigung eines dreizehnjährigen Mädchens aus der Nachbarschaft im Gefängnis gesessen. Und Darlene hatte ihrer besten Freundin anvertraut, daß ihr Onkel nur eine Woche, bevor sie ermordet wurde, versucht hatte, sie zu ›belästigen‹.« Ich schüttelte ungläubig den Kopf. »Die Ermittlungsbeamten nannten ihn immer den ›guten Onkel‹.«

Der Kriminalbeamte schnitt eine Grimasse in Richtung Schlafzimmer.

»Interessant«, sagte der Chefpathologe nachdenklich und rieb sich das Kinn. »Ich kenne keinen anderen Fall, in dem eine Person mit dieser abnormen sexuellen Neigung auch in sexuelle Vergehen gegen andere Menschen verwickelt war. Aber in diesem Beruf gibt es immer ein erstes Mal.«

»Vielleicht hat er mit den kleinen Mädchen aufgehört und dann damit angefangen«, sagte der Kriminalbeamte. »Dachte vielleicht, das sei weniger gefährlich.«

»War es eindeutig nicht – für ihn.« Duffy nahm sein Funkgerät aus der Tasche und gab in der Zentrale Bescheid, daß die Leiche abgeholt werden konnte.

Ich ging in die Küche, um meine Anteilnahme auszudrücken. Die zerkratzten Arbeitsplatten und die veralteten Geräte waren von einem Avocadogrün, das vor zwanzig Jahren modern gewesen war. Die Witwe starrte in die Tiefen eines Kaffeebechers, den sie mit beiden Händen umklammerte. »Wußten Sie, daß er so etwas machte?« fragte ich.

»Ich wußte, daß er auf junge Dinger stand«, murmelte sie, »aber von so etwas habe ich nichts gewußt.« Ihr wettergegerbtes Gesicht wirkte hart.

»Waren das Ihre Sachen, die er . . . trug?«

»Diese Reizwäsche hab' ich noch nie gesehen.« Ihr Blick wanderte im Zimmer herum und traf dann meinen. »Sehe ich aus, als würde ich so was tragen?« Sie sah auf ihr ausgebleichtes T-Shirt und die fadenscheinige Stretchhose hinunter.

»Ich habe über seine Nichte, Darlene, berichtet . . . als sie umgebracht wurde.«

Ihr Kopf fuhr hoch, und in ihren stumpfen, feindseligen grauen Augen war ein undefinierbares Flackern. »Das alles ist vor langer Zeit passiert.«

»Der Fall ist nie gelöst worden.«

Sie zuckte halbherzig die Schultern.

»Die Polizei hat Ihren Mann verdächtigt . . .«

»Sie waren nicht die einzigen«, sagte sie düster. »Sie waren nicht die einzigen. Ich habe dieses kleine Mädchen geliebt wie meine eigene Tochter; ich hatte nie eigene Kinder. Die Familie meines Mannes . . .« Sie verstummte und rieb sich mit beiden Händen die Oberarme, als wäre ihr plötzlich kalt. »Wenn Sie nichts dagegen haben, möchte ich nicht mehr sprechen.« Mit einem letzten Rest von Würde schob sie den Stuhl zurück und trug mit hochgerecktem Kinn und geraden Schultern ihre Tasse zur Spüle.

Unter anderen Umständen hätte ich versucht, mehr aus ihr herauszubekommen, doch ich hatte ungebeten ihre Wohnung betreten, und ihr Mann lag tot im Nebenzimmer. Ich ging zur Haustür. Der Transporter der Gerichtsmediziner war eingetroffen, und die Ärzte waren hinausgegangen. Der Kriminalbeamte erledigte im Schlafzimmer seinen Papierkram; wahrscheinlich war er froh, daß es Männer gab, die noch absonderlicher waren als er.

Als ich aus dem Haus ging, überlegte ich, ob sie ihn vielleicht umgebracht hatte, um ihre Nichte zu rächen. Doch wie konnte sie einen Mann von seiner Größe aufhängen? Nein, ich bin zu mißtrauisch, sagte ich mir und kurbelte alle Autofenster hinunter in dem sinnlosen Bemühen, das Wageninnere abzukühlen, bevor ich losfuhr. Soweit kommt es mit einem in diesem Beruf, dachte ich. Wenn deine Mutter erklärt, daß die Sonne am nächsten Morgen aufgehen wird, rufst du zuerst die Wettervorhersage an. Und dann überprüfst du deine Mutter.

»Sex mit tödlichem Ausgang«, erzählte ich später Lottie im Fotolabor. Ich beschrieb ihr den Henkersknoten, den Spiegel, den Spitzenbody, das Seidentuch und das offene *Playboy*-Heft.

»Waren die Seiten zusammengeklebt?« fragte sie interessiert.

»Ich habe nicht nachgesehen«, sagte ich naserümpfend. »Ich bin gar nicht auf den *Gedanken* gekommen.«

Sie lehnte sich in ihrem Schreibtischstuhl zurück, legte einen handgearbeiteten ledernen Cowboystiefel auf ihr Knie, fuhr mit der Hand hinein und kratzte sich am Knöchel. »Ich werd' verrückt«, sinnierte sie laut, »wie kommen diese geilen Jungs bloß auf solche Ideen? Die sind ja noch schlimmer als die Typen, die darauf stehen, daß man mit einer Waffe auf sie zielt, während sie es treiben.«

»Du weißt von denen!«

»Natürlich nicht aus persönlicher Erfahrung.« Sie zwinkerte mir zu und sah mich vielsagend an. »Und wenn, dann würde ich es sicher nicht zugeben.«

KAPITEL 5

Die Einzelheiten über Emerson Creechs Ableben erschienen nicht in der Zeitung. Viele der faszinierendsten Stories werden nie veröffentlicht. Da wir den ›guten Onkel‹ nie als Hauptverdächtigen im Mord an seiner Nichte präsentiert hatten, hielten meine Vorgesetzten seinen Tod nicht für berichtenswert. Ich schlug eine Reportage über Todesfälle infolge autoerotischer Praktiken vor. »Nicht in dieser Zeitung, das kommt überhaupt nicht in Frage«, sagte Fred Douglas, der Lokalredakteur.

Als ich am nächsten Tag in der Kolumne ›VERSTORBEN‹ in Pariser Schrift die Routinemeldung über Creeches Tod las, machte ich mir auch Gedanken über die anderen Verstorbenen, die nach Familiennamen in alphabetischer Reihenfolge angeführt waren; ich fragte mich, ob wohl einer von ihnen ebenfalls auf derart bizarre Weise vor seinen Schöpfer getreten war.

Ich hatte noch immer nicht mit Lieutenant Riley vom Vergewaltigungsdezernat gesprochen; als ich von Creechs Haus weggefahren war, war der Lieutenant bereits außer Dienst gewesen. Diesmal rief ich vorher an. Der Lieutenant war da, kurz angebunden wie immer, und erklärte sich widerstrebend bereit, mir ein paar Minuten zu gewähren, wenn ich rasch hinkäme. Als ich ankam, waren die Leute in den vorderen Büros alle völlig in ihre Arbeit vertieft. Keine Spur von der entspannten Atmosphäre oder der Kameradschaft, die in den meisten Ermittlungsbüros herrscht. Der Lieutenant muß extrem schlecht gelaunt sein, dachte ich. Wieder einmal.

Als ich im Vorbeigehen sagte, ich würde erwartet, sah die Sekretärin auf und warf mir einen warnenden Blick zu, der besagte: Viel Glück.

Ich holte tief Luft und hoffte, nicht in einen von Lt. Rileys berüchtigten Wutanfälle zu platzen. Ich klopfte und trat ein.

Der Lieutenant knallte den Telefonhörer auf den Apparat und deutete mit einer schroffen Handbewegung auf einen Stuhl.

»Worum geht's, Montero?«

»Um den Vergewaltiger«, sagte ich.

Die wachsamen, blassen Augen unter farblosen Wimpern musterten mich aufmerksam. »Haben Sie Anrufe mit Informationen über ihn erhalten?«

»Nein.« Sie tat mich als nutzlos ab, und ich sah meine Chancen schwinden. »Aber ich habe gehofft, wir würden welche bekommen, wenn ich in der Sonntagsausgabe einen Beitrag über ihn bringe.«

»Niemand hält Sie auf«, sagte sie und sah ostentativ auf die Uhr. Warum, so fragte ich mich, beginnen die Leute, wohin ich auch komme, auf die Uhr zu schauen und mich zur Tür zu führen? »Sie haben ja bereits über unsere Ermittlungen berichtet und damit jeglichen Vorteil, den wir diesbezüglich hatten, zunichte gemacht.« Die Kälte in ihren Augen sagte mir, daß ich von ihr wohl kein Mitleid erwarten konnte, falls ich je vergewaltigt werden sollte.

»Ich brauche Ihre Hilfe bei dem Artikel.«

Sie lehnte sich in ihrem Stuhl zurück und sah mich mit einem amüsierten Gesichtsausdruck an. Ihr dunkelblondes Haar war fast gerade abgeschnitten und schulterlang, mit einer leichten Naturwelle. Ihrer ledrigen Haut sah man an, daß sie zuviel Zeit in der Sonne verbracht hatte.

Weibliche Polizeibeamte müssen zäh und ehrgeizig sein, wenn sie befördert werden wollen. Sie war beides. Das ging so weit, daß sie nur die Initialen ihrer Vornamen benutzte, K. C. Kathleen Constance Riley war ein tadelloser Name, und ich hatte ihn einmal in einem Bericht verwendet, als sie einem bewaffneten Geistesgestörten, der mit wilder Entschlossenheit auf ihren verwundeten Partner eindrosch, die rechte Kniescheibe wegschoß. In dem Artikel wurde sie als Profi, geradezu als Heldin dargestellt. Doch sie war vor Wut auf mich so außer sich, daß mir selbst die Kniescheiben zitterten. Sie hatte mir strengstens verboten, jemals wieder in einem Bericht ihren vollen Namen zu nennen.

Bei der Polizei haben Frauen größere Fortschritte gemacht als in irgendeinem anderen Beruf, der früher ausschließlich Männern vorbehalten war. Sie kämpfen Seite an Seite mit den Männern in Uniform – und teilen sich, wie Francie, mit ihnen den Platz auf der Gedenktafel in der Eingangshalle.

K. C. Riley hatte um Rang und Ansehen gekämpft und beides erreicht. Ich war mir voll bewußt, welche Hindernisse sie überwunden hatte, aber die Art und Weise, wie sie Dirty Harry imitierte, hatte ich bis obenhin satt. Sich *muy macho* aufzuführen, beweist noch lange nicht, daß man so gut ist wie ein Mann.

»Meine Hilfe?« Sie sog die Wangen ein, schürzte die Lippen und versprühte reinen Sarkasmus. »Meine Hilfe? Nachdem Sie diese Ermittlungen in einen Kampfplatz verwandelt und den Bürgermeister, den Polizeichef und uns alle zur Zielscheibe der Kritik gemacht haben?«

Ich verkniff mir die Bemerkung, daß ich nur meinen Job tat. Ich sage das liebend gern zu Polizisten, weil sie das auch immer behaupten, wenn sie einem Unannehmlichkeiten bereiten. Aber jetzt war nicht der geeignete Augenblick dafür.

»Sie haben nur eine begrenzte Anzahl Kriminalbeamte, Lieutenant. Wenn am Sonntag eine halbe Million Leute mehr über den Vergewaltiger erfahren, haben wir gute Chancen, Hinweise zu bekommen.«

»Aber sicher.« Sie beugte sich vor, ihr Blick war erbarmungslos. »Es werden Dutzende Verrückte anrufen, gehässige Frauen werden ihre Ex-Ehemänner und Freunde verpfeifen, und meine überlasteten Beamten werden Hunderte von falschen Hinweisen überprüfen müssen. Diese Ermittlung ist ohnehin schon wie ein Weg zu einem Gebirge. Je länger man ihm folgt, um so höher türmt es sich vor einem auf.«

»Aber es könnte der richtige Hinweis darunter sein. Wir beide wollen doch dasselbe, Lieutenant.«

»Nein, das tun wir nicht«, sagte sie hitzig. »Ich will einen Vergewaltiger fangen; Sie wollen eine Zeitung verkaufen und sich einen Namen machen.«

»Diese Story wird keinerlei Auswirkungen auf die Auflage

der Zeitung oder auf meinen Job haben. Kein Mensch interessiert sich für den Verfasser eines Zeitungsartikels. Vergessen Sie nicht, Lieutenant, ich bin auch eine Frau. Ich liebe Miami. Ich bin hier geboren. Die Leute, die mir nahestehen, leben hier. Mir liegt genausoviel daran, daß in dieser Stadt das Recht siegt, wie Ihnen.« Ich machte eine Pause und fügte dann hinzu: »Vielleicht sogar noch mehr.«

Da schnellte ihr Kopf hoch.

Ich hatte gehört, daß Lieutenant Riley ein Haus in Hollywood gekauft hatte, gleich hinter der Bezirksgrenze. Früher, als die Wohnkosten, die Grundstückssteuern und die Verbrechensrate noch niedriger waren, zogen die Polizisten gern hinauf nach Broward. Das ist jetzt nicht mehr der Fall, doch die Polizisten von Dade County lassen sich noch immer mit Vorliebe jenseits der Bezirksgrenze nieder. Warum, weiß ich nicht; vielleicht wollen sie sich im wahrsten Sinne des Wortes von ihrer Arbeit distanzieren.

»Ich lebe in Dade County«, sagte ich. »Eine Menge Polizeibeamte haben ihren Wohnsitz in Broward. Sie wohnen nicht mal hier.« Es war eine Art Bestechungsversuch, das war mir bewußt.

Sie saß da, berührte mit der Zungenspitze die Oberlippe und musterte mich. Wahrscheinlich fragte sie sich, woher – oder ob – ich wußte, wo sie wohnte. Mir war klar, daß ich ihr einen Tiefschlag verpaßt hatte. Warum, so fragte ich mich, krachten diese Frau und ich immer wieder zusammen, wo wir doch eigentlich auf derselben Seite stehen sollten? Ich holte tief Luft und setzte zum nächsten Zug an. »Ich habe gehört, Sie haben ein Phantombild und ein psychologisches Persönlichkeitsprofil des Täters. Ich würde sie gerne in meinem Artikel verwenden.«

»Wer hat Ihnen das gesagt?« Ihre Stimme klang mißtrauisch, doch ich merkte, daß sie nicht mehr ganz so feindselig war.

»Ich habe geraten«, log ich; ich gab meine Informanten nicht preis. »Es ist doch nur logisch, daß Sie diese Dinge inzwischen haben.«

»Dann raten Sie den Rest auch. Wenn ich diese Information freigäbe, würde das der Integrität unserer Ermittlungen schaden. Jedermann würde Bescheid wissen, einschließlich des Täters. Er würde seine Gewohnheiten und sein Aussehen ändern, er verlegt vielleicht –«

»Selbst wenn er das versucht – sich selbst kann er nicht ändern. Er hat jetzt alle zwei Wochen zugeschlagen.« Ich senkte die Stimme. »Wie viele Frauen wollen Sie das noch erleiden lassen, nur um die Integrität Ihrer Ermittlungen zu wahren?« Ich beugte mich vor und sah sie an; ihr Blick war stählern. »Ist es wichtiger, ihn zu stoppen, oder darauf zu hoffen, ihn so festzunehmen, wie Sie es sich vorstellen – irgendwann einmal?«

Sie warf den Kopf zurück und starrte mich an. Sie kaute an ihrer Oberlippe und spielte mit einem metallenen Briefbeschwerer in Form einer Handgranate.

Ich schlug mein Notizheft auf, nahm einen Stift heraus und blickte erwartungsvoll auf.

Sie seufzte und legte beide Hände auf die Schreibunterlage vor ihr. Sie betrachtete ihre Fingernägel; sie waren kurz und unlackiert und in keiner Weise zurechtgemacht. »Wir glauben, daß er Kubaner ist«, sagte sie. »Möglicherweise war er dort im Gefängnis.« Mit unveränderter Miene nahm sie aus dem niedrigen Metallschrank hinter ihr einen Ordner und öffnete ihn. Ein Phantombild starrte sie an.

Sie schob es über den Tisch. Hohe Backenknochen, glattrasiert, gewelltes Haar, markante Nase, engstehende Augen.

»Körperbau hager und muskulös; der Hurensohn ist mager, aber kräftig. Mitte bis Ende Dreißig, eins zweiundsiebzig bis eins fünfundsiebzig groß, etwa fünfundsiebzig Kilo, schöne ebenmäßige Zähne, unbehaarte Brust. Wahrscheinlich hat er anfangs von Wäscheleinen oder aus Waschküchen Höschen gestohlen und sich dann hochgearbeitet. Hat wahrscheinlich schon Vorstrafen wegen kleinerer Sexualdelikte, vielleicht Exhibitionismus. Er steigert sich immer noch. Anfangs hat er keiner der Frauen unnötig weh getan. Jetzt macht er seinen Opfern bewußt angst. Er verletzt sie mit dem Messer. Ihre Angst und ihre Erniedrigung erregen ihn. Er wird immer gefährlicher. Er könnte auf Mord zusteuern.«

Wie in Gedanken versunken hielt sie inne. »Bis auf einen Fall hat er immer vor vier Uhr nachmittags zugeschlagen. Vielleicht stimmt er es auf seinen eigenen Stundenplan ab. Er könnte bei einem Wartungsdienst beschäftigt sein und um vier Uhr anfangen; vielleicht geht er gerne glücklich zur Arbeit.

Der erste Überfall war nur eine versuchte Vergewaltigung, weil er keine Erektion bekam. Jetzt zwingt er seine Opfer, ihn mit dem Mund zu erregen. Dann macht er es von hinten; offenbar hat er von vorne Schwierigkeiten. Kann seine Erektion nicht aufrechterhalten.«

»Und aus welchem Grund, glauben Sie?« fragte ich. Ich schrieb wie wild mit.

Sie überlegte ein wenig und spielte wieder mit dem Briefbeschwerer. »Ich weiß nicht, wieviel Sie davon in Ihrer Zeitung bringen können. Wahrscheinlich macht er es von hinten, weil er sein Opfer nicht als Person sieht, wenn er der Frau nicht ins Gesicht schaut. Wenn er es von vorne versucht – nichts.«

»Er hat Probleme.«

»Das kann man wohl sagen.«

»Was ist mit den Laborergebnissen?«

»Er ist ein Ausscheider.«

Achtzig Prozent der Menschen scheiden ihre Blutgruppe in ihre Körperflüssigkeiten aus – Tränenflüssigkeit, Schweiß, Schleim, Samen, Vaginalsekret und Speichel. Manchmal kann man die Blutgruppe eines Verdächtigen an einer Zigarettenkippe feststellen. Der beste Beweis dafür, daß zwei Menschen miteinander Geschlechtsverkehr hatten, ist ein Kondom, das innen den Samen des Mannes und außen das Vaginalsekret der Frau aufweist. »Gut. Was für eine Blutgruppe hat er?«

»Null positiv; er kann für alle anderen spenden.« Sie lächelte bitter. »Aber dem Kerl sollte man nicht zu nahe kommen.«

Ich setzte eine neugierige Miene auf, um nicht zu verraten, daß mir Harry bereits davon erzählt hatte. »Hat er AIDS?«

»Nein, Gonorrhöe, den gefährlichen Typ, penicillinresistent.«

»Glauben Sie, daß er es weiß?«

Sie zuckte die Achseln. »Tun Sie mir einen Gefallen. Wenn Sie etwas davon erwähnen, drücken Sie sich vage aus. Schreiben Sie nur, daß irgend etwas mit ihm nicht stimmt. Daß er krank ist und eine Funktionsstörung hat. Vielleicht geht er zu einem Arzt oder in ein Krankenhaus, und wir kommen auf die Art an ihn heran.«

»Verwendet er je ein Kondom?«

Sie schüttelte den Kopf. »Die Typen sind jetzt cleverer als früher. Sie wissen genau Bescheid über die serologischen Untersuchungen, aber dennoch sehen wir bei Serientriebtätern immer noch kaum Kondome. Bei Vergewaltigungen durch Banden hingegen schon häufiger.« Sie wirkte ratlos.

»Vielleicht kommt das von den ganzen Vorträgen über Safer Sex, die sie heutzutage in den öffentlichen Schulen zu hören bekommen.« Ich dachte laut nach. »Es wäre gut, wenn man ihnen auch von Vergewaltigungen abraten würde. Also haben Sie seine DNS-Analyse?«

»Sie wird gerade durchgeführt.« Bei dem Gedanken hellten sich ihre blassen Augen auf. »Irgendwann einmal wird jeder Sexualverbrecher eine Blutuntersuchung vornehmen lassen müssen, die dann in einer DNS-Bank in Florida gespeichert wird. Dann ist sie aktenkundig, wie Fingerabdrücke.«

»Wird das landesweit durchgeführt werden? Und wenn ein Typ, der in Seattle reihenweise Frauen vergewaltigt hat, hier straffällig wird, können Sie ihn dann identifizieren?«

»Genau. Das FBI hat die Software für dieses Programm entwickelt und stellt es den Polizeilabors zur Verfügung.«

»Je rascher, desto besser«, sagte ich.

»Beten Sie nur, daß wir das Geld dafür bekommen.«

»Wie konnte dieser Mann den Frauen in den Gebäuden auflauern, ohne von irgend jemand anderem gesehen zu werden?«

»Das versuchen wir noch herauszubekommen. Wir überprüfen Personalunterlagen und die Taxifahrer, die in der Gegend arbeiten.« Sie fuhr sich mit der Hand durch das strohblonde Haar. »Wir haben das Viertel planquadratmäßig auf andere Delikte hin überprüft, für den Fall, daß er sich als Exhibitionist betätigt oder Raubüberfälle verübt hat, bevor er anfing, Frauen zu vergewaltigen.«

»Haben Sie irgendwelche Hinweise von Informanten bekommen?«

»Vergewaltigung ist nicht die Art von Straftat, mit der man in Bars angibt«, sagte sie in scharfem Tonfall. »Wenn man Informationen bekommt, dann gewöhnlich nicht, weil die Leute etwas gehört haben, sondern weil ihnen etwas aufgefallen ist.«

»Glauben Sie, er ist verheiratet?«

Sie seufzte. »Manche von diesen Typen sind verheiratet. Sie haben Frau und Kinder, ein Sexualleben – die Ehe ist vielleicht nicht die beste, aber die Frau bemerkt gar nichts.«

»Wie ist er gekleidet?«

»Er trägt ein T-Shirt und Blue jeans, nichts Besonderes, abgesehen von –« Sie hielt inne. Offenbar hatte sie sich entschlossen, etwas zurückzuhalten.

»Was?«

Sie schüttelte den Kopf. »Endlich etwas, was Ihnen meine Beamten noch nicht ins Ohr geflüstert haben, Britt.«

Die Frau ist gut, dachte ich. Ich fragte mich, wie weit sie es bei der Polizei wohl gebracht hätte, wenn sie ein Mann gewesen wäre. »Wie bitte?« sagte ich und hoffte, daß mein Tonfall verwirrt-unschuldig klang.

Lieutenant Riley lächelte breit. Es war ein humorloses Lächeln. Würde ich für sie arbeiten, dann würde ich nicht wollen, daß sie mich so anlächelte. Ich versuchte, zu erraten, welche merkwürdige Einzelheit sie mir vorenthielt.

»Ist etwas auf sein T-Shirt gedruckt?«

»Zum Beispiel sein Name und die Firma, bei der er arbeitet? Ich wünschte, es wäre so. Wir hatten mal so einen Typen. Der trug ein Hemd, auf dessen Brusttasche sein Name eingestickt war. Und am Rücken stand der Name der Installateurfirma, bei der er arbeitete.« Sie lächelte bitter. »Ein Hirn so groß wie ein Kugellager und ein dazu passender Penis.«

»Hat er außer dem Messer sonst noch etwas dabei?«

»Ein paar von den Opfern haben etwas gesehen, das aussah wie eine Segeltuchtasche, bevor er ihnen die Augen verband. Vielleicht hat er darin das Messer.«

»Was verwendet er, um sie zu fesseln und ihnen die Augen zu verbinden?«

»Isolierband.«

»Haben Sie Fingerabdrücke darauf gefunden?«

Wieder sah sie auf ihre Hände hinunter. »Der Mann trägt Chirurgenhandschuhe aus Latex, die, welche innen mit Talkumpuder bestäubt sind, damit sie angenehmer zu tragen und leichter an- und auszuziehen sind.«

Irgendwie erschreckte mich dieses Detail mehr als alles andere. Ein Sexualverbrecher, der so kaltblütig und berechnend war, daß er Gummihandschuhe anzog, bevor er seine Opfer berührte, wie ein Zahnarzt oder ein Gehirnchirurg.

»Wo, glauben Sie, kauft er sie?«

Sie zuckte die Achseln. »Es gibt Tausende von Geschäften, in denen er sie gekauft oder gestohlen haben könnte.«

»Sagte er irgend etwas Ungewöhnliches, oder hat er einen besonderen Körpergeruch? Erinnern Sie sich an den Mann, der nach der Schnellimbißbude roch, in der er arbeitete?«

»Nach fettigen Pommes frites, Zwiebeln und Hamburgern?« Sie nickte. »Der Typ hat keinen speziellen Körpergeruch – und er sagt das Übliche: ›Nicht schreien, sonst bringe ich dich um. Sei still. Mach die Beine breit. Oh, Baby, oh, die übliche Scheiße.«

Wir gaben einander vorsichtig die Hand. Mein behutsamer Tanz mit dem Lieutenant hatte – diesmal – funktioniert.

»Übrigens, wie geht es Dan Flood?«

Ich muß überrascht gewirkt haben.

»Ich habe Sie bei der Gedenkfeier mit ihm zusammen gesehen.«

»Es geht ihm gut, den Umständen entsprechend. Ich weiß, daß ihm die Arbeit fehlt.«

»Ein Jammer, er war ein guter Mann. Aber wenn man es körperlich nicht mehr schafft, ist es Zeit, sein Abzeichen zurückzugeben, bevor man sich selbst oder jemand anderen in Gefahr bringt.« Ihre Worte lagen ganz auf der offiziellen Linie des Dezernats. »Vermasseln Sie uns bei dieser Geschichte nichts, Britt. Sie ist zu wichtig«, sagte sie zum Abschied. »Und geben Sie auf jeden Fall unsere Telefonnummer an. Wir richten eine Hotline ein und stellen einen Kriminalbeamten dafür ab. Wir nehmen natürlich alles auf Band auf.«

Ich nickte und überlegte, ob sie wohl allein war, wenn sie in ihr neues Haus in Broward County heimkam.

Ich wußte, wie ich mich fühlte. Ich wollte nach Hause fahren und ein heißes Bad nehmen. Nach den letzten drei Tagen war es mir ganz egal, ob ich mich jemals wieder verliebte. Die Erinnerung an Kendall McDonald und seinen warmen Körper neben dem meinen verblaßte rasch. War er der letzte Vertreter einer aussterbenden Spezies? Betreibt kein Mensch mehr normalen Sex?

KAPITEL 6

Es war fast Mitternacht, als ich am Freitag mit der Geschichte über den Vergewaltiger fertig war. Als ich nach Hause fuhr, tobte ein entsetzliches Gewitter. Der tosende Wind und der Regen peitschten fast waagerecht gegen meine Windschutzscheiben. Blitze zuckten über den Himmel, ein Funkenregen von kosmischen Ausmaßen, der ein Hochspannungsfeuerwerk in Gang setzte, auf das heftige Donnerschläge folgten. Die vereinzelten Blitze erhellten Palmen, die vom stürmischen Wind gebeugt und verbogen wurden, und verlassene, von den Wassermassen überschwemmte Straßen. Die gute Nachricht war, daß meine Nachtschicht in der Redaktion den Augenarzt und mich voreinander und vor den guten Absichten meiner Mutter bewahrt hatte.

Um es wiedergutzumachen, ging ich zu der Modenschau am Samstag. Meine Mutter wirkte erfreut, und mich versetzte die Tatsache, daß ich – wenn auch nur kurz – in einer Welt voller Musik, rosa Leinentischtücher und üppiger Tischgestecke eintauchen konnte und von glücklichen, gutgekleideten Menschen umgeben war, deren größte Sorge die Saumhöhe der Herbstkollektion war, in eine ausgelassene Stimmung. Meine Mutter war extrem schick in weiche, geblümte Seide gehüllt. Sie strahlte und flüsterte mir begeisterte Kommentare ins Ohr, während wir uns die Abendkleidung der Herbstkollektion ansahen, hinreißende Kreationen aus glänzendem Satin und schimmernder Seide. Leider verbringe ich meine Abende in Miami gewöhnlich bei Schießereien, Bränden und anderen Katastrophen. Da trägt man keine Pailletten, sondern Gummistiefel und Schutzhelme. Ich schlich mich vom Essen davon, um meine Routinechecks im Polizeipräsidium von Miami zu machen, das leider nicht dasselbe Ambiente zu bieten hatte.

Der junge Polizist, der Dienst hatte, stutzte und zog beifällig eine Augenbraue hoch. So gut angezogen, wie ich vom Lunch kam – leuchtend gelber Blazer, schwarzes Seidentop mit dazupassender Hose –, hatte er mich noch nie gesehen. Ein beharrliches Signal aus meinem Piepser, den ich an meiner Handtasche befestigt hatte, unterbrach die Durchsicht der Eintragungen und Berichte über die Vorfälle, die sich während der Nacht zugetragen hatten. Die Lokalredaktion rief an. Mein Wochenendbeitrag über den Vergewaltiger mußte noch vor Redaktionsschluß um fünfzehn Zentimeter gekürzt werden. Ich fuhr zurück in die Redaktion; ich wollte die Kürzungen unbedingt selbst vornehmen und nicht irgendeinen Redakteur an meiner Story herumpfuschen lassen.

Als der Andruck der Abendausgabe in die Nachrichtenredaktion hinaufkam, sah ich mir die Sache an. Die Story begann auf der Titelseite, wenn auch das Phantombild erst auf Seite 12 A abgebildet war. Als ich den Artikel überflog, fühlte ich meine Hoffnung sinken. Es fehlte der letzte Absatz mit der Telefonnummer der Polizei-Hotline, bei der die Leser anrufen sollten, wenn sie Informationen über den Täter hatten. Offensichtlich war er nicht aus Platzmangel weggelassen worden, denn an seiner Stelle stand eine winzige, nur einen Absatz lange Meldung:

Havanna – Tunnels, die als Schutzräume für den Fall eines feindlichen Angriffs unter Havanna angelegt wurden, werden nun auch benutzt, um eßbare Pilze zu züchten, wie die kommunistische Jugendzeitschrift Juventud Rebelde am Samstag berichtete.

Pilze?

Wie eine Furie stürmte ich in die Lokalredaktion.

»Ich habe den Absatz herausgenommen«, gab Gretchen gelassen zu. Sie schürzte die Lippen und machte ein rechtschaffenes Gesicht. »Wir arbeiten nicht für die Polizei. Warum sollen wir ihre Telefonnummer veröffentlichen? Die wollen uns nur ausnutzen.«

Kein Wunder, daß die Leute die Presse hassen. Keiner gewinnt bei einer Auseinandersetzung mit Gretchen, es sei denn, er steht in der Hierarchie über ihr, daher bemühte ich mich erst gar nicht.

»Übrigens«, rief sie mir nach, als ich davonging. »Es ist wichtig, daß Sie stets daran denken, daß Sie diese Zeitung repräsentieren, wenn Sie in der Öffentlichkeit auftreten.«

»Wie bitte?«

»Ich bin froh, daß Sie sich jetzt mehr Mühe mit Ihrem Aussehen geben.« Sie musterte meine Kleidung und nickte selbstgefällig. »Sehr schön.«

Mein Gott! dachte ich.

Ich ging sofort eine Hierarchiestufe höher, wobei ich wußte, daß sie mir das übelnehmen und ich später dafür bezahlen würde. Fred Douglas war zufällig in seinem Büro, was an einem Samstag ungewöhnlich war.

»Sie hat nicht unrecht«, sagte er; es klang nicht sehr überzeugt, und er wich meinem Blick aus. Loyal bis ins Mark, steht er immer hinter seinen Leuten. Aber er ist auch fair und vernünftig.

»In diesem Fall nicht«, sagte ich kühl. »Natürlich arbeiten wir nicht für sie. Doch es liegt im Interesse der ganzen Stadt, diesen Vergewaltiger zu fassen, und der Beitrag dreht sich zum Teil auch darum, daß die Polizei eine Hotline eingerichtet hat.« Ich sagte nicht, daß sie ausschließlich in Erwartung des Beitrags eingerichtet worden war.

Fred rückte geschäftig die Unterlagen auf seinem Schreibtisch zurecht. Seine Miene war unverbindlich.

»In dem Artikel steht, daß die Polizei Hilfe braucht, um den Täter zu identifizieren, und dann folgt eine Beschreibung«, fuhr ich fort. »Wie zum Teufel soll ein Leser, der einen Hinweis hat, ohne die Telefonnummer den richtigen Beamten ausfindig machen, dem er ihn geben kann? In Dade County gibt es siebenundzwanzig Polizeidezernate und sechstausend Polizisten. Sie wissen, was passieren wird. Alle Leser, die helfen wollen, werden bei uns anrufen, anstatt bei ihnen.« Ich drehte mich um und starrte vielsagend auf Gloria, die Sekretärin der Lokalredaktion, die ganz unschuldig in den Hörer sprach, während zwei Lämpchen blinkten und anzeigten, daß weitere Anrufer warteten. »Wir werden noch ein paar Leute brauchen, die Gloria helfen, die Anrufe entgegenzunehmen. Es werden tagelang Hunderte von Anrufen kommen. Viele werden auch schreiben; vielleicht brauchen wir auch zusätzlich Leute im Postzimmer –«

»Okay, okay, Britt«, sagte er. Er versuchte, ungeduldig zu klingen, und hob beide Hände, um zu zeigen, daß er sich geschlagen gab. »Ich habe kapiert. Kein Grund, es gleich zu übertreiben.« Ich kehrte zurück an meinen Schreibtisch und tat, als sei ich sehr beschäftigt und merke nicht, wie er zur Lokalredaktion ging und den Leuten dort sagte, die Telefonnummer solle doch in die endgültige Ausgabe hineingenommen werden.

Am Sonntag konnte ich es nicht erwarten, in die Redaktion zu kommen. Um elf Uhr hatte die Polizei bereits über achtzig Anrufe erhalten. Bei uns würden Leute anrufen, die nicht mit der Polizei reden wollten, sondern einen Reporter vorzogen, oder die bei der Hotline nicht durchkamen. Es erwartete mich bereits ein ganzer Stapel Nachrichten, und als ich hinkam, klingelte mein Telefon. Ich drückte die Daumen und hob ab.

Die Anruferin hörte sich an wie eine Frau mittleren Alters und klang sehr ernst. Sie war sicher, den Täter gesehen zu haben. Ich schlug ein neues Notizheft auf und zückte den Bleistift.

»Vor einem Monat«, sagte sie atemlos und senkte die Stimme. »Ich möchte natürlich nicht, daß Sie meinen Namen nennen.«

»Wo war das, und was ist passiert?« fragte ich und machte mir Notizen.

»Auf der I-95. Ich fuhr Richtung Norden, zum Sawgrass-Mills-Einkaufszentrum. Sein Auto fuhr in der Nebenspur. Ich werde nie vergessen, wie er mich angesehen hat. Als ich heute morgen den Artikel las, wußte ich, das muß derselbe Mann gewesen sein.«

»Was hat er sonst noch getan?«

»Äh, nichts. Ich fuhr bei der nächsten Ausfahrt ab, und er blieb auf der Autobahn.«

»Schön. Was für ein Auto hat er gefahren?«

»Es war nicht neu, aber auch nicht alt. Es könnte ein japanisches oder ein deutsches Auto gewesen sein, aber ich bin nicht sicher.«

»Haben Sie sich die Nummer aufgeschrieben?«

»Nein.« Sie klang leicht gereizt über meine dumme Frage. »Ich bin schließlich Auto gefahren. Ich habe bei Ihnen angerufen statt bei der Polizei. Ich wollte nicht, daß sie hier herauskommen und meine Nachbarn das sehen oder so, aber ich bin sicher, er war es. Diesen Blick werde ich nie vergessen.«

»Vielen Dank für den Anruf.«

»Ich hielt es für meine Pflicht«, sagte sie.

Zumindest belegt sie nicht die Hotline und schürt den Haß der Polizei auf mich, dachte ich. Hoffnungsvoll sah ich die Zettel durch und zog optimistisch einen heraus, auf dem stand: *Eine Frau sagt, sie weiß, wie man den Sexualverbrecher fassen kann.*

Die ältliche Stimme, die sich meldete, zitterte ein wenig, klang aber aufrichtig. »Ich bin so froh, daß Sie mich zurückrufen«, sagte sie eifrig. »Vor ein paar Jahren gab es genauso einen Fall in *Columbo*, oder vielleicht war es auch *Kojak*. Sie haben ihn gelöst und den Mann verhaftet, ich weiß nur nicht mehr genau, wie. Aber wenn Sie sich mit dem Fernsehsender in Verbindung setzen und die Leute dort bitten, Ihnen die Folge zu zeigen, könnte die Polizei sehen, wie sie es gemacht haben.«

»*Columbo* oder vielleicht *Kojak* wiederholte ich mit geschlossenen Augen.

»Oder war es *Perry Mason*?« sagte sie langsam. »Nein, warten Sie, es war wahrscheinlich doch *Kojak*, auf CBS, oder vielleicht war es auch NBC. Ich kann mich ganz genau daran erinnern. Haben Sie das?«

»Ja, vielen Dank.«

»Freut mich, wenn ich Ihnen helfen kann.«

Die nächste Frau verriet uns den Namen des Mannes, der, wie sie sagte, die Vergewaltigungen begangen hatte, und auch die Adresse, wo ihn die Polizei in diesem Augenblick abholen konnte, wenn sie sich beeilte. Es war ihr Ex-Schwiegersohn, der nebenbei bemerkt auch seit Herbst 1991 die vom Gericht festgesetzten Alimente für sein Kind nicht gezahlt hatte, obwohl er genug Geld hatte, um sich einen neuen roten TransAm zu kaufen und in einem schicken Appartement zu wohnen. Er war polnischer Abstammung, in Detroit geboren und sah dem Phantombild in keiner Weise ähnlich.

Ich wußte nicht, ob ich den Bleistift hinlegen oder mir mit der Spitze die Gurgel durchbohren sollte. Ich hoffte, die Leser, die bei der Polizei anriefen, hatten solidere Hinweise.

Zu meiner Erleichterung kam eine Meldung herein, die mich vom Telefon wegholte. Die Polizei hatte am Venetian Causeway etwas im Wasser gefunden.

Die Polizeitaucher suchen die Gewässer rund um die Brücken häufig nach Waffen ab, die von Verbrechern auf der Flucht weggeworfen wurden. Sie finden Unmengen Blechdosen, Gerümpel und altes Werkzeug. Jetzt hatten sie etwas Größeres gefunden, das der Kapitän eines Ausflugsschiffes entdeckt hatte: Ein Auto, das direkt neben dem Damm im zwölf Meter tiefen Wasser lag.

Ein breitschultriger blonder Mann in einer makellosen weißen Uniform stand abseits der Gruppe von Polizisten, Feuerwehrleuten und Tauchern. Er war unmöglich zu übersehen.

»Sind Sie von der Küstenwache?« fragte ich und suchte mir einen Weg über Korallenfelsen und wucherndes Gestrüpp.

Er schüttelte den Kopf und strahlte mich mit einem umwerfenden Lächeln an. »Ich bin Curt Norske, der Kapitän der *Sea Dancer.*«

»Ich habe Ihren Vater gekannt«, sagte ich, und die Erinnerung stand plötzlich vor mir. Sein Vater, einer der Pioniere von Miami, ein hochgeachteter und vorausdenkender Mann, war vor Jahren Lokalchef gewesen, jedoch in Pension gegangen, bevor ich zur Zeitung kam, und ein paar Jahre später gestorben. Die *Sea Dancer* lag in Bayside vor Anker und unternahm etliche Male am Tag Ausflugsfahrten durch die Biscayne Bay und zu den bebauten Inseln. Ich stellte mich vor.

»Sie sind also die Frau, die diese Artikel schreibt. Ich lese alles von Ihnen. Sie sind gut. Ich hatte keine Ahnung, daß Sie so jung und fotogen sind. Warum sind Sie nicht beim Fernsehen?«

»Weil ich für die Zeitung schreibe.« Wollte er mich auf den Arm nehmen? Es klang, als meine er es ernst, und er hatte ein hinreißendes Lächeln. Natürlich war dieser Mann darauf trainiert, seinen Charme bei den Touristen spielen zu lassen.

»Captain Norske –«

»Sagen Sie Curt zu mir.« Seine haselnußbraunen, goldgefleckten Augen sahen mich unverwandt an, ungeachtet des Verkehrslärms und der lauten Rufe der Polizisten, der Taucher und des Fahrers des Bergungsfahrzeugs, der mit seinem Laster an den Rand des Wassers zurückstieß.

Der Kontakt und die Energie, die dadurch zwischen uns erzeugt wurde, weckte in mir etwas so Fundamentales, daß ich mich automatisch ermahnte, professionell zu bleiben. »Curt, haben *Sie* das Auto entdeckt, oder war es ein Passagier?«

»Ich habe es gesehen«, sagte er. »Ich fahre mindestens zweimal am Tag mit dem Schiff durch diese Zugbrücke. Hab' noch nie etwas bemerkt. Heute war das Licht genau richtig, das Wasser unheimlich klar – und vielleicht hat sich das Wrack auch bewegt, ist auf dem Grund weitergewandert, wahrscheinlich während des schweren Gewitters Freitagnacht.«

Ich erinnerte mich daran. Bitsy und Billy Boots hatten sich unter dem Bett zusammengekauert, als ich nach dem kurzen Spurt vom Auto zum Haus durchnäßt und windzerzaust in die Wohnung kam.

»Hatte eine japanische Reisegruppe an Bord, also markierte ich die Stelle mit einer Boje, brachte die Touristen zurück zum Kai, meldete es und fuhr wieder her, um den Polizisten die genaue Stelle zu zeigen.«

Ein Taucher in Tauchausrüstung kam an die Wasseroberfläche und berichtete, daß das Auto auf dem Kopf stand und das Dach eingedrückt war. Es schien niemand drinnen zu sein.

Dieser vom Salzwasser zerfressene Wagen lag offenbar schon lange im Wasser. Aus den Tiefen der Hunderte Meilen langen Wasserstraßen von Groß-Miami werden jährlich Dutzende von gestohlenen und aufgegebenen Autos geholt. An diesem hier hatten die Taucher jetzt ein Seil befestigt, und es konnte herausgezogen werden.

»Treten Sie lieber ein Stück zurück«, warnte mich Curt. »Sie sollten nicht zu nahe stehen, falls das Seil reißt.« Er berührte mich am Rücken und führte mich an eine sicherere Stelle, von der aus ich zusehen konnte, ein merkwürdiges Gefühl. Die größte Aufmerksamkeit, die mir an derartigen Schauplätzen zuteil wird, besteht normalerweise darin, daß mich die Polizisten und Feuerwehrleute verfluchen und anschreien, ich solle zurückgehen.

Vom Bergungsfahrzeug vom Grund der Biscayne Bay gezogen, tauchte das verrostete Wrack wasser- und schlammtriefend auf. Zum ersten Mal, seit es ein Dieb oder sein Besitzer, der auf das Versicherungsgeld aus war, im Wasser versenkt hatte, kam es wieder auf trockenem Land zu stehen. »Sieht aus wie ein Chevy Malibu!« schrie ein Polizist.

Die Nummerntafel war verbogen, oxydiert und schlammbedeckt. Der Taucher bückte sich, um das Kennzeichen zu entziffern und rieb den Schmutz mit der Hand ab. Ein älterer, korpulenter Polizist in Uniform riß die Fahrertür auf, um nach etwas zu suchen, das zur Identifizierung beitrug. »Es ist ein Kennzeichen aus Florida aus dem Jahr siebenundachtzig«, sagte der Taucher.

»Mein Gott!« Der Polizist prallte vom Auto zurück, als sei er von etwas Furchtbarem erschreckt worden. Und so war es auch. Etwas, das aussah wie ein Fetzen, hing noch immer im Sicherheitsgurt. Der Fahrer. Er hatte offensichtlich seit Jahren da unten gelegen.

Der ältere Polizist kam zu uns her. Er griff sich an die Brust. »Mein Gott«, sagte er, »das habe ich nicht erwartet. Sieht aus, als ob da jemand seit langer Zeit vermißt wird.«

Curt und ich sahen ernst zu. Mit Muscheln und Algen bedeckt, stand das noch triefende Wrack am Ufer der Bucht, umringt von Polizisten in Uniform und Kriminalbeamten. Die Brieftasche des Toten steckte noch in den Überresten seiner Hose. »Wir werden sie trocknen lassen müssen, bevor wir nachsehen, ob ein Ausweis darin ist«, sagte der Polizist. Nichts deutete auf ein Verbrechen hin. Ein gewöhnlicher Unfall. Das Auto war auf dem Meeresboden von Stürmen und heftigen Gezeiten hin- und hergeworfen worden. Daß man es gefunden hatte, war reines Glück.

Irgendwo verbringt gerade eine Familie diesen Sonntagnachmittag, dachte ich, ohne zu wissen, daß ein lange vermißter, geliebter Mensch demnächst nach Hause kommt.

Ich fragte den Polizisten, der seinen Bericht schrieb, wo er danach sein würde und vereinbarte, ihn später anzurufen.

»Sie wollen doch nicht gehen?« fragte Curt.

Ich nickte. »Zurück in die Redaktion.«

»Ich habe gehofft, Sie würden nach Bayside hinüberkommen und die Nachmittagsfahrt der *Dancer* mitmachen. Kostenlos. Waren Sie schon mal auf einer unserer Ausflugsfahrten?«

Ich lächelte. »Nein, das ist etwas für Touristen. So, wie die gebürtigen New Yorker nie die Freiheitsstatue besuchen. Nur Fremde machen solche Touren, wir anderen haben keine Zeit für so etwas, weil wir unseren Lebensunterhalt verdienen müssen.«

Er starrte auf mich hinunter. »Haben Sie gesagt, Sie stammen aus Miami, Britt?«

»Ich bin hier geborgen«, nickte ich. »Und meine Mutter auch.«

»Meine auch. Ich frage mich, warum es so lange gedauert hat, bis wir uns begegnet sind? Es war höchste Zeit. Wissen Sie, wie selten Leute wie wir sind? Niemand ist in Miami geboren, zumindest fast niemand. Kommen Sie doch heute nachmittag auf die *Dancer*. Ich zeige Ihnen Ihre Heimatstadt, wie Sie sie noch nie gesehen haben.«

Ich lächelte. »Heute kann ich nicht, aber vielleicht ein andermal –«

»Es wird Ihnen gefallen; es ist eine Erholung von Mord und Totschlag. Sie können auch etwas trinken. Wir haben eine Bar an Bord.«

Der Mann war ein Meister der Überredungskunst. Ich überlegte, welches Motiv er wohl hatte.

»Ich werde keinen Artikel über Sie schreiben«, warnte ich ihn. »Keine Gratiswerbung. Außer, natürlich, wenn das Schiff sinkt und eine ganze Ladung Touristen in die Bucht kippt, oder wenn die Passagiere randalieren und sich gegenseitig über Bord werfen, oder wenn alle evakuiert werden, außer dem Kapitän, der mit dem Schiff unter . . .«

»Ich merke schon, worauf Sie hinauswollen.« Er grinste. »Ich weiß, was für Artikel Sie schreiben. Glauben Sie, ich würde jemanden wie Sie der Publicity wegen einladen? Ich möchte nicht, daß Sie je über mich oder meinen Job schreiben.«

Wir lachten beide, und unsere Blicke trafen sich und lösten in mir eine angenehme Hitzewelle aus.

»Ich möchte Sie einfach nur sehen«, sagte er.

Ich bemerkte nicht, daß ein Jeep Cherokee auf der Brücke stehenblieb. Kendall McDonald hatte sich einen tollen Zeitpunkt ausgesucht, um wieder in mein Leben zu treten.

»Britt!« Ich wurde von der vertrauten Stimme überrumpelt.

»Ich dachte, ein Lieutenant braucht am Wochenende nicht zu arbeiten«, sagte ich dümmlich; ich kämpfte gegen die Verwirrung an, die mich in seiner Gegenwart immer befiel.

»Ich habe frei, aber ich war in der Gegend und habe über Funk davon gehört und vorbeigeschaut.« Er war hager, langbeinig und attraktiv wie eh und je und trug ein am Hals offenes Hemd und eine Baumwollhose. *Buenísimo.* Er musterte Curt neugierig.

»Sie haben die Überreste des Fahrers gefunden«, plapperte ich.

Offensichtlich liegen sie schon seit Jahren in der Bucht.«

»Das habe ich gehört. Sind Sie derjenige, der das Wrack entdeckt hat?« fragte er Curt.

Sie stellten sich vor und gaben einander die Hand wie alte Freunde. Als Curt noch einmal erklärte, wie er das Auto entdeckt hatte, bog ein weiteres Polizeifahrzeug von der Straße ab und stellte sich zu den anderen. »Vorsicht«, murmelte er und nahm mich beim Arm, als sei ich eine zerbrechliche Porzellanpuppe. McDonalds Augen flackerten; ihm war diese Geste nicht entgangen.

»Wir wollten gerade gehen«, sagte Curt zu ihm.

McDonald drehte sich um und brüllte den korpulenten Polizisten, der versuchte, die Fahrgestellnummer des verrosteten Wagens zu entziffern, gereizt an.

»Valenti, warum ist der Platz nicht abgesperrt?«

»Na ja – äh, wir haben ja nur das Fahrzeug geboren«, sagte der überraschte Polizist. »War anscheinend ein Unfall.«

»Sperren Sie die Stelle ab«, sagte McDonald schroff. Seine stahlblauen Augen blitzten erbost über die hoffnungslose Unfähigkeit, von der er umgeben war. Warum versteifte er sich plötzlich so darauf, daß dieser Platz abgesperrt wurde, fragte ich mich.

Er wandte sich wieder uns zu.

»Wir legen Wert darauf, daß Zeugen mit einem Kriminalbeamten sprechen, bevor sie sich mit der Presse unterhalten«, sagte er kühl. Er winkte Curt mit seinem Funkgerät hinüber zum Streifenwagen.

»Was?« rief ich entrüstet. »Er hat nur einen Schatten unter der Wasseroberfläche gesehen. Er ist kein Zeuge. Der Unfall ist vor langer Zeit passiert.«

»Du kennst dich doch aus, Britt«, sagte er und wandte sich mir zu, »und du weißt, daß du nicht mit Zeugen sprechen sollst, bevor wir mit ihnen gesprochen haben.«

»Nein, das weiß ich nicht«, murmelte ich. Sein Verhalten überraschte mich. Wann immer wir uns seit unserer Trennung in der Polizeistation und an Tatorten begegnet waren, waren wir sehr sachlich, aber höflich und zivilisiert miteinander umgegangen.

»Wir unterhalten uns hier rein privat«, sagte Curt, zusehends weniger freundlich. »Kommen Sie, Britt, ich bringe Sie zu Ihrem Wagen. Dann muß ich zurück nach Bayside.«

»Ich habe Sie gebeten, da drüben zu warten«, sagte McDonald.

Beide Männer schienen sich aufzuplustern und einander zu messen wie bei einem urzeitlichen Revierkampf.

Die Spannung war deutlich zu spüren, und die Polizisten, Feuerwehrmänner, Taucher und Bergungsarbeiter hielten alle inne und sahen zu.

»Ich habe vollen Respekt vor der Polizei«, sagte Curt freundlich. »Ich helfe ihr, wann immer ich kann. Aber jetzt muß ich zurück zu meiner Arbeit. Officer Valenti hat meinen Namen und alle erforderlichen Informationen. Rufen Sie mich an, wenn Sie mich brauchen, Detective.«

»Lieutenant«, korrigierte ihn McDonald und zog blitzschnell seine Visitenkarte heraus.

Curt studierte sie höflich. »Hier ist meine.« Er lächelte und überreichte McDonald eine goldgeprägte Karte. »Ich bin Kapitän. Captain Curt Norske.« Ich biß mir auf die Unterlippe und bewunderte das Leuchten in seinen Augen.

Wir schlenderten zu meinem Thunderbird und ließen McDonald stehen, der mürrisch auf Curts Karte starrte. Dann wirbelte er herum und ging auf Officer Valenti los, der nicht wußte, wie er dazu kam.

Wir schwiegen, bis ich mein Auto aufsperrte.

»Was ist los mit dem Typen?« murmelte Curt leise. »Hat er vergessen, daß die Polizei im Dienst der Bürger steht und die Leute schützen soll und nicht belästigen und schikanieren?«

Ich lachte. »Er ist nicht immer so schlimm.«

»Also, wegen Ihrer Telefonnummer . . .« Er hielt erwartungsvoll inne.

Ich zögerte. Ich *bin* ein Profi, und ich *war* im Dienst. »Sie können mich in der Redaktion erreichen«, sagte ich und kramte in meiner Jackentasche nach *meiner* Karte.

»Hier ist meine Nummer, Sie können jederzeit anrufen.«

Er nahm einen goldenen Füller aus der Brusttasche, kritzelte quer über seine Karte und betrachtete mich, wie ich sie las.

»Und Sie wollen wirklich nicht heute nachmittag zu einer Ausflugsfahrt aufs Schiff kommen?«

»Ich muß zurück in die Redaktion.« Ich setzte mich ins Auto und ließ den Motor an. »Aber ich würde wirklich gerne einmal mitfahren, Captain. So etwas wollte ich schon immer mal tun.«

»Abgemacht. Ich werde auf Sie warten.« Er drehte sich um und ging zu seinem Wagen, einem weißen Eldorado-Kabriolett.

Kendall McDonald sah zu mir herüber, als ich wegfuhr. Ich trat eine Spur zu fest auf das Gaspedal, und meine Reifen wirbelten am Straßenrand eine Staub- und Kieswolke auf.

Zum ersten Mal empfand ich mehr Zorn als Trauer, nachdem ich ihn gesehen hatte. Er hatte mit mir Schluß gemacht, um zum Lieutenant befördert zu werden. Wie konnte er es wagen, sich so rotzig und überpenibel aufzuführen? Die Gelassenheit, mit der Curt ihn behandelt hatte, gefiel mir. Ich lächelte vor mich hin und kehrte wieder in die Realität zurück: zu dem Vergewaltiger, den Telefonnotizen, die sich auf meinem Schreibtisch stapelten, und dem Fahrer eines verrosteten, wassertriefenden Wagens, der seit Jahren tot war.

Weniger als eine Stunde später wurde eines dieser Rätsel durch den Anruf meines Lieblingsinformanten gelöst. »Es war verdammt schwer, durchzukommen, Britt«, sagte Dan. »Ich habe eine heiße Story für dich.«

Ich liebe es, wenn das jemand zu mir sagt. Ich weiß, es klingt verrückt, aber nichts macht mich so an wie eine Story. Kein Wunder, daß meine Mutter die Hoffnung auf Enkelkinder langsam aufgibt.

»Hast du von dem Auto gehört, das sie heute am Venetian Causeway aus dem Wasser gezogen haben?«

»Ja, davon weiß ich bereits.« Ich blätterte den Stoß Nachrichten durch. »Ich war dort.«

»Ja, aber weißt du, wer am Steuer saß?«

»Wer?« Ich legte die Zettel hin und nahm einen Stift zur Hand. »Du weißt, wer es war?«

»In den Radionachrichten haben sie gesagt, der Fahrer saß noch angegurtet in einem Chevy Malibu mit einem Nummernschild aus dem Jahr siebenundachtzig.«

»Das stimmt.«

»Paul Eldridge, ein alter Fall von mir. Er wurde als vermißt gemeldet. Er ist im Frühjahr siebenundachtzig verschwunden, als er mit seinem blauen Malibu Baujahr 1985 von Miami Beach nach Miami fuhr.«

»Toll!« sagte ich. »Die Zeit stimmt, der Ort stimmt. Klingt wirklich, als wäre er es.«

»Es gibt zahnärztliche Unterlagen, mit denen sie Vergleiche anstellen können, wenn noch genug von ihm übrig ist«, meinte er.

»Der gesamte Kiefer war noch da«, sagte ich.

Eldridge, sagte Dan, habe damals am Polterabend eines Arbeitskollegen teilgenommen, der heiraten wollte. Ein Dutzend Freunde war gekommen. Sie sahen sich in einem Club in Miami Beach eine Striptease-Show an, tranken ein bißchen und lachten viel. Um zwei Uhr früh stieg Eldridge in sein Auto und fuhr weg. Ein leichter Regen fiel, der gleich verdunstete, wie der Dunst, der vom nassen, dampfenden Asphalt aufsteigt.

Seine Familie – seine Ehefrau, seine Eltern und Schwiegereltern – hatten sofort eine Vermißtenanzeige aufgegeben. Sie hatten Privatdetektive engagiert, Flugblätter verteilt, eine Belohnung ausgesetzt und monatelang jeden Tag die Polizei angerufen. In ihrer Phantasie tauchte er wieder auf und hatte das Gedächtnis verloren. In Wirklichkeit erlebte er weder die Hochzeit seines Freundes noch den ersten Zahn seiner kleinen Tochter, Weihnachten oder seinen eigenen Hochzeitstag. Tief im Inneren hatten die Menschen, die ihm am nächsten standen, begriffen, daß sie ihn nie wiedersehen würden. Sie ließen sich nicht davon abbringen, daß er entweder einem Unfall oder einem Verbrechen zum Opfer gefallen sein mußte. Nachdem er jahrelang spurlos verschwunden war und weder sein Bankkonto noch seine Kreditkarten angerührt worden waren, tendierte Dan, anfangs etwas skeptisch, schließlich ebenfalls zu dieser Annahme.

Obwohl die Polizei bereits eine oberflächliche Untersuchung durchgeführt hatte, engagierte der Privatdetektiv der Familie Taucher, die die Bucht und die Wasserstraßen entlang der naheliegenden Route absuchten, die der Vermißte wahrscheinlich für den Heimweg gewählt hatte. Sie fanden nichts.

Manchmal wählen Autofahrer, die etwas getrunken haben, nicht die naheliegendste Route. Manchmal kommen sie etwas durcheinander. Alle hatten entlang dem MacArthur Causeway gesucht, eineinhalb Meilen südlich vom Venetian Causeway, sagte Dan. Jetzt wußten wir, daß er in jener Nacht aus irgendeinem Grund die schmälere, weniger befahrene gebührenpflichtige Straße benutzt hatte. Ein heftiges Gewitter sechs Jahre später und die scharfsichtigen Augen eines Fremden hatten das Rätsel gelöst und die Bucht gezwungen, ihr gutgehütetes Geheimnis preiszugeben. Dan sagte, die verzweifelte Ehefrau hatte niemals geglaubt, daß ihr Mann absichtlich verschwinden und sie und ihre kleine Tochter, die damals noch ein Baby war, im Stich lassen würde. Sie hatte recht.

»Für die Witwe wird es kein Schock sein, daß er tot ist«, sagte Dan. »Sie wußte es vom ersten Tag an. Das muß man ihr lassen. Jetzt werden alle sehen, daß sie die ganze Zeit recht hatte. Sie kann ihn jetzt begraben und ihr Leben weiterleben. Das kleine Baby von damals muß jetzt schon zur Schule gehen.«

Ich bedankte mich bei Dan für seinen Anruf. »Wie in alten Zeiten«, sagte ich. »Man kann sich darauf verlassen, daß du nie einen Fall vergißt.«

Ich erzählte ihm von meinem Besuch bei Mary Beth Raffertys Mutter, von der finanziellen Unterstützung, die ihr die Fieldings gewährt hatten – ein belastender Sachverhalt –, und daß Fielding jetzt eine kleine Stieftochter hatte.

»Du solltest etwas darüber schreiben«, drängte er.

»Ich weiß nicht«, sagte ich skeptisch, »es wäre sicher schwer, so etwas ohne konkrete Beweise in die Zeitung zu bringen.«

Ich war jedoch begeistert, die Story über Eldridge volle vier Stunden lang gehabt zu haben, bevor die Polizei schließlich seine Identität bekanntgab.

Ein neues ungelöstes Rätsel hatte Schlagzeilen gemacht, und ein altes war gelöst worden. Das ist noch etwas, was ich an diesem Job liebe: er ist nie langweilig. Die Geschichten haben einen Anfang und ein Ende. Wenn man lange genug dabei ist, erkennt man den Zyklus.

KAPITEL 7

Auf dem Weg zum Mittagessen mit Dan schaute ich auf einen Sprung in der Redaktion vorbei. Es war mein freier Tag, doch ich wollte die Telefonnachrichten durchsehen, da ich hoffte, daß etwas Neues über den Vergewaltiger darunter war.

Auf meinem Schreibtisch lag auch ein Stapel Briefe, nicht nur Telefonnachrichten. Kein Anruf von Kendall McDonald – nicht daß ich einen Grund gehabt hätte, einen zu erwarten. Ich rief ein paar Anrufer zurück, doch es war alles nur viel Geschwätz und nichts dahinter. Dann rief ich Harry im Vergewaltigungsdezernat an; während wir sprachen, öffnete ich die Post.

»Nichts Konkretes, Britt. Seit Ihr Artikel erschienen ist, haben wir über siebenhundert Anrufe erhalten. Die Leute machen Überstunden, um sie zu überprüfen. Bis jetzt ist das meiste davon Mist.«

»Was zum Beispiel?« fragte ich, obwohl ich es mir aus eigener Erfahrung recht gut vorstellen konnte.

»Ach, Scheiße, Britt, es ist so viel. Eine Frau war sicher, daß der Vergewaltiger ein Mann ist, der jeden Nachmittag vor der Schule ihrer Tochter in einem Auto sitzt und die jungen Mädchen anstarrt. Wir ließen ihn vom Sicherheitsdienst der Schule überprüfen. Er ist wirklich jeden Tag dort – er holt sein eigenes Kind ab. Eine andere Frau sagte, sie sei sicher, daß ihr der Mann in einem Drugstore durch alle Gänge gefolgt ist und sie nicht aus den Augen gelassen hat. Sie sagte, sie habe schreckliche Angst gehabt und sei überzeugt, er habe sie nur deshalb nicht überfallen, weil zu viele Leute da waren.«

»Könnte das nicht auch ein ungeschickter Kaufhausdetektiv gewesen sein?«

»Sie haben es erfaßt. Wenn Sie je bei uns anfangen wollen,

Britt, könnten Sie mit mir zusammenarbeiten. Anscheinend dachte er, sie sähe verdächtig aus.«

»Das ist schon komisch«, sagte ich. »Er hielt sie für eine Ladendiebin, und sie dachte, er wollte sie vergewaltigen.«

»Willkommen in Miami«, sagte er, »der Heimat der Pistolen und der Paranoia.«

»Die üblichen Verrückten. Frauen, die versuchten, ihre Ex-Ehemänner und Ex-Freunde anzuschwärzen, verfeindete Nachbarn, die sich gegenseitig etwas anhängen wollten, Männer, die den Verdacht auf ihren Chef lenken wollten, der sie gefeuert hat, oder auf den neuen Freund ihrer Ex-Frau. Und ein falsches Geständnis.«

»Wirklich?« Ich riß einen Brief auf. Er war mit der Hand auf liniertem Papier geschrieben:

Sehr geehrte Frau, Ihre Lizenz für dichterische Freiheit ist abgelaufen. Sie werden höhere Gebühren zahlen müssen. Keine Unterschrift.

»Ja«, fuhr Harry fort. »Der Typ hat uns eine Zeitlang ganz schön in Aufregung versetzt. Er rief die Hotline vom Gefängnis aus an, wo er wegen eines Einbruchs sitzt, und sagte, er sei der Mann, den wir suchen. Hat detaillierte Angaben gemacht. Details, die nicht in Ihrem Bericht stehen, Sachen, von denen nur wir und die Opfer wissen. Wir wären ihm um ein Haar auf den Leim gegangen.«

Verdammt, dachte ich, wieviel halten sie denn zurück?

»Wie konnte er diese Sachen wissen? Vielleicht *ist* er der Mann.«

»Nein. Wir haben ihn aufgespürt. Wir fanden heraus, daß er von der Bezirkspolizei außerhalb der Stadt aufgegriffen worden war und – mit Handschellen an seinen Stuhl gefesselt – vor dem Einbruchsdezernat saß und auf sein Verhör wartete. Das Einbruchsdezernat teilt sich einen Raum mit dem Büro für Sexualdelikte, dazwischen ist nur eine Trennwand. Er sitzt also auf der einen Seite, und auf der anderen telefoniert ein Kriminalbeamter mit einem Beamten des Vergewaltigungdezernats von Miami, der ihn über den Fall informiert. Er hat die Lautsprecheranlage eingeschaltet, damit zwei andere Ermittlungsbeamte in seinem Büro mithören können. Natürlich ohne zu wissen, daß dieses Arschloch auf der anderen Seite der Trennwand alles mitbekommt.

Später dann, im Gefängnis, findet dieser miese kleine Einbrecher, der wieder einmal geschnappt wurde und als Vorbestrafter eine saftige Anklage und eine harte Strafe zu erwarten hat, daß es seinem Leben an Aufregung und Aufmerksamkeit mangelt. Er wäre lieber der gesuchte Verbrecher, der Schlagzeilen macht, als ein kleiner Dieb.«

»Sind Sie sicher?«

»Dieser Typ war im Gefängnis von Palm Beach, als eine der Vergewaltigungen begangen wurde.«

»Tut mir leid«, seufzte ich.

»Das beweist wieder einmal«, knurrte er, »je weniger Leute, selbst Polizisten, etwas wissen, desto besser ist es für uns.«

Das war nicht der geeignete Augenblick, entschied ich, ihn nach weiteren Einzelheiten zu fragen. »Die meisten Leute, die anrufen, wollen nur helfen –«

»Klar, aber die Ehrlichen wissen nichts, und so bleiben uns die Verrückten, die Arschlöcher und die Lügner.«

»Und vielleicht ein einziger Anruf mit dem richtigen Hinweis.« Ich riß einen weiteren Umschlag auf. Er sah schmuddelig aus, als wäre er im Postzimmer auf den Boden gefallen und ein paar Leute wären draufgestiegen.

»Hoffen wir es, und hoffen wir vor allem, daß wir ihn erkennen, wenn er kommt.«

Ich verabschiedete mich von Harry und überflog den Brief. Noch ein Irrer.

Sagen Sie Britt Montero,
hallo, ich habe von Ihrer Zeitung bekommen Story. Sie schreiben viel Worte. Sie schreiben gut englische Sprache aber wer sind Sie daß Sie sagen? Nehmen Sie guten Rat. Schreiben Sie über Haitianer. Machen Sie mich nicht zornig.

Die Unterschrift waren entweder ein gekritzelter Bogen mit Pfeilen oder unleserliche Initialen.

Ich zerknüllte den Brief und warf ihn zusammen mit den anderen weg. Dann schnappte ich meine Tasche und strich meine marineblaue Hose glatt, wobei meine Hand auf der Vorderseite einen puderartigen Fleck hinterließ. »Stauben sie denn hier nie ab?« murmelte ich und warf einen finsteren Blick auf die Luftschlitze der Klimaanlage, die unaufhörlich feine schwarze Partikel ausspucken – Schmutz, Bakterien und Keime, die uns alle langsam umbringen würden, davon war ich überzeugt. Kein Wunder, daß dem armen Ryan ständig schlecht war.

Ich ging zur Toilette, um mir die Hände zu waschen und fuhr dann zu Clifford's, einem Familienrestaurant am Boulevard nördlich der Stadtgrenze, wo ich mit Dan zum Mittagessen verabredet war. Es gibt Lokale, die aufmachen und einen neuen Stil oder einen neuen Trend propagieren und dann wieder zusperren, doch Clifford's gibt es schon ewig. Es hat einen großen Familienspeisesaal, in dem immer ein reges Treiben herrscht; von der Bar aus ist er nicht zu sehen – dort gibt es gedämpftes Licht und ruhige Nischen und Tische. Ich trat ein und blinzelte; ich wartete, bis sich meine Augen an die plötzliche Dunkelheit gewöhnt hatten. Dan erhob sich und winkte mir von einer Nische in der Bar aus zu.

Seine Stimme, die am Telefon so kräftig und optimistisch geklungen hatte, war die Stimme des alten Dan gewesen, doch seine Kleider waren ihm viel zu weit, und sein Gesicht wirkte verquollen. Seine Haut sah in dem schwachen Licht aschfahl aus. Ich küßte ihn auf die Wange und setzte mich dann ihm gegenüber in die Nische. In der einen Hand hielt er eine brennende Zigarette, in der anderen ein Glas mit etwas, das aussah wie Scotch. Im Aschenbecher lagen bereits zwei Kippen, doch er konnte noch nicht lange gewartet haben.

»He«, sagte ich leichthin. »Ich dachte, du hättest voriges Jahr aufgehört zu rauchen. Und ist es *dafür* nicht ein bißchen früh?« Ich deutete auf seinen Drink.

»Seit wann bist du meine Mutter?« Als er grinste, war er wieder ganz der alte Dan.

»Entschuldigung«, sagte ich. »Wartest du schon lange?«

»Ich bin etwas früher hergekommen«, sagte er. »Habe mir einen kleinen Vorsprung verschafft.« Er hob sein Glas, und ich schüttelte den Kopf und schnalzte in gespielter Mißbilligung mit der Zunge.

Er konnte es kaum erwarten, zu reden, und plauderte angeregt über das Dezernat und über alte Fälle. Kein Wort, wie mir auffiel, über sein neues Leben im Ruhestand. Wir sprachen über Eldridge und andere Meldungen, die in der Zeitung gestanden hatten, und dann bestellten wir.

Ich entschied mich für Salat aus Meeresfrüchten, Dan bestellte gegrillte Hochrippe mit gebratenen Zwiebelringen.

»Bist du verrückt« flüsterte ich, als die Serviererin gegangen war. »Willst du das wirklich essen?« Er machte ein verlegenes Gesicht, rief die Serviererin zurück – und bestellte trotzig noch einen Johnnie Walker Black. Er sah mich vielsagend an und wartete auf meine Reaktion.

»Okay, okay«, murrte ich. »Ich sage kein Wort, aber ich dachte, du hörst auf deinen Arzt, und der wäre ganz bestimmt nicht –«

»Ich dachte, du wolltest kein Wort sagen.«

Ich gab es auf und wickelte mein Besteck aus.

»Britt, es ist schon in Ordnung«, sagte er rauh. »Mach dir um mich keine Sorgen. Ich habe bei der Mordkommission tagtäglich mit Leichen zu tun gehabt. Ich habe genug gesehen, um genau zu wissen, was in meinem Körper vorgeht.« Er deutete mit dem Daumen auf seine linke Brustseite. »Schlechte Gewohnheiten können mein Leben jetzt nicht mehr verkürzen.«

Ich lächelte ihn an und fragte mich, wie es wohl ist, wenn man weiß, daß man nur eine Vergangenheit und kaum noch eine Zukunft hat. Es muß furchtbar sein, dachte ich. Wenn man von einem Bus überfahren wird oder in eine Schießerei gerät, hat man wenig Zeit, über sein Schicksal nachzudenken. Zu wissen, daß man bald sterben wird, das ist etwas ganz anderes.

»Es ist nur so, daß ich dich noch lange um mich haben möchte«, sagte ich leichthin. »Ich habe nicht viele wahre Freunde. Ich kann es mir nicht leisten, einen zu verlieren.«

»Ich werde da sein, das verspreche ich.« Er tätschelte meine

Hand. »Schau mal.« Er hielt seine Jacke auf und zeigte mir eine ganze Reihe von Phiolen und Fläschchen, die in der Brusttasche seines Hemdes steckten. »Ich könnte eine Apotheke aufmachen.«

Ein kleines braunes Fläschchen mit einem roten Klebstreifen über dem Schraubverschluß stach unter den anderen hervor. »Was ist da drin?«

»Nitro«, sagte er. »Gegen Brustschmerzen. Das mit dem Klebestreifen war meine eigene Idee. Das Fläschchen ist so verdammt klein.« Er hielt es hoch und sah das zerbrechliche Fläschchen, das in seinen breiten Fingern noch winziger wirkte, stirnrunzelnd an. »Der Arzt hat gesagt, ich soll überall Fläschchen mit Nitro verteilen, damit ich sofort an sie rankomme. Ich habe eines hier«, sagte er und klopfte auf die Hemdtasche, »je eines im Auto, in der Küche und im Badezimmer. Man kann nie wissen, wann man es dringend braucht. Siehst du? Ich bin auf alles vorbereitet.« Er steckte das Fläschchen wieder zu den anderen in seiner Hemdtasche. »Und jetzt erzähle mir alles über diesen Vergewaltiger.«

Ich tat es. »Bei der Hotline rufen jede Menge Verrückte an. Den Rest bekomme ich: Anrufe und Briefe.«

Er blickte von seinem Salat auf: »Und?«

»Nichts.« Ich schüttelte den Kopf und lachte befangen. »Ein Irrer schrieb mir, daß mir meine dichterische Freiheit entzogen worden sei; ein anderer meint, ich solle seinen Rat befolgen und über Haitianer schreiben statt über Kubaner, bevor er zornig würde.«

»Sind sie unterschrieben?«

»Ich glaube, der erste nicht. Am zweiten ist irgendein Gekritzel. Du weißt ja, wie sie das machen.«

»Ein Latino?«

»Anscheinend.«

»Gib sie an die Polizei weiter, Britt. Laß sie im Labor untersuchen.« Er machte sich erneut über seinen Salat her.

»Die haben ohnehin genug zu tun. Sie verfluchen mich sowieso schon, weil ich die Sache publik gemacht habe, und wenn die Publicity keine brauchbaren Resultate bringt, werden sie mich noch weniger leiden können.«

»Ja, aber du darfst kein Risiko eingehen, Britt. Der Mann ist gefährlich.«

»Seit wann bist du mein Vater?«

Er lachte. »Okay, okay, jetzt sind wir quitt. Aber ich kenne dich, Britt, und manchmal wagst du dich ein bißchen zu nah an den Abgrund. Du warst immer wie diese Akrobaten, die auf den Tragflächen von Flugzeugen ihre Kunststücke vorführen. Vergiß nicht, ich werde nicht mehr da sein, um auf dich aufzupassen und oder dich aufzufangen, wenn du abstürzt.«

Ich lächelte. Dan sah nicht aus, als würde er demnächst das Zeitliche segnen, oder als hätte er ohnmächtig resigniert; seine Sprechweise und selbst seine beherrschten Bewegungen strahlten unübersehbare Energie und Vitalität aus. »Weißt du, was das Geheimnis der erfolgreichen Akrobaten ist?« fragte ich. »Ich habe mal einen interviewt.«

»Man darf nicht hinuntersehen.«

»Nein, das Geheimnis besteht darin, nie etwas loszulassen, bevor man etwas anderes fest im Griff hat.«

»Dieser Rat ist immer gut«, sagte er.

»Du hast mir eigentlich noch nie erzählt, warum du damals vor hundert Jahren, Polizist geworden bist.«

»Aus dem gleichen Grund, weshalb du Reporterin wurdest. Zu faul zum Arbeiten und zu feige zum Stehlen«, grinste er. Er zog mich auf.

»Nein, im Ernst.«

»Na schön. Ich konnte nicht singen, ich konnte nicht tanzen.«

»Komm schon«, redete ich ihm zu. Ich stützte das Kinn auf die Handfläche und den Ellbogen auf den Tisch. »Du wolltest sicher schon als kleiner Junge Polizist werden, wenn du erwachsen bist, stimmt's? War das der Grund?«

»In Wirklichkeit war es so. Damals haben sie in Georgia lastwagenweise Jungen vom Land hierher gekarrt, in einen Steinbruch geworfen und dann eine Leiter hinuntergelassen. Diejenigen, die hinausgeklettert sind, wurden Feuerwehrleute, die anderen wurden Polizisten.«

»Und ich dachte immer, diejenigen, die die Leiter demolierten und mit den Trümmern aufeinander losgingen, wurden Polizisten.«

Wir lachten noch, als uns die Serviererin das Essen brachte. »Sieht nicht schlecht aus, kann man essen«, meinte Dan zu ihr.

Zu mir sagte er: »Hast du die ganzen Werbespots für unseren Kandidaten gesehen?« In seinen Augen brannte die Empörung, die er seit vielen Jahren verspürte. »Überall – in den Zeitungen, im Radio und im Fernsehen.« Er starrte in sein Glas und schüttelte den Kopf. »Viel zu viel.«

Er bestellte noch ein Glas Scotch und sah mich nachdenklich an. »Glaubst du, er schafft es?«

»Erfahrenere Beobachter der politischen Landschaft als ich scheinen es zu glauben. Möglicherweise wird ihn die Zeitung unterstützen.«

»Wie zum Teufel können sie das tun?« Seine Stimme war scharf.

»Er war sehr erfolgreich, hat nie einen Güterzug gestohlen oder größeren Ärger in der Stadtverwaltung gehabt. Die Herausgeber sind der Meinung, daß er seine Sache gut gemacht hat.«

»Mein Gott. Dieser Mann darf einfach nicht Gouverneur dieses Staates werden.«

»Du und ich, wir werden ihn nicht wählen. Aber das wird ihn wahrscheinlich nicht aufhalten.«

Dan legte die Gabel hin und spielte mit seinem Drink. »Ich werde nie den Tag vergessen, an dem wir Mary Beth Rafferty fanden.«

Er sprach schon etwas undeutlich. Ich wünschte, er hätte diesen letzten Drink nicht mehr bestellt und machte mir leise Sorgen, weil er den Whiskey mit all seinen Medikamenten mischte.

»Wir haben den ganzen südlichen Teil des Viertels nach ihr abgesucht und wollten schon die Feuerwehr zu Hilfe rufen. Dann taucht der Fielding-Junge auf seinem Fahrrad auf, total verschwitzt und nervös. Sagt, er habe eine Leiche gefunden.« Er hielt inne. »Das Grundstück heißt jetzt Kennedy Park, am Ende der Kirk Street, wo sie ans Wasser grenzt.«

Ich nickte. »Jetzt steht ein Hochhaus dort. Das *Sea Breeze*.«

»Damals war es eine Müllhalde, nichts als altes Holz, Erde und der ganze Mist, mit dem man so eine Grube auffüllt. In der Nähe des Wassers war sie noch nicht hoch aufgeschüttet. Überall wuchsen Mangroven. Als wir sie fanden, lag sie auf dem Rücken, mit dem Kopf nach unten, über einer Mangrove. Ihr Kopf und die Füße baumelten über dem Boden. Sie war vollkommen nackt, und aus ihrem Mund hing ein Fetzen. Sie war tot. Acht Jahre alt. Es war furchtbar für mich.« Er zündete sich noch eine Zigarette an und machte einen tiefen Zug. »Ich hatte selbst eine Tochter.« Er starrte in den dunklen Raum. »Mary Beth Rafferty war ein sehr hübsches kleines Mädchen.«

»Ich weiß«, sagte ich sanft. »Wenn es Kinder betrifft, ist es immer am schlimmsten.«

Er nahm sein Messer in die Hand, als sei es eine Waffe. »Was mich wirklich ankotzt, ist, daß ich damals, als er anfing, sich in der Politik zu engagieren«, – er stach wütend in seine Hochrippe, so daß der rosa Saft herausquoll – »persönlich zu den Leuten ging, die hinter ihm standen und sie warnte, daß sie einen Mordverdächtigen bei seiner Kandidatur für ein öffentliches Amt unterstützten. Weißt du, was ihre einzige Frage war?«

Ich schüttelte den Kopf und schluckte ein Shrimp-Stückchen herunter.

»Nicht: ›Hat er es getan?‹ Nicht: ›Ist er schuldig?‹ Nein, das einzige, was sie interessierte, war: ›Glauben Sie, daß Sie genug Beweise haben werden, um ihn unter Anklage zu stellen?‹ Ich sagte ihnen die Wahrheit: ›Nein, es sei denn, wir haben echtes Glück, oder er macht einen Gesinnungswandel durch und gesteht.‹ Sie haben ihm ihre Unterstützung nie entzogen. Haben nie daran gedacht, ihn fallenzulassen. Die Leute an den Schalthebeln der Macht, die Macher und Drahtzieher, diese Leute scherten sich einen Dreck darum, was der Mann getan hat, zu was er fähig ist, oder was mit diesem kleinen Mädchen passiert ist.«

»Du weißt doch, wie Politiker sind.«

»Ja«, sagte er und legte sein Messer auf den Teller, »versessen auf Macht, Geld, Sex und Bewunderung. Ich habe schon Leute *verhaftet*, denen ich mehr trauen konnte.«

»Es ist wirklich schwer zu glauben«, sagte ich. »Wenn man den Mann jetzt sieht, kann man sich kaum vorstellen, daß er es getan hat.«

Er lehnte sich zurück und sah mich prüfend an. »Du überraschst mich, Britt. Du weißt doch Bescheid.« Er senkte die Stimme. »Das macht ihn ja so gefährlich. Deshalb kommen sie damit durch. Sie sehen aus wie alle anderen, wie du und ich. Wirklich«, flüsterte er. »Sieh dir die an.« Er blickte auf das halbe Dutzend Leute, die mit dem Rücken zu uns an der Bar saßen.

»Der Mann dort könnte dein Vergewaltiger sein, der zweite von links am Ende der Bar.« Er deutete mit seinem Messer auf ihn. »Und der Mann an unserem Ende könnte ein Serienmörder auf der Durchreise sein.« Er starrte jeden der Männer an, ein gefährliches Leuchten in den Augen. »Der Typ mit den Koteletten neben ihm könnte der Mann sein, der vorigen Monat bei dem Bankraub in North Miami einen Polizisten umgebracht hat. Die Beschreibung paßt. Er könnte es sein.«

Ich sah den Mann in der vergammelten Arbeitshose an, der gerade in eine Schüssel mit Knabbergebäck griff. Ich glaubte es nicht.

Ich senkte ebenfalls die Stimme. »Also wirklich, Dan. Du wirst langsam wirklich paranoid«, flüsterte ich und lachte dann. »Das ist ein schönes Lokal. Ich komme manchmal mit meiner Mutter zum Abendessen her.« Als ich sah, daß er nicht lachte, hielt ich inne. Das sind die Drinks, dachte ich; ich fragte mich, an welchem Punkt unsere Unterhaltung eine falsche Wendung genommen hatte.

Ich konnte mir eine angenehmere Art vorstellen, meinen freien Tag zu verbringen. »Dan«, beschwerte ich mich, »du kriegst ein paar hinter die Ohren, wenn du dir nicht einen Kaffee bestellst. Ich werde dich nach Hause fahren müssen.«

»Nein, wirst du nicht.« Seine düstere Stimmung schlug plötzlich um; er war wieder heiter. Er lächelte, schüttelte den Kopf, richtete sich auf und schob sein Glas weg. »Mir geht es gut, ich rede nur so.«

Wir bestellten Kaffee, und er probierte den Brotauflauf.

Dann stritten wir uns um die Rechnung. Er gewann, daher schuldete ich ihm jetzt ein Mittagessen.

Wir umarmten uns und versprachen, das bald mal wieder zu tun. Ich meinte das ganz ehrlich. Es war offensichtlich wichtig, daß er so viel wie möglich mit Freunden ausging, damit er nicht ständig über vergangenes Unrecht und die Schattenseiten der menschlichen Natur nachdachte.

»Weißt du«, sagte er beim Abschied und legte den Arm um mich, »nichts würde mich glücklicher machen, als wenn es zwischen dir und meinem alten Partner Ken McDonald klappen würde. Ich habe die Hoffnung noch nicht aufgegeben. Dann wären wir sozusagen verwandt.«

»Es wäre einfacher«, sagte ich, ohne eine Miene zu verziehen, »wenn du mich adoptieren würdest.«

Obwohl er rauchte, trank und die falschen Sachen aß und das Jackett jetzt zwei Nummern zu groß für ihn war, strafte Dans Körpersprache seine körperliche Verfassung Lügen. Als ich ihm nachsah, wie er über den Parkplatz zu seinem Auto ging, wirkte er noch immer gesund, sein Gang war fest und entschlossen.

Er winkte mir zu, und ich war getröstet. Seine Kraft war ungebrochen.

Es war eine lange Woche gewesen. Nachdem ich von Dan weggefahren war, ging ich ins Spa, wo ich an den Nautilus-Geräten trainierte und mit fünf Pfund schweren Hanteln Übungen zum Muskelaufbau machte, bis mir alles weh tat. Dann ging ich an den Strand schwimmen: Ich bog meinen Rücken durch und trieb mit dem Gesicht nach oben auf der Wasseroberfläche, beruhigte mich. Ich lag im Wasser und nahm die rosa Skyline in mich auf, die zuckergußfarbenen Art-déco-Hotels mit ihren abgerundeten Ecken, Türmchen, Brüstungen und lukenförmigen Fenstern, die von glitzernden Türkis- und Grüntönen umrahmt waren. Wenn man außerhalb der Wellenbrecher ist, nur von Wolken und Wasser umgeben, sieht man keine scharfen Konturen. Die Stadt ist in einen sanften Schimmer gehüllt, wie ein verzauberter Ort in einem Märchen.

Ich hatte eigentlich vor, daheim zu bleiben, zu lesen und früh schlafenzugehen. Doch ich war nervös und rastlos und rief statt dessen Lottie an, die noch immer bei der Arbeit war. Sie würde um sieben zu Hause sein, sagte sie, früh für sie. Ich fuhr mit Bitsy zum La Esquina, um etwas zu essen mitzunehmen, und dann weiter zu Lottie. Ich ließ das Essen im Wagen, und wir gingen spazieren, erkundeten die Nachbarschaft, während wir auf sie warteten. Lottie kam um fünfundzwanzig Minuten zu spät, überraschend wenig für jemanden, der bei der Zeitung arbeitet. Es ist unmöglich, pünktlich aus einer Nachrichtenredaktion wegzukommen. Mit dem würzig riechenden Essen in der Hand begrüßte ich sie in der lavendelfarbenen Dämmerung.

»He, Mädchen, was tust du denn hier?« fragte sie, als sie ihre Ausrüstung aus dem Wagen holte. »Ist das nicht dein freier Abend? Wo sind die ganzen Männer in deinem Leben?«

»Dort, wo deine auch sind, nehme ich an.«

Sie schloß die Eingangstür auf. Lotties Haus ist ein Erlebnis. Die Einrichtung besteht aus Erinnerungsstücken, die sie während der zwei Jahrzehnte gesammelt hat, in denen sie in der Welt herumgereist ist, dramatische und geschichtsträchtige Ereignisse auf Film gebannt und aus dem Koffer und ihrer Kameratasche gelebt hat. Sie dachte immer schon an den Tag, an dem sie sich schließlich irgendwo niederlassen und seßhaft werden würde. Ich bin froh, daß sie sich Miami ausgesucht hat.

Sie machte das Licht an. Sie sah schmutzig und müde aus, und ihr sommersprossiges Gesicht war dreckverschmiert.

»Du siehst aus, als hättest du einen harten Tag hinter dir.«

Sie legte ihre Sachen ab und warf mir einen vernichtenden Blick zu.

»Mir geht's gut«, versicherte sie mir. »Aber du wirst nicht glauben, was mir passiert ist. Ich habe das Gefühl, daß ich zwar noch am Leben bin, aber eine ganze Ladung Scheiße abbekommen habe. Versprichst du mir, für mich zu bürgen? Das wird nötig sein, wenn ich diesen kleinen Schleimscheißer Eduardo in die Finger bekomme.«

Ihre Kleider sahen aus, als käme sie von einer Schlammschlacht. »Bist du etwa auf einer seiner gesellschaftlichen Veranstaltungen so zugerichtet worden?«

Sie warf mir einen zornglühenden Blick zu; sie konnte vor lauter Wut noch nicht reden. Kommentarlos trug ich das Essen in ihre helle, gemütliche Küche, sah nach, was im Kühlschrank war und schenkte ihr ein Glas kalten Weißwein ein.

»Hier«, sagte ich. »Trink das und geh dich duschen, während ich das Essen aufwärme.«

»Toll«, sagte sie dankbar, »so muß es sein, wenn man mit einem Hausmann verheiratet ist. So etwas brauchen wir, Männer, die uns rundum verwöhnen.« Dankbar trank sie einen Schluck Wein, schloß lange die Augen und verschwand dann im Badezimmer.

Ich leerte das *arroz con pollo* und die Kochbananen in einen ihrer Töpfe um und stellte das Ganze in den Mikrowellenherd. Als ich den Tisch mit ihren ›Wonder-Woman‹-Tischsets und ihrem Fiesta-Geschirr gedeckt hatte, war sie in einem dünnen Bademantel aus haitianischer Baumwolle wieder aufgetaucht, barfuß, mit rosigem Gesicht, das kupferfarbene Haar naß, mit einem weichen gelbbraunen Handtuch um die Schultern.

»Also«, sagte ich und schenkte ihr Wein nach. »Was hat Eduardo getan?«

»Es begann damit –«, sagte sie, den Mund voller Hühnerfleisch. »Mmmm, das ist himmlisch.« Der intensive Geschmack des Huhns mischte sich mit dem der karamelisierten Zwiebeln, gebratenen Paprika und der vereinzelten grünen Erbsen in gelbem Safranreis, der mit einem Hauch Knoblauch und einem Schuß Sherry aromatisiert war. »Woher hast du das, La Esquina?«

Ich nickte, und sie fuhr fort.

»Es begann damit, daß ich heute morgen beim ersten Spatenstich für das neue Frühlings-Trainingsstadion der Cleveland Indians in Homestead unten Fotos machte.«

»Was hat Eduardo denn dort –«

»Warte.« Sie hob die Hand und trank einen Schluck Wein. »Das ist erst der Anfang. Auf der Rückfahrt hörte ich über den

Scanner einen Notruf, möglicherweise Selbstmord. Rate mal, um wen es sich handelte?«

»Keine Ahnung, ich habe heute nicht reingehört.« Ich biß in eine knusprige Kochbananenscheibe und verging fast vor Wonne. Ich hatte nicht gewußt, wie hungrig ich war. »Wer war es?«

»Die kleine Muffy, Dieter Steiners Verlobte.«

»Geht es ihr gut?«

Lottie machte ein angewidertes Gesicht. »Sie ist so ziemlich die einzige. Das deprimierte kleine reiche Mädchen sagt, keiner liebt sie, sie will sterben und braust in ihrem teuren Sportwagen davon. Ihre Eltern geraten in Panik und rufen die Polizei, die das Auto aufspürt und verfolgt, um sie zu retten. In der Nähe des San Souci Boulevard fährt sie mit diesem sagenhaften Jaguar gegen einen Gummibaum. Zwei Polizeiautos mit heulenden Sirenen eilen zu ihrer Rettung herbei und stoßen zusammen. Der Anblick von zwei zu Schrott gefahrenen Polizeiautos verursacht eine Kettenreaktion, an der sechs weitere Autos und ein Bierlaster beteiligt sind. Der Verkehr staut sich in beiden Richtungen, meilenweit. Als ich mein Auto am Straßenrand abstelle, um ein paar Fotos zu machen, fährt mir ein Frankokanadier, der nur Augen für das Chaos hat, mit seinem Mietwagen hinten rein.«

»Ach, nein! Ich habe aber nichts gesehen, als du herkamst.«

»Der Schaden ist nicht schlimm«, sagte sie mit einer wegwerfenden Handbewegung. »Nur die hintere Stoßstange.«

»Und Muffy geht's gut?«

»So gut wie eh und je. Ist ganz allein aus dem Wagen gestiegen und hat sich beschwert, die Sirenen hätten sie so erschreckt, daß sie gegen den Baum gefahren ist.«

»Sie hat aber doch eine Anzeige bekommen, oder?«

»Wegen ein paar Verkehrsvergehen, dann brachten sie sie ins Bezirkskrankenhaus zu einer psychiatrischen Untersuchung. Wahrscheinlich sitzt sie mittlerweile in irgendeiner stinkvornehmen psychiatrischen Klinik.« Lottie lehnte sich in ihrem Stuhl zurück und griff wieder nach dem Weinglas. »Dann wurde ich zu der Demonstration der Haitianer geschickt.«

»Ich wußte gar nicht, daß eine stattfinden sollte.«

»Sollte auch nicht, es war eine spontane Demonstration. War nicht mal gemeldet. Sie gingen auf die Straße, um dagegen zu protestieren, daß die Regierung heute morgen eine Ladung Boat people zurückgeschickt hat. Es müssen dort an die vierzig Grad gewesen sein. Ich mußte vier oder fünf Häuserblocks weit laufen, um mit ihnen Schritt halten zu können, und das mit der vierzig Pfund schweren Kameratasche.«

Sie kniff die Augen zu und massierte sich die Schläfen. »Ich hab' höllische Kopfschmerzen.«

»Das kommt vom Streß«, sagte ich mitfühlend.

»Nein, vom Rauch.«

»Von was für einem Rauch?«

»Soweit bin ich noch nicht. Der Reverend Julian St. Pierre und seine Anhänger beschlossen, im neuen haitianischen Flüchtlingszentrum den Präsidenten in effigie zu verbrennen.«

»Oh, nein.«

»Ja, aber das Ding wollte nicht brennen, bis einer von ihnen Benzin darübergoß.«

»Oh, nein.« Ich konnte mir denken, was dann passiert war.

Sie nickte. »Es geriet außer Kontrolle. Zwei von ihnen landeten in der Spezialklinik für Verbrennungen, und ungefähr ein Dutzend wanderte ins Gefängnis. Die Feuerwehr hatte Probleme, durchzukommen, weil die Polizei die Straße abgesperrt hatte, um die Demonstranten zurückzuhalten. Als sie schließlich hinkam, brannte bereits das Dach, und es wurde Alarmstufe drei gegeben. O Gott«, sagte sie und rieb sich den Nasenrücken. »Brennende Gebäude haben immer eine fürchterliche Wirkung auf meine Nebenhöhlen; mein Kopfweh hat seither nicht nachgelassen.

Nichts als Dreck, Schweiß, Gestank, Rauch und Ruß. Ich watete im Wasser. Meine Füße und meine guten Stiefel sind vollkommen naß geworden –«

»Warum hast du nicht deine feuerfesten Stiefel angezogen? Du hattest doch deine ganzen Sachen im Auto, oder?«

»Natürlich, aber das stand fünf Häuserblocks entfernt. Ich hatte doch nicht erwartet, daß diese Haitianer sich selbst und ihr eigenes Zentrum in Brand stecken. Es ging alles so schnell, wer zum Teufel hatte da schon Zeit, zum Auto zurückzulaufen, um Himmels willen?«

»Aber – Eduardo?«

»Zu dem komme ich jetzt«, sagte sie gereizt. »Zu diesem gelackten Schweinehund komme ich jetzt. Ich mußte dir nur zuerst den Hintergrund schildern. Ich bin also wieder in der Redaktion, habe höllisch viel zu tun, in meiner Dunkelkammer staut es sich schon, da ruft mich Gretchen an.« Bei dem gefürchteten Namen wechselten wir einen vielsagenden Blick. »Eduardo braucht mich auf der Stelle, um bei irgendeiner Cocktailparty für lateinamerikanische Honoratioren, die hier sind, um die Woche der lateinamerikanischen Kultur zu eröffnen, ein paar Fotos zu schießen.«

»Warum du?«

»Eigentlich war ihm Villanueva zugeteilt, doch der war bei einem anderen Auftrag irgendwo im Stau steckengeblieben. Ich wurde auserwählt, weil ich blöd genug war, in der Dunkelkammer ans Telefon zu gehen. Gretchen und ich wären am Telefon schon klargekommen, aber in der anderen Leitung meckerte und jammerte Eduardo, daß er sofort einen Fotografen brauchte.«

»Hat sie dich gesehen?«

»Nein.« Lottie wirkte verblüfft über meine Frage. »Ich war ja hinten in der Dunkelkammer.«

»Gut.«

»Es war eine private Cocktailparty vor einer feinen Abendveranstaltung. Und Britt, ich brauche dir ja nicht zu sagen, wie sich diese Leute herausputzen. Die Frauen aufgetakelt, alle in langen Abendkleidern. Und dann ich, im Botschaftssaal des InterContinental, dreckig und verschwitzt, die Haare voller Asche und nach Rauch stinkend, mit klatschnassen, rußigen Füßen.«

»*Caramba.* Oh, Lottie!«

»Ich kam mir vor wie ein armes kleines Waisenkind.«

Ich konnte mir die einen Meter zweiundsiebzig große Lottie mit ihren ungebändigten roten Haaren zwar nicht als armes kleines Waisenkind vorstellen, aber ich nickte und gab teilnahmsvolle Laute von mir.

»Was hast du getan?«

»Ich habe mich durch eine Seitentür hineingeschlichen, kläglich hinter den Arekapalmen versteckt und darauf gelauert, Eduardo, der sich in Schale geworfen hat, mit schwarzer Krawatte und so, ein Zeichen geben zu können, damit er den Botschafter und die anderen hohen Tiere, deren Fotos er haben wollte, in meine Richtung steuerte, so daß ich sie von da hinten aus knipsen konnte, ohne mich zu zeigen.«

Ich nickte; es klang vernünftig.

»Aber spielte Eduardo vielleicht mit? Gab er mir eine Chance? Oh, nein. Er macht ein großes Getue und Theater, zieht die ganze Aufmerksamkeit auf sich, verkündet meine Anwesenheit und ignoriert die Tatsache, daß ich versuche, ihm etwas zuzuflüstern und ihn zum Schweigen zu bringen. Und als er mich dann hervorzieht und darauf besteht, daß ich mich unter die Leute mische und heimlich Fotos mache, sieht – oder riecht – er plötzlich meine Kleidung, weicht zurück und tut, als ob er mich nicht kenne, als wäre ich irgend so eine Pennerin. Es war demütigend, Britt. Ich meine, ich bin nicht der Typ, der sich beklagt. Ich rede nie davon, daß mein Arm seit zwei Jahren taub und mein Hals ständig steif ist, weil ich immer diese schwere Fotoausrüstung schleppe. Das hätte er nicht zu tun brauchen.«

»Ich weiß, ich weiß«, sagte ich beruhigend. »Frauen müssen in diesem Geschäft viel zäher sein. Eduardo würde niemals schaffen, was du schaffst.«

»Verdammt richtig. Schau dich an, Britt. Du bist bei den letzten Unruhen fast umgebracht worden. Eine Freundin stirbt verdammt noch mal in deinen Armen, und was hast du getan? Bist zur Zeitung zurückgefahren. Schau uns an. Bauchkrämpfe hin, prämenstruelles Syndrom her, egal, wir sind im Einsatz. Wir halten den Redaktionsschluß ein, wir beschweren uns nicht und verlangen keine Sonderbehandlung.«

Es stimmte. Keine Ausreden für eine Frau, die darum kämpfte, sich in einem von Männern dominierten Beruf durchzusetzen.

»Dafür wird Eduardo büßen«, versprach ich. »Ihn wird es auch noch mal erwischen. Aber jetzt rate mal, wen ich getroffen habe?«

Sie musterte mich einen langen Augenblick durch halbgeschlossene Augen. Ich bin für sie ein offenes Buch. »Einen Mann«, sagte sie. »Diesen Polizisten. McDonald. Er ist zurückgekommen!« Sie wurde munter und war sofort interessiert.

»Nicht direkt.« Ich erzählte ihr, wie idiotisch sich McDonald aufgeführt hatte.

»Und wer war dieser neue Typ?«

»Der Kapitän der *Sea Dancer.*«

»Curt Norske? Scharf! Scharf! Der Mann ist so scharf, da muß man einfach auf der Stelle umfallen und sich wie eine rollige Katze am Boden wälzen.«

»Du kennst ihn?«

»Klar, ich habe mal ein Foto von ihm gemacht, für irgendeinen Artikel. Mir ist fast die Linse am Fotoapparat geschmolzen. Es war bei irgendeiner Wohltätigkeitsveranstaltung auf seinem Schiff. Groß, blond, ein Mann zum Verlieben. Hinreißendes Lächeln.«

»Das ist er. Hat er Annäherungsversuche gemacht?«

»Höflich und freundlich, aber er hat mich jedenfalls nicht zu einem Privatausflug auf sein Schiff eingeladen und mich auch nicht um meine Telefonnummer gebeten.«

»Das ist kein Privatausflug, nur eine kostenlose Fahrt. Ich konnte es nicht fassen, wie sich McDonald aufführte.«

»Da hat er wirklich Farbe bekannt, was? Er will nicht, daß irgend jemand anderer um dich herumschwänzelt. Ich wußte es. Ich habe es dir gesagt. Er sieht dich mit einem anderen und sieht rot. Klar, er hat den Job ergattert, den er wollte, aber es ist ihn teuer zu stehen gekommen. Dieses Abzeichen wird ihn in einer kalten Nacht nicht wärmen. Ich wette, er hat sich auf deinem Anrufbeantworter gemeldet.« Sie machte ein zuversichtliches Gesicht.

»In Miami gibt es nicht allzu viele kalte Nächte«, seufzte ich und stocherte in meinem Safranreis herum. Ich schüttelte den

Kopf. »Es hat damals nicht geklappt, Lottie, und es würde auch heute nicht klappen.«

Wir machten es uns in ihrem gemütlichen Wohnzimmer bequem, schalteten den Fernseher an und stellten den Ton leise, legten die Beine hoch und tranken Wein. Bitsy lag auf meinem Schoß. Lotties Hund, Pulitzer, ein Greyhound mit seidigem Fell, den sie davor gerettet hatte, eingeschläfert zu werden, weil er nicht mehr an Rennen teilnehmen konnte, rollte sich vor ihrem Sessel zusammen.

»Was ist das?« sagte ich und betrachtete eine winzige Nachbildung einer Jukebox aus den Vierzigerjahren, die auf ihrem Couchtisch stand.

»Ein Radio«, sagte sie. »Leuchtet auf, wenn die Batterien leer sind. Habe ich aus einem Versandhauskatalog.«

Sie wirkte peinlich berührt und wies auf einen Stapel bunter Kataloge in einem Zeitungsständer neben der Couch.

»Ich komme ja nie zum Einkaufen« sagte sie, als ich einen zur Hand nahm. »Und nach einem harten Tag wie dem heutigen, da sitze ich hier, ganz alleine mit meiner Kreditkarte, und blättere die Kataloge durch. Himmel, da bestellt man einmal etwas, und dann schicken sie einem jeden Tag einen ganzen Packen neuer Kataloge. Also trinke ich ein, zwei Gläser Wein, und plötzlich ertappe ich mich dabei, wie ich eine gebührenfreie Nummer wähle und irgendwas bestelle. Man kann rund um die Uhr anrufen«, sagte sie lebhaft. »Egal, wie spät es ist. Und wenn dann das Zeug mit der Post kommt, kann ich mich natürlich nicht mehr erinnern, was ich bestellt habe. Wenn ich nach Hause komme, wartet ein Überraschungspaket auf mich. Es ist wie Weihnachten. Manche Sachen sind zwar ziemlich verrückt« – sie runzelte die Stirn – »und wenn ich das Paket aufmache, frage ich mich oft, warum zum Teufel ich das bestellt habe.«

Als sie mein Gesicht sah, wirkte sie etwas eingeschnappt.

»Wir haben alle unsere kleinen Schwächen und Eigenarten«, sagte sie achselzuckend. »Wir alle sind manchmal einsam.«

»Sieh dir das an«, sagte ich. »Die sehen toll aus.« Ich zeigte ihr ein paar Seidenblumenarrangements in dem Katalog, den ich durchblätterte.

Sie schaute mir über die Schulter. »Komisch, hier gibt es so viele tropische Blumen, und doch fehlen mir die Nachtkerzen, die Kastillea, die Kornblumen und die Hyazinthen meiner Heimat«, sagte sie melancholisch. »Und sieh dich an, du bist schon viel zu lang auf diesen blauäugigen Mistkerl fixiert. Du mußt raus, Britt, nimm das Angebot dieses Kapitäns an. Triff dich mit anderen Männern.«

»Ich war heute mit Dan Flood Mittag essen«, sagte ich.

»Nett.« Sie verdrehte die Augen. »Aber ich meine jemanden, der mehr ist als ein alter Freund, jemanden in deinem Alter, mit einer Lebenserwartung von mehr als sechs Monaten. Wie geht's Dan übrigens?«

»Er ist deprimiert und lebt in der Vergangenheit. Er muß Unmengen von Medikamenten nehmen. Ich mache mir Sorgen um ihn. Ich hoffe nur, er denkt nicht an Selbstmord.«

»Der arme Dan. Wer würde nicht daran denken, wenn er sein Todesurteil erhalten hat?«

»Man kann nie wissen, Lottie. Als mein Großvater sechsundzwanzig war, hat ihn ein Arzt mit seiner TBC zum Sterben nach Miami geschickt – und der Mann wurde zweiundneunzig. Vielleicht legt Dan Flood die Ärzte herein und überlebt uns noch alle.«

Lottie machte ein skeptisches Gesicht, hob aber ihr Glas. »Auf Dans Gesundheit«, sagte sie. »Hast du den Vergewaltiger schon gefaßt?«

»He, schau mal«, unterbrach ich sie. Das gutaussehende Gesicht von Eric Fielding war auf dem Bildschirm erschienen. »Dreh den Ton lauter.«

Eine bezahlte politische Werbung. Wir sahen schweigend zu, wie er betont aufrichtig in die Kamera sprach. Er war der perfekte Politiker: perfekter Haarschnitt, perfektes Profil, perfektes Jackett über die Schultern gelegt, hinter ihm das Parlamentsgebäude.

»Glaubst du, er hat es wirklich getan?« fragte Lottie, immer noch mit dem Glas in der Hand. »Das kleine Mädchen ermordet, meine ich. Mary Beth ... wie hieß sie doch gleich?«

»Rafferty. Mary Beth Rafferty.« Ich nickte. »Ich bin überzeugt davon.«

»Ein Jammer«, sagte sie leise. »Weil ich glaube, er schafft es. Er hat mehr Geld, politische Unterstützung und Charisma als der andere Typ.«

Bei dem Gedanken schauderte ich unwillkürlich. Wir sahen die Bilder an, die auf dem Bildschirm liefen: Fielding, der vor einer Klasse interessierter Schulkinder über ihre Zukunft und die Zukunft unseres Staates sprach. Diese Kinder hatten noch nie von Mary Beth gehört, die ihre Zukunft vor zwanzig Jahren verloren hatte, als dieser Mann ein Teenager war.

»Die Polizisten waren sicher, daß er den Mord begangen hat und ungeschoren davongekommen ist. Daß er dann noch die Dreistigkeit besaß, Jura zu studieren und in die Politik zu gehen, machte es ihnen schon schwerer, die Sache zu verkraften.«

»Was ist das bloß in diesem Staat?« sagte Lottie. Vom Wein war ihre Sprechweise langsamer und ihr gedehnter Akzent stärker geworden. »Seit ich hier bin, hatten wir einen Gouverneur, den sie ›Fürst der Finsternis‹ nannten, weil er aussah wie Dracula, dann diesen Bauerntölpel – und jetzt sieht es aus, als bekämen wir einen Mann, der einen Mord begangen hat. Irgendwie fehlt mir Dracula.«

»Er war gar nicht schlecht«, stimmte ich zu. Ich warf einen Blick auf Lotties Wanduhr, eine grinsende Keramikkatze mit großen Augen, die bei jedem Pendelschlag ihres Schwanzes hin- und herrollten, zweifellos das Ergebnis eines weiteren Kaufsucht-Anfalls via Katalog. »Ich halte dich vom Schlafen ab«, sagte ich, »du hast einen langen Tag hinter dir.« Ich stellte mein Weinglas hin. »Ich fahre lieber heim, solange ich noch fahren kann. Sie greifen gerade hart durch, und ich will auf keinen Fall wegen Trunkenheit am Steuer festgenommen werden.«

»Der Beamte, der dich verhaftet, würde wahrscheinlich zum Polizisten des Monats ernannt werden. Du kannst im Gästezimmer schlafen, wenn du willst.«

»Nein, danke.«

»Laß Bitsy fahren.«

»Ich bin schon okay.« Das stimmte wirklich. Sie hatte den meisten Wein getrunken.

Sie lehnte sich zurück und schloß müde die Augen. »Vielen Dank, daß du gekommen bist, Britt. Geh nur, laß mich hier sitzen, ich bin so gut wie tot. Ich schaffe es schon.«

KAPITEL 8

Ich wurde von einer Flut von Anrufen und Briefen über den Vergewaltiger überschwemmt, die jedoch allesamt unergiebig waren; es paßte mir daher sehr gut, daß ich an der Reihe war, einen Beitrag für ›Take Two‹ zu schreiben, eine Reportage, die jeden Freitag erscheint. T 2, wie die Kolumne intern genannt wird, befaßt sich mit einer Story oder einer Person, die aus den Schlagzeilen verschwunden ist, und berichtet über den aktuellen Stand der Dinge. So in der Art von ›Was ist eigentlich aus . . . geworden?‹ Manche Reporter jammern, wenn sie einen Beitrag für T 2 verfassen sollen; ich nicht. Wie im wirklichen Leben gibt es auch in unserem Beruf unzählige Geschichten ohne richtiges Ende. Ich möchte immer mehr über die Leute wissen, deren Namen und Gesichter einem in der Zeitung so groß präsentiert werden, und T 2 bietet eine gute Gelegenheit, sie aufzusuchen und zu schauen, was aus ihnen geworden ist, nachdem sie Schlagzeilen gemacht haben.

Das Thema meiner Wahl war natürlich ein Bericht über den letzten Stand im Fall Mary Beth Rafferty. Das eröffnete ich Fred Douglas.

»Sie wollen einen aufsteigenden Stern am Polithimmel, einen Kandidaten für das höchste Amt in unserem Staat, als Mordverdächtigen in einem uralten Fall präsentieren, der sich zugetragen hat, als er ein Kind war?« Seine Stimme wurde immer lauter.

»Ein Teenager«, sagte ich rasch. Ich saß auf der Kante eines Stuhls in seinem Büro. »Er war ein Teenager.«

»Erstens ist der Fall zu alt. Die meisten unserer Leser wissen nicht mal was davon. Zweitens hat Fielding einen tadellosen Ruf und wurde nie offiziell mit dem Mord in Verbindung gebracht.«

»Es wurde berichtet, daß er die Leiche fand.«

»In Miami finden die Leute jeden Tag Leichen«, sagte er zynisch. »Das macht sie noch nicht zu Mördern.«

»Und was ist mit der finanziellen Verbindung zwischen seinen Eltern und den Eltern des ermordeten Mädchens?«

Er seufzte. »Was damit ist? Es könnte bedeuten, daß diese Leute sozial gesinnte Heilige sind, engagierte und hilfsbereite Nachbarn. Vielleicht halten sie den neuen Ehemann für einen gewieften Geschäftsmann, bei dem ihre Investition große Gewinne abwerfen wird. Geld zu investieren, ist kein Verbrechen. Herrgott nochmal, Britt.« Er wirkte verärgert. »Vielleicht sind Sie schon zu lange Polizeireporterin. Der Mann steht gerade mitten im wichtigsten Wahlkampf seines Lebens. Es heißt, sein nächstes Ziel ist das Weiße Haus; vielleicht kandidiert er dafür. Niemand hat ihn in diesem Fall je irgendeines Vergehens beschuldigt, und es gibt keine neuen Informationen. Diese Zeitung wird auf keinen Fall irgendwelche haltlosen Anschuldigungen veröffentlichen, die ihn in den Schmutz ziehen.«

»Aber es sieht aus, als hätte er es wirklich getan.«

»Wenn Sie es beweisen können, ist es ein Knüller, viel zu sensationell für das T 2. Aber Sie haben selbst gesagt, daß die Mutter des ermordeten Mädchens kein Interesse daran hat, den Fall neu aufzurollen. Die Sache ist gestorben, Britt. Vergeuden Sie keine Zeit damit. Vergessen Sie es.«

»Aber –«

»Vergessen Sie es!«

Ich kapitulierte und ging an meinen Schreibtisch zurück. Meine Wangen brannten. Ich wollte auf keinen Fall einen anderen Auftrag bekommen, zum Beispiel über die Politik in Homestead zu schreiben oder über die Kanalanleihen, die der Bezirk emittierte. Schon bei dem Gedanken daran begann mein Auge zu zucken. Jetzt wußte ich, wie Dan zumute gewesen sein mußte, als ihm seine Vorgesetzten vor zweiundzwanzig Jahren sagten, er solle Fielding von der Liste der Verdächtigen streichen.

Da meine erste Idee für einen T 2-Beitrag abgeschossen worden war, beschloß ich, einen Mann namens Applewaite aufzuspüren, der vor sechs Jahren in Miami einen Polizisten namens Foster niedergeschossen hatte und vor kurzem auf Bewährung entlassen worden war. Dan hatte bei der Gedenkfeier darüber geschimpft. Applewaite, ein kleiner Mann, der Schußwaffen benutzte, um seine Körpergröße zu kompensieren, war zu zwanzig Jahren Gefängnis verurteilt worden. Nach nur fünf Jahren wurde ihm im Rahmen unseres Strafvollzugssystems aufgrund guter Führung Straferlaß gewährt, die Untersuchungshaft und die bereits abgesessene Zeit angerechnet. Und da man ohnehin bemüht war, Häftlinge möglichst vorzeitig zu entlassen, kam er aufgrund der Milde und des weisen Entschlusses der Bewährungskommission frei.

Es kostete mich ein paar Anrufe, bis ich Applewaites Bewährungshelfer ausfindig gemacht hatte, der seine üblichen Sprüche abzog: Der Mann hatte seine Schuld gegenüber der Gesellschaft abgeleistet, er habe ein völlig neues Leben begonnen, und die Schakale von der Presse sollten ihn in Ruhe lassen. Nachdem er in seinen Unterlagen nachgesehen hatte, erklärte er, daß Applewaite ein Bombenerfolg war und in seinem Job in einer Karosseriewerkstatt in Hialeah geradezu brillierte.

Ich rief sechs Karosseriewerkstätten in Hialeah an, bevor ich die richtige erwischte. Der Besitzer sagte, Applewaite sei nach dem dritten Arbeitstag nicht mehr erschienen, und er habe gehört, der Mann säße in Monroe County im Gefängnis. Und genau dort war er auch, wegen eines bewaffneten Raubüberfalls. Ich liebte dieses T 2.

Und es war ein guter Grund, Dan anzurufen und ein wenig mit ihm zu plaudern. Ich erzählte ihm, daß mein Redakteur meine ursprüngliche Idee abgelehnt hatte, und wir empörten uns beide über die Leitung der Zeitung und über Fieldings Bestrebungen, ins Weiße Haus einzuziehen. Er freute sich, daß Applewaite wieder hinter Gittern saß.

»Danke, daß du es mir gesagt hast. Das ist der sicherste Ort für ihn«, sagte er kryptisch.

Das Gespräch mit ihm munterte mich auf. Er war umgänglicher als bei unserem gemeinsamen Mittagessen und brachte mich sogar zum Lachen.

»Uns sollte nichts mehr überraschen, Britt. Eins kann ich dir sagen, wenn es eine Gerechtigkeit gäbe, dann wäre Elvis am Leben und seine Imitatoren wären tot.« Wir versprachen einander, bald wieder einmal gemeinsam zu Mittag zu essen.

In der vagen Hoffnung, daß Lotties Prophezeiung, die Eifersucht würde bei McDonald wieder romantische Gefühle wecken, zutraf, sah ich meine Telefonnachrichten mit einem erwartungsvollen Gefühl durch, das ich mir selbst nicht eingestehen wollte.

Er hatte nicht angerufen, dafür aber viele andere Leute.

Am nächsten Nachmittag begann ich die Anrufer zurückzurufen und dabei, den Hörer unter das Kinn geklemmt, die Post zu öffnen. Eine Nachricht faszinierte mich. Ein Mann namens Jeff hatte mir ausrichten lassen, er sei ›nicht der Vergewaltiger‹.

Er wirkte erleichtert, daß ich ihn zurückrief.

»Hören Sie«, sagte er in drängendem Tonfall; er sprach leise, als hätte er Angst, daß ihn jemand belauschte. »Ich stecke da in der Klemme.« Er hörte sich an, als würde er aus dem Mundwinkel sprechen, glatt und schmierig wie ein schuldbewußter Autofahrer, der versucht, einen Polizisten zu beschwatzen, damit er ihm keinen Strafzettel ausstellt. »Die Polizei war da, um mit mir über diese Sache mit dem Vergewaltiger zu sprechen.«

»Verdächtigt man Sie?«

Er stieß einen verärgerten Laut aus. »Nein. Na ja, ich weiß nicht, ob sie mir glauben. Ich könnte, wohlgemerkt, ich *könnte* verdächtig wirken. Ich gebe zu, daß ich mich sozusagen in der Gegend herumdrücke, wissen Sie. Ich parke das Auto ein paar Häuserblocks weiter, mache zu Fuß Umwege, und es kann schon vorkommen, daß ich in einem Gebäude verschwinde und dann wieder herauskomme, aber es ist nicht so, wie es aussieht.«

»Wie ist es denn?«

Er zögerte.

»Wenn sich die Polizei für Sie interessiert, muß es einen guten Grund geben.« Jetzt war ich neugierig und wollte ihm auf die Sprünge helfen.

»Die Dinge sind nicht immer so, wie sie scheinen.«

»Meistens doch«, sagte ich trocken.

»Hören Sie«, jammerte er, »ich gebe ja zu, daß ich oft in der Nähe des Universal-Gebäudes unterwegs bin –«

»Wo der Vergewaltiger zugeschlagen hat. Zweimal.«

Er holte tief Luft und atmete hörbar aus. »Ich gehe nur durch die Eingangshalle. Kennen Sie die Apartmenthäuser auf der anderen Seite, direkt hinter dem Gebäude?«

»Ja.«

»Na ja, da komme ich vielleicht ein paarmal die Woche vorbei. Sie wissen schon, um jemanden zu treffen.«

»Einen Lieferanten?«

»Nein, eine Frau. Sie wissen schon.«

»Und was soll das ganze Theater?«

»Es ist so« – er senkte die Stimme – »daß ich ein verheirateter Mann mit Familie bin.«

»Und . . .«

»Ich will nicht, daß meine Frau von der Sache Wind bekommt. Ich möchte sichergehen, daß Sie nichts in der Zeitung bringen.«

»Also haben Sie der Polizei den Namen Ihrer . . . Freundin gegeben. Werden die Beamten mit ihr sprechen?«

»Das ist auch so was«, sagte er. »Es ist eine sehr heikle Situation, Sie wissen schon.«

»Sie ist auch verheiratet.«

»Sie kapieren schnell.«

Da er ein schlechtes Gewissen hatte und keine Ahnung, wie die Polizei und die Zeitungen arbeiten, hatte der Mann seinen Namen schon in den Schlagzeilen gesehen. Er wußte nicht, daß das keinen interessierte, abgesehen von den Menschen, die unmittelbar an dieser Seifenoper beteiligt waren. Er tat mir nicht leid, obwohl er und seine Geliebte wahrscheinlich nichts anderes taten als viele andere Verheiratete auch. Wie vorsichtig

Ehebrecher auch sein mochten – daß man sich in dem Netz verfängt, das die Polizei auswirft, wenn sie einen Verbrecher jagt, kann man nicht vorhersehen.

»Es sind auf beiden Seiten Kinder da«, sagte der Mann am anderen Ende. »Eine Menge Leute könnten darunter zu leiden haben, wissen Sie?«

»Daran hätten Sie vorher denken müssen«, sagte ich; es klang selbstgerecht.

»Davon kommt doch nichts in die Zeitung, oder?« Seine Stimme zitterte vor Angst.

»Nein«, versicherte ich ihm seufzend. »Machen Sie sich keine Sorgen. Wenn Sie nicht der Vergewaltiger sind und keines Vergehens beschuldigt werden, ist der Polizei und der Zeitung Ihr Privatleben egal.«

Er schwieg eine Weile. »Sie wollen damit sagen, mir sollte es nicht egal sein.«

»Das habe ich nicht gesagt, aber es ist wohl keine schlechte Idee«, antwortete ich und riß einen Brief auf, der mit einem dicken schwarzen Filzstift auf liniertem gelben Papier geschrieben war:

Die schnellen Jungs machen Miami kaputt. Ich bin kaum mehr high – nur noch benommen und schläfrig. Ich fordere bessere Drogen!

Ich lächelte und legte den nicht unterschriebenen Brief beiseite. Er würde den Angehörigen der VIN-Squad ein Grinsen entlocken. Dieses Kommando umfaßte die Sittenpolizei, den Nachrichtendienst und das Rauschgiftdezernat; die Mitglieder waren in einschlägigen Kreisen als die ›schnellen Jungs‹ bekannt, weil sie so schnell und gewandt aus ihren unauffälligen Autos und Lastern heraussprangen, um die fassungslosen Verdächtigen samt ihren Drogen festzunehmen.

»Sie haben ja so recht«, sagte der Mann am Telefon mit fast religiöser Inbrunst. »Ich werde mir die ganze Sache wirklich ernsthaft überlegen.«

Ich riß den nächsten Brief auf.

Der schmuddelige Umschlag kam mir bekannt vor. Noch ein Dauerbrieffreund. *Sagen Sie Britt Montero, warum hören Sie nicht auf mich. Sie haben mich beleidigt.* Und ein gekritzelter Bogen mit Pfeilen.

Ich knüllte ihn zusammen und warf ihn weg. Dabei rieselte feiner Staub aus dem Umschlag. Meine Hände fühlten sich an wie eingepudert. Ich blickte hinauf auf die Belüftungsschlitze und dann auf die Staubspuren auf meinem Schreibtisch. Igitt, dachte ich und hielt meine Finger an die Nase. Das Zeug hatte einen süßlichen Geruch und stammte von dem Brief.

Mir stockte das Herz. Fast hätte ich das zerknüllte Ding aus dem Papierkorb gefischt, doch statt dessen drehte ich mich zu unserer medizinischen Fachautorin um, die rechts neben Ryan hinter mir saß. »Miriam?«

Sie blickte auf und blinzelte hinter ihrer Brille mit UV-Schutzglas, in der sich der grünliche Schein ihres Bildschirms spiegelte.

»Diese Chirurgenhandschuhe, die mit Talkumpuder eingestaubt sind – ist da so viel Puder drinnen, daß er auf einem Blatt Papier, das der Träger anfaßt, Spuren hinterläßt? Und riecht er wie Körperpuder?«

»Woher soll ich das wissen?« sagte sie gereizt und wandte sich wieder ihrer Arbeit zu.

Ich dankte ihr überschwenglich für ihre Freundlichkeit und rief dann Rico an, der als Pfleger in einer Notaufnahme arbeitet und mir manchmal Informationen gibt. Er beantwortete beide Fragen mit nein. Jetzt wurde ich wohl wirklich langsam paranoid, dachte ich. Nur ein weiterer Irrer, der Briefe schreibt.

In der Nachrichtenredaktion brach plötzlich hektische Aktivität aus, und ich blickte auf. Mein Herz machte einen Sprung, und ich war sicher, daß ich Halluzinationen hatte. Zwei Meter vor meinem Tisch stand Eric Fielding.

Er war es wirklich. Groß, gepflegt und braungebrannt, im marineblauen Nadelstreifenanzug mit weißem, in sich gemustertem Seidenhemd und Yuppie-Krawatte, wirkte er trotz seiner frühzeitig ergrauten Haarmähne jugendlich und kraftvoll. Seine Frau war bei ihm, eine athletisch wirkende Blondine, die man sich gut auf einem Tennisplatz vorstellen konnte. Groß und langgliedrig wie ihr Mann, war sie das perfekte Abbild der Politikerfrau. Sie hatte ein ungezwungenes Lächeln und war sorgfältig und doch leger gekleidet: sie trug ein gemustertes Laura-Ashley-Kleid. Ein Kind in einem rosa Strandkleid lief hinter ihnen her. Zwar trug sie keinen kleinen Hut, aber sie erinnerte mich an Mary Beth Rafferty.

Fielding klopfte auf Schultern, drückte Hände, begrüßte die politischen Berichterstatter wie alte Freunde und lächelte auf Gretchen hinunter, die sich vor Begeisterung überschlug.

Ich verabschiedete mich hastig von meinem Anrufer.

»Was macht der denn da?« fragte ich Janowitz, einen altgedienten Reporter für allgemeine Berichterstattung, der von seinem Schreibtisch am anderen Ende der Nachrichtenredaktion herbeigeschlendert war.

»Ist zu seiner Sitzung mit den Herausgebern gekommen«, sagte er.

Kandidaten, die sich um die Unterstützung der *News* bemühen, werden routinemäßig von den Herausgebern interviewt. Es kommt kaum vor, daß sie durch die Nachrichtenredaktion rauschen und Hände schütteln, doch da Fielding der Kandidat unserer Heimatstadt war, stand er mit den meisten Redakteuren und Reportern bereits auf freundschaftlichem Fuß.

»Komm, Kimberly«, hörte ich Mrs. Fielding sagen. Sie nahm das Kind bei der Hand und ging mit ihm zur Seite, damit es zwischen den Leuten von der Nachrichtenredaktion, die sich um ihren Mann scharten, nicht verlorenging.

»Habe nur ein paar Tage auf den Keys unten verbracht«, sagte Fielding herzlich. »Ein bißchen Golf gespielt, ein wenig geangelt, ein paar Tage mit der Familie, als kleine Pause im Wahlkampf, habe mich ausgeruht für den Endspurt.«

»Die Umfrageergebnisse sehen gut aus«, berichtete ihm jemand.

Ich stellte mich zu den anderen. »Britt Montero«, sagte ich, als ich an der Reihe war.

Er nickte; sein Händedruck war kräftig. »Habe heute morgen Ihren Artikel über Applewaite gelesen; er traf voll ins Schwarze. Genau das müssen wir in unserem Staat verhindern. So etwas darf nicht geduldet werden«, sagte er. Seine Augen blitzten vor rechtschaffener Entrüstung. Der Mann ist gut, dachte ich, wirklich gut.

Ich machte den Mund auf und sah Fred Douglas in der Gruppe, die um uns herumstand. Seine Augen verengten sich, und er schüttelte fast unmerklich den Kopf.

»Viel Glück«, murmelte ich – und konnte es kaum fassen, daß ich das wirklich sagte.

Der lächelnde Kandidat wandte sich ab, um jemand anderem die Hand zu schütteln.

Er ging wieder zu den Chefbüros zurück, gefolgt von dem politischen Berichterstatter und Gretchen. Seine Frau und ihre kleine Tochter blieben bei den Schreibtischen der Lifestyle-Abteilung stehen, wo Eduardo und etliche Reporter überglücklich waren, sie begrüßen zu dürfen. Fred gab Ryan den Auftrag, Mrs. Fielding und Kimberly in die Cafeteria im zweiten Stock zu bringen, wo sie Erfrischungen zu sich nehmen konnten, während sie auf den Kandidaten warteten.

»Soll ich sie einladen?« fragte er eifrig. »Kann ich es auf meine Spesenrechnung setzen?«

Ich setzte mich an meinen Schreibtisch und gab vor, zu arbeiten. Ich beobachtete den Gang zwischen den Redaktionsbüros und dem Aufzug. Irgend etwas in mir konnte diese Chance nicht ungenutzt vorbeigehen lassen. Ich sah auf die Uhr. Derartige Interviews dauerten gewöhnlich fünfundvierzig Minuten bis eine Stunde.

Und wirklich, eine Stunde später tauchte er strahlend und triumphierend wieder auf, noch immer umringt von Fans und Händeschüttlern. Ich stand vom Schreibtisch auf und nahm mein Notizheft und einen Stift. »Mr. Fielding«, sagte ich. »Ihre Frau und Tochter sind in der Cafeteria. Ich zeige Ihnen, wo sie ist.«

Als die Aufzugtüren aufgingen, traten die Händeschüttler zurück und gingen wieder an ihre Arbeit. Wir stiegen ein. Wir waren allein.

Ich hätte mich geschickt an meine Fragen herantasten sollen, aber ich hatte keine Zeit für Konversation.

»Mr. Fielding, erinnern Sie sich an Mary Beth Rafferty?«

Er reagierte, als hätte er einen Schuß gehört. Sein Lächeln erlosch. »Aber natürlich«, sagte er nach einer kleinen Pause. »So etwas könnte kein Mensch je vergessen.«

»Der Fall ist noch immer ungelöst.«

»Das weiß ich.« Sein Hautfarbe wirkte plötzlich nicht mehr so gesund und lebendig. Vielleicht lag es an der Beleuchtung.

»Ich nehme an, Sie wissen«, sagte ich sanft, »daß die Polizei Sie verdächtigt hat?«

Seine Augen musterten mich kalt. Jetzt hat er keine Ghostwriter, die ihm hier helfen können, dachte ich. »Damals«, sagte er mit Bedacht, »war jeder verdächtig.«

»Aber für einen Kriminalbeamten, der den Fall untersuchte, sind Sie es noch immer. Warum –«

Der schwerfällige Aufzug, über den ich ständig jammere, schien jetzt blitzschnell unterwegs zu sein, und die Türen gingen auf. Wir waren in der Eingangshalle.

»Entschuldigung«, sagte ich, als er hinaustreten wollte. »Ich habe vergessen, auf den Knopf für den dritten Stock zu drücken. Wir müssen wieder hinauffahren.«

Die Leute, die auf den Lift gewartet hatten, stiegen ein und erkannten Fielding. »Sehr erfreut«, murmelte er und schüttelte einem Wirtschaftsredakteur und einer Kolumnistin der spanischsprachigen Ausgabe die Hand.

Den Rest der Fahrt starrte Fielding mit steinerner Miene auf mein Profil.

»Da sind wir«, sagte ich fröhlich. »Dritter Stock.«

Der Weg zur Cafeteria war lang und führte durch gewundene Gänge links vom Aufzug. Ich ging nach rechts, in eine kleine Nische in der Nähe des Personalbüros, und er folgte mir.

»Was soll das?« sagte er. »Hat Ihnen jemand gesagt, Sie sollen das zur Sprache bringen?«

»Nein«, sagte ich. »Ich wollte Ihnen nur ein paar Fragen stellen. Warum, glauben Sie, verdächtigt Sie die Polizei immer noch?«

Seine Kiefermuskeln spannten sich. »Ich wußte nicht, daß das der Fall ist. Ich habe seit Jahren nicht mehr mit der Polizei darüber gesprochen. Während eines Wahlkampfes wie diesem kommen die Leute gerne mit häßlichen Gerüchten und Andeutungen und Halbwahrheiten daher. Hören Sie zu, Miss . . .«

»Montero«, sagte ich.

Er nickte. »Meine Termine sind sehr dicht gedrängt. Es tut mir leid, daß wir nicht mehr Zeit haben, aber ich möchte, daß Sie wissen, daß jener schreckliche Tag vor vielen Jahren mein Leben für immer verändert hat.«

»Inwiefern?«

»Ich war damals ein junger Mann, ein Teenager, der die Leiche eines auf entsetzliche Weise geschändeten kleinen Mädchens fand. Dieses Kind ist mit der Grund, warum ich heute als Kandidat, der für Recht und Ordnung eintritt, hier vor Ihnen stehe, mich für ein Leben im Dienst der Öffentlichkeit entschieden habe.« Der Politiker kam in Schwung und war kaum zu bremsen.

»Waren Sie nicht schon vor dem Mord durch Ihre voyeuristischen Neigungen aufgefallen?«

»Wer hat Ihnen diese Dinge erzählt? Mit wem haben Sie gesprochen?« wollte er wissen. Seine Stimme war extrem beherrscht. Seine Augen hatten ihre selbstbewußte, zuversichtliche Ausstrahlung verloren. Es waren die Augen eines Mannes, der plötzlich mit seiner Vergangenheit konfrontiert wird. »Ich war neugierig, wie Teenager das nun einmal sind. Was immer ich damals für Fehler gemacht haben mag, sie waren nicht schlimmer als die Fehler, die junge Männer mit Problemen heutzutage begehen.«

»Also *waren* Sie ein junger Mann mit Problemen. Waren Sie je in psychiatrischer Behandlung?«

»Was haben Sie eigentlich vor?« Er starrte mich mit unverhüllter Verachtung an.

»Ich versuche nur, zu rekonstruieren, was passiert ist«, sagte ich in sachlichem Tonfall. »Mich interessieren auch die finanziellen Vereinbarungen zwischen Ihren Eltern und Mary Beth Raffertys Mutter.«

»Sie haben kein Recht, Sie haben kein Recht –« Sein Gesicht lief rot an, die Ader an seiner Schläfe pochte. »Das reicht jetzt. Ich werde die Schlüsse, die Sie ziehen, keiner Antwort mehr würdigen. Ich weiß nicht, was Sie vorhaben. Aber hier steht sehr viel auf dem Spiel, und ich werde mich nicht erpressen oder einschüchtern lassen!« Seine Stimme wurde lauter. Die Wut in seinem Gesicht war beängstigend.

»Ich bin nur eine Reporterin«, sagte ich. »Es ist mein Beruf, Fragen zu stellen.«

»Nehmen Sie sich in acht, Miss Montero«, sagte er langsam. »Nehmen Sie sich bloß in acht.«

Abrupt wandte er sich von mir ab.

»Die Cafeteria ist auf der linken Seite«, sagte ich schwach. »Geradeaus den Gang hinunter. Gehen Sie nur den Gang entlang, dann können Sie sie nicht verfehlen.«

Er wirbelte herum, warf mir einen letzten bösen Blick zu und starrte mich an, als wolle er sich mein Gesicht einprägen.

Toll, dachte ich, während ich ihm nachsah, wie er rasch den Gang hinunterschritt. Ich liebe Florida, ich bin hier geboren. Wenn dieser Typ gewählt wird, werde ich wegziehen müssen.

Ich kehrte an meinen Schreibtisch zurück und bemühte mich, unschuldig zu wirken. Es war nicht leicht. Besonders als Ryan zurückkam. »Wissen Sie was, Britt? Vielleicht werden wir Fielding doch nicht unterstützen.«

»Wie kommen Sie darauf?«

»Sie hätten ihn nach seinem Interview mit den Herausgebern sehen müssen. Die müssen ihn ganz schön in die Zange genommen haben. Er war richtig aufgebracht, fuchsteufelswild.«

»Wirklich?«

»Hat die Frau und das Kind angefahren. Wollte nur raus hier.«

»Kein gutes Zeichen«, pflichtete ich ihm bei.

KAPITEL 9

In jener Nacht konnte ich kaum einschlafen, und als es mir endlich gelang, weckte mich das Telefon. Es war Harry Arroyo.

»Was ist passiert?« sagte ich und setzte mich im Bett auf, plötzlich wieder hellwach. »Haben Sie den Vergewaltiger gefaßt?«

»Nein«, sagte er düster. »Er hat wieder zugeschlagen.«

»Oh, nein«, sagte ich. »Und ist er entkommen?«

»Ja.«

»Was ist passiert?«

»Diesmal war es anders als bei den anderen. Er ändert seine Vorgehensweise.«

»Inwiefern?«

»Diesmal war es nicht in der Toilette eines Bürogebäudes. Es war in der Parkgarage. Und er hat sie mit dem Messer verletzt. Er wird brutaler.«

»Sind Sie sicher, daß er es war?«

»Daran besteht kein Zweifel.«

»Wie schlimm ist sie verletzt?«

»Sie wird schon wieder«, sagte er. Du hast leicht reden, dachte ich. Aber ich wußte, was er meinte. Ihre körperlichen Verletzungen waren nicht lebensbedrohlich.

»Ich bin froh, daß Sie angerufen haben, Harry. Vielen Dank.« Das hatte er noch nie getan, und ich wußte es zu schätzen.

»Das war nicht meine Idee, Britt. Das Opfer will mit Ihnen reden.«

»Was?« Angst schnürte mir das Herz ab. Ist es jemand, den ich kenne?«

»Nein. Aber sie sagt, sie muß mit Ihnen sprechen. Können Sie herkommen?«

»Klar«, sagte ich. »Geben Sie mir zwanzig Minuten. Wo sind Sie?«

»Auf dem Polizeirevier«, sagte er. »Wir haben sie gerade aus dem Zentrum für vergewaltigte Frauen hierhergebracht.«

Auf meiner Nachttischuhr war es zwei Uhr fünfzehn. Ich fuhr mir mit dem Kamm durch die Haare und zog den marineblauen Overall an, der immer an der Innenseite meiner Schranktür hängt, damit ich rasch hineinschlüpfen kann, wenn ich mitten in der Nacht irgendwohin geholt werde. Bitsy, die erwartete, daß ich sie mitnehmen würde, folgte mir auf dem Fuß. Sie jaulte und winselte, als ich ohne sie aus dem Haus ging.

Normalerweise fahre ich leidenschaftlich gern in der Nacht, ohne den Verkehr und die Hitze und Hektik des Tages. Am Abend war ein plötzlicher Sommerregen gefallen, und die Straßen waren naß und leer. Irgendwo da draußen war er. Warum konnten sie ihn nicht schnappen?

Ich stellte den Scanner auf die Polizeifrequenz von Miami ein und hörte, daß die Beamten am Tatort im Eastcoast-Bankgebäude im Einsatz waren. Sie hatten das Ende des Regens abgewartet und erst dann das Auto des Opfers abgeschleppt, um es bei guter Beleuchtung untersuchen zu können.

Der verschlafene Beamte am Schalter in der Eingangshalle holte mir mit seiner Magnetkarte den Aufzug. Es war Viertel vor drei. Die Polizeistation war leer. Die meisten Beamten der Mitternachtsschicht waren im Einsatz.

Harry erwartete mich vor dem Büro des Vergewaltigungsdezernats.

»Sie arbeitet in der Computeranlage der Bank«, sagte er. »Sie hatte gar nicht vor, heute so lang dazubleiben, aber es gab Probleme mit dem Großrechner. Sie heißt Marianne Rhodes, ist Weiße, einunddreißig Jahre alt. Mit einem Börsenmakler verlobt; er ist schon auf dem Weg hierher. Sie wußte über die Vergewaltigungen Bescheid. Sie hatte ein Tränengasspray in der Handtasche und forderte Begleitschutz an, wenn sie auf die Toilette gehen mußte.

»Sie hat um 21 Uhr 23 ausgestempelt. Ein Sicherheitsbeamter

fuhr mit ihr in die dritte Etage der Parkgarage. Er sah ihr zu, wie sie das Auto aufsperrte und die Tür öffnete und ging wieder hinein, um seine Runden zu machen.«

»Und was ist dann passiert?«

»Sie steigt in den Wagen, und bevor sie die Tür schließen kann, taucht er aus der Dunkelheit auf und stürzt sich mit dem Messer auf sie.«

Ein Frösteln lief über meinen Körper; mir wurde fast übel.

»Er hat noch bei keinem seiner Opfer soviel Gewalt angewendet. Er hat ziemlich brutal zugeschlagen, sie mit dem Messer verletzt und gefesselt liegengelassen«, sagte er. »Wahrscheinlich hätte sie die ganze Nacht dort gelegen, wenn nicht derselbe Sicherheitsbeamte eine Stunde später auf seiner Runde vorbeigekommen wäre und bemerkt hätte, daß ihr Wagen noch immer dastand. Er ging hin, um nachzusehen und fand sie im Auto, gefesselt und mit zugeklebtem Mund.«

»Sonst hat er niemanden gesehen?«

»Nein, nur Putzfrauen und Angestellte, die Überstunden machten. Der Kerl ist wie ein Geist.«

»Warum will sie mit mir reden?«

»Weil der Vergewaltiger eine Wahnsinnswut hat. Auf Sie.« Er lächelte, drehte sich um und öffnete die Tür zu seinem Büro.

»Auf mich?« fragte ich und folgte ihm wie betäubt.

Die Frau saß auf einem Holzstuhl und umklammerte ihre Ellbogen, als sei ihr kalt. Sie hatte den Kopf gesenkt und die Knie zusammengepreßt. Sie trug ein Kostüm, das einmal sehr schön gewesen war. Jetzt war der Stoff zerrissen, zerschnitten und voller Blut. Ihre rechte Gesichtshälfte war voller Blutergüsse und ganz verschwollen, und sie hatte ein blaues Auge. Auf der linken Seite trug sie einen Verband, der die Nähte nicht ganz bedeckte.

Ihr dunkles, glänzendes Haar war auf der Seite mit den Nähten verfilzt und mit einer pudrigen Substanz bedeckt. Unter dem Kinn hatte sie eine Schnittwunde, und ihre weiße Bluse war vorne blutbefleckt. Ihre Strümpfe waren zerrissen, der Rock voller Flecken und staubig.

»Sind Sie okay?« fragte ich.

»Sind *Sie* das?« Ihre Augen waren rot und feucht.

»Britt Montero.«

Sie zuckte zusammen, als ich das sagte. »Sie sind es. Aber ich sehe Ihnen doch überhaupt nicht ähnlich.«

»Was meinen Sie?«

»Er benahm sich, als wäre ich Sie. Er nannte mich immer bei Ihrem Namen.« Sie schüttelte den Kopf und schauderte.

»Sind Sie sicher?«

Ihre Fäuste ballten sich. »Glauben Sie, ich denke mir das aus?«

»Nein, nein, natürlich nicht. Ich bin nur entsetzt. Was hat er gesagt?«

»Ich spreche nicht spanisch«, flüsterte sie. »Ich habe nur ein paar Flüche und Ihren Namen verstanden. Ich habe Ihre Berichte gelesen. Immer, wenn er mir weh tat, sagte er Ihren Namen.«

Es lief mir kalt über die Arme, und ich bekam eine Gänsehaut.

Ich blickte zu Harry auf; sein Gesicht war ausdruckslos. Offenbar hatte sie ihm das alles schon erzählt.

»Seien Sie vorsichtig«, sagte sie mit klappernden Zähnen. »Er hat wirklich einen Haß auf Sie.«

»Ihr ist kalt«, sagte ich zu Harry. »Haben Sie eine Jacke oder eine Decke?«

Ein anderer Kriminalbeamter murmelte ihm etwas ins Ohr. »Er soll heraufkommen«, sagte Harry.

»Ihr Verlobter, Ben, ist hier«, sagte er zu ihr.

Ihre Augen füllten sich mit Tränen, und sie starrte auf den Fußboden.

»Wenn ich irgend etwas für Sie tun kann, rufen Sie mich bitte an«, sagte ich und drückte ihr meine Karte in die Hände. Die langen, grazilen Finger waren mit Schnitten und blauen Flecken übersät, die Nägel abgebrochen.

»Schreiben Sie meinen Namen in der Zeitung«, sagte sie; ihre Stimme wurde höher. »Erzählen Sie allen Leuten, was er mir angetan hat. Ich wollte nur meine Arbeit tun. Sie hatten die Pflicht, mich zu schützen. Jedermann wußte von dem Vergewaltiger. Warum haben Sie nicht besser für Sicherheit gesorgt?« Ihre Stimme brach ab und ging in ein Schluchzen über.

»Normalerweise geben wir die Identität von Vergewaltigungsopfern nicht preis«, sagte ich, »außer, sie sind ausdrücklich damit einverstanden, daß wir sie zitieren und ihren Namen nennen.«

»Tun Sie es«, sagte sie. »Ich möchte, daß Sie meinen Namen in der Zeitung veröffentlichen. Sagen Sie den Leuten, was er getan hat.«

»Überlegen Sie es sich noch einmal«, sagte ich sanft. Ein blasser junger Mann stürzte herein. Sein Gesicht war angespannt.

»Oh, mein Gott, Marianne«, sagte er und nahm sie in die Arme. Nach einem Augenblick bemerkte er mich.

»Wer sind Sie?«

Ich sagte es ihm.

»Großer Gott! Sie werden das doch nicht in der Zeitung bringen?« Er starrte mich angewidert an. »Zeigen Sie doch wenigstens soviel Anstand, unsere Privatsphäre zu respektieren.«

Harry holte mich am Gang ein und begleitete mich hinunter in die Eingangshalle. »Geben Sie auf sich acht, Britt«, sagte er.

Das war das zweite Mal in weniger als vierundzwanzig Stunden, daß ich diese Warnung bekam.

KAPITEL 10

Die Straßen waren voller bedrohlicher Schatten, als ich durch die milde, feuchte Luft zu meinem Wagen zurückging. Meine Schritte hallten in der Dunkelheit wider. Ich verriegelte die Türen und fuhr vom Polizeiparkplatz weg; das Licht der Scheinwerfer durchschnitt die Nacht. Ich habe vom Vergewaltiger nichts zu befürchten, dachte ich. Verbrecher sind Feiglinge, die sich hilflose Menschen als Opfer aussuchen. Sie hassen Publicity und meiden Leute, deren Vorgesetzte Druckerschwärze fässerweise kaufen.

Als ich westlich des Boulevard vor einer roten Ampel wartete und weit und breit kein anderes Fahrzeug in Sicht war, sah ich an der Einfahrt zu einer schmalen Seitenstraße eine Gestalt, die wie ein Gespenst aus der Dunkelheit auftauchte. Mein Rückgrat begann zu kribbeln. Meine Finger verkrampften sich auf dem Lenkrad. Der Mann torkelte auf mich zu, und ich drückte leicht auf das Gaspedal und rollte mit klopfendem Herzen bei Rotlicht über die Kreuzung. Warum stellen sie diese Ampeln nachts nicht auf Blinklicht ein? dachte ich zornig. Die dunkle Gestalt stand allein auf der verlassenen Straße und starrte meinen Rücklichtern nach.

Der Vergewaltiger kannte mich nicht und wußte nicht, wie er mich unter den etwa fünfzehnhundert Menschen ausfindig machen sollte, die täglich im riesigen *News*-Gebäude ein- und ausgingen. Das ist ein Vorteil, den die Printmedien im Vergleich zum Fernsehen haben, wo die Zuschauer das Gesicht eines Reporters kennen wie die Gesichter ihrer engsten Familienmitglieder.

Ich fuhr einmal um meinen Häuserblock, bevor ich parkte, wobei ich in den Rückspiegel blickte und die stille Straße kontrollierte, die geparkten Autos, die Hibiskushecken, alle Stellen, wo sich möglicherweise jemand verstecken konnte. Es ist nicht Miami oder die Nacht, die so beängstigend ist, sagte ich mir. Es ist der Mann, der hier frei herumläuft. Ein Mann, den weder die Publicity noch die massive Polizeipräsenz aufhalten konnte.

Schnell stieg ich aus dem Auto aus, die Haustürschlüssel in der Hand, und schritt zielstrebig auf meine Wohnung zu. Ich war froh, daß ich drinnen ein Licht angelassen hatte. Ich schloß die Tür hinter mir und seufzte erleichtert auf. Jetzt war ich zu Hause und in Sicherheit; ich hatte gute Schlösser, eine wachsame Vermieterin und einen Hund mit Polizeierfahrung.

Ich putzte mir die Zähne, löschte das Licht und legte mich zum zweiten Mal in jener Nacht schlafen. Ich war selbst ganz überrascht, als ich im Dunkeln aufstand, um das Schloß an der Eingangstür noch einmal zu kontrollieren, die Pistole unter meiner Matratze hervorholte und sie unter das Kissen neben mir schob.

Am nächsten Morgen erwachte ich zeitig, ließ das Frühstück aus und fuhr sofort in die Redaktion, um den Bericht über den neuen Überfall zu schreiben. Trotz des Mangels an Schlaf und Appetit fühlte ich mich seltsam wach. Ich suchte die Nummer von Dr. Stone Simmons heraus, dem Seelenklempner der Polizei, dem ich bisher nur einmal flüchtig begegnet war. Für meinen Artikel – und weil ich es selbst wissen wollte – brauchte ich weitere Informationen über den Vergewaltiger und sein Verhalten. Der Doktor meldete sich persönlich, war aber anscheinend nicht gerade begeistert über meinen Anruf.

»Das ist gegen die Vorschriften«, sagte er. »Sie wissen, daß ich ohne Genehmigung der Kriminalbeamten oder von Lieutenant Riley nicht über einen Fall, in dem ermittelt wird, sprechen kann.«

»Doktor, ich will ja keine Einzelheiten über Beweismaterial, das vielleicht von den Ermittlungsbeamten zurückgehalten wird. Ich bitte Sie nur um Ihre Meinung über seine psychische Verfassung. Warum nennt der Mann meinen Namen? Was ist der Grund für die Wut, die das letzte Opfer an ihm feststellte, für die geänderte Vorgehensweise, die Eskalation der Gewalt?«

Ich hörte leise Laute. Simmons schmatzte mit den Lippen und zog an seiner unvermeidlichen Pfeife. Er war ein hagerer Mann mittleren Alters mit einem graumelierten Bart, der stets eine graue Strickweste trug, egal wie brütend heiß es sein mochte, und der eine irritierende Art hatte, alle Menschen zu mustern, als würde er sie wie Insekten von einer höheren Wissens- und Verstandesebene aus studieren.

»Interessante Fragen«, bemerkte er.

»Was glauben Sie?«

»Ich würde meinen, daß der Mann, den Sie den Vergewaltiger nennen, relativ intelligent ist, und zwar in Anbetracht der Tatsache, daß er die Zeitung liest – was offensichtlich ist«, fügte er hinzu, »da er Ihren Namen kennt. Nicht alle Vergewaltiger sind beschränkte Penner, Schwachsinnige oder Geistesgestörte.«

»Und er war clever genug, sich bis jetzt der Festnahme zu entziehen.«

»Richtig«, sagte er, als wäre ich etwas schwer von Begriff und hätte wider Erwarten die richtige Antwort geliefert.

»Glauben Sie, er hat seine Vorgehensweise geändert, weil inzwischen zu viele Leute Bescheid wissen?«

»Nicht ganz. Er ist wütend, und was tun Vergewaltiger, um ihre Wut auszudrücken?«

»Sie vergewaltigen.«

»Wieder richtig. Generell kann man annehmen, daß jemand mit seinen Neigungen wohl versuchen würde, die Person, auf die er die meiste Wut hat, sein Vorhandensein spüren zu lassen – das wären in diesem Fall Sie, nach allem, was dieses Opfer erzählt hat.« Er begann wieder an seiner Pfeife zu nuckeln.

»Warum sollte er so eine Wut auf mich haben? Alle Zeitungen hier haben darüber berichtet.«

»Ja, aber Sie waren die erste, nicht wahr? Und deshalb in seinen Augen verantwortlich für alles, für die gesamte darauffolgende Berichterstattung. Und natürlich haben Sie ausführlicher über ihn geschrieben als alle anderen. Vielleicht war es auch etwas, das Sie gesagt haben.«

Er schien das für amüsant zu halten. Ich konnte nicht lachen.

»Und dann sind Sie natürlich auch eine Frau. Es ist wichtig für ihn, Macht über Frauen zu haben. Mir ist aufgefallen, daß Sie in ihrem Artikel in der Wochenendausgabe ein Zitat aus dem psychologischen Persönlichkeitsprofil verwendet haben, das für die Ermittlungsbeamten erstellt wurde. Sie schreiben, er begehe diese Verbrechen, um sich zu beweisen, daß er ein ganzer Mann und sexuell potent ist, was natürlich nicht der Fall ist. Das kann er durchaus persönlich nehmen.«

»Aber weshalb hat er seine Vorgehensweise geändert?«

»Wann haben Sie das letzte Mal etwas über ihn geschrieben?«

»Am Sonntag. Am Montag erschien es in unserer spanischsprachigen Ausgabe.«

»Und zwei Tage später folgte die nächste Vergewaltigung.« Er schwieg und überlegte. »Natürlich wissen wir nicht genau, wann er Ihren Artikel zu Gesicht bekam.«

»Wollen Sie damit sagen, daß diese Vergewaltigung eine Folge meines Artikels war?«

»Realistischerweise kann man wohl annehmen, daß er damit versucht hat, eine Botschaft zu übermitteln, die wohl ausdrücken soll, daß das auch Ihnen passieren könnte. Oder daß das Opfer in seinen Augen ein Ersatz war. An Sie kam er nicht heran, also vergewaltigte er diese andere Frau.«

»Dr. Simmons.« Meine Stimme klang angespannt; mein Hals war wie zugeschnürt. »Es gefällt mir nicht, daß Sie mir das Gefühl geben, verantwortlich zu sein.« Ich dachte an das mit Schnittwunden übersäte Gesicht von Marianne Rhodes und an ihre angsterfüllten Augen. »Der Mann hat bereits lange vor meiner ersten Story Frauen vergewaltigt. Die Polizei wollte es geheimhalten, und es gab mehrere Überfälle, bevor auch nur ein Wort davon in der Zeitung erschien. Man mußte doch die Frauen warnen, die Öffentlichkeit informieren und aufrütteln, bis die Leute so empört sind, daß sie mithelfen, ihn zu fassen.«

»Aber bis jetzt war das nicht der Fall, nicht wahr? Ich habe das Gefühl, Sie protestieren zuviel, Miss Montero. Ich verstehe Ihren Standpunkt, aber es scheint klar zu sein, daß er dieses

Mal, bei seiner letzten Vergewaltigung, seine Wut auf Sie an einer anderen Frau ausgelassen hat.«

Unbewußt faßte ich mit der Hand an die Wange; meine Finger zogen den Verlauf der Nähte nach, die ich auf Marianne Rhodes' Gesicht gesehen hatte. Ich stellte mir die Blutergüsse auf ihrem Körper vor und schloß einen Moment lang die Augen.

»Wollen Sie damit sagen, daß er es vielleicht auf mich abgesehen hat?«

Er schwieg und paffte. »Könnte schon sein. Man kann unmöglich vorhersagen, was so ein Mensch tun wird oder nicht. Aber ich wäre nicht überrascht, wenn er versuchen würde, mit Ihnen Kontakt aufzunehmen.«

Ich schluckte.

»Steht Ihre Telefonnummer und Ihre Adresse im Telefonbuch, Miss Montero?«

»Nur mit dem Initial meines Vornamens«, sagte ich, um einen unbeschwerten Tonfall bemüht. »Und es gibt eine Menge Monteros in Miami.«

»Ihr Privatleben geht mich nichts an, aber sind Sie verheiratet, oder leben Sie mit jemandem zusammen?«

»Nein«, sagte ich forsch. »Ich lebe gerne allein.«

»Wohnen Sie in einer abgelegenen Gegend?«

»Meine Wohnung ist am weitesten von der Straße entfernt, aber ich habe einen Hund, und meine Vermieterin und ihr Mann wohnen nebenan.«

»Sehr beruhigend. Und Sie haben keine ungewöhnlichen Anrufe oder Briefe bekommen?«

»Machen Sie Witze? Jeder Exzentriker, Zwangsneurotiker, paranoide Schizophrene und einsame alte Bürger von Miami versucht, mit mir Kontakt aufzunehmen. Sie hätten Ihre helle Freude an den Anrufen und Briefen, die ich bekomme, Dr. Simmons. Das ist in diesem Beruf ganz normal. Ich habe einen Brieffreund, der schwört, daß er radioaktiv ist und zu fernen Planeten gereist ist – ohne Raumschiff. Ein anderer Typ schickt mir schmuddelige Briefe mit irgendeinem Puder drinnen. Dann gibt es einen ehemaligen Psychiatriepatienten, der sich beschwert, daß er von einem Fremden verfolgt wird, der aussieht wie Sylvester Stallone in *Nachtfalken*. Ein anderer gibt seinen Nachbarn die Schuld für seine Kopfschmerzen; er sagt, sie richten Laserstrahlen auf seine Wohnung. Und eine Frau ist überzeugt davon, daß wir uns nur eine alte Folge von *Kojak* oder *Perry Mason* anzusehen brauchen, um den Fall zu lösen.« Mir war klar, daß ich zuviel plapperte. Warum machen mich Psychiater immer nervös?

Es folgte ein langes Schweigen. »Alles sehr interessant. Was machen Sie mit dieser ganzen Korrespondenz?«

»Ich habe daran gedacht, meine Toilette damit zu tapezieren.«

Er lachte leise. »Haben Sie vor, weiter über den Vergewaltiger zu schreiben?«

»Natürlich. Ich arbeite gerade an einem Artikel über ihn. Sie schlagen doch nicht eine Nachrichtensperre vor, nur weil ihn die Berichterstattung zornig machen könnte?«

»Es liegt mir fern, mich auf irgendeine Weise in das Metier der Journalisten einzumischen. Es hat mich einfach nur interessiert, ob Sie vorhaben, selbst weiterzumachen, oder ob Sie die Fackel an jemand anderen weiterreichen wollen.«

»Es ist meine Story«, sagte ich einfach. »Wollen Sie irgend etwas über ihn sagen?«

»Nur das, was auf der Hand liegt: Daß die Gewalt bei seinen Überfällen eskaliert und die Gefahr für zukünftige Opfer immer größer wird.«

»Glauben Sie, er könnte einen Mord begehen?«

»Alles ist möglich.«

»Was wäre Ihr Rat für eine Frau, die sich mit ihm konfrontiert sieht?«

»Ich würde jeder Frau in einer so bedauernswerten Lage empfehlen, ihn nach Möglichkeit nicht noch wütender zu machen, als er schon ist.«

Keine berauschenden Aussichten, dachte ich.

Ich verabschiedete mich und saß dann da und dachte über die Fragen nach, die er gestellt hatte. Simmons hielt sich wahrscheinlich noch für komisch. Dieser Mistkerl versucht, mir

Angst einzujagen, dachte ich, obwohl meine Adresse wirklich im Telefonbuch steht. Und ich wirklich allein lebe. Mein Hund nur sechs Pfund schwer ist. Und meine wachsamen Vermieter nicht mehr die Jüngsten sind und durch die dicken Wände unseres alten Hauses nichts hören können.

Ich dachte daran, Marianne Rhodes anzurufen, doch bevor ich dazukam, rief sie mich an. »Sie *schreiben* doch meine Geschichte, nicht wahr?« sagte sie mit unsicherer Stimme.

»Ja, ich arbeite gerade daran.«

»Ich habe mich schon gefragt, warum Sie mich nicht angerufen haben.« Sie hörte sich an, als hätte sie nicht geschlafen und wiederholte ihre Forderung, ich möge ihren Namen veröffentlichen, obwohl ich hören konnte, wie ihr Verlobter im Hintergrund Einspruch erhob.

»Nun«, sagte ich vorsichtig. »Da der Mann noch immer frei herumläuft, ist das vielleicht nicht ratsam.«

»Das spielt keine Rolle«, beharrte sie, und ihre Stimme wurde lauter. »Er weiß, wer ich bin. Er hat meine Handtasche mitgenommen, meinen Führerschein, meinen Ausweis. Diese Entscheidung sollte mir überlassen werden. Es ist Zeit, daß die Opfer von Vergewaltigungen aufhören, sich zu verstecken. Ich möchte, daß jeder weiß, was passiert ist. Schicken Sie jemanden her, der mich fotografiert, damit die Leute sehen, wie er mich zugerichtet hat!«

Inzwischen waren sie und ihr Verlobter in Streit geraten, und einmal versuchte er, den Hörer aufzulegen. »Halt du dich da raus, Ben!« kreischte sie.

Die Qualen, die sie ausstanden, taten mir körperlich weh, und ich versicherte ihr, ich würde mit meinen Redakteuren besprechen, ob ihr Name in unserem Artikel genannt werden sollte oder nicht.

Ich brachte es zur Sprache, als mich Fred Douglas bat, ihn vor der Redaktionssitzung über meinen Bericht zu informieren.

Sein Blick war besorgt. »Was meinen Sie, Britt?«

»Auf keinen Fall. Sie ist im Augenblick nicht zurechnungsfähig, nicht im Vollbesitz ihrer geistigen Kräfte. Sie würde es später bereuen.«

»Klingt vernünftig.«

Ich erwähnte auch, daß Dr. Simmons der Ansicht war, unsere Berichte hätten den Vergewaltiger so zornig gemacht, daß er wieder aktiv geworden wäre. »Das ist lächerlich«, schnaubte er.

Ich fragte mich, warum seine Reaktion kein Trost für mich war. »Das fand ich auch«, sagte ich und fügte noch hinzu, daß der Doktor meinte, der Täter könnte versuchen, mit uns in Kontakt zu treten.

Fred kaute an seiner Unterlippe und musterte mich nachdenklich. »Britt, wäre es Ihnen angenehmer, die Story Ryan zu übergeben?«

»Um keinen Preis.« Ich sprach energischer, als ich mich fühlte.

Sich vor einer unangenehmen Story zu drücken, würde genau den Leuten in der Nachrichtenredaktion in die Hände spielen, die noch immer finden, Frauen sollten nicht Polizeireporter werden.

»Das ist die richtige Einstellung«, sagte Fred. »Ich sollte wohl Maddie warnen, falls er einen zornigen Brief an den Herausgeber schreibt.« Maddie Elliott ist die überaus korrekte Sekretärin um die Sechzig, die die Leserbriefspalte betreut.

»Sagen Sie ihr, sie soll ihn bitten, seine Adresse anzugeben.«

Er grinste und eilte zu seiner Sitzung, und ich machte mich an die Überarbeitung meiner Story.

Marianne Rhodes hatte keine neuen Informationen über den Vergewaltiger geliefert, und daß er seine Vorgehensweise geändert hatte, war irritierend, dachte ich, als ich die Holztür mit der Aufschrift DAMEN aufstieß. Ich ging durch den engen Korridor zu einer weiteren Tür, die in einen Aufenthalts- und Umkleideraum mit zwei Duschkabinen führt. Daneben ist ein Raum mit sechs Toiletten und sechs Waschbecken. Beide Räume schienen leer zu sein. Das einzige Geräusch war das Tröpfeln von Wasser in einer der Duschen. Er könnte überall sein, dachte ich. Sogar hier.

Als ich später mit einem Becher Kaffee aus der Cafeteria zurückkam, sprang mir sofort ein Zettel auf meinem Schreibtisch ins Auge.

Bitte Lt. McDonald in seinem Büro anrufen. Dringend. Das war alles. Nicht gerade so leidenschaftlich und romantisch, daß es mir heiß und kalt über den Rücken lief. Aus reiner Sturheit steckte ich den Zettel unter den ganzen Stapel anderer Nachrichten.

Ich klemmte mir den Hörer unter das Kinn und begann mit den Rückrufen, wobei ich gleichzeitig die Post öffnete. Eine Nachricht stammte von Dan, und ich rief ihn sofort an.

»Wo warst du?« schalt ich ihn. »Du bist nie zu Hause. Ich wollte schon eine Vermißtenanzeige aufgeben. Ich habe zweimal versucht, dich zu erreichen.«

»Ich wußte nicht, daß ich auf deinen Anruf warten sollte. Ich hatte zu tun.« Sein Tonfall war schroff. »Hast du einen Fernseher in der Nähe?«

»Klar.« Vor der Sekretärin der Lokalredaktion stehen drei kleine Geräte; sie beobachtet die Fernsehnachrichten, notiert die Themen und wann sie ausgestrahlt werden, um sicherzustellen, daß uns nichts entgangen ist.

»In den Mittagsnachrichten auf Kanal sieben ist etwas, das du sehen solltest. Ich bleibe dran.«

Gloria, die Sekretärin in der Lokalredaktion, telefonierte gerade. Ich stellte mich neben sie und sah auf den Bildschirm. Das Gesicht kannte ich. Marianne Rhodes. »Oh, nein«, flüsterte ich.

Als die blonde Moderatorin mit der aufgedonnerten Frisur und dem dümmlichen Grinsen fragte: »Wie fühlt man sich als siebentes Opfer des Vergewaltigers?«, fluchte ich leise und ging zurück an mein Telefon.

»Ich dachte, es interessiert dich«, sagte er. »Ich bin überrascht, daß sie ihre Identität nicht geheimhalten und sie nur als Schatten zeigen. Sie haben ihren Namen und alles bekanntgegeben. Sie haben angekündigt, daß sie um sechs noch mehr darüber bringen.«

»Ich weiß, ich weiß«, sagte ich traurig. »Das sind Geier. Sie haben ihre Situation ausgenutzt. Ich bin sicher, es wird ihr leid tun, daß sie das gemacht hat.«

»Wirst du ihren Namen angeben?«

»Nicht, wenn ich es verhindern kann, aber sie hat es wirklich vermasselt, indem sie im Fernsehen auftrat.«

»Warum wolltest du mich anrufen?«

Ich erzählte ihm die Sache mit Fielding.

»Ich wünschte, ich hätte sein Gesicht sehen können«, sagte er mit hämischer Freude. »Dieser Schweinehund.«

»Als er wegging, war er alles andere als glücklich.«

»Was gibt es Neues über den Vergewaltiger?«

»Eigentlich nichts, außer, daß er eine Mordswut hat und seine Vorgehensweise geändert hat«, sagte ich. »He, Dan, hast du von dem Typen gehört, den sie verhaftet haben, weil er einen Polizisten imitiert hat?«

»Nein.« Er war todernst.

»Man fand ihn um drei Uhr früh schlafend in einer Imbißstube.«

»Das ist nicht komisch. Hast du diese Rhodes gefragt, ob sie vielleicht eines der anderen Opfer kennt?« fragte er in sachlichem Tonfall. Kein Mensch würde glauben, daß dieser Mann in Pension ist, dachte ich.

»Nein. Ich glaube, ich habe einfach angenommen, wenn es so wäre, dann hätte sie es erzählt.«

»Du darfst nie etwas annehmen. Aber etwas solltest du wirklich tun«, schlug er vor. »Finde heraus, ob sie irgend etwas gemeinsam haben, und wenn ja, was. Vielleicht haben sie dieselben Partys besucht, denselben Aerobic-Kurs; vielleicht tanken sie an derselben Tankstelle.«

»Aber ich dachte, das wären willkürliche Opfer«, sagte ich stirnrunzelnd, »die zur falschen Zeit am falschen Ort waren. Er lauert in Damentoiletten und überfällt die erste Frau, die hereinkommt.«

»Und wenn es nicht so ist? In diesen Gebäuden arbeiten viele ältere Frauen, aber ist dir aufgefallen, daß alle seine Opfer attraktiv und zwischen einundzwanzig und fünfunddreißig waren? Vielleicht ist das gar keine so willkürliche Auswahl.

Irgendwie schafft er es, unbemerkt zu kommen und zu gehen. Was ist, wenn er diese Frauen bewußt aussucht und ihnen folgt? Vielleicht besteht irgendeine Beziehung zwischen ihnen, vielleicht gehen sie im selben Supermarkt einkaufen oder ins selbe Restaurant Mittag essen, oder sie benutzen denselben Strand.«

»Woher weißt du soviel über Ermittlungen in Vergewaltigungsfällen? Du hast doch immer in der Mordkommission gearbeitet.«

Gloria hatte sich bemerkbar gemacht; sie gestikulierte und sagte mit lautlosen Lippenbewegungen: »Lieutenant McDonald auf der anderen Leitung. Sagt, er muß mit Ihnen reden.«

Es hat eine Zeit gegeben, da hätte ich ein Telefongespräch mit dem lieben Gott unterbrochen, um mit diesem Mann zu sprechen. Ich legte die Hand über die Sprechmuschel. »Sagen Sie ihm, ich rufe zurück«, sagte ich leichthin.

»Was auf Serienmörder zutrifft, gilt auch für Serienvergewaltiger«, sagte Dan gerade. »Und du vergißt, daß bis vor zehn Jahren die Beamten der Mordkommission auch für Sexualdelikte zuständig waren. Ich habe nicht wenige Vergewaltiger hinter Schloß und Riegel gebracht.«

Das klang ganz nach dem alten Dan. »Ich schreibe mir ein paar von den Fragen auf«, sagte ich. »Ich werde Harry um Hilfe bitten müssen, weil ich nicht die Namen aller Opfer habe.«

»Gut, vielleicht macht ihm das ein bißchen Feuer unter dem Hintern. Und kontrolliere auch, ob die Opfer vielleicht in den Monaten, bevor sie vergewaltigt wurden, irgend etwas mit der Polizei oder der Feuerwehr zu tun hatten.«

»Glaubst du, der Vergewaltiger könnte ein Polizist oder ein Feuerwehrmann sein?«

»Manche Polizisten sind zu allem fähig«, sagte er leise.

»Aber wir glauben, er ist Kubaner, wahrscheinlich ein *Marielito*.«

»Alles ist möglich. Wir haben viele *Marielitos* im öffentlichen Dienst.«

»Was glaubst du, Dan, rein aus dem Bauch heraus? Sagt dir dein inneres Gefühl irgend etwas?«

Ich nahm einen Brief von dem Stapel Post. Die Handschrift kam mir bekannt vor. Ich riß ihn auf und blickte dann zu Gloria hoch. Sie stand mit ernstem Gesicht neben meinem Schreibtisch.

»Ich habe Lieutenant Riley auf einer Leitung für Sie, und Harry wartet ebenfalls. Beide wollen sofort mit Ihnen sprechen.«

Mein Herz machte einen Satz. Vielleicht hatten sie den Vergewaltiger gefaßt.

»Okay«, sagte ich aufgeregt. »Geben Sie mir Lieutenant Riley und bitten Sie Harry, zu warten.« Hastig verabschiedete ich mich von Dan und hob beim ersten Läuten ab.

K. C. Riley war in ihrer üblichen Form.

»Verdammt noch mal, Britt. Was zum Teufel ist los mit Ihnen?«

»Ihnen auch einen schönen Nachmittag, Lieutenant.«

»Lassen Sie die Klugscheißerei. Wissen Sie, Kommunikation beruht auf Gegenseitigkeit. Warum zum Teufel haben Sie Ihre Informationen nicht an uns weitergeleitet?«

»Über den Vergewaltiger?«

»Stellen Sie sich nicht dumm.«

»Ich habe keine Informationen«, sagte ich. Ich hatte bereits die Nase voll von dieser Unterhaltung. Ich hätte zuerst Harrys Anruf entgegennehmen sollen, um herauszufinden, was los war.

»Wir wollen diese verdammten Briefe, und zwar sofort!«

»Welche Briefe?«

»Die mit dem verdammten Puder!«

»Woher wissen Sie davon?«

»Wir wissen, daß Sie sie schon vor Tagen bekommen haben.« Ihre Stimme war das reine Gift.

»Ich habe sie weggeworfen«, sagte ich, und mein Magen zog sich plötzlich zusammen.

Ich hielt den Telefonhörer und die wüsten Beschimpfungen, die sie auf mich losließ, fünfzehn Zentimeter von meinem Ohr weg.

»Aber keine Sorge.« Meine Stimme war angespannt, und

mein rechtes Augenlid hatte wieder zu zucken begonnen. »Ich habe gerade wieder einen bekommen.«

»Was? Heute?«

»Soeben. Ich habe ihn gerade geöffnet.«

»Ich schicke jemanden zu Ihnen, der ihn holt; Sie kommen besser auch gleich mit. Und sorgen Sie dafür, daß ihn ja niemand anfaßt!«

Ich riß meine Hand von dem Umschlag zurück, als wäre er glühend heiß, und rieb die Fingerspitzen aneinander.

Ich legte auf und nahm den anderen Anruf entgegen. »Harry?«

»Mein Gott, Britt, wo waren Sie, wieso haben Sie – ach, du liebe Zeit.«

Ich hörte die Stimme von Lieutenant Riley im Hintergrund, wie sie auf ihn losging.

»Bis später«, sagte er und legte auf.

Augenblicklich läutete das Telefon wieder. Ich war bereits aufgestanden, um in der Lokalredaktion zu melden, was gerade passiert war, und hob ungeduldig ab. »Britt Montero.«

»Britt?« Die Stimme, bei der einmal meine Knie schwach geworden sind. In diesem Augenblick hatte ich zuviel anderes im Kopf.

»McDonald.«

»Ja. Hast du schon mit den Leuten vom Vergewaltigungsdezernat gesprochen?«

»Nicht direkt, aber Lieutenant Riley hat mich niedergemacht und Arroyo hat einfach aufgelegt.«

»Du hättest mich zurückrufen sollen.« Er hörte sich an, als wolle er selbst jeden Augenblick zu streiten anfangen.

Was zum Teufel war eigentlich los? Was für einen Grund hatte er, verärgert zu sein? Meine Augen starrten fasziniert auf den Brief. Ich hatte den Umschlag aufgerissen, aber das gefaltete Blatt Papier darin nur halb herausgezogen. Sollte ich oder sollte ich nicht?

Ich studierte das schmutzige weiße Kuvert von der Größe eines amtlichen Schreibens, auf dem mit rotem Kugelschreiber die Adresse geschrieben war:

Miss Britt Montero
Miami Daily News
Miami, Fla.

Die Abstriche waren fest eingraviert, als wäre der Schreiber in Eile oder fuchsteufelswild gewesen. Das *y* hatte eine unvollständige Schleife, und die I-Punkte waren harte, kleine Kreise, die ganz ausgefüllt waren. Keine Straße. Nicht mal eine Postleitzahl. Und kein Absender.

Hätte der Umschlag einen Gewinnscheck vom Pferderennen oder einen Heiratsantrag von einem ehemaligen Liebhaber enthalten, der mich aus all dem herausholen wollte, dann wäre er mit Sicherheit im Büro für unzustellbare Briefe gelandet. Doch wenn ein Vergewaltiger ein paar Zeilen schreibt, wachsen die Postbeamten über sich hinaus. Wieso glaubt die Polizei überhaupt, daß dieser Typ der Täter ist? fragte ich mich.

»Das ist eine ernste Angelegenheit«, kläffte der ehemalige Liebhaber am anderen Ende der Leitung.

Auf einmal wurde mir alles klar. »Dr. Simmons. Der Seelenklempner hat das Vergewaltigungsdezernat über die Briefe informiert, stimmt's?«

Er schwieg einen Augenblick, als überlege er, ob er lügen sollte oder nicht, und rückte dann damit raus. »Stimmt.«

»McDonald, das ist eine extreme Überreaktion. Ich habe in einem Gespräch beiläufig den Brief eines Verrückten erwähnt. Ich bekomme sie tonnenweise. Wie alle anderen hier auch. Das ist mir wirklich unangenehm. In diesen Briefen ist Puder, und ich weiß, daß der Täter Chirurgenhandschuhe benutzt, die mit dem Talkum. Aber der Puder auf diesen Briefen ist viel schwerer und hat einen süßlicheren Geruch als Talkum.«

»Stimmt. Aber du weißt nicht alles, Britt. Die Sache ist ernst.«

Ich entdeckte einen Unterton echter Besorgnis, und das veranlaßte mich, zu fragen: »Was ist denn los? Warum warst du so sauer, als sie neulich dieses Auto aus dem Wasser gefischt haben? Als ich mit Captain Norske sprach?«

»Captain?« Ich hörte das höhnische Lächeln. »Meinst du diesen Niemand in der Eisverkäuferuniform? Ich dachte, er wolle dir ein Eis am Stiel verkaufen.«

Sie mal einer an, dachte ich lächelnd. Er ist wirklich eifersüchtig. »Was meinst du damit, daß ich nicht alles weiß?«

Er verfiel wieder in seinen diensteifrigen Tonfall. »Ich bin nicht befugt, über diesen Fall zu sprechen. Er kam in einer Dienstbesprechung zur Sprache, aber die Ermittlungen leitet Lieutenant Riley. Ich bin sicher, das Vergewaltigungsdezernat wird dir die Informationen geben, aber paß auf dich auf, Britt. Der Kerl läuft noch immer frei herum. Er ist gefährlich. Ich weiß, daß du nie auf Ratschläge hörst, aber laß dich auf keine halsbrecherischen Aktionen ein, um eine Story zu bekommen.«

Ich dankte ihm für seinen Rat, legte auf und ging schnurstracks in Fred Douglas' Büro.

Die Nachricht, daß die Polizei unterwegs war, schien ihn in Hochstimmung zu versetzen. »Ziehen wir Mark Seybold hinzu«, sagte er und drückte ein paar Tasten auf seinem Telefon. »Glauben Sie, der Brief ist wirklich von ihm, Britt?« fragte er, bevor Mark, der Rechtsberater der *News*, abhob.

»Ich habe es nicht geglaubt, aber sie halten wirklich Informationen über den Täter zurück, Details, von denen ich nichts weiß, und irgend etwas an diesem Brief versetzt sie alle in helle Aufregung – ohne ihn gesehen zu haben, natürlich.«

Er beriet sich kurz mit Mark, der daraufhin sofort aus seinem Büro im ersten Stock heraufkommen wollte.

»Wo ist der Brief?« fragte Fred und stürzte hinaus in die Nachrichtenredaktion.

»Auf meinem Schreibtisch«, sagte ich zögernd und ein wenig besorgt. »Aber wir sollen ihn nicht anrühren.«

»Haben Sie ihn aufgemacht?«

»Nur den Umschlag. Ich habe ihn nicht mal gelesen, bevor ich den Anruf vom Lieutenant des Vergewaltigungsdezernats bekam.«

»Rufen Sie im Fotolabor an«, sagte er auf dem Weg zu meinem Schreibtisch. »Wir brauchen jemanden, der sofort Fotos davon aufnimmt.« Er drehte sich zu mir um. »Manchmal ist es schwierig, etwas von der Polizei zurückzubekommen. Juristisch gesehen ist dieser Brief Eigentum dieser Zeitung und von Ihnen als Repräsentantin der Zeitung. Wir werden eine Abmachung mit ihnen treffen müssen.« Er rieb sich die Hände, wie das König Midas vermutlich gemacht hat, nachdem sich etwas, das er berührt hatte, in Gold verwandelt hatte.

»Fred, ich glaube, wir sollten ihnen den Brief einfach geben, ohne Ärger zu machen. Ich meine, wenn er wirklich von dem Kerl stammt, wollen wir doch nicht, daß die Polizisten Zeit verschwenden, wenn ihnen der Brief helfen kann, ihn zu identifizieren.«

»Ist er das?« Er beugte sich über meinen Schreibtisch; seine Nase berührte praktisch den Umschlag.

»Rühren Sie ihn nicht an«, ermahnte ich ihn. Ich begann nervös zu werden.

»Haben Sie einen Fotografen angefordert?«

Ich rief im Fotolabor an und bat Antonio, der in der Dunkelkammer arbeitet, herzukommen und Fotos von dem Brief aufzunehmen.

»Was ist los, Britt?« Jetzt stand Ryan neben Fred. Der Aufzug klingelte, und Mark Seybold stieg aus, um sich zu uns zu gesellen.

»Ist er das?« fragte er und blinzelte durch seine Brille. Immer mehr Leute versammelten sich um uns.

»Nicht berühren«, sagte ich.

Fred und Mark berieten sich.

»Wir müssen mit der Polizei eine Abmachung treffen, durch die wir in die Ermittlungen mit einbezogen werden«, erklärte Fred.

Mark nickte. »Ein Informationsaustausch. Wir sollten durchsetzen, daß sie uns die Insider-Informationen geben. Teil der Vereinbarung sollte sein, daß sie nichts davon der Konkurrenz bekanntgeben dürfen. Sie bekommen den Brief nur unter der Bedingung, daß wir –« er nickte in meine Richtung, »Britt – die Ergebnisse der Laboruntersuchungen zu sehen bekommen.«

Oh, Mann, dachte ich kopfschüttelnd, das wird der Polizei gar nicht gefallen. »Es wäre wahrscheinlich besser für unser Verhältnis zur Polizei, wenn wir einfach kooperieren und ihnen den Brief geben«, sagte ich. »Im Interesse der Gerechtigkeit.«

»Ich rufe beim Sicherheitsdienst an«, sagte Mark. Er ignorierte mich vollständig. »Sie sollen die Polizisten in der Eingangshalle festhalten, bis wir grünes Licht von ihrem Vorgesetzten erhalten. Geben Sie mir seine Telefonnummer, Britt?«

»Das ist Lieutenant K. C. Riley«, sagte ich und nahm widerwillig die Karte mit den Nummern der Leute vom Vergewaltigungsdezernat aus meiner Kartei.

»Ich rufe ihn sofort an«, sagte Mark und ging in Freds Büro, um hinter den Glaswänden ungestört telefonieren zu können.

»Sie, nicht ihn«, rief ich ihm nach.

»Nehmen Sie Ihr Namensschild von Ihrem Schreibtisch, Britt, so daß sie nicht wissen, welcher Schreibtisch der Ihre ist, falls sie in die Nachrichtenredaktion kommen, bevor wir soweit sind.« Freds Augen glitzerten, und wieder rieb er sich die Hände. »Das erschwert ihnen die Sache, wenn sie sich einen Durchsuchungsbefehl holen.« Er warf mir einen Blick zu. »Was ist mit Ihrem Auge?«

»Nichts«, murmelte ich und versuchte, das Lid festzuhalten. »Kaliummangel.« Sie führten sich auf, als stünde eine Invasion des SWAT-Teams bevor. Widerstrebend warf ich mein Namensschild in meine Schreibtischschublade und stopfte dann noch zerknitterte Ausdrucke von alten Artikeln hinein. Ich hatte das Gefühl, etwas Verbotenes zu tun. Der Sicherheitsdienst der *News* sollte die Polizei von Miami in der Eingangshalle festhalten? Die Sache war eindeutig außer Kontrolle geraten.

Antonio tauchte mit einer 35-Millimeter-Canon mit einem 50-Millimeter-Makro-Objektiv auf. »*Qué pasa?* Wo is' är?« Er war in Kuba geboren und in Miami aufgewachsen, und als er vor zwei Jahrzehnten bei der *News* anfing, sprach er perfekt Englisch, wie man mir erzählte. Doch mit der Kubanisierung Miamis und der Zeitung hatten sich seine Englischkenntnisse stetig verschlechtert.

»Nicht anfassen!« sagte ich.

Er stieg auf meinen Stuhl, blancierte mit einem Fuß auf dem Schreibtisch und nahm den Umschlag senkrecht von oben auf. Dann sprang er herunter und stieß mit einem Bleistift an dem

Umschlag und der zerrissenen Lasche herum; meine Ermahnungen ignorierte er.

»Sie bringen ihn ins Labor«, protestierte ich. »Fassen Sie ihn nicht an, Antonio.«

»Ich arrangiere ihn nur anders, *para la composición*«, sagte er, trat zurück und musterte meine Schreibtischplatte mit den zusammengekniffenen Augen eines Künstlers. Er runzelte die Stirn und schob den Umschlag wieder herum, diesmal mit seinem Daumen.

»*¡No lo toques!*« sagte ich und stieß seine Hand weg.

»Was ist denn los, Britt?« fragte Ryan wieder.

»Die Polizei glaubt, daß dieser Brief von dem Vergewaltiger stammt.« Ryan griff nach dem Umschlag. »Rühren Sie ihn nicht an!«

Mark telefonierte in dem Büro hinter den Glaswänden; offenbar hatte er Lieutenant Riley erreicht. Sein Gesicht war krebsrot und verzerrt, als wäre er dem Ersticken nahe oder erlitte gerade einen Schlaganfall.

»In der Eingangshalle ist ein Kriminalbeamter und ein Mann vom Polizeilabor. Sie wollen heraufkommen und mit Britt sprechen«, rief Gloria atemlos von ihrem Schreibtisch in der Mitte der Nachrichtenredaktion.

»Sagen Sie dem Sicherheitsbeamten, er soll sie unten festhalten, bis Mark die Situation mit dem Dezernat abgeklärt hat«, befahl Fred – ein General, der Schlachtpläne ausgab.

»Fred«, protestierte ich, »wie kann ich Tag für Tag da hinübergehen und sie drängen, mir Informationen zu geben, wenn wir uns weigern, zu kooperieren, wenn *sie* einmal etwas von uns brauchen?«

»Das ist nicht dasselbe, Britt. Sie sind Beamte im öffentlichen Dienst, wir nicht.«

Gloria, die noch immer am Telefon war, winkte aufgeregt und berichtete, daß unten beim Sicherheitsdienst ein Wettschieben im Gange sei. Gretchen gesellte sich zu der Menschengruppe, die um meinen Schreibtisch herumstand und runzelte die Stirn, als sei diese Rangelei allein meine Schuld. Ich setzte auf die Polizei. Der Kriminalbeamte unten war höchstwahrscheinlich in Funkkontakt mit seiner Chefin. Wahrscheinlich hatte sie ihn gerade angewiesen, den Brief zu holen, und er preschte jetzt vor wie ein Marineinfanterist. Wahrscheinlich Harry, dachte ich.

»Wenn wir uns weigern, ihnen den Brief zu überlassen«, überlegte Fred laut, »muß vielleicht jemand wegen Behinderung einer Amtshandlung ins Gefängnis –«

Alle Köpfe drehten sich in meine Richtung. Oh, nein, dachte ich.

»Nur, bis Mark die Sache vor einen Richter bringen kann«, sagte Fred und klopfte mir auf die Schulter, was er wohl für tröstlich hielt. Mir gefiel die Wendung nicht, die die ganze Sache genommen hatte, und ebensowenig sein Blick. »Sagen Sie den Herausgebern Bescheid«, murmelte er Gretchen beiläufig zu. Eilig lief sie zum Telefon; sie grinste.

Natürlich. Sie würden leidenschaftliche Leitartikel verfassen, während die Märtyrerin im Gefängnis schmachtete. Als guter Soldat würde ich vielleicht ins Gefängnis gehen, um einen Informanten zu decken, aber bei diesem Scharmützel stand ich nicht mal auf unserer Seite.

»Sie sind auf dem Weg herauf«, rief Gloria von ihrem Schreibtisch aus.

»Was haben sie gemacht, die Sicherheitsbeamten erschossen?« fragte ich.

»Alle weg von Britts Schreibtisch«, rief Fred. »Los!«

Alle stoben auseinander, und ich warf mich auf Ryans leeren Stuhl und versuchte ein unschuldiges Gesicht zu machen. »Britt!« protestierte er. »Ich will nicht, daß sie meinen Schreibtisch durchsuchen.«

Widerwillig verzichtete ich auf den Stuhl und warf ihm einen finsteren Blick zu. Ich überlegte, ob ich in der Damentoilette untertauchen sollte, aber bei meinem Glück lauerte dort sicher der Vergewaltiger.

Der Aufzug klingelte. Harry und ein Techniker von der Spurensicherug namens Warren Forester stiegen aus und brachten ihre Jacken in Ordnung. In diesem Moment stürzte Mark Seybold aus dem Glaskäfig. Alle hatten rote Gesichter und sahen zornig aus.

»Okay«, sagte der Rechtsberater. »Ich habe gerade mit der Leiterin gesprochen. Sie ist einverstanden, daß Britt die Untersuchung dieses Dokuments aus erster Hand miterlebt, solange wir versprechen, nichts vorzeitig zu veröffentlichen, was den Ermittlungen schaden könnte.

»Diese Riley ist unmöglich«, sagte er mit leiserer Stimme zu mir. »Was für ein Mundwerk! Haben Sie oft mit ihr zu tun?«

Ich nickte, erfreut, daß endlich mal einer von den Führungskräften mitbekam, was für ein Balanceakt mein Job ist. Doch aus irgendeinem Grund fühlte ich mich genötigt, K. C. Riley zu verteidigen. »Das einzige, was sie interessiert«, erklärte ich, »ist, den Vergewaltiger zu fassen.« Ich wußte, diese ganze Eskapade würde nicht gerade dazu beitragen, daß sich ihr kleines, hartes Herz für mich erwärmte.

Harry war noch immer rot angelaufen und wirkte unsicher, mißtrauisch und hier in der Nachrichtenredaktion fehl am Platz. Er war ein guter Polizist, hatte jedoch keinerlei Erfahrung im Umgang mit den feindseligen Redakteuren von Floridas größter Zeitung und ihrem Rechtsberater. Eigentlich mußte er erleichtert sein, mich zu sehen. »Britt?« sagte er schroff.

»Hier ist er«, sagte ich. Ich deutete auf den Umschlag und schenkte ihm ein Lächeln, das er, wie ich hoffte, als freundlich auffassen würde. Antonio fotografierte jetzt mit einem Weitwinkelobjektiv meinen ganzen Schreibtisch und die Leute, die sich darum drängten. »Aber was soll das alles? Ich habe schon vorher solche Briefe bekommen und weggeworfen.«

»Darüber können wir uns später unterhalten«, sagte Harry. Sein Blick wanderte über die erwartungsvollen Gesichter, die ihn umgaben. Ich nickte. Menschenansammlungen an Tatorten bereiten mir immer Unbehagen — und jetzt waren wir von den aggressivsten, neugierigsten Leuten von ganz Miami umgeben, meinen Kollegen.

Warren, der Mann von der Spurensicherung, stellte seinen Koffer, der aussah wie ein Behälter für Anglergeräte, auf meinen Stuhl und öffnete ihn. Er enthielt vier sorgfältig angeordnete Reihen von Fächern. Aus einem nahm er eine Pinzette.

Behutsam hob er damit den Umschlag an einer Ecke hoch und ließ ihn in ein fast durchsichtiges Kuvert gleiten.

Warrens Arbeit besteht darin, Beweismaterial zu sammeln und zu verwahren; danach wandert es durch diverse Hände, bis es beim Gericht vorgelegt wird. Wir hatten einander schon an vielen Schauplätzen von Verbrechen getroffen. Als nächstes entnahm er seinem Koffer etwas, das aussah wie ein glatter weißer Schreibblock mit dünnem, aber festem Papier. Er riß die obersten zwei Blätter ab. Mit dem einen streifte er sorgfältig die winzigen Rückstände von meiner Schreibtischplatte auf das andere, das er wie eine Kehrschaufel hielt. Dann faltete er es zu einem Mini-Kuvert zusammen, in dem sich die gesammelten Teilchen befanden, und steckte es in eine weitere durchsichtige Tüte.

Harry und Warren Forester luden mich ein, mit ihnen ins Polizeipräsidium zu fahren. Die Aussicht, unterwegs vielleicht ein paar Antworten aus ihnen herauszubekommen, war verlockend, aber ich fuhr dennoch lieber mit meinem Thunderbird. Wenn es mit dem Lieutenant Ärger gab, hätte ich wenigstens ein Fluchtauto.

Wir trafen uns im Büro des Vergewaltigungsdezernats, wo mich Harry zu Lieutenant Riley führte. Er benahm sich merkwürdig formell und etwas distanziert, was offensichtlich auf die Intervention des Rechtsberaters der *News* und seiner Vorgesetzten zurückzuführen war.

»Was zum Teufel sollte das denn?« wollte Riley wissen.

»He«, sagte ich, in der Hoffnung, mich gleich von Anfang an reinzuwaschen. »Ich bin nur ein kleiner Befehlsempfänger. Ich mußte ihnen sagen, daß jemand kommen würde, um den Brief abzuholen. Sie wissen ja, was für Arschlöcher Redakteure sein können.«

Sie nickte grimmig, als wüßte sie das wirklich. Harry setzte sich vorsichtig auf die Kante des einzigen anderen Stuhls im Zimmer. Mürrisch und feindselig prahlte er vor einer Vorgesetzten, daß er drauf und dran gewesen sei, bei der *News* eine Massenverhaftung vorzunehmen, als er zu seiner großen Bestürzung zurückgepfiffen wurde. Ich merkte ihm an, daß er nicht mit dem Herzen dabei war. Nicht mit dem ganzen Herzen jedenfalls.

»Wenn an diesem Brief und den anderen beiden, die ich vorher bekam, etwas Auffälliges dran ist, dann wünschte ich, Sie hätten es mir gesagt«, sagte ich reumütig. »Dann hätte ich Bescheid gewußt und es erkannt und Sie angerufen.« Keine Reaktion, also machte ich einen weiteren Vorstoß. »Jeder bei der Zeitung, dessen Name unter einem Artikel oder im Impressum erscheint, bekommt Briefe von Verrückten. Das ist wahrscheinlich auch nur so ein Irrer.«

»Das bleibt abzuwarten«, fauchte Riley. Dann wurde ihr Gesicht von einem breiten, strahlenden Lächeln erhellt. Einen Augenblick lang war ich geblendet, dann merkte ich, daß es nicht mir galt.

Lieutenant McDonald hatte seinen Kopf zur Tür hereingesteckt. Er deutete mit einer Kopfbewegung in meine Richtung. »Alles okay, Kathy?«

Sie hätte nicht erfreuter aussehen können. »Ja, vielen Dank, Ken.«

Kathy? Diese lächelnde Frau, die so gespielt schüchtern mit den Wimpern klimperte und plötzlich ihr Haar zurückwarf, war mal drauf und dran gewesen, mir die Kniescheiben zu zerschmettern, falls ich ihren Vornamen auch nur flüstern sollte.

McDonald schloß die Tür hinter sich, und ihr Blick richtete sich wieder auf mich. Das Lächeln erlosch. Ich versuchte, mich auf das aktuelle Thema zu konzentrieren. »Warum«, fragte ich und beugte mich vor, »vermuten Sie, daß dieser Brief von dem Täter stammt?«

Sie stand auf und starrte nachdenklich aus dem Fenster, hager und gepflegt in ihrer marineblauen Herrenhose und Bluse, deren einziger Schmuck ein goldenes Scharfschützenabzeichen war, das sie strategisch über einer Brust plaziert hatte. »Die Abmachung besagt, daß Sie keine neuen Informationen veröffentlichen, bis wir Ihnen unser Okay geben?«

»Keine neuen Informationen, die ich von Ihren Leuten bekomme.« Ich hielt es für das beste, die Grundregeln gleich klarzustellen.

Sie setzte sich wieder an ihren Schreibtisch; sie wirkte unruhig, ihr Blick war nachdenklich, und sie klopfte mit einem Bleistift auf den Zündring ihrer Handgranate. »Wir haben Puder analysiert, der auf der Haut der Opfer zurückgeblieben ist.«

Ich blickte auf. »Talkumpuder von den Handschuhen?«

»Nein. Es überrascht mich, daß Sie davon noch nichts wissen, wo meine Beamten Ihnen doch sonst alles zu erzählen scheinen.«

Harry wand sich neben mir. Ich vermied es, in seine Richtung zu blicken und versuchte, ein unschuldiges Gesicht aufzusetzen. Ihm merkte man sein schlechtes Gewissen aus zehn Metern Entfernung an. Polizisten können im allgemeinen ihre eigenen Missetaten nur schlecht verheimlichen.

Ihr Gesichtsausdruck war sardonisch. Ich fragte mich, ob McDonald sie attraktiv fand. Ich war mir ganz sicher. Sie hatten gewiß jede Menge Gesprächsstoff – Massenmorde und Serienvergewaltigungen, Geheimnisse und Fachsimpeleien –, Dinge, über die er mit mir nie gesprochen hätte.

»Wenn er seine Opfer vergewaltigt hat«, sagte sie, »pudert er gerne ihre Haut ein, ihr Gesicht und ihren Körper.«

Ich krümmte mich innerlich bei dieser krankhaften Vorstellung. »Mit was für einem Puder?« Meine Stimme war gedämpft.

»Mit billigem weißem Körperpuder, parfümiert. Er heißt Midnight Jasmine und wird in runden, grellrosa Schachteln mit großen, flauschigen Puderquasten verkauft. Die Marke ist in fast jedem Drogeriemarkt erhältlich, im K-Markt, im Five-and-Dime.«

»Warum macht er das?«

»Warum macht er überhaupt diese Dinge? Vielleicht lebt er eine Phantasie aus. Erinnern Sie sich an den Schweinehund, der seine Opfer gerne mit Speiseöl einrieb? Vielleicht steht er auf den Geruch, oder wie es sich anfühlt.« Sie zuckte die Achseln. »Wenn wir ihn schnappen, werden wir ihn fragen.«

»Halten Sie noch andere Details zurück?«

»Natürlich, aber wir sind noch nicht bereit, darüber zu sprechen.«

Ich seufzte. »Wo ist mein Brief jetzt?«

»Warren hat ihn ins Labor gebracht«, sagte Harry.

»Kann ich zusehen?«

Ihre Augen verengten sich.

»So lautet die Abmachung«, sagte ich.

»Bringen Sie sie hin, Harry.« Lieutenant Riley winkte uns hinaus und nahm den Telefonhörer ab. Ich sah, daß sie eine vierstellige Nummer eintippte, eine interne Nummer. Die Konturen ihrer Wangen waren weich geworden, und ich hätte um ein feudales Abendessen gewettet, daß Kathy jetzt Ken anrief.

KAPITEL 11

Ich war erst einmal in dem hypermodernen kriminaltechnischen Labor gewesen, bei einer offiziellen Führung für die Presse anläßlich der Eröffnung des neuen Polizeireviers. Die Räume sind hoch und hell erleuchtet. Zwei Wände entlang verläuft eine glänzende Arbeitsfläche, in die kleine Nischen für die Chemiker, Kriminalisten und Techniker eingelassen sind. Jeder Arbeitsplatz hat ein Fenster mit Aussicht – auf der einen Seite des Gebäudes ist es ein Sportplatz, auf der anderen ein Parkplatz.

Einen Stock höher, auf dem Dach, befindet sich ein belüfteter Trockenraum für nasse Beweisstücke. Dort lagern sie die stinkenden Sachen, die blutgetränkten Kleider oder andere Gegenstände, die man bei verwesenden Leichen gefunden hat. Die Techniker schnippeln sich Stückchen davon ab, um die Blutgruppe festzustellen und sie auf Chemikalien und Pulverspuren zu untersuchen, und der Rest wird auf dem Dach weggeschlossen.

Warren begrüßte uns. Er war ein kleiner Mann mit hellen, krausen Haaren, Brille und einem flotten Schnurrbart. Ich wußte, daß er wie die meisten Leute im kriminaltechnischen Labor seinen Beruf liebte, weil er seine Polizeiarbeit tun konnte, ohne sich mit den kleinkarierten politischen Überlegungen des Dezernats und mit der Öffentlichkeit herumschlagen zu müssen. Die Leute im Labor waren erpicht darauf, Rätsel zu lösen, Puzzleteilchen zusammenzusetzen und Hinweise von der Schattenseite des Lebens zu entschlüsseln. Sie spielten im Spitzenteam, zusammen mit den Beamten der Mordkommission, den renommiertesten Staatsanwälten, Gerichtsmedizinern und den höchsten Gerichten, die sich mit den wichtigsten Fällen befaßten – den klügsten Köpfen unter den Juristen, Medizinern und Gesetzeshütern.

»Ich habe bereits den Fingerabdruckspezialisten, den Schriftstückexperten, den Spurenanalytiker und einen Serologen informiert«, sagte er zu Harry.«

»Einen Serologen?« fragte ich.

Er nickte erfreut. »Wenn sie den Umschlag ablecken, können wir eine DNA-Analyse machen. Und sie mit den Samenproben vergleichen, die wir den Opfern entnommen haben.«

Super, dachte ich. Wenn ihn die eine Körperflüssigkeit nicht verrät, dann eine andere. »Wie lange wird das dauern?«

»Die schnelle DNA-Untersuchung wird zwei oder drei Tage dauern; dann wissen wir, ob die Probe von unserem Mann stammt. Mit dem vollständigen, detaillierten Ergebnis können wir in vier bis sechs Wochen rechnen.«

Warren steckte einen kleinen, kanisterförmigen Staubsauger an und schaltete ihn ein. Er begann zu summen. Sorgfältig saugte er den Umschlag ab, zog dann mit einer Pinzette den gefalteten Brief heraus und saugte ihn ebenfalls ab.

»Dafür sind diese Dinger also«, scherzte ich. Er lächelte nicht. »Ich wollte schon immer mal einen Mann kennenlernen, der staubsaugen kann. Putzen Sie auch die Fenster?«

»Das Besondere an diesem Gerät ist der speziell entworfene Siphon am hinteren Ende des Gehäuses«, erklärte er mir; offensichtlich war er ganz verliebt in sein technisches Spielzeug. »Dort werden die Partikel aufgefangen.«

»Schauen wir mal, was er geschrieben hat«, sagte ich gespannt. Mit äußerster Sorgfalt öffnete er den Brief und breitete das Blatt Papier flach aus. In den Faltstellen hatte sich Puder gesammelt, den er ebenfalls feinsäuberlich mit dem Staubsauger aufsaugte.

»Hm«, machte Warren, und Harry und ich schauten ihm über die Schulter.

Der Verfasser hatte beim Schreiben so fest aufgedrückt, daß sein roter Kugelschreiber das Papier an einigen Stellen aufgerissen hatte. Kein gutes Zeichen, dachte ich.

Sagen Sie Britt Montero, Sie hören nicht auf mich. Sie haben mich beleidigt. Die Unterschrift bestand wieder aus dem gleichen Symbol, das ein Bogen mit drei Pfeilen zu sein schien.

Kurz und unmißverständlich, aber nicht besonders originell. Ich versuchte mir den Verfasser und seine Denkweise vorzustellen. Hatte er an meiner Beschreibung, die ihn als kranken Mann mit Funktionsstörungen darstellte, Anstoß genommen? Wäre er genauso beleidigt, wenn dieselben Artikel von einem Mann verfaßt worden wären?

»Das habe ich schon mal gesehen«, sagte Harry, der das Symbol studierte, mit dem der Brief unterschrieben war. »Manche *Marielitos* haben dieses Zeichen eintätowiert.«

»Ja«, sagte ich und sah es mir nochmals an. »Ich glaube, es ist ein *Santería*-Symbol für einen ihrer Götter.« Ich weiß, wer mir mehr darüber erzählen kann, dachte ich.

Warren nahm eines der Handbücher von seinem Schreibtisch und begann Ausbildungsunterlagen der Polizei durchzublättern, in denen die Myriaden von Religionen aufgeführt sind, deren Anhänger sich während der letzten zwei Jahrzehnte in Miami niedergelassen haben. Voodoo aus Haiti, Obeah aus Jamaica, Yahwehs, die sich selbst schwarze hebräische Israeliten nennen – es gibt nichts, was hier nicht vertreten wäre.

Santería war eine Heiligenverehrung, das wußte ich, ein Gemisch aus Katholizismus und einer afrikanischen Religion, die mit Sklaven aus Nigeria nach Kuba gekommen war, die man vor zweihundert Jahren ins Land gebracht hatte, damit sie auf den kubanischen Zuckerrohrfeldern arbeiteten. Man zwang sie, zum Katholizismus überzutreten, doch sie hielten an ihren alten Religionen fest und täuschten die Leute, die sie gefangenhielten, indem sie ihre afrikanischen Gottheiten durch die katholischen Heiligen ersetzten und ihre alten Bräuche weiter ausübten, darunter auch Tieropfer.

»Da haben wir es«, sagte Warren. Er blätterte den Abschnitt über *Santería* durch.

Zwischen dem schwarzen Eisenkessel, dem Symbol des Gottes Oggun, dem Gott des Krieges, des Broterwerbs, des Eisens und Stahls, und der steinernen Doppelaxt des Gottes Chango war dieselbe Zeichnung eines Bogens mit drei Pfeilen abgebildet.

»Symbol des Gottes Ochosi,« las Warren, »dem Schutzherrn

der Jäger. Ihm gehören die Vögel und Tiere. Schätzt als Opfergaben Hähne und Rum. Wenn er zornig ist, kann er Probleme mit dem Gesetz verursachen.«

»Wenn der Täter wirklich an dieses Zeug glaubt, dann hält er sich wahrscheinlich für unbesiegbar«, sagte ich.

»Hoffen wir, er bleibt bei diesem Glauben«, sagte Harry grimmig.

Warren fotografierte den Brief, bevor die Handschrift oder die Buchstaben durch andere Tests Schaden nehmen konnten. Er breitete ihn auf einer Arbeitsfläche aus Edelstahl flach aus und verwendete eine hochempfindliche professionelle Polaroidkamera und eine 35-Millimeter-Minolta. Danach gab er den Brief weiter an Andy Eckberg, einen Kriminalisten.

Andy hatte gewelltes graumeliertes Haar, eine Hornbrille, ein breites Lächeln und einen Hochschulabschluß in Biologie und Chemie. Als er nach zwanzig Jahren Arbeit in einem FBI-Labor in Pension ging, zog er nach Florida wegen der Sonne und eines Jobs im Polizeilabor von Miami.

Das alles erfuhr ich, als Warren uns vorstellte und wir einander die Hände schüttelten. Sein Händedruck war angenehm fest, obwohl seine Hände ohne Schwielen und weich wie die einer Frau waren.

Andy legte den Brief und den Umschlag unter schräg einfallendes Licht, das eventuelle Spuren von Abdrücken auf dem Papier sichtbar machen sollte. Es wäre schön gewesen, wenn sich eine vorher geschriebene Notiz, am besten mit einem Namen und einer Adresse, durchgedrückt hätte, aber das Glück hatten wir nicht.

Der Umschlag, das Papier und der Kugelschreiber waren billige Handelsware. Andy streute Metallspäne darüber, um die Fingerabdrücke sichtbar zu machen. Auf dem Brief waren keine Abdrücke, aber auf dem Umschlag befand sich ein wirklich guter Abdruck eines rechten Daumens.

Bevor er die Freudenbotschaft verkündete, holte Andy ein Stempelkissen und eine Fingerabdruckkarte hervor und drückte meine Finger nacheinander fest in die dafür vorgesehenen Kästchen. Es war mir zuwider, mir die Fingerabdrücke nehmen zu lassen, doch es war nötig, um Irrtümer auszuschließen. Die kleinen Schleifen und Wirbel stimmten perfekt überein. Der Abdruck auf dem Umschlag stammte von mir.

»Wahrscheinlich trug er diese Chirurgenhandschuhe«, sagte ich und rieb meine tintenverschmierten Finger mit einem Waschgel ab. Dann wusch ich sie in der Edelstahlspüle und trocknete sie mit einem Papierhandtuch ab. »Wieso trägt der Typ Handschuhe, aber kein Kondom?«

»Warum sollte ein Vergewaltiger ein Kondom verwenden?« sagte Harry naserümpfend, als wäre das eine sehr dumme Frage.

»Warum sollte er Handschuhe tragen?«

»Da ist sich offenbar jemand nicht ganz klar darüber, worum es hier geht«, sagte Warren und packte seine Ausrüstung zusammen, um an einen Tatort zu fahren.

Ein Stereomikroskop mit bis zu hundertfacher Vergrößerung bestätigte, daß der Puder auf dem Brief eine anorganische Verbindung mit Duftstoffzusätzen war.

»Untersuchen wir es mal mit dem Polarisationsmikroskop und schauen wir, ob es mit dem anderen Puder übereinstimmt«, sagte Andy. »Der Grundstoff, aus dem Talkum besteht, ist nichts anderes als ein Mineral, das aus der Erde gewonnen und weiterverarbeitet wird. Die charakteristischen Merkmale zur Identifizierung eines handelsüblichen Produktes sind absorbierende Substanzen, Duftstoffe und Aufheller, die zugesetzt werden, damit das Produkt glatter aussieht und sich seidiger anfühlt. Das Polarisationsmikroskop zeigt uns die kristallinen Bestandteile. Und mittels FTIR erhalten wir die chemische Analyse.«

»Wie kann man dabei je den Produzenten ermitteln?« fragte ich.

»Die Produzenten von Duftstoffen und Kosmetika sind alle in Fachverbänden zusammengeschlossen. Sie können ihre eigenen Produkte identifizieren und uns dann sagen, ob sie die einzigen Hersteller sind.«

»So, wie man Autolacke und Reifen anhand der Spezifikationen identifizieren kann?«

Er nickte. »Wir haben die Standarddaten von Dupont, Pittsburgh und Glidden in unserer Computerbibliothek.«

Es stellte sich heraus, daß Andy an einem Mordfall gearbeitet hatte, über den ich berichtet hatte. Der einzige Hinweis war ein Teil eines Reifenabdrucks gewesen, der an dem einsamen Ort hinterlassen worden war, an dem man die Leiche gefunden hatte. Anhand des Profils und der Breite des Reifens stellte der Fachverband der Reifenhändler fest, daß Goodyear den Reifen im Jahr 1989 produziert hatte.

Die Spezifikationsliste des Fachverbands der Autohersteller war eigentlich für die Ingenieure und Architekten gedacht, die bei der Planung von Parkgaragen Dinge wie zum Beispiel den Wendekreis eines Autos berücksichtigen müssen. In diesem Fall lieferte sie die Information, daß der Reifen, dessen Abdruck man am Schauplatz des Mordes gefunden hatte, nur auf einen Checker oder ein Cadillac-Sondermodell paßte, beides relativ seltene Fahrzeuge.

Nur ein Mensch im Bekanntenkreis des Opfers fuhr einen solchen Wagen – den Cadillac. Die Kriminalbeamten konzentrierten sich auf diesen Verdächtigen, sammelten Beweise und überführten ihn. Andy wußte, was er tat.

Vor meinem geistigen Auge erstand eine Reportage über die unbesungenen Helden im kriminaltechnischen Labor. Es würde Spaß machen, so eine Story zu schreiben, und vielleicht konnte ich für meine zukünftige Arbeit ein paar Kontakte im Labor knüpfen. Die Detektive im Labor, ihre hochtechnisierten Untersuchungen und ihre faszinierendsten Fälle, dachte ich. Perfekt geeignet für *Outlook*, unser Sonntagsmagazin. Sobald der Fall mit dem Vergewaltiger abgeschlossen war, würde ich die Story Pete Sanchez vorschlagen, dem Herausgeber von *Outlook*.

Andy fand nur einen möglichen Hinweis. Unter dem Puder, der vom Brief abgesaugt worden war, befand sich ein einziges, mikroskopisch kleines Teilchen. »Es könnte irgendwo aus seinem Umfeld stammen, von seiner Haut oder aus seinen Haaren gefallen sein, als er den Brief schrieb.«

Die massenspektrometrische Bestimmung ergab, daß es sich

um ein winziges Lackteilchen handelte. »Auf Bleibasis«, sagte Andy.

»Wo kommt so etwas vor?«

»Lacke auf Bleibasis werden nur noch in wenigen Berufen verwendet«, sagte er. »Man findet sie in Produkten für den Schiffbau, in Werften, wo die Schiffsböden abgekratzt werden.«

»Das ist keine große Hilfe in einer Stadt, die von Wasser, Jachthäfen und Schiffswerften umgeben ist und die einen Stützpunkt der Küstenwacht hat«, murrte Harry und wandte sich dann an mich. »Vielleicht sollten Sie aussteigen, Britt, und in Zukunft einen anderen Reporter über den Täter schreiben lassen.«

»Sind Sie verrückt?«

»War nur ein Vorschlag. Kommt mir vernünftig vor.«

Mir nicht. Ich warf ihm einen vernichtenden Blick zu. Er zuckte die Achseln und wandte sich ab.

Von daheim aus rief ich meine Tante Odalys an. Sie freute sich, von mir zu hören, wie immer, und fragte mich über meine Eßgewohnheiten, mein Liebesleben und meinen Beruf aus. Ich fragte nach Ochosi.

»Sí«, flüsterte sie mit samtiger Stimme. »Der heilige Norberto. Was willst du wissen, Britt?«

»Erzähl mir von ihm.«

»Er ist der Jäger. Der Gott der Jagd und der Fallen, der Beschützer jener, die dem Gefängnis entgehen wollen. Seine Symbole sind Pfeil und Bogen, das Hirschgeweih und grüne und braune Perlen. Man kann ihm einen Aguan herstellen, um ihn mit Eleggua, dem Schwindler, Oggun, dem Besitzer des Messers und Oshun, dem Beschützer der Genitalien zu ehren.«

»Oshun? Ist das der . . .«

»Ein mit Perlen und Puder gefüllter Kelch, auf dem der Kopf eines Hahnes liegt.«

Mein Kopf begann zu schmerzen. Ich überlegte, ob ich irgendwo Aspirin hatte.

»Für den Aguan braucht man Fleisch und Honig, Reis, Früchte und Eier – und Tiere, für das Blut.«

Ich dankte meiner Tante und versprach, sie bald zu besuchen.

Der Jäger, dachte ich und legte den Hörer auf. Ich schauderte.

KAPITEL 12

Der nächste Tag begann mit einem Knalleffekt, so daß ich nur wenig Zeit hatte, an den Vergewaltiger oder an den Fall Mary Beth Rafferty zu denken. In der morgendlichen Hauptverkehrszeit fing ein Chevrolet-Transporter Feuer und brach mitten auf der Fahrbahn in Flammen aus. Der Fahrer konnte sich in Sicherheit bringen, ließ aber zwei Kisten mit Magnum-Patronen Kaliber .44 im Wagen zurück. Durch die Hitze des Feuers begann die Munition zu explodieren, und die Feuerwehrmänner und die Autofahrer, die stehengeblieben waren, um zu helfen, mußten den Kugeln ausweichen, die ihnen um die Ohren pfiffen, und liefen um ihr Leben. Die Explosionen hörten sich an wie vereinzelte Maschinengewehrsalven. Die Straße war in beiden Richtungen für den Verkehr gesperrt, und die Polizisten und Feuerwehrleute gingen in einem Straßengraben in Deckung, bis es vorbei war. Jedesmal, wenn die Explosion abebbte und es schien, als ob alle Kugeln aufgebraucht wären, ging ein neues Sperrfeuer los. Die Patronen explodierten in Salven, wie Popcorn in einem Mikrowellenherd. Es hörte sich an, als sei um acht Uhr früh – vor dem Hintergrund des Hupkonzerts, das erboste Autofahrer in der Ferne veranstalteten – der Krieg erklärt worden.

Lottie freute sich über die Gelegenheit, ihre Flakjacke tragen zu können, die sie neben ihrer anderen umfangreichen, lebenswichtigen Ausrüstung im Kofferraum ihres Chryslers mit sich führte.

Am Schauplatz waren wir zu beschäftigt, um zu reden, doch später trafen wir uns in der Cafeteria der *News* auf eine schnelle Tasse Kaffee. »Hast du gute Fotos vom Transporter?« fragte ich, riß ein Päckchen Zucker auf und leerte die Hälfte davon in meine Tasse.

»Ja, hast du ihn gesehen?«

»Er war total durchsiebt von Kugeln; so etwas habe ich nicht mehr gesehen, seit Mauricio Mirandas Geschäftspartner das Feuer auf ihn eröffneten – ein klarer Fall von Overkill.«

»War das der kolumbianische Kokaindealer, der mit über fünfzig Kugeln im Körper in seinem Auto gefunden wurde?« Sie sah in einen winzigen Spiegel und legte anmutig korallenfarbenen Lippenstift auf.

»Ja.« Ich warf einen Blick auf die große, runde Uhr, die hoch über den Tischen hing, ein nicht gerade dezenter Wink an die Adresse der Angestellten, die gerne etwas länger sitzenblieben.

»Gibt es was Neues von deinem Brieffreund?«

»Dem Vergewaltiger? Nein. Aber ich habe mir die heutige Post noch nicht angesehen. Lottie?« Ich rührte meinen Kaffee mit dem hölzernen Stift um, den wir statt eines Löffels bekommen. »Ich bin beunruhigt.«

»Das wäre ich auch, wenn mir dieser Mann schreiben würde.«

»Es ist wegen etwas anderem«, sagte ich mißmutig und erzählte ihr dann von meinem Verdacht in bezug auf Kendall McDonald und K. C. Riley.

»Die schlimmsten Lieutenants aller Zeiten. Vielleicht ist es nicht so, wie es aussieht.« Sie trank ihren Kaffee. »Es ist schwer, mit einer Frau zu konkurrieren, mit der der Mann zusammenarbeitet«, sinnierte sie, »und die er ständig sieht.« Sie tätschelte mir die Hand. »Wenn es so *ist*, dann verdienen sie einander vielleicht. Sie hört sich ziemlich herrisch an. Du mußt mal wieder richtig ausspannen.« Sie warf mir einen koketten Blick zu. »Hast du in letzter Zeit mal mit Captain Curt gesprochen?«

Ich schüttelte den Kopf.

»Ruf ihn an, mach seine kleine Ausflugsfahrt mit. Warte ab, was passiert.«

»He, Mädels.« Ryan kam mit einem viel zu vollen Styroporbecher Kaffee in der einen Hand und einem riesigen Keks in der anderen auf uns zu. »Gretchen versucht seit geraumer Zeit, Sie zu erreichen, Britt.«

Verdammt. Ich kontrollierte den Piepser, den ich an meiner

Handtasche befestigt hatte. »Mist, ich habe vergessen, ihn wieder anzustellen, nachdem ich heute morgen angepiepst wurde.«

»Vergessen?« sagte Ryan mit wissender Miene.

Lottie grinste. »Ja, du wußtest doch, daß Gretchen heute Dienst hat, nicht wahr, Britt?«

Ich stand auf und ging in die Nachrichtenredaktion, wo ich vorsichtig die Post durchsah. Kein Puder, nichts Seltsames oder Verdächtiges, zumindest nichts Seltsameres oder Verdächtigeres als sonst. Ein Brief war mit einem orangefarbenen Buntstift adressiert worden. Und eine alte, vergilbte Postkarte sah aus, als hätte sie die letzten fünfundzwanzig Jahre in irgend jemandes Kommodenschublade gelegen; sie war mit einer winzigen, spinnwebenartigen Handschrift beschrieben, die auch rund um den Rand verlief. Ein dicker Brief mit einem Gefängnispoststempel begann: *Sehr geehrter Herr oder Frau, was auch immer der Fall sein mag. ICH BIN UNSCHULDIG!*

»Wo waren Sie?« wollte Gretchen wissen.

»Ich bin die Schnellstraße auf und ab gelaufen, wo Kugeln durch die Luft pfiffen und ein meilenlanger Stau war.«

»Vergeuden Sie nicht zuviel Zeit mit dieser Story«, sagte sie. »Fassen Sie sich kurz; wir sind ziemlich eingedeckt. Zwischenfälle in der Stoßzeit gibt es jeden Morgen«, sagte sie leichthin.

»So einen wie diesen nicht«, antwortete ich. »Ein Feuerwehrmann erlitt einen Streifschuß, und eine Kugel hat das Blaulicht von einem Polizeiauto getroffen.« Ich warf einen Blick in mein Notizheft. »Und bei den Pendlern hatten wir zwei Herzinfarkte und einen Schlaganfall. Tausende kamen zu spät zur Arbeit. Und wir haben gute Fotos. Lottie war auch dort.«

Gretchen zeigte keine Begeisterung.

»Alle Fernsehstationen und die Konkurrenzblätter waren ebenfalls dort«, sagte ich. »Ich glaube, das Fernsehen wird es als Titelgeschichte bringen. Und ich habe gehört, daß ein Sendernetz es auch ausstrahlt.«

Das erregte ihre Aufmerksamkeit. Der Chefredakteur beobachtet alle drei Sendernetze und die angeschlossenen Sender. Wenn ein Sendernetz einen Bericht über Südflorida bringt, den die *News* übersehen oder nur kurz abgehandelt hat, dann ist die Hölle los.

»Nun«, sagte sie und tat, als beeinflusse das in keiner Weise ihre Entscheidung. »Schreiben Sie soviel, wie Sie glauben, und dann werden wir weitersehen.«

In Wirklichkeit hatte ich am Schauplatz des Brandes mit keinem der Fernsehleute gesprochen, da die meisten in Hubschraubern über uns kreisten. Aber ich wußte, irgendwo arbeitete irgendein Fernsehreporter in diesem Augenblick mit demselben Argument, um einem widerstrebenden Redakteur seine Story zu verkaufen – er sagte: »Also, ich habe gehört, die *News* setzt es auf die Titelseite.«

Dieser mörderische Stau im Morgenverkehr, das war eine Story, die der Handelskammer und dem Fremdenverkehrsamt alles andere als angenehm sein würde – die aber jeder lesen würde.

Ich war gerade damit fertig, als Bobby Tubbs, einer der stellvertretenden Lokalchefs, an meinem Schreibtisch auftauchte.

»Wir haben soeben von einem Unfall auf einer Baustelle gehört, der Sie vielleicht interessiert«, sagte er.

»Ein Unfall auf einer Baustelle?«

»Ja, der Bauunternehmer, der Mann, dem die Firma gehört hat, ist offenbar in feuchten Beton eingegossen worden. Hört sich an, als wäre das etwas für Sie.« Er legte die Adresse auf meinen Schreibtisch.

Es handelte sich um ein Grundstück, auf dem ein weiteres neues Einkaufszentrum im westlichen Teil von Dade County entstand, wodurch ein Stück subtropische Wildnis mit üppiger Vegetation vernichtet wurde, die Stelzvögeln als Winterquartier gedient hatte. Gleichzeitig wurden in der Umgebung Wohnungen und eine neue Autobahnausfahrt gebaut, und ich mußte den Thunderbird an Lastautos und großen Baumaschinen vorbeimanövrieren. Bei der schnellen Fahrt auf der Autobahn war der Fahrtwind angenehm kühl gewesen, doch sobald ich das Tempo verlangsamte, begann sich mein Haar an der Stirn und im Nacken feucht zu kringeln. Verdammt, dachte ich, ich muß endlich mal meine Klimaanlage reparieren lassen.

Ich stellte den Wagen im Schatten eines Sapotillbaumes ab und ließ die Fenster heruntergekurbelt, damit es im Wageninneren nicht zu heiß würde.

Die Kriminalbeamten der Bezirkspolizei waren beschäftigt; sie berieten sich mit dem Eigentümer, dem Architekten und dem Vorarbeiter der Betonfirma, doch der Bauleiter erzählte mir die Geschichte. Al Benjamin, ein stämmiger, sonnengebräunter Mann, dessen Hemd sich über einem kleinen Bäuchlein spannte, trug einen orangefarbigen Schutzhelm, auf dem das Firmenlogo und sein Name prangte. Seine Männer konnten aufgrund der polizeilichen Ermittlungen vorübergehend nicht weiterarbeiten, und ich hatte den Eindruck, daß er sich über die Verzögerung mehr aufregte als über das tragische Ableben des Bauunternehmers.

»Im Vertrag ist eine Konventionalstrafe vorgesehen«, erklärte Benjamin und zündete sich eine Zigarre an. Das Einkaufszentrum sollte im Frühjahr eröffnet werden, und das Bauvorhaben war straff geplant. Für jeden Tag, den es früher fertiggestellt wurde, war eine Prämie von zehntausend Dollar vorgesehen; für jeden Tag Verzögerung zehntausend Dollar Strafe. Den Termin einzuhalten oder früher fertig zu werden, schien auch eine Frage der Berufsehre zu sein. »Meine Projekte sind immer termin- und budgetgerecht fertiggeworden«, sagte Benjamin. »Die Männer hier werden nach Arbeitsstunden bezahlt, und wir können es uns nicht leisten, auch nur einen halben Arbeitstag zu verlieren.«

Er machte ein mürrisches Gesicht, nahm die Zigarre aus dem Mund und rief einem seiner Männer zu: »Da kommt die Schabenkarre!« Ein kleiner Laster mit Aluminiumwänden, eine fahrende Kantine, in der Sandwiches, Kaffee und kleine Imbisse verkauft wurden, blieb stehen, hupte melodisch – die ersten Takte von ›La Cucaracha‹ – und wurde von den Bauarbeitern gestürmt.

Wir nahmen unsere Unterhaltung wieder auf. Als ich gehört hatte, was passiert war, war ich nicht überrascht, daß die Leute Kaffee brauchten. Ich persönlich brauchte etwas Stärkeres.

Für das mehrstöckige Parkhaus des Einkaufszentrums waren

fünfundzwanzig Betonsäulen gegossen worden. In jeder befand sich ein Bewehrungskorb aus vier Stahlstäben, die mit Drahtbügeln zusammengehalten wurden. Vor zwei Tagen war um jede Gruppe von Stäben aus zwei Zentimeter dickem Sperrholz eine Schalung in Form einer Säule errichtet worden.

Dann hatten gestern im Morgengrauen die ersten sechs von insgesamt dreißig Lastern bereitgestanden, um jeweils acht bis zehn Kubikmeter Fertigbeton abzuladen. Der Bauunternehmer, Sam Farrington, fünfundfünfzig, war nicht da, obwohl sein großer schwarzer Mercedes-Benz auf der üblichen Stelle neben dem Wohnwagen der Baufirma stand. Farrington war ein sehr umstrittener Chef, der die Subunternehmer gerne streng kontrollierte und sich überall einmischte, wie Benjamin sagte, und ich hatte das Gefühl, daß die Männer nicht allzu traurig waren, daß er nicht da war. Es mußte eine Menge Beton gegossen werden, und wie das nun mal so ist mit feuchtem Beton, war das Timing von größter Wichtigkeit. Verzögerungen waren kostspielig. Der Betonlieferant wartete zwanzig Minuten und wies dann den Vorarbeiter an, wie geplant den Beton in die Schalung gießen zu lassen.

Der Vorarbeiter hielt ständigen Funkkontakt mit den Fahrern, und sobald ein leerer Laster von der Baustelle wegfuhr, war bereits der nächste unterwegs. Während der Beton in eine Schalung floß, hielt ein Arbeiter auf einem hölzernen Laufsteg einen Rüttler hinein, der durch eine lange flexible Welle mit einem benzinbetriebenen Motor verbunden war. Die Vibrationen verhinderten, daß der Beton Blasen bildete, wodurch die Stabilität der Säule gewährleistet wurde. Die Männer gossen alle Säulen aus, und dann brauchte der Beton vierundzwanzig Stunden Zeit, um fest zu werden. Heute waren sie gekommen, um mit Brechstangen die funkelnagelneuen Säulen aus der Schalung zu schlagen.

Farrington war immer noch nicht da. Sein Mercedes stand nach wie vor an derselben Stelle.

Wo er verschwunden war, stellte sich heraus, als ein Arbeiter das Sperrholz von der vierten Säule abnahm.

»Kommen Sie, ich zeige es Ihnen«, sagte Benjamin grimmig und drehte sich auf dem Absatz um.

Wir gingen im nordwestlichen Bauteil der zukünftigen Parkgarage des Einkaufszentrums um eine neue Betonsäule herum. Obwohl ich wußte, was mich erwartete, schnappte ich unwillkürlich nach Luft. »Das ist er«, sagte Benjamin trocken. »Ich sehe so was zum ersten Mal, und ich bin in dem Geschäft aufgewachsen.«

Der verschwundene Bauunternehmer stand aufrecht da, die einzige Position, die im Inneren der Säule möglich war. Ein Haarbüschel, seine Nase, die Knie in Hosen und die Schuhspitzen standen leicht aus dem hartgewordenen Beton hervor. Sie waren offensichtlich von innen gegen die Sperrholzplatte gedrückt worden, als sich der Beton über ihn ergoß.

Er sah aus wie das Opfer eines Vulkanausbruchs in der Antike, das von der Lava eingeholt und jetzt in alle Ewigkeit zu Stein erstarrt war.

Der Vertreter des Eigentümers, der Architekt, Benjamin, dessen Assistent und ein Bezirksinspektor hatten im Wohnwagen eine Besprechung über den Baufortschritt abgehalten, als der Vorarbeiter der Betonfirma sie über Benjamins Walkie-talkie über den Fund informierte. Irgend jemand wählte die 911, wohl in der Annahme, daß der Unfall soeben erst passiert sei, doch es war kein Notfall. Man würde Dynamit brauchen, um diese Leiche zu bewegen, bevor die Polizei kam.

Und das war auch meine erste Frage. »Wie werden sie ihn in die Gerichtsmedizin bringen?«

»Das besprechen sie gerade«, sagte Benjamin und sah stirnrunzelnd zu den Arbeitern hinüber, die mit Essen und Kaffee in alle Himmelsrichtungen davontrotteten.

Die Polizei sagte, die ganze siebeneinhalb Meter hohe Säule müßte abgetragen werden. Das erschien mir logisch. Der Vorarbeiter der Betonfirma, ein schlaksiger Mann in Stiefeln, schien erfreut über die Schwierigkeiten, auf die seine Leute stießen, als sie die Arbeit mit Preßlufthämmern in Angriff nahmen. »Was wir bauen, hält ewig«, nickte er.

Die Untersuchung wurde von Orestes Diaz, einem Beamten der Mordkommission vom Polizeirevier Metro-Dade geleitet, das für diesen Teil von Dade County zuständig war.

»Was glauben Sie, wie er da hineingekommen ist?« fragte ich; bei dem Lärm, den die Preßlufthämmer machten, mußte ich schreien. Diaz schwitzte, und in seinem struppigen Schnurrbart und seinen Haaren waren herumfliegende Betonbröckchen hängengeblieben.

»Keine Ahnung«, schrie er zurück. Der Mercedes wurde an einen Abschleppwagen gehängt, der ihn zur Untersuchung ins kriminaltechnische Labor bringen sollte.

»Halten Sie es für einen Unfall oder für ein Verbrechen?«

»Im Augenblick schließen wir gar nichts aus«, sagte er. Farrington war am Mittwoch zum letzten Mal auf der Baustelle gesehen worden, nachdem die Schalungen fertiggestellt worden waren, damit am Donnerstag früh der Beton hineingegossen werden konnte. »Die Leute sagten, daß er normalerweise nach Arbeitsschluß nicht hierblieb.« Diaz kratzte sich am Kopf und schnaubte. Lästiger Staub von den Preßlufthämmern hing in der heißen, unbewegten Luft, die uns umgab, und blieb an der feuchten Haut kleben. »Ich sag' Ihnen was, Britt. Wenn er nicht direkt gegen diese Sperrholzverschalung gedrückt worden wäre, hätte ihn kein Mensch je gefunden. Sie wissen ja, daß Jimmy Hoffa angeblich hinter den Torpfosten des Giants Stadiums einbetoniert worden ist? Wenn das ein Mord war, dann sollte dieser Mann auch nicht gefunden werden. Dann hätte er die nächsten hundert Jahre dieses Einkaufszentrum gestützt.«

Als die Säule bis auf eine Höhe von etwa viereinhalb Metern abgetragen worden war, schnitten die Arbeiter die Stahlstäbe und Drahtbügel mit Schweißgeräten ab und legten den Block frei, in dem die Leiche eingeschlossen war. Ein Kran hob Farringtons Betonsarg hoch, einen etwa dreieinhalb Meter hohen Block, und setzte ihn auf die Ladefläche eines Tiefladers. Für die Fahrt in die Gerichtsmedizin breiteten die Männer eine Plane darüber.

»Glauben Sie, man wird die Todesursache feststellen können?« fragte ich.

»Wahrscheinlich, aber es wird 'ne Menge Arbeit, bis sie ihn da herausbekommen.«

Ich zwängte mich wieder in meinen Thunderbird, um in die

Redaktion zurückzufahren und eine Kurzmeldung für die erste Ausgabe zu verfassen. Unterwegs blieb ich bei einem kleinen Laden am Straßenrand stehen, um etwas Kaltes zu trinken. Meine Nebenhöhlen waren vom Betonstaub angegriffen, und ich spürte, daß ich Kopfschmerzen bekam.

Ich ging auf die Toilette, spritzte mir Wasser auf Gesicht und Arme, schaute, was es in der Kühlvitrine gab, nahm mir ein Schokogetränk und ging damit zur Kasse. Ich war nicht länger als sieben oder acht Minuten im Geschäft, einem kleinen Familienbetrieb, der wahrscheinlich schließen mußte, wenn das Einkaufszentrum eröffnet wurde. Den Thunderbird hatte ich neben dem Haus abgestellt, wo Parkplätze für ein halbes Dutzend Autos markiert waren. Meines war das einzige. Ich fuhr rückwärts aus dem Parkplatz und trank beim Fahren aus der Flasche.

Als ich ausgetrunken hatte, griff ich nach einer Abfalltüte auf dem Rücksitz. Als brave Bürgerin, die ich bin, würde ich nicht im Traum daran denken, eine leere Getränkeflasche aus dem Fenster zu werfen. Ich fuhr auf der in ost-westlicher Richtung verlaufenden Schnellstraße, die Augen auf die Straße geheftet, die linke Hand am Steuer, und tastete mit der Rechten blind auf dem Rücksitz nach der Tüte, als meine Finger in etwas Klebriges, Schleimiges tappten. Ich riß meine Hand zurück und nahm den Blick von der Straße. Blut!

Hupen blökten, als mein Auto über alle drei Spuren ausscherte. Der Fahrer eines Transporters machte ein ordinäres Zeichen, und andere Autofahrer fluchten und warfen mir wütende Blicke zu, doch ich bekam den Wagen – mit nur einer Hand – wieder unter Kontrolle. Mein ganzer Körper wurde krampfhaft geschüttelt, und ich wollte auf keinen Fall mit blutbefleckten Fingern auf das Lenkrad greifen. Meine Beine zitterten viel zu sehr, als daß ich auf das Gaspedal oder die Bremse hätte steigen können, also schwenkte ich auf den Seitenstreifen und ließ den Wagen im Leerlauf fahren, bis er stehenblieb.

Wimmernd widerstand ich dem Drang, aus dem Auto zu springen und davonzulaufen. Ich legte einen Augenblick die Stirn auf das Lenkrad, nahm allen Mut zusammen und bereitete mich darauf vor, nachzusehen, was auf dem Rücksitz lag.

Ich öffnete die Tür, glitt hinaus und zog den Vordersitz weiter nach vorn, um besser sehen zu können. Mein erster Impuls war, das Ding weit wegzuschleudern und davonzufahren, aber das wäre dumm gewesen. Mir war schlecht, und ich zitterte, doch ich stieg wieder ein und ließ den Motor an. Zuerst wollte ich direkt zum Polizeipräsidium fahren, doch dann überlegte ich, ob ich es nicht zu Tante Odalys bringen sollte. Das fiel eher in ihr Ressort. Ich versuchte, klar zu denken. Ich konnte nicht schwören, daß es nicht schon in meinem Auto gewesen war, als ich von der Baustelle wegfuhr. Aber wenn nicht, dann war es während der paar Minuten hineingelegt worden, die ich in dem Geschäft gewesen war.

Ich konnte mir ziemlich gut vorstellen, wer das getan hatte, und das machte mir angst. Ich bedauerte, daß meine Pistole zu Hause lag und nicht in meinem Handschuhfach. Schließlich blieb ich bei einer Telefonzelle am Straßenrand stehen und rief im kriminaltechnischen Labor an, wobei ich nervös den Verkehr im Auge behielt. Er war irgendwo da draußen und beobachtete mich. Da war ich sicher.

Glücklicherweise war Warren da. »Hallo, Britt, schon bereit, diese Reportage über die Detektive im Labor zu schreiben? Sie sollten den Fall sehen, an dem ich gerade arbeite –«

»Warren, können Sie in zehn Minuten auf den Parkplatz hinter dem Polizeirevier zu mir hinunterkommen? Es ist wichtig. Nehmen Sie Gummihandschuhe mit.«

Er klang skeptisch, willigte aber ein. Ich war in fünf Minuten da. Er wartete bereits.

»Das ist *Santería*«, sagte ich.

»Ja«, pflichtete er mir bei. »Sieht aus, als hätte Ihnen jemand seinen kleinen Zauber hineingelegt, und ich wette, der soll Ihnen nicht zu einem Lottogewinn verhelfen.« Behutsam nahm er es mit beiden behandschuhten Händen aus dem Auto, wobei er eine rote Spur hinterließ. Das blutige Ding, das mit einer Schleife zusammengebunden war, war die Zunge einer Kuh. Jetzt sah ich, daß sie aufgeschlitzt und die beiden Hälften mit einem Metallnagel durchstochen worden waren. Dazwischen steckte etwas. Die Einlage war von dem Nagel aufgespießt und blutbesudelt, aber erkennbar. Ein Zeitungsausschnitt – ein Artikel mit meinem Namen darunter und ein kleines Foto. Natürlich war es ein Artikel über die Jagd nach dem Vergewaltiger. Das Foto war von mir, es war auf meinem alten Presseausweis gewesen, der von der Polizei ausgestellt worden war. Ich hatte es nie gemocht. Der neunmalkluge Polizeifotograf hatte mich mit offenem Mund und halbgeschlossenen Augen geknipst und sich dann geweigert, noch ein Foto aufzunehmen. Die Ausweise sind nur ein Jahr gültig, und ich war froh gewesen, als er ablief und ich einen neuen mit einem ansehnlicheren Foto bekam.

»Woher hat er es?« fragte Warren und musterte mich hinter seinen Brillengläsern.

Ich zermarterte mir das Hirn. Ich wußte nicht, wo ich den Ausweis zuletzt gesehen hatte. Vielleicht hatte ich ihn zum Müll geworfen, entweder in der Redaktion oder zu Hause, was mir noch mehr Angst einjagte. Meine Gedanken rasten. Hatte er in meinem unverschlossenen Handschuhfach gelegen oder in der Krimskramsschublade in meiner Küche? Konnte er aus meiner Wohnung gestohlen worden sein?

Ich schauderte in der heißen Sonne; meine Haut war eiskalt.

»Hat man Ihr Auto aufgebrochen?«

»Nein, ich habe die Fenster offengelassen, weil die Klimaanlage nicht funktioniert.«

Sein Gesichtsausdruck besagte, daß er mich nicht gerade für die Intelligenteste hielt. Das wußte ich bereits. »Hören Sie«, sagte ich, »ich muß vor Redaktionsschluß noch einen anderen Artikel schreiben. Ich muß zurück in die Redaktion.«

»Das ist nicht in unserem Zuständigkeitsbereich passiert«, sagte er. »Das ist Sache der Bezirkspolizei, aber es hängt vielleicht mit unserem Fall zusammen. Wir werden einen Bericht schreiben und die Bezirkspolizei benachrichtigen müssen, Britt.«

»Ich will kein großes Aufsehen.«

»Sie wissen, daß wir eine Meldung machen müssen. Wir werden das untersuchen, und ich muß Harry anrufen.«

»Na schön«, fauchte ich. »Tun Sie, was Sie tun müssen, aber ich muß jetzt zurück.«

»Er wird mit Ihnen reden wollen.«

»Er weiß, wo ich zu erreichen bin«, sagte ich. Ich stieg wieder ins Auto und knallte die Tür zu.

»Britt, wenn dieser Mann das getan hat, dann weiß er, wie Sie aussehen, er kennt Ihren Wagen – vielleicht weiß er sogar, wo Sie wohnen. Reden Sie mit Harry.«

»Später«, sagte ich und drehte den Schlüssel im Zündschloß.

KAPITEL 13

Die Botschaft war eindeutig. Der Vergewaltiger war ein Anhänger der *Santería,* was bedeutete, daß ich jetzt die Empfängerin – vielen Dank! – irgendeines bösen Zaubers war, den er mit seinem *Santero* ausgeheckt hatte. Toll.

Das Schreckgespenst von Tieropfern und *Santería*-Riten weckte undeutliche und schemenhafte Erinnerungen an eine finstere Nacht in meiner Kindheit. Keine Zeit, daran zu denken, sagte ich mir und eilte in die Nachrichtenredaktion. Ich mußte einen Artikel schreiben. Abgabetermine lassen einem keine Zeit, in Panik zu geraten, und hatten mich schon mehr als einmal vor dem Durchdrehen bewahrt. Ich zwang mich, mich nur auf die Sam-Farrington-Story zu konzentrieren. Danach würde es andere Stories geben, andere Abgabetermine. Welch ein Segen, daß Zeitungen an sieben Tagen in der Woche herauskommen.

Ich rief Onnie in der Bibliothek an und bat sie, mir alles herauszusuchen, was wir über Farrington hatten. »Vielleicht gibt es kleine Meldungen im Wirtschaftsteil. Er war Bauunternehmer.«

»Was ist los?« fragte sie. »Du hörst dich bedrückt an.«

»Nichts. Na ja, es ist schon etwas, aber ich muß den Redaktionsschluß schaffen, ich erzähle es dir später. Sieh nach, was du über den Mann finden kannst.«

Ich wählte die Nummer der Gerichtsmedizin und erwischte den Chefpathologen in seinem Büro.

Farrington war eingetroffen, sagte er, und lag noch immer auf dem Tieflader in der Eingangszone. Dort würde er auch vorläufig bleiben.

»Sie haben ihn noch nicht abgewogen?«

»Nur, wenn sie unterwegs zu einer LKW-Waage gefahren sind.«

Unter der Leitung eines Pathologen bearbeitete ein Untersuchungsbeamter zusammen mit einem Helfer den Betonblock händisch mit zwei bis drei Pfund schweren Hämmern und Meißeln, um die Leiche freizulegen.

Die Eingangszone war für diese Arbeit perfekt geeignet; sie ist riesig, wie eine geschlossene Flugzeughalle, in der sogar Flugzeugwracks Platz haben, die von der Absturzstelle hingeschleppt werden können. Wracks von Lieferwagen und Autos mit Mordopfern können bei guter Beleuchtung in einem klimatisierten, wettergeschützten Raum und außer Sichtweite von gaffenden und ungebärdigen Zuschauern untersucht werden.

»Ich nehme an, Sie haben noch nie eine Leiche gehabt, die in Beton eingegossen war«, sagte ich mit Überzeugung.

»Nur einmal«, antwortete er leise.

»Wann war das?« Komisch, ich erinnerte mich nicht daran. Doch der Chefpathologe leitet die Gerichtsmedizin schon fast so lange, wie ich lebe.

»Vor achtzehn Jahren«, sagte er gelassen. »Das Opfer war eine junge Frau, die offenbar von ihrem Ehemann ermordet worden war. Er hat ihre Leiche in ein Treppenhaus eingemauert, das er selbst gebaut hat.« Er verstummte. »Es war die Frau dieses Herrn.«

»Er hat sie umgebracht? Farrington hat seine Frau umgebracht?«

»Genauso war es.«

»Ist er ins Gefängnis gekommen?« Ein flüchtiger Gedanke, den ich nicht ganz ergründen konnte, traf mich wie ein Schock. »Wer war für den Fall zuständig?«

»Er wurde nicht verurteilt – er kam nicht einmal vor Gericht –, und zwar aufgrund einer Gesetzeslücke«, beantwortete er zuerst meine erste Frage. »Es fiel unter das Verjährungsgesetz. Ich glaube, die Polizei von Miami hat den Fall untersucht. Wir haben uns die Akte kommen lassen, aber ich habe noch nicht hineingeschaut.«

»Mord verjährt nicht«, argumentierte ich. Ich hatte noch nie erlebt, daß sich der Chefpathologe irrte, aber ich wollte Einspruch erheben, versuchte, herauszufinden, aus welchem Grund ich so beunruhigt war.

»In diesem Fall schon. Eine Gesetzeslücke. Schauen Sie in Ihren alten Zeitungsberichten nach. Soweit ich mich erinnere, wurde eine Menge über den Fall geschrieben.«

Mit klopfendem Herzen legte ich auf, und da trat auch schon Onnie neben mich und legte mir einen dicken, großen blauen Umschlag auf den Schreibtisch.

»Jackpot«, sagte sie lächelnd. »Es gibt einen ganzen Ordner mit Artikeln über diesen Typen. Weißt du, daß er seine Frau umgebracht hat?«

»Ich habe es gerade erfahren«, murmelte ich und konzentrierte mich auf die sauber gefalteten Zeitungsausschnitte in dem Umschlag.

Sie wartete noch einen Augenblick und zog sich dann zurück. »Ich weiß, wie du vor Redaktionsschluß bist. Ruf mich später an«, rief sie und ging zurück in die Bibliothek.

Ich gab keine Antwort. Ich überflog die Zeitungsausschnitte. Sie waren chronologisch geordnet und begannen vor über zwanzig Jahren mit kleinen, kurzen Meldungen aus dem Wirtschaftsteil. Seine Firma war an etlichen bescheidenen Bauprojekten beteiligt gewesen. Zu Beginn hatte er Einfamilienhäuser gebaut.

Dann eine Meldung, daß seine Frau vermißt wurde. Er und seine Frau hatten sich auseinandergelebt, und während einer erbitterten Scheidungsschlacht war sie verschwunden. Beide waren aus dem gemeinsamen Haus ausgezogen; es sollte verkauft werden, damit der Erlös geteilt werden konnte. Die Frau hatte die Schlüssel, und sie und ihr Mann sollten sich eines Nachmittags vor langer Zeit um vier Uhr mit einer Immobilienmaklerin im Haus treffen.

Die Maklerin war pünktlich dort. Mrs. Farringtons Auto stand in der Auffahrt, doch niemand öffnete. Die Maklerin klopfte auch an die Hintertür und spähte durch die Fenster hinein. Das Haus schien leer zu sein, und so fuhr sie schließlich wieder weg.

Sieben Jahre lang fehlte von Alice Farrington jede Spur.

Als sie verschwand, beschuldigten ihre Mutter und ihre Freunde sofort den Ehemann. Er habe sie mißhandelt und bedroht, sagten sie. Er leugnete es und sagte, er sei ebenfalls zum vereinbarten Termin erschienen, entweder kurz vor oder nach der Immobilienmaklerin, hatte niemanden angetroffen und sei wieder weggefahren. Da seine Frau nicht da war und keine Einwände erheben konnte, zog er wieder in das Haus ein und nahm einige Verbesserungen vor.

Die Familie der Frau war verzweifelt und bestand darauf, daß die Polizei das Haus durchsuchte, und Farrington gewährte den Beamten Zutritt. Sie fanden keinen Hinweis auf ein Verbrechen, bemerkten aber, daß er ein neues Treppenhaus mit einem Treppenflur und einer Treppe aus Beton eingebaut hatte.

Ihre Familie befürchtete das Schlimmste und bat die Polizei inständig, das Treppenhaus abzureißen. Doch die Beamten erklärten, sie könnten nicht einfach anfangen, ein Haus abzureißen, ohne einen Beweis zu haben, daß ein Verbrechen vorlag. Und einen Beweis hatte niemand. Farrington behauptete sogar, gelegentlich höhnische Telefonanrufe von seiner Frau zu erhalten. Er sagte, sie weigere sich, zu sagen, wo sie sei.

Zu dieser Zeit kam es zu einer Gesetzeslücke, über die viel geschrieben wurde. Der Staat Florida schaffte die Todesstrafe ab. Sechs Monate späte wurde sie auf Wunsch der Bevölkerung wieder eingeführt.

Doch nach dem Wortlaut des ursprünglichen Beschlusses waren während jener sechs Monate ›Kapitalverbrechen‹ in Florida abgeschafft worden, und das Gesetz sah eindeutig vor, daß alle Vergehen, mit Ausnahme von Kapitalverbrechen, der Verjährung unterliegen. Da es also rein formaljuristisch gesehen sechs Monate lang keine Kapitalverbrechen gab, wurden Morde ersten Grades, die in dieser Zeit verübt wurden, nicht als solche betrachtet und fielen unter das Verjährungsgesetz. Sobald die Verjährungsfrist um war, konnten Mörder auf den Stufen des Gerichtsgebäudes ihre Verbrechen gestehen, ohne Angst vor einer strafrechtlichen Verfolgung haben zu müssen. In Dade County gab es ein Dutzend solcher Fälle. Morde ohne Risiko, auf Kosten des Hauses sozusagen. Wer sieben Jahre damit durchkam, kam den Rest seines Lebens damit durch und konnte dem Rechtssystem die lange Nase drehen.

Farrington behielt sein Haus sieben Jahre und verkaufte es dann, um ein luxuriöses Anwesen in Bay Point zu erwerben, das seinem gehobenen Status als erfolgreicher Bauunternehmer mehr entsprach. Er hatte das alte Haus gut instand gehalten und wahrscheinlich nicht im Traum daran gedacht, daß die neuen Besitzer es umbauen würden. Sie fanden Alice Farrington im Treppenhaus, wo sie die ganze Zeit gewesen war, aber es war zu spät, ihren Mann wegen Mordes vor Gericht zu bringen.

Farrington hatte gewonnen, doch jetzt drehte er dem Rechtssystem nicht mehr länger die lange Nase. Jetzt war er tot.

Als ich meinen Artikel zu Ende schrieb, rief Dan an.

»Erinnerst du dich an Sam Farrington?« fragte ich.

»Eine Säule der Gemeinde, wie ich höre.«

»Das ist nicht lustig.«

»Ich versuche doch immer, dir ein Lächeln zu entlocken. Du siehst hübsch aus, wenn du lächelst, und das Leben ist viel zu kurz, um nicht zu lächeln.«

»Wieso weißt du, was passiert ist?« stieß ich hervor. »Sie haben seinen Namen noch nicht bekanntgegeben, das tun sie erst, wenn seine Identität bestätigt wurde und seine nächsten Angehörigen benachrichtigt worden sind.«

»Ken McDonald wußte, daß das ein alter Fall von mir war. Es hätte keinem netteren Menschen passieren können.«

»Ich dachte mir schon, daß du das so sehen würdest.« Ich dachte an die Szene auf der Baustelle und daran, was danach passiert war.

»Was ist los, Britt? Du klingst nervös.«

»Das bin ich auch.« Sein freundlicher Tonfall traf mich unerwartet, und mir schossen die Tränen in die Augen. »Ich habe heute Ärger gehabt.«

»Sag mir, wie er heißt, und ich statte ihm einen Besuch ab.«

»Der Vergewaltiger, und wenn du ihn findest, werden dir viele Leute sehr dankbar sein, besonders ich.«

Ich erzählte ihm von der Rinderzunge.

»Mein Gott, Britt. Nimmt die Polizei das auch ernst? Unternehmen sie etwas zu deinem Schutz?«

»Ich kann auf mich selbst aufpassen.«

»Hör zu, niemand eignet sich besser zum Bewacher als ein alter Polizist. Ich kann heute nacht deine Wohnung im Auge behalten.«

»Nein, vielen Dank, Dan. Mir wird nur angst und bange bei dem Gedanken, daß er mich und mein Auto kennt. Ich dachte, ich wäre ziemlich wachsam, aber ich habe den Hundesohn nicht mal gesehen. So wie ihn nie jemand in den Bürogebäuden gesehen hat, in denen er zugeschlagen hat. Ich schwöre dir, der Mann ist unsichtbar.«

»Du hast doch eine Waffe, nicht wahr?«

»Ja«, sagte ich; meine Stimme klang skeptisch.

»Wo ist sie?«

»Zu Hause, in meinem Schlafzimmer.«

»Da wird sie dir bestimmt sehr viel nützen. Soviel wir wissen, hat der Kerl noch nie jemanden zu Hause überfallen.«

»Ich weiß.«

»Du solltest sie immer geladen bei dir tragen, Britt. Laß sie nicht im Auto liegen, und zögere nicht, sie zu benutzen, wenn dieser Hundesohn auf dich losgeht. Wenn du auf ihn schießen mußt, dann schieß nicht nur einmal. Schieß das Magazin leer. Das habe ich den Anfängern auch immer gesagt. Wenn du jemanden erschießen mußt, solltest du sichergehen, daß du ihn auch wirklich tötest. Dann gibt es nachher nur eine Version der Geschichte, und zwar deine.«

»Das stimmt, Dan«, sagte ich und fuhr mir mit den Fingern durch die Haare. »Das macht mich so nervös, daß ich am Ende noch den Paketzusteller erschieße.«

»Als erstes mußt du sofort aus dieser Wohnung ausziehen. Nimm dir jemanden mit, pack ein paar Sachen zusammen und zieh in ein Hotel, oder noch besser, schlafe bei einer Freundin. He, du kannst hier wohnen. Ich habe viel Platz.« Seine Stimme wurde weicher. »Du kannst im Zimmer meiner Tochter schlafen. Ich bin nicht gerade der beste Hausmann der Welt, aber du bist hier willkommen so lange du willst.«

Ich schüttelte den Kopf. »Ich will nicht, daß du so ein Theater um mich machst«, sagte ich. Doch dann dachte ich, daß das vielleicht gar keine so schlechte Idee war. Dan könnte mir den Vergewaltiger vom Leib halten, während ich in seinen Sachen herumschnüffeln und ihn im Auge behalten konnte.

Ich lachte hysterisch und schüttelte den Kopf, als wolle ich die verrückten Gedanken vertreiben, die darin herumzuwirbeln und sich zu vermehren schienen. Nach diesem Tag war ich schon ganz durchgedreht.

»Das ist nicht zum Lachen, Britt.«

»Ich weiß, ich weiß. Wenn ich nicht lachen würde, würde ich weinen.«

Ich sagte, ich müsse aufhören und würde ihn später zurückrufen.

»Achte darauf, daß du nicht nach einem festen Stundenplan kommst und gehst«, knurrte er. »Vielleicht solltest du dir auch ein anderes Auto nehmen. Und fahr nicht nach Hause, wenn du das Gefühl hast, daß dir jemand folgt.« Er senkte die Stimme, sprach aber noch leidenschaftlicher. »Denk daran, Britt. Ich brauche es dir nicht zu sagen. Es heißt: Wir gegen sie. Benutze die Waffe.«

Ich schüttelte den Kopf. Dan redete, als wären wir Soldaten im totalen Krieg, als sollten wir unsere Türen verbarrikadieren und uns darin üben, schnell zu ziehen. Er muß mehr raus, dachte ich, und mit normalen Leuten zusammenkommen, nicht nur mit Polizisten. Aber irgendwie konnte ich ihn mir nicht beim Kartenspielen oder beim Bingo im Pensionistenclub vorstellen.

Ich schrieb die Farrington-Story zu Ende, holte mir einen Becher Wasser, etwas Seife und Papierhandtücher und ging damit auf den Parkplatz, um den Rücksitz des Thunderbird abzuschrubben. Dann bat ich die Leute vom Sicherheitsdienst, mein Auto im Auge zu behalten.

Als ich mich wieder an meinen Schreibtisch setzte, schlenderte Ron Sadler, der politische Berichterstatter der *News*, zur mir herüber. »Ich habe gehört, Sie werden uns vielleicht verlassen, Britt.« Er sprach leise und in vertraulichem Tonfall.

»Was?« Ich starrte ihn an. Ron ist ein gepflegter, gebildet wirkender Mann Mitte Dreißig mit einem verblüffenden Wissen auf allen Ebenen der Politik; er hat sowohl über bundesstaatliche als auch über landesweite Wahlkämpfe berichtet.

Seine intelligenten braunen Augen blickten mich hinter der eulenhaften Brille vielsagend an. »Sie können ganz offen zu mir sein. Ich werde nichts weitersagen.«

»Ich weiß nicht, wovon Sie reden«, fauchte ich. »Und wenn das ein Scherz sein soll, dann hören Sie auf damit. Ich bin im Augenblick nicht in Stimmung für solche Spielchen.«

Er beugte sich über den Schreibtisch. »Die Leute von Fieldings Wahlkampfbüro erkundigen sich nach Ihnen.« Jetzt flüsterte er fast.

Er verstand meinen beunruhigten Gesichtsausdruck falsch. »Keine Sorge, keine Sorge«, lächelte er beruhigend. »Ich habe ihnen nur Gutes über Sie erzählt. Wie gründlich und hartnäckig Sie sind und wie beharrlich, und daß Sie niemals aufgeben.«

»Ron«, protestierte ich mit zunehmender Bestürzung, »ich habe nicht die leiseste Ahnung, wovon Sie reden.«

Er machte ein verwirrtes Gesicht und zupfte mit Daumen und Zeigefinger an seiner Unterlippe. »Ich habe angenommen, daß Sie für den Posten in Fieldings Stab in Betracht gezogen werden. Sieht aus, als wäre ihm der Gouverneursposten so gut wie sicher, und als stelle er bereits seine Mannschaft zusammen. Sie sagen, Sie haben sich um keine Stelle beworben?«

»Ich würde niemals für einen Politiker arbeiten, und für Fielding schon gar nicht«, sagte ich.

»Nun, dann sollten Sie auf ein Angebot vorbereitet sein. Sie interessieren sich wirklich für Sie, Britt, wollen alles über Sie wissen.«

»Wie zum Beispiel?« fragte ich und kämpfte gegen die aufsteigende Furcht an.

»Oh, einfach alles. Über Ihren Ruf, Ihren Stil, Ihre Gewohnheiten, wo Sie wohnen.«

»Verdammt!« sagte ich. Was zum Teufel sollte das? Die einzige Rache, die ich für meine Konfrontation mit dem Kandidaten im Aufzug erwartet hatte, war eventuell eine Beschwerde bei den Herausgebern der *News* gewesen.

Er wich einen Schritt zurück. »Ich habe ihnen alles gesagt, was ich wußte, Britt. Ich dachte, ich helfe Ihnen.«

»Ron, wenn ich Ihre Hilfe brauchte, hätte ich Sie darum gebeten. Wie konnten Sie Informationen über mich weitergeben, ohne mich vorher zu fragen? Sie wissen, daß die Zeitung niemals persönliche Informationen über Reporter weitergibt.«

»Es gut mir leid. Aber Sie waren nicht da, und ich dachte, es wäre wichtig für Sie. Sie waren sehr diskret, und in dem Fall handelte es sich ja nicht um irgendeinen verrückten Querulanten. Es war immerhin der zukünftige Gouverneur oder zumindest einer von seinen Leuten.« Ron wirkte beunruhigt, aber bei weitem nicht so beunruhigt, wie ich mich fühlte. Was ging hier vor?

»Ich weiß, daß Sie es nicht wissen konnten«, räumte ich zähneknirschend ein. »Wer genau hat nach mir gefragt?«

»Martin Mowry, Fieldings Sicherheitschef.« Ron fühlte sich sichtlich unwohl in seiner Haut. »Er war früher bei der Armee, der Riesenkerl, den man immer als Begleitung des Kandidaten im Hintergrund sieht.«

»Oh, toll«, sagte ich.

»Was ist denn los? Glauben Sie nicht, daß man Ihnen eine Stelle anbieten wird?«

»Nein. Behalten Sie das für sich, Ron, ja? Ich erkläre es Ihnen später, wenn ich mehr Zeit habe.«

Ich rief in Fieldings Wahlkampfbüro in Miami an und hinterließ eine Nachricht, daß Mowry mich zurückrufen sollte. Es hörte sich nicht an, als erkenne die Frau, die den Anruf entgegennahm, meinen Namen, aber sicher konnte ich nicht sein. Inzwischen, sagte ich mir, bin ich wahrscheinlich wirklich schon paranoid.

Dann rief ich in der Bibliothek an und bat Onnie, sich mit Lottie und mir im Fotolabor hinten zu treffen. Wir setzten uns an einen leeren Tisch, und Lottie schaltete ihren elektrischen Wasserkessel ein, um Tee zu machen.

Ich ließ sie schwören, niemandem etwas zu sagen, und redete

mir dann alles von der Seele. Ich erzählte ihnen, was ich in meinem Auto gefunden hatte. »Kein Problem«, versicherte ich ihnen hastig und bemühte mich, zuversichtlich zu klingen. »Leute, die einem wirklich was antun wollen, rufen vorher niemals an oder schicken eine schriftliche Warnung.«

»Außer, es handelt sich um einen unzurechnungsfähigen Ex-Ehemann oder Liebhaber«, bemerkte Onnie.

»Ja, dann gibt es keine Regeln mehr«, sagte Lottie.

Sie hatten recht. Richterliche Verbote und Verwarnungen der Polizei sind nicht mehr als kleine Unannehmlichkeiten für einen ehemaligen Liebsten, der wild entschlossen ist, etwas ganz und gar nicht Cooles zu tun – zum Beispiel, einen Mord zu begehen und Rache zu üben. Wir haben genug solcher Typen gesehen, um eines zu wissen: wenn dein Arsch in Gefahr ist, kannst du nicht darauf zählen, daß die Polizei ihn rettet. In Wirklichkeit sind wir alle selbst dafür verantwortlich, uns zu retten, und vielleicht noch unsere hilflosen Nachbarn. Die Kavallerie kommt nur im Kino im letzten Moment angeritten. John Wayne ist tot. Die Welt kann böse sein, besonders aus der Sicht eines Polizeireporters.

»Das ist noch nicht alles«, sagte ich zu ihnen.

»Was denn noch?« fragte Lottie und trank ihren Kräutertee.

»Ihr werdet es nicht glauben«, sagte ich.

Onnie hatte das Kinn auf die Hand gestützt und runzelte die Stirn. Lotties Augen glänzten und waren hellwach.

Ich erzählte ihnen, daß Ron Sadler dachte, ich solle für Fielding arbeiten.

Lottie stieß einen leisen Pfiff aus. »Ich werd' verrückt, Britt. Gratuliere! Du bist zur Zeit so beliebt wie Filzläuse im Hochsommer.«

Ich nickte kläglich. »Es ist, als ob alles auf einmal über mich hereinbricht.«

»Wenn dich Fieldings Leibwächter nicht erwischt«, sagte Onnie, »dann erwischt dich der Vergewaltiger.«

»Vielleicht erwischen sie sich irrtümlich gegenseitig«, sagte Lottie.

Natürlich drängte sie mich, eine Zeitlang bei ihr zu schlafen.

Onnie sagte dasselbe und fügte hinzu, daß Darryl, ihr kleiner Sohn, begeistert wäre. Ich wollte ihn auch gerne sehen, lehnte aber ab. Ich würde auf keinen Fall das Risiko eingehen, den Vergewaltiger zu meinen Freundinnen zu locken. Und es gab noch einen weiteren wichtigen Grund.

»Niemand wird mich dazu bringen, aus meiner Wohnung auszuziehen«, sagte ich zu ihnen. Zugegeben, sie ist nichts Besonderes, nur eine Mietwohnung mit einem Schlafzimmer, einem Kühlschrank, der in der Nacht ächzt und stöhnt, und einem Nachbarn, der glaubt, er kann Dudelsack pfeifen, wenn er etwas getrunken hat – aber sie gehört mir. »Ich werde mich nicht von einem widerlichen Mistkerl aus meinem Heim vertreiben lassen!«

»Warum soll es dir anders ergehen als anderen, Britt?« feixte Lottie. »Hunderttausende andere Kubaner haben sich von einem widerlichen Mistkerl mit Vollbart und einem schmutzigen Arbeitsanzug aus ihrem Heim vertreiben lassen.«

Ich schob die Unterlippe vor und machte ein entschlossenes Gesicht. »Vielleicht ist das auch ein Grund, warum ich entschlossen bin, daß mir das nicht passieren soll.« Dann fiel mir ein, daß der Vergewaltiger eine penicillinresistente Gonorrhö hatte, und ich überlegte, ob ich nicht doch meine Sachen packen sollte.

Wir arbeiteten einen Plan aus, nach dem ich mich zu bestimmten Zeiten bei der einen oder der anderen melden sollte. Wenn ich nicht anrief und sie mich nicht erreichen konnten, würden sie auf der Stelle zu mir kommen.

Als ich wieder zu meinem Schreibtisch zurückging, fühlte ich mich etwas besser. Es fällt mir nicht schwer, vorsichtig zu sein, weil ich durch meinen Job ganz genau weiß, was alles passieren kann. Die meisten Menschen, besonders Leute, die neu hier sind, und ältere Menschen, lassen sich von der Wärme und Schönheit Südfloridas täuschen und dazu verleiten, sich in der glühenden Hitze der Sonne zu entspannen und Tagträumen hinzugeben – ein Fehler, der tödlich sein kann. Ich warne sie, achtzugeben und nicht zu vergessen, daß Miami wie ein Dschungel voller gefährlicher, wilder Tiere ist, die jederzeit angreifen können. Ich versuche, meinen eigenen Rat zu befolgen und so gut es geht auf der Hut zu sein und mit offenen Augen durchs Leben zu gehen. Wissen ist Macht. Je mehr ich weiß, desto besser.

Ich rief Tante Odalys an und fragte, ob ich vorbeikommen könne. Sie war entzückt und vergaß auf der Stelle den Film, den sie sich auf Univision ansah, und wollte sofort zu kochen anfangen. Ich brauche nichts zu essen, sagte ich zu ihr, ich brauche deinen fachmännischen Rat. Sie war begeistert.

Ihr kleines, gut gepflegtes Haus in Little Havana verströmte den himmlischen Duft von *pollo asado*: geschmortem Huhn mit Knoblauch, spanischem Olivenöl, Zwiebeln, Limonensaft, Weißwein und Oregano. Wunderschöner rosa und roter Hibiskus, riesige Blüten mit unschuldigen, weit geöffneten Gesichtern mit einem goldenen Kelch, blühte vor ihrer Eingangstür. Dahinter befand sich ein alles andere als unschuldiges Gesicht. Das primitive Bildnis aus Ton war zu einer Grimasse verzerrt, die Augen, die Nase und der Mund bestanden aus Kaurimuscheln. Eleggua, der Schwindler, der über Türen, Kreuzungen und Einfahrten wacht und über den die Kommunikation zwischen den *Santería*-Priestern und den Orishas, den Gottheiten, läuft. Er bewacht die Tür und hält Unerwünschtes fern. Bei Razzien in den Wohnungen von Verbrechern haben die Polizisten unter einem Bildnis von Eleggua oft ihre eigenen Fotos oder Visitenkarten gefunden. Ich wäre nicht überrascht gewesen, wenn unter diesem hier ein Bild meiner Mutter gesteckt hätte.

Meine Tante Odalys war ganz schlicht in Weiß gekleidet, wie immer. Sie ist ungefähr einssechzig groß, etwas kleiner als ich, doch ihre Körperhaltung ist so graziös und würdevoll, daß sie größer wirkt. Die jüngere Schwester meines Vaters ist über fünfzig und noch immer schön: ihre olivfarbene Haut, die grünen Augen und die hohen Backenknochen verleihen ihrem Gesicht etwas Katzenhaftes. Sie umarmte mich herzlich, murmelte zärtliche Worte und küßte mich auf die Wange. Ihre riesigen Augen glühten vor Liebe. Es hat mal eine Zeit gegeben, nach dem Tod meines Vaters, da wollte mich diese Tante großziehen.

Ich erinnere mich, daß ich eines Nachts, als ich fünf Jahre alt war und bei Tante Odalys übernachtete, aus dem Bett geholt, weiß angezogen und an einen anderen Ort gebracht wurde. Zuerst war ich neugierig, dann hatte ich Angst. Ich erinnere mich an Trommelschläge, Glockenläuten und einen Singsang und an die Schreie sterbender Tiere. Rund um mich herum waren fremde Menschen, in einer Ecke flatterte ein roter Hahn ohne Kopf; parfümiertes Wasser, Kräuter und irgend etwas Warmes, Klebriges wurde mir auf die Stirn geschmiert und eine Kette aus roten und weißen Glasperlen um den Hals gelegt.

Als ich diese Geschichte ganz unschuldig meiner Mutter berichtete, entschied sie – zu meiner großen Erleichterung –, daß ich nicht mehr bei meinen kubanischen Verwandten übernachten durfte. Sie und meine Tante Odalys sprechen noch immer nicht miteinander. Ich bin die einzige Verbindung zwischen ihren Welten und in keiner wirklich zu Hause. Tante Odalys ist, wie ich vermute, meine einzige kubanische Verwandte, die wirklich fest an *Santería* glaubt. Ich liebe sie sehr, glaube aber nicht an zornige Götter oder böse Geister. Diese ganzen Zeremonien rufen bei mir nur die Empörung eines Menschen hervor, der Tiere liebt.

Doch ich stand meiner Tante immer nahe, die mir gerne Geschichten über die jugendlichen Eskapaden meines Vaters erzählte. Später, als ich Reporterin wurde und über meinen ersten Mord berichtete, der mit *Santería* zu tun hatte, erwies sich ihr Wissen als nützlich.

Der Mörder schmierte seinen Körper, offenbar auf Anraten seines *Santero*, mit Öl ein, bestreute sich mit Hühnerfedern und diesem glitzernden Zeug, das wir in der Grundschule auf Zeichnungen und Grußkarten streuten. Ich erfuhr von Tante Odalys, daß ihm wahrscheinlich versprochen worden war, diese Kombination würde ihn für seine Feinde unsichtbar machen oder zumindest unbesiegbar. Jedenfalls war er feierlich davonmarschiert, um den Rivalen zu erschießen, der ihn, wie er glaubte, mit einem bösen Zauber belegt hatte. Die Fährte aus Flitter und Hühnerfedern führte die Polizei direkt vom Schauplatz des Mordes zur Wohnung des Mörders, der im selben Viertel wohnte. Als sie ihn fanden, war er noch immer mit Flitter bedeckt, und in seiner Unterwäsche waren Hühnerfedern.

»Großer Vogel, du bist verhaftet!« witzelte der Polizist angelsächsischer Abstammung. Ich glaube, damals hatte ich erstmals ernste Vorbehalte gegen die *Santería* und ihre Anhänger.

Von all dem erzählte ich meiner Tante jetzt nichts. Wir saßen in ihrem Wohnzimmer und tranken aus winzigen Porzellantassen starken kubanischen Kaffee. Ich vermied es, den Nganga anzusehen, einen großen Eisenkessel, der eine Ecke des sonst gemütlichen Raumes beherrschte. Ngangas sind mit einer Vielzahl von Dingen gefüllt: Schienennägeln, Federn, Messern, Glasperlen, Steinen, Macheten, Gebeten, getrockneten Blättern und Spiegeln, die auf Tiergeweihen angebracht sind – sie benutzen sie, um damit in die Zukunft zu sehen. Bei manchen Zeremonien werden die Geister der Toten aufgerufen, in dem Kessel zu wohnen.

Ngangas enthalten auch Blut und die Überreste von Tieren und manchmal auch von Menschen. Meist Totenschädel und lange Knochen. In der Polizeiakademie von Miami gibt es Kurse, in denen Anfänger lernen, wie sie Schädel erkennen können, die bei *Santería*-Ritualen verwendet werden. Verräterische Hinweise sind zum Beispiel Kerzenwachstropfen, oder wenn die Schädel in getrocknete Blätter eingewickelt sind oder Flecken von Tierblut und Rost vom Kessel aufweisen.

Viele der Totenschädel werden in den hiesigen *botánicas* gekauft und stammen aus Afrika oder von den westindischen Inseln und waren ursprünglich für den Anatomieunterricht in Schulen und beim Medizinstudium vorgesehen.

Doch manche der *Santería*-Jünger bestehen darauf, daß die Totenschädel noch das Gehirn enthalten müssen, um die Geister klüger zu machen. Das schafft potentielle Probleme. Es führt zu Grabraub – eindeutig ein Verstoß gegen das Gesetz.

Die Unterscheidung, ob ein Grabraub mit *Santería* zu tun hat oder nur eine Entweihung eines Friedhofs ist, ist einfach: Man muß nur auf den Symbolismus achten. Die *Santería* wird von den sieben afrikanischen Kräften beherrscht. Das Opfer des ersten Grabraubs, über den ich für die *News* berichtete, war im

Jahr 1947 im Alter von siebenundsiebzig Jahren gestorben. Ihr Grab war das siebente vom Friedhofstor aus. Daran sollte man denken, wenn man sich ein Grab kauft.

»Ich habe ein Problem«, sagte ich zu meiner Tante Odalys.

»Ein Mann«, sagte sie und legte ihre perfekt manikürte Hand auf das Herz.

»In gewisser Weise«, begann ich unsicher.

»Sein Name?«

»Den kenne ich nicht. Er wird von der Polizei gesucht.« Ihre geschwungenen Augenbrauen schnellten dramatisch in die Höhe, und ihre makellose Stirn runzelte sich und wurde von Falten entstellt. Ich erzählte ihr von dem Vergewaltiger. Sie hatte im spanischsprachigen Radiosender von ihm gehört. Ich erzählte ihr von den Briefen, was ich im Auto gefunden hatte, und warum ich sie nach Ochosi gefragt hatte.

»*Ay, Dios mío. ¡Qué horror! ¡Chica!* Wir müssen die Götter befragen«, sagte sie ernst und stand auf.

Langsam kam ich mir dumm vor. Was tat ich eigentlich hier? Aber es war mir richtig erschienen; meine Tante würde wissen, wie der Mann dachte, wenn er an *Santería* glaubte.

Wir setzten uns einander gegenüber an den auf Hochglanz polierten Speisezimmertisch. Die Kaurimuscheln rasselten; sie warf sie wie Würfel auf den Tisch. Man stellt den Muscheln Fragen, die mit Ja oder Nein zu beantworten sind, aber nur auf spanisch, und ihr gemurmeltes Spanisch war zu schnell für mich.

Sie sah sich an, wie die Muscheln hingefallen waren, ob die offene Seite nach oben lag oder nach unten. Murmelnd sammelte sie sie wieder ein und warf sie wieder und wieder.

»Die Heiligen sagen, du bist zu vertrauensselig«, sagte sie; ihr Ton war vorwurfsvoll. Das klang ganz und gar nicht nach mir. Ich fragte mich, ob mich die Heiligen vielleicht mit jemand anderem verwechselt hatten, hielt aber den Mund. Wieder warf sie die Muscheln. Schimmernd und harmlos, wie die Brandung sie auf irgendeinen sonnigen Strand geworfen haben mußte, fielen sie aus ihren graziösen Händen.

»Gefahr, tödliche Gefahr, *muerte*«, flüsterte sie und sah mich an. Ihre Augen waren angsterfüllt. Wieder fielen die Muscheln über den Tisch. »Das bestätigt, was du sagst. Hier ist es. Gefahr von jemandem, den du noch nie getroffen hast.«

Manchmal hat meine Vermieterin, Mrs. Goldstein, größeren Einfluß auf mich als meine Tante, dachte ich.

»Wir müssen einen *despojo* vornehmen«, sagte meine Tante Odalys bestimmt, »und um die Hilfe der Götter und Toten bitten.«

»Kommt nicht in Frage«, sagte ich entschieden. »Keine Tiere, nicht mal ein Huhn.«

»Aber ich bin deine *madrina*, Britt«, versuchte sie mich mit gekränkter Miene zu überreden. »Ich kann den Vater der Geister anrufen, die in dem Kessel wohnen, und um Hilfe bitten.«

»Du würdest mir am meisten helfen, wenn du mir soviel du kannst über den Vergewaltiger sagst.«

Aus allem, was ich ihr erzählt hatte, schloß meine Tante, daß er anscheinend mit seinen Problemen mit mir und den Artikeln, die ich schrieb, zu seinem religiösen Berater gegangen war, der offenbar Palo Mayombe praktizierte, die böseste schwarze Magie. Anscheinend war eine *brujería* – ein böser Zauber – praktiziert worden. Das Ritual mit der Rinderzunge, eine hochkarätige Sache, hatte ihn wahrscheinlich mindestens fünfhundert Dollar gekostet.

Mit soviel Zauber auf seiner Seite hielt er sich wahrscheinlich für stark und allmächtig.

»Britt«, sagte Tante Odalys. »Du mußt dir von mir helfen lassen.«

Nach immer schriller werdenden Verhandlungen einigten wir uns schließlich auf ein kleineres Reinigungsritual. Sie bestand darauf, meine Haare mit Kräutern einzureiben und nahm mir das Versprechen ab, sie drei Tage nicht zu waschen.

Dieser Tag kann nicht mehr bizarrer werden, sagte ich mir, während sie mir scharf riechende Blätter auf die Kopfhaut rieb. Ich fragte mich, was andere Reporter in anderen amerikanischen Großstädten wohl in diesem Augenblick machten.

»Du brauchst Schutz«, sagte meine Tante. »Einen *resguardo*, einen Talisman.«

»Sind auch keine Tiere dabei?«

Der Blick, den sie mir zuwarf, war fast giftig – jedenfalls der giftigste Blick, den sie mir je geschenkt hatte. Sie ging zu einer Anrichte und füllte dann einen winzigen Stoffbeutel mit je einer Prise von verschiedenen Kräutern, einer Münze und einer Patrone.

»Woher hast du die?« Sie sah aus wie ein .38 Hohlspitzgeschoß.

Sie schürzte die Lippen und sah mich mit gesenktem Kopf durch ihre Wimpern an, wie ein Arzt einen widerspenstigen Patienten.

»Sie wird dich schützen.«

»Nur, wenn an diesem kleinen Beutel ein Abzug ist«, sagte ich.

»Ein Fremder da draußen will dir etwas Böses antun«, sagte sie mit ernstem Blick. »Du mußt das tragen, du darfst es nie abnehmen.«

Ich seufzte. Ich hasse es, wenn mir die Leute sagen, was ich tun soll.

Sie schloß den Beutel und befestigte eine Sicherheitsnadel daran. »Steck ihn nicht in deine Handtasche. Du könntest ihn verlieren. Trag ihn unter der Kleidung. Mach ihn an deinen *pantalones* fest«, sagte sie. »Jetzt gleich.«

In diesem Moment wollte ich nicht streiten. Ich konnte jede Hilfe brauchen. Ich tat, wie mir geheißen, hob den Rock hoch und befestigte den *resguardo* mit einer Sicherheitsnadel am elastischen Bund meiner Unterhose. Was für eine Überraschung für Curt, dachte ich, wenn er je dazu kommen sollte, sie mir auszuziehen.

Tante Odalys war in ein anderes Zimmer verschwunden, und das beunruhigte mich. »Noch etwas«, sagte sie und kam mit einer Halskette aus kleinen roten und weißen Glasperlen zurück. Sie legte sie mir um den Hals und zupfte sie zurecht.

Ich war so erleichtert, daß sie nicht mit einer Ziege an der Leine zurückgekommen war, daß ich keinen Einwand erhob.

»Du bist eine Tochter von Chango«, flüsterte sie, »dem Krieger, der Donner und Blitz beherrscht. Trag diese Kette.« Das letzte Mal, als ich eine solche Halskette gehabt hatte, war ich fünf Jahre alt gewesen. Sie war von meiner Mutter konfisziert und weggeworfen worden.

Das Angebot, zum Essen zu bleiben, lehnte ich ab, ließ aber durchblicken, daß ich nichts gegen ein Carepaket hätte. Tante Odalys füllte ein paar Tupperware-Gefäße mit ihrem wunderbaren Essen: dem geschmorten Huhn, *calabaza*-Krapfen, die nach Muskatnuß und Zimt rochen, und einem Mango-Flan.

An der Tür umarmte sie mich, und ich spähte wie ein Dieb die Straße hinauf und hinunter; es wurde bereits dunkel. Mit Haaren, die wie ein Kräutergarten rochen, stürzte ich hinaus, sperrte den Thunderbird auf und zwängte mich mitsamt meiner Beute hinein. Die Düfte vermischten sich und erfüllten den Wagen.

»Britt.« Ich fuhr erschreckt auf. Sie war mir hinausgefolgt und stand jetzt neben meinem Fenster. Ihr Gesicht war voller Sorgenfalten. »Bleib bei einer *botánica* stehen und kauf sieben rote Kerzen. Laß sie vierundzwanzig Stunden vor einer Statue der Heiligen Barbara brennen. Dann bring eine Opfergabe aus Früchten.«

»Äh, wenn ich Zeit habe«, log ich. Ich warf ihr einen Kuß zu und floh. Im Rückspiegel sah ich sie noch immer am Gehsteig stehen; in ihrem weißen Kleid sah sie aus wie ein Gespenst.

Ich würde keinesfalls in einer *botánica* einkaufen. Läden für *Santería*-Jünger gibt es in Miami seit Jahrzehnten, aber seit ein ganzes Schiff voller Flüchtlinge aufgenommen worden ist, wimmelt es nur so davon. Jetzt scheint es in Little Havana an jeder Straßenecke ein Geschäft zu geben, das Tränke, Kräuter, Kerzen, mystische Talismane, spezielle Seifen, Statuen von Heiligen und Göttern, Perlen und andere mystische Utensilien verkauft.

Sie sind klein, dunkel und geheimnisvoll und nehmen alle bekannten Kreditkarten.

Als ich heimfuhr, fühlte ich mich besser – mit dem stärkenden Beistand von Essen, Kräutern und Zauber. Trotzdem blickte ich häufig in den Rückspiegel und hielt vorsichtig den Atem an, als ich meine Wohnung betrat. Bitsy tanzte aufgeregt herum und wedelte mit dem Schwanz; Billy Boots lag zusammengerollt auf einem Stuhl. Er öffnete die Augen, stand auf und streckte sich – nicht, weil ich gekommen war, sondern wegen des Dufts der Speisen. Alles, auch meine Pistole, schien noch so zu sein, wie ich es zurückgelassen hatte.

Ich hatte nicht gewußt, wie hungrig ich war. Nachdem ich die Wohnung kontrolliert hatte, setzte ich mich hin und aß mit Heißhunger, ohne das Essen auch nur aufzuwärmen. Dann ging ich mit Bitsy hinaus, aber nur bis zur Straße. Ich hielt nach Fremden Ausschau und schüttelte meine Haare, damit die Kräuter herausfielen. Auf dem Rückweg sah ich in der Wohnung der Goldsteins Licht und ging hin, um sie zu warnen. Ich wollte sie nicht beunruhigen, aber ich wollte doch, daß sie Bescheid wußten, besonders, weil Mrs. Goldstein ein paarmal am Tag meine Tür aufschloß, um Bitsy hinauszulassen. Ich schlug vor, das vielleicht eine Zeitlang sein zu lassen, doch sie wollte nichts davon hören und meinte, daß Bitsy Bewegung brauchte. Insgeheim war ich erleichtert.

Ich ging zurück in meine Wohnung und rief sowohl Lottie als auch Onnie an, um ihnen zu sagen, daß ich daheim war. Beide hatten schon auf meinen Anruf gewartet.

Dann setzte ich mich hin, um noch ein bißchen vom Mango-Flan zu essen und zu überlegen, was ich als nächstes tun sollte. Der Flan war so seidig-glatt und rutschte so leicht hinunter, daß ich, wie immer, wenn ich nervös bin, mehr aß, als ich eigentlich wollte. Sollte ein finsterer Fremdling auftauchen, um mir Böses zu tun, dann hatte ich zumindest gut gegessen.

Es war nicht schwer, zu entscheiden, was ich als nächstes tun würde. Ich würde mich weiter mit dem Vergewaltiger befassen. Ich hoffte, daß die nächste große Aktion eine Verhaftung war, aber realistisch betrachtet, war gut möglich, daß es vielleicht nie dazu kommen würde. Ich konnte nur vorsichtig sein und meine Arbeit tun. Aber was die Sache mit Fielding anlangte, konnte ich aktiv werden. Ich würde Martin Mowry direkt ansprechen.

Als ich mich zum Schlafengehen zurechtmachte, klingelte es an der Tür, was meine Nerven in Aufruhr versetzte. Ich warf mir einen Bademantel über, nahm die Pistole und ging damit zur Tür.

»Entschuldigen Sie, wenn ich Sie erschreckt habe, Britt. Ich hätte vorher anrufen sollen.«

Rasch schob ich die Pistole unter ein Sofakissen und öffnete die Tür.

Mr. Goldstein stand davor. Er hatte seinen Werkzeugkasten dabei und wirkte verlegen. »Meine Frau meinte, ich solle das für Sie anbringen.« Er zuckte die Achseln und neigte den Kopf zur Seite. »Es ist gar keine so schlechte Idee.«

Ich grinste, und er machte sich fachkundig ans Werk. Er bohrte Löcher, steckte Dübel hinein und befestigte eine Medusa am Pfosten meiner Eingangstür.

Als er ging, gab ich ihm einen Kuß auf eine runzelige Wange und kontrollierte dann die Türen und Fenster. Ich berührte die Medusa, steckte meinen *resguardo* am Nachthemd fest, schob die Perlen und meine Pistole unter das Kissen und starrte in die Dunkelheit.

KAPITEL 14

In jener Nacht träumte ich von spektakulären Verfolgungsjagden, bei denen ich abwechselnd das Opfer und der Verfolger zu sein schien. Die Besetzung änderte sich ständig, was eine Qual für mein Unterbewußtsein war, so, als ob mir die Träume etwas sagen wollten, das ich in der undurchdringlichen Finsternis, die mich umgab, nicht richtig verstehen konnte.

Als ich erwachte, fühlte ich mich entsetzlich. Ich wußte, was ich tun mußte. Ich rief Curt Norske an und lud mich zu einer Ausflugsfahrt ein. Wie Lottie gesagt hatte, brauchte ich mal eine Pause. Ich hatte mich seit den letzten Unruhen nicht mehr so kaputt und niedergeschlagen gefühlt.

Diese Jahreszeit mit ihrer glühenden Hitze und den heftigen Regenfällen ist mir die liebste. Jeden Tag wälzen sich spätnachmittags schwarze Wolken über die Halbinsel, ziehen vom Golf von Mexiko über die Everglades und ergießen sich über der Stadt. Man kann förmlich das Gras wachsen hören. Während der Nacht fallen riesige reife, rosige Mangos von den Bäumen vor meinem Schlafzimmerfenster und landen mit einem sanften Plumps auf dem Boden.

Ich sammle sie in der Frühe ein, suche mir eine der größten und besten aus und verspeise sie beim Zeitungslesen zu meinen Frühstücksflocken und dem kubanischen Kaffee. Die übrigen lege ich Mrs. Goldstein vor die Tür, die diese Gaben mit mir teilt.

Genau das tat ich auch jetzt, aber ich hatte keinen Appetit und fühlte mich nicht so zufrieden wie sonst. Das einzige, was ich wollte, waren Antworten.

In der Redaktion machte ich mich als erstes daran, Martin Mowry aufzuspüren. Er war mit dem Kandidaten in den Norden des Staates gefahren, wie man mir in Fieldings hiesigem

Wahlkampfbüro mitteilte. In dem Hotel, wo Fieldings Leute wohnten, war er nicht mehr, aber ich erwischte ihn telefonisch in Laßelle, wo Fielding am alljährlichen Swamp Cabbage Festival teilnahm. Nach der Parade und vor dem Auftritt der Gospelsänger sollte er eine Ansprache vor den Kriegsveteranen halten.

Ich sagte nicht, daß ich von der Presse war, sondern nur, daß dies ein Ferngespräch für Mowry sei. Nach einigen Minuten bellte er ins Telefon: »Mowry hier.«

»Guten Morgen«, sagte ich fröhlich. »Hier ist Britt Montero von den *Miami News*. Ich habe gehört, daß Sie sich nach mir erkundigt haben. Kann ich Ihnen vielleicht noch irgendwelche Fragen beantworten?«

Es entstand eine Pause. »Britt Montero«, wiederholte er. Er hatte eine tiefe, unverwechselbare Stimme und sprach knapp und klar wie ein Mensch, der es gewohnt ist, Befehle zu geben und zu befolgen.

»Ja«, sagte ich, »und ich würde gerne den Grund für Ihre Erkundigungen wissen.«

»Sie kennen den Grund ganz genau«, sagte er. »Diese ganzen Lügen und Anschuldigungen, die Sie da ausgegraben haben.«

»Das waren Fragen, Mr. Mowry. Fragen«, sagte ich. »Ich bin Reporterin; das ist mein Beruf. Ich stelle Fragen, und auf die meisten habe ich noch immer keine Antwort erhalten.«

»Nun machen Sie sich vor Aufregung nicht gleich das Höschen naß«, sagte er arrogant. »Ich werde Ihnen mal was sagen. Ihnen ist vielleicht nicht klar, daß Eric Fielding seit Jahren der persönliche Anwalt Ihres Verlegers ist. Sie waren zusammen in Harvard; jeder war Trauzeuge bei der Hochzeit des anderen.«

»Das wußte ich nicht«, sagte ich respektvoll. »Aber das hat keinerlei Einfluß auf das, was wir in der Nachrichtenredaktion tun.«

Oder vielleicht doch? fragte ich mich. Mein Gott! Hatte mir Fred Douglas deshalb gesagt, ich solle mich zurückziehen? Riskierte ich meinen Job?

»Sie tun sich und Ihrer Karriere nichts Gutes«, warnte mich Mowry. »Ihnen ist anscheinend nicht klar, daß Sie für Ihre Zeitung so wichtig sind wie ein Pickel auf einem Elefantenarsch.«

Ich schluckte. »Aber ich möchte trotzdem wissen –«

Er hatte aufgelegt.

Dieser Schweinehund, dachte ich; meine Wut richtete sich gegen Fielding. Mowry führte wahrscheinlich nur den Auftrag aus, mich einzuschüchtern.

Wenn es nur eine Möglichkeit gäbe, dachte ich, vor der Wahl wieder in den Fall Mary Beth Rafferty einzusteigen. Den Namen des Zeugen, des kleinen Jungen, Mary Beth' Spielgefährten, hatten wir nie veröffentlicht. Vielleicht konnte ich ihn ausfindig machen. Oder vielleicht würde einer der Beteiligten an die Öffentlichkeit gehen und verlangen, daß sich Fielding einem Lügendetektortest unterzog. Ein Jammer, daß Mary Beth' Vater tot ist, dachte ich. Ich wette, er würde es auf der Stelle tun.

Inzwischen hatte ich die Aufgabe, das Interesse an dem Vergewaltiger wachzuhalten, bis er verhaftet war. Ich schrieb einen weiteren Artikel über Marianne Rhodes für die erste Ausgabe.

Trotz ihres Fernsehauftritts war Fred Douglas bei unserer Entschuldigung geblieben, ihren Namen nicht zu veröffentlichen. Ich bezeichnete sie nur als ›die dunkelhaarige junge Angestellte‹. Verbittert erzählte sie mir, daß sie einen Anwalt beauftragt hatte, ihren Arbeitgeber auf Schadenersatz zu verklagen, weil er nicht für ihre Sicherheit am Arbeitsplatz gesorgt hatte. Das hielt ich für richtig. Zwar ersticken unsere Gerichte bereits in einer Flut von Rechtsstreitigkeiten, aber wenn ein Prozeß dazu führte, daß sich Frauen am Arbeitsplatz sicher fühlen konnten, dann war ich dafür.

Absichtlich verwendete ich wieder jenen Satz, der den Vergewaltiger, wie Dr. Simmons gemeint hatte, wahrscheinlich am meisten in Wut versetzte – daß er mit den Verbrechen sich selbst zu beweisen versuchte, daß er in sexueller Hinsicht ein ganzer Mann war, was ganz offensichtlich nicht der Fall war.

Ich schrieb den Beitrag zu Ende und ging. Ich hinterließ eine Nachricht, daß ich dem Hinweis nachging, den man im kriminaltechnischen Labor gefunden hatte – dem winzigen Partikel aus dem Brief, der möglicherweise von Schiffslack stammte.

Ich fuhr nach Bayside und parkte den Thunderbird; meinen Piepser sperrte ich ins Handschuhfach.

Die *Sea Dancer* ist ein makelloses weißes Schiff von vierundsechzig Fuß Länge, mit zwei Decks und Beschlägen aus Edelstahl. Der Kapitän begrüßte mich persönlich an Bord; seine goldgesprenkelten Augen waren voller Wärme, wie ich sie in Erinnerung hatte. Ich trug eine weiße Baumwollhose und eine pfirsichfarbene Bluse und nahm in der Nähe des Kapitäns, des Steuerrads und der Lautsprecheranlage Platz.

Die Biscayne Bay ist ein lebendes Kunstwerk, das sich fortwährend ändert. Heute war sie glatt und unbewegt, und die Brücken und Wolkenkratzer spiegelten sich in ihrer glitzernden, blau-grünen Oberfläche.

Ob ich mich nun mit Curt Norske verstand oder nicht, dieser Ausflug würde ein ganz besonderes Vergnügen werden, dachte ich und machte es mir erwartungsvoll auf meinem Platz zwischen lachenden, schwatzenden Touristen bequem. Ich sehe mir Miami sehr gerne an, und vom Wasser aus ist es besonders schön. Bei dem Anblick stelle ich mir immer vor, wie es vor langer Zeit gewesen sein mußte, bevor die ursprüngliche Skyline von der modernen Metropole abgelöst wurde.

Das Schiff war zu etwa drei Vierteln voll mit lauten Sommergästen in Shorts und bunten T-Shirts; wer wußte, was gut für ihn war, hatte Hut und Sonnenbrille aufgesetzt und schmierte sich mit Sonnencreme ein. Einige Kinder trugen stolz Mickymaus-Ohren zur Schau, die sie auf ihrer Reise in den Süden in Disney World erworben hatten.

Verträumt blickte ich über die schimmernde Wasserfläche der Bucht, deren Schönheit die dunklen Bilder, die meine Gedanken überschattet hatten, vertrieb. Das Meeresufer war immer schon sehr begehrt gewesen. Vor dreitausend Jahren hatten die Tequesta-Indianer an diesen Ufern gelagert, und bei archäologischen Grabungen im südlichen Teil der Biscayne Bay war man auf Spuren von menschlicher Besiedlung gestoßen, die zehntausend Jahre alt waren. Ponce de Leon war in diese Bucht gesegelt. Mit Schätzen beladene spanische Galeonen waren vorbeigeglitten, und die Seminolen waren hier in Einbäumen umhergepaddelt. Diese Gewässer waren eine Heimat für Piraten gewesen, für Pioniere, entlaufene Sklaven und vom Kampf gezeichnete Bürgerkriegsveteranen. Was würden sie wohl heute davon halten, von dem meistbefahrenen Hafen für Vergnügungsschiffe der Welt? Die Zeitungsmeldungen, die Prozesse, das Durcheinander, das heute herrscht, dachte ich – wird das alles in hundert Jahren noch eine Bedeutung haben?

Ich holte tief Luft und begann die Dinge wieder im rechten Licht zu sehen. Mir wurde klar, wie sehr ich diese Erholungspause brauchte. Dann regten sich Zweifel, ob ich diesen Satz über die Manneskraft des Vergewaltigers wirklich in meinen Artikel hätte hineinnehmen sollen. Ich sah mich um. Es mußte doch ein Telefon auf diesem Schiff geben, dachte ich. Nein. Ich verbannte Gedanken an die Nachrichtenredaktion aus meinem Kopf und konzentrierte mich auf die ständig wechselnden Farben von Miami – von Aquamarin über Silber bis Grasgrün.

Wir tuckerten aus dem Hafen. Im Süden zog das Dupont Plaza Hotel vorbei, nahe der Mündung des Miami River, der einmal kristallklar und so sauber gewesen war, daß man das Wasser trinken konnte – bis 1896, nicht von ungefähr das Geburtsjahr der Stadt. Die Stelle, an der das Dupont Plaza stand, war immer schon bewohnt gewesen. Sklaven, Siedler, Soldaten und Seminolen waren frühe Bewohner gewesen, aber nicht die ersten. Für den Hotelparkplatz hatten die Bauunternehmer einen großen Tequesta-Grabhügel zubetoniert. Das Hotel war im Jahr 1957 eröffnet worden, und meine Mutter hat dort Modenschauen, Lunchveranstaltungen und Tanztees besucht. Von den Einwohnern Miamis hat jede Generation ihre eigenen, persönlichen Erinnerungen an das Dupont Plaza oder den historischen Boden, auf dem es stand.

Meine Erinnerungen sind nicht sehr angenehm. Immer, wenn ich das Hotel sehe, muß ich an eine Hochzeit denken. Ich war weder eingeladen, noch nahm ich daran teil. Ich wurde hingeschickt, nachdem dort Schüsse gefallen waren. Ich erinnere mich an das wunderschöne Buffet, dessen Mittelpunkt die prachtvolle, mehrstöckige Hochzeitstorte bildete. Platten mit Hors d'œuvres, frische Shrimps auf Eis und eine verschwenderische Blumenpracht. Zwei Reihen frisch gefüllter, unberührter Champagnergläser. Ein ideales Bild für die Werbebroschüre des Partyservice, mit Ausnahme von zwei Männern in Abendkleidung, die neben der Torte auf dem Tisch lagen – tot. Einer war Trauzeuge gewesen, der andere ein Gast. Der Schütze, ein alter Bekannter der Braut, war nicht eingeladen gewesen, offensichtlich aus gutem Grund.

Wir fuhren an den Dämmen vorbei, an den Vergnügungsschiffen und den knallroten Dächern von Fisher Island, wo die Häuser und Eigentumswohnungen, die nur per Boot erreichbar sind, Millionen kosten; vorbei an Ufergrundstücken, die von einer wachsenden Armee Obdachloser in Beschlag genommen worden sind, die ihre kümmerlichen Habseligkeiten über die Zäune hängen, die sie eigentlich fernhalten sollen.

Mit voller, routinierter Stimme erzählte Curt seine Geschichtchen. Er wies auf den Wasserflugzeuglandeplatz auf Watson Island hin, auf den Freedom Tower und das große Redaktionsgebäude der *News* an der Bucht.

Ich hörte artig zu, wie unser gutaussehender Kapitän seine Show abzog, als mache er das nur für mich alleine; er lächelte und zwinkerte mir demonstrativ zu, bis ich wider Willen rot wurde und zurücklächelte. Er erzählte eine Geschichte von einem Einsiedler, der im Jahr 1925 auf einer kleinen, sandigen Insel lebte, die man angeschüttet hatte – jetzt der Seehafen von Dodge Island. Ich kannte diese Geschichte. Als im Jahr 1926 der schreckliche Hurrikan auf die Küste zukam, hatte sich der Einsiedler geweigert, seine winzige Insel zu verlassen, und er ward nicht mehr gesehen.

»Außer«, stimmte unser Kapitän an, »in mondlosen Nächten; da haben Hafenarbeiter, Seeleute und Touristen immer wieder einen mysteriösen bärtigen Mann gesehen. Er taucht besonders häufig auf, wenn Stürme bevorstehen: der Geist des Einsiedlers von Dodge Island, der auf seiner Insel umgeht.«

Die Touristen schauderten entzückt, und ich warf unserem Kapitän einen fragenden Blick zu. Ich hatte noch nie gehört, daß der Einsiedler auf Dodge Island spukte. Curt redete weiter; er erzählte, daß während der Sommerstürme so viele unheimliche Erscheinungen beobachtet wurden, daß viele Hafenarbeiter gekündigt hatten, während andere sich weigerten, nach Einbruch der Dunkelheit im Hafen zu arbeiten. Ich runzelte die Stirn; ich hätte mich gerne mit Leuten unterhalten, die das Gespenst gesehen hatten.

Jetzt tauchte das bekannte Haus auf Palm Island auf, in dem der Gangster Al Capone im Jahr 1947 gestorben war. Die Touristen fotografierten eifrig, während unser Kapitän erklärte, wie Capone vom Rand des Swimmingpools seiner Villa am Meeresufer aus sein riesiges Verbrechensimperium dirigiert hatte, und wie ein paar von Capones Leuten auf genau diesem Dammabschnitt in einem tödlichen Revierkampf mit Gangstern aus Florida vom Maschinengewehrfeuer niedergemäht worden waren. Augenblick mal, dachte ich und richtete mich auf meinem Sitz auf. Jetzt hab' ich dich erwischt! Das ist nie passiert. Unser Kapitän band ihnen einen Bären auf! Einen Vorteil hatte man als Mitarbeiterin der *News*: Man konnte die Bibliothek benutzen, wo ich mit Begeisterung die alten Originalmeldungen studiere. Scarface kam nach Miami, um den kalten Wintern und der brutalen Gewalt in Chicago zu entfliehen und benahm sich im großen und ganzen recht gut. Am Ende war sein Gehirn von seiner Geschlechtskrankheit zu sehr geschädigt, als daß er irgendwelche verbrecherischen Unternehmungen hätte tätigen können.

Wenn der Kapitän, der mit uns in die Sonne hineinfuhr, meinen skeptischen Blick sah, dann ließ er es sich jedenfalls nicht anmerken. Wir tuckerten Richtung Norden, unter der Zugbrücke durch, wo er Eldrigde' versunkenes Auto entdeckt hatte. Ein ganzes Netz von Pfählen im Wasser markierte ein Rechteck, das einmal Pelican Island hätte werden sollen.

»Steuerbord, rechts von Ihnen«, verkündete unser Kapitän, »können Sie die Pfähle sehen, die das Gerüst für Pelican Island bilden. Diese Insel war einst, in den zwanziger Jahren, als romantisches Flitterwochenparadies für einen verliebten Millionär geplant worden.« Sein Blick verweilte zärtlich auf mir. »Die künstliche tropische Insel sollte sein Hochzeitsgeschenk für ein wunderschönes Ziegfeld-Girl sein. Doch als seine Liebste zu ihm nach Miami fuhr, kam sie unterwegs unter tragischen Umständen ums Leben. Sein Herz war gebrochen. Er ließ die Bauarbeiten einstellen und starb wenig später selber.« Diese Tragödie erzählte der Kapitän mit leiser Stimme und ernstem Blick. Dann schwieg er, um die dramatische Wirkung zu erhöhen. Die Touristen waren hingerissen. »Manche Leute behaupteten, es sei Selbstmord gewesen«, sagte er, jetzt wieder lebhafter, »aber ich sage, er starb an gebrochenem Herzen. Die Insel wurde niemals fertiggestellt, und die Pfähle stehen jetzt, ein halbes Jahrhundert später, noch immer da – als ein Denkmal der Liebe.«

Eine schöne Geschichte, und gut erzählt. Ehrlich beeindruckt, warf ich Captain Norske einen Blick zu, während die Touristen traurig auf die einsamen Pfähle sahen, und formte mit den Lippen lautlos die Worte: »Sie erzählen lauter Mist.« Er stutzte und zwinkerte mir dann zu, bevor er mit seinen Schilderungen fortfuhr; stark und fest stand er am Ruder und blickte über sein nasses Reich wie ein Herrscher des Meeres.

Kein Wort stimmte. Die Venetian Islands, die in ost-westlicher Richtung über die Bucht verteilt waren, waren in den zwanziger Jahren gebaut worden. Pelican Island hätte etwas nördlicher als nächste in der neuen Inselkette errichtet werden sollen, doch die Bauunternehmer gingen in dem Zusammenbruch nach dem Hurrikan von 1926 pleite.

Die Spätnachmittagssonne färbte das Wasser blutrot, als wir zum Liegeplatz zurückfuhren. Die Touristen zerstreuten sich, und der Kapitän und ich schlenderten zu einem Straßencafé, in dem es große, eiskalte Erdbeer- und Bananen-Daiquiris gab und Musik von einer Steeldrum-Band.

Er wirkte entspannt und glücklich. Ich hielt es nicht aus. »Woher haben Sie diese Geschichte über Pelican Island?«

»Gefällt sie Ihnen?« Er strahlte mich mit seinem 1000-Watt-Lächeln an. Er schien erfreut zu sein.

Ich stieß meinen Plastikhalm in die Eiswürfel in meinem Drink. »Kein Wort davon ist wahr, das wissen Sie. Der Millionär und das Showgirl, das klingt wie aus einem zweitklassigen alten Film.«

Er wirkte gekränkt und strich sich den blonden Haarschopf zurück. »Das ist die Originalfassung«, sagte er. »Ich habe sie selbst erfunden.«

»Stimmt. In Wirklichkeit sind die Bauunternehmer pleite gegangen und haben die Arbeiten abgebrochen.«

»Glauben Sie, die Touristen wollen das hören? Das ist doch todlangweilig. Hat nicht diesen geheimnisvollen Nimbus.«

»Die Stadt hat genug authentischen Nimbus.« Unwillkürlich mußte ich lächeln. »Ich liebe Miami, aber manchmal könnte ich schwören, daß Rod Serling Bürgermeister ist. Sie brauchen keine Geschichten zu erfinden.«

»Sie verstehen diese Sommerurlauber nicht«, sagte er ernsthaft. »Das sind keine reichen, berühmten Leute, keine Historiker auf Forschungsreise. Das sind Menschen, die das ganze Jahr für diesen Urlaub gearbeitet haben. Glauben Sie, die wollen hören, daß irgendein Bauunternehmer bankrott gemacht hat? Sie wollen Abenteuer, Romantik, Nervenkitzel und ein wohliges Gruseln.«

»Wie bei der Geschichte vom Geist von Dodge Island?«

Er grinste. »Hat Ihnen die gefallen?« Die beiden obersten Knöpfe seines Uniformhemdes waren offen, und goldene Haare schauten hervor, die im schwindenden Licht der Sonne glitzerten.

»Ich glaube sie nicht. Kein Mensch hat ihn je gesehen, stimmt's?«

Unter dem Druck des Verhörs trank er offenbar seinen Daiquiri zu schnell hinunter, und er zuckte vor Schmerz zusammen, als er den Kälteschock in seinen Nebenhöhlen spürte.

»Glauben Sie nicht, daß Sie die Pflicht haben, die Wahrheit zu sagen?« fragte ich, während er nach Luft schnappte und die Stelle zwischen seinen Augenbrauen massierte. »Haben Sie kein schlechtes Gewissen, wenn Sie Ihren Passagieren ein falsches Bild vermitteln?«

»Nein«, sagte er und beugte sich über den kleinen Tisch zu mir. »Sie selbst wissen doch besser als die meisten von uns, daß die Wahrheit manchmal schwer zu ertragen sein kann. Glauben Sie, diese Leute, die ihren letzten Dollar für ein bißchen Unterhaltung und schöne Erinnerungen ausgeben, wollen etwas über den Vergewaltiger hören, über den Sie schreiben? Oder trostlose, deprimierende Tatsachen? Nein. Das sehen sie daheim jeden Abend in den Nachrichten. Das Geld ist knapp, und sie wollen ein wenig Spaß. Sie brauchen Erholung. Sollen sie doch ein paar schöne Geschichten mit nach Hause nehmen. Sie sind diejenige, die die Pflicht hat, absolut wahrheitsgetreu zu berichten, die Grundregeln des Journalismus zu befolgen, oder was auch immer«, sagte er mit einer weit ausholenden Geste. »Ich nicht. Ich bin für die Unterhaltung zuständig. Diese Leute geben eine Menge Geld für ihren Urlaub aus. Meine Aufgabe ist es, ihn unvergeßlich zu machen. Das ist meine Pflicht.« Bei seinem rechtschaffenen Lächeln schmolz meine Mißbilligung dahin. Oder vielleicht lag es am Daiquiri. Ich wußte, was er mit der kalten, harten Wahrheit meinte. Das war ja der Grund, weshalb ich hier war. Ich brauchte selbst einen Urlaub von der Wahrheit. Aber trotzdem ist das, was er tut, moralisch nicht einwandfrei, dachte ich.

»Sie geben sich soviel Mühe, um das alles unvergeßlich zu machen?«

Sein durchdringender Blick traf den meinen. »Ein Charakterfehler. Ich bin ein unverbesserlicher Perfektionist. Und Sie, Britt?«

Ich wußte, daß er mich jetzt anmachte, doch ich fühlte eine seltsame Beklemmung in der Brust und ein Kribbeln unterhalb der Gürtellinie. Ich sog die Unterlippe ein und starrte in mein Glas, um ein dümmliches Grinsen zu unterdrücken.

»Wahrscheinlich gebührt Ihnen ein Oscar«, gab ich widerwillig zu. »Die Geschichte über Pelican Island ist ausgezeichnet. Sie wissen natürlich, daß in Miami niemals Leute von Capone erschossen wurden?«

Er nickte. »Klar, aber was ist eine Geschichte über Capone ohne Maschinengewehre?«

Wir fuhren in seinem Kabriolett mit offenem Verdeck Richtung Süden. Meine Haare wehten im Wind; eine milde, feuchte Nacht umgab uns. Wir gingen in ein Fischrestaurant in Nord-Largo abendessen. Wir tanzten zu rhythmischer karibischer

Musik. Curt war athletisch gebaut, mit schmalen Hüften und der natürlichen Anmut eines Mannes, der sich in seinem Körper wohl fühlt. Er hatte viel mehr Wärme und Rhythmusgefühl, als man von einem Typ wie ihm, der wie ein skandinavischer Seemann aussah, erwartet hätte. Bei langsamer Musik drückte er mich an sich, und ich schloß die Augen und verbannte jeden unangenehmen Gedanken an meine Arbeit, jede beunruhigende Vorstellung, jede Angst aus meinem Kopf. Abgesehen von einem peinlichen Augenblick, als er sein Gesicht in meinem Haar vergrub. »Was ist das?« fragte er und schnupperte. »Eine Haarspülung? Riecht wie ein Salatdressing.«

Danach brachte er mich zurück zu meinem Auto, das in Bayside geparkt war, und wir schmusten und knutschten in der Dunkelheit der fast leeren Parkgarage wie Teenager. Er war zärtlich und leidenschaftlich – so weit, wie es ging. Und ich wollte, daß es weiter ging, doch ich schrak plötzlich in seinen Armen auf, weil ich sicher war, in der Dunkelheit, die uns umgab, einen leisen Schritt gehört zu haben. »Was war das?« fragte ich ängstlich und starrte angestrengt hinaus. »Da draußen ist jemand.«

Er blinzelte und sah sich schläfrig um. »Es ist nichts«, murmelte er in mein Ohr. »Bist du immer so nervös?« Vielleicht war das, was ich gehört hatte, mein Unterbewußtsein gewesen, das auf die Bremse gestiegen war, dachte ich. Die Vorsicht und die Vernunft gewannen Oberhand, und ich löste mich von ihm und sagte, ich müsse nach Hause. Bevor ich losfuhr, mußte ich Curt versprechen, als sein einziger Passagier mit ihm eine außertourliche Nachtfahrt auf der *Dancer* zu unternehmen. »Es gibt nichts Schöneres«, sagte er. »Wir können mitten in der Bucht vor Anker gehen, wir beide ganz allein, bei Vollmond. Warte, bis du siehst, wie das auf dem Wasser aussieht.«

Das hörte sich gefährlich an: unmoralisch, verrückt und verdammt gut.

Ich versprach, es mir zu überlegen. Er sagte, er würde nachsehen, wann der nächste Vollmond war und es mich dann wissen lassen.

Benommen und wie in einem Rauschzustand fuhr ich nach Hause. Ich sehnte mich nach meinem Bett, selbst wenn ich allein darin schlafen mußte. Als ich mich auszog und hinlegte, kreisten meine Gedanken merkwürdigerweise um Kendall McDonald und den Trost, den wir beieinander gefunden hatten, bis unsere Berufe uns auseinandergebracht hatten.

KAPITEL 15

Mein Miniurlaub verblaßte am nächsten Morgen recht schnell. Zettel mit den eingegangenen Anrufen erwarteten mich, einige davon Computerausdrucke, andere von einer Bürokraft der Lokalredaktion mit der Hand geschrieben. Die erste Flut von Anrufen wegen des Vergewaltigers war zu einem kleinen Rinnsal verebbt. Auf dem letzten rosa Zettel stand eine kryptische Nachricht. *Anrufer sagt ›Vielleicht ist es nächstes Mal eine Blonde‹.* Das war alles. Kein Name, keine Telefonnummer. Mit zusammengekniffenen Augen las ich die Nachricht ein zweites Mal; es lief mir kalt über den Rücken. Nein, dachte ich optimistisch. Das kann nicht sein.

Ich zeigte den Zettel Gloria, der Sekretärin der Lokalredaktion. »Haben Sie das aufgenommen?«

»Nein.« Sie blickte zu mir auf und sah mich fragend an.

»Wer dann?« Weder das Datum noch die Uhrzeit waren eingetragen, und ebensowenig die Initialen desjenigen, der den Anruf entgegengenommen hatte.

Gloria sah sich die Nachricht genauer an. »Wenn der Anruf von heute ist, könnte es die neue Assistentin gewesen sein, die mich während der Pause vertreten hat, oder irgend jemand von der Lokalredaktion.«

»Es könnte wichtig sein«, sagte ich drängend. Glorias Blick fiel wieder auf die Worte auf dem Blatt Papier. Mir war klar, daß der Inhalt beileibe nicht wichtig klang. Aber Gloria ist klasse. Sie glaubt mir aufs Wort.

»Das könnte Gretchens Schrift sein«, meinte sie schließlich.

»Oh, nein«, stöhnte ich auf.

Gretchen sah den Zettel an, als hielte ich ihr Hundedreck unter die Nase. »Woher soll ich das wissen, Britt.«

»Es könnte wichtig sein. Wenn Sie einen so ungewöhnlichen

Anruf entgegengenommen hätten, würden Sie sich doch daran erinnern.« Je mehr ich sie zu überzeugen versuchte, desto geistesabwesender wurde sie.

Ihre blauen Augen waren ausdruckslos. »Vielleicht war ich es . . .«

»Wissen Sie noch, wie sich der Anrufer anhörte? Wann hat er angerufen – tagsüber oder in der Nacht? Rief er meinen Apparat an oder die Lokalredaktion? Hat er sonst noch etwas gesagt?«

»Britt, ich habe sehr viele Pflichten, aber Anrufe entgegenzunehmen gehört nicht dazu.« Gretchen sprach wie eine verärgerte Mutter zu einem ungezogenen Kind. »Wenn ich den Hörer abgehoben und eine Nachricht aufgenommen habe, um Ihnen einen Gefallen zu tun –«

»Es war ein Mann, ja?«

»Ja.«

»Hat er sonst noch etwas gesagt?«

»Soweit ich mich erinnere, nein.« Ihre Stimme wurde ungeduldig.«

»Wann hat er angerufen?«

»Britt.« Sie wirkte belustigt und leicht ungehalten. »Für so etwas habe ich keine Zeit.«

»Gretchen, was glauben Sie, wer das war?«

Sie blinzelte und zuckte die Achseln. »Irgendein Freund von Ihnen.«

»Nein. Gretchen. Der Vergewaltiger.«

Sie erschrak leicht, doch ihre Stimme war herablassend. »Wie kommen Sie denn bloß auf diese Idee, Britt?«

Ich holte tief Luft und kämpfte gegen die Frustration an. »Er hat uns geschrieben, erinnern Sie sich? Und erinnern Sie sich an unseren letzten Bericht? Über sein letztes Opfer?« Sie kapierte noch immer nicht. »Die *dunkelhaarige* Computerexpertin?«

Gretchen sah sich die Nachricht noch einmal an. Ich las sie laut vor. ›*Vielleicht ist es nächstes Mal eine Blonde.*‹ Ich beobachtete, wie ihr die Erleuchtung kam. »Stimmt, Gretchen. Sie sind blond, ich bin blond.«

Ich ging mit dem Zettel in Freds Büro. »Glauben Sie, wir sollten das der Polizei melden?« fragte er bestürzt.

»Ich weiß nicht. Was sollen wir ihnen sagen? Wenn sich Gretchen wenigstens die Mühe gemacht hätte, das Datum und die Uhrzeit zu notieren«, sagte ich verärgert, »oder wenn sie sich erinnern könnte, ob ihr an ihm oder seiner Stimme irgend etwas Besonderes aufgefallen ist. Aber das da«, sagte ich und wedelte mit dem Zettel, »bringt ihnen gar nichts, keinen neuen Anhaltspunkt. Das könnte auch irgendein Witzbold sein, ein Mensch mit Sinn für einen makabren Humor. Ich wünschte, ich wäre hiergewesen, als der Anruf kam, dann wüßten wir es. Irgend jemand sollte dieser Frau einmal beibringen, wie man eine Nachricht anständig aufnimmt«, murrte ich, doch Fred winkte ab.

»Das ist nicht ihre Aufgabe. Was viel wichtiger ist, Britt – glauben Sie, daß diese Drohung gegen Sie persönlich gerichtet ist?«

»Wahrscheinlich nicht.« Dort, bei hellem Tageslicht und Neonbeleuchtung, im vierten Stock, in der hektischen Nachrichtenredaktion, wo links die Schlagzeilentexter, recht die Leute von der Sportredaktion und in der Eingangshalle die Leute vom Sicherheitsdienst saßen, war diese anonyme Botschaft nicht bedrohlicher als ein x-beliebiger Fetzen Papier. Obwohl eine leise Stimme in meinem Inneren fragte, wie ich wohl darüber denken würde, wenn ich um Mitternacht allein zu Hause war.

Aber ich hatte meinen Stolz und wollte gewiß nicht in den Ruf kommen, eine Heulsuse zu sein. Ich erinnerte mich noch an die Witze und den Spott, die einem Reporter der spanischsprachigen Ausgabe zuteil wurden, der glaubte, eine telefonische Drohung erhalten zu haben. Er hatte verlangt, daß ihn die Zeitung ein paar Wochen nach Puerto Rico schickte, wo er untertauchen konnte, und daß man ihm nach seiner Rückkehr einen Monat lang einen Leibwächter zur Verfügung stellte.

Ich vertrat noch immer die Theorie, daß Leute, die anrufen, einem nur Angst einjagen wollen. Wenn ihnen das gelingt, arbeitet man ihnen damit nur in die Hände. Bei der *News* gibt es immer noch Leute, die es für einen Fehler halten, eine Frau als Polizeireporterin einzusetzen. Denen sollte man auch nicht in die Hände arbeiten.

»Was soll's«, sagte ich locker und drehte mich um, um in die Nachrichtenredaktion zu gehen.

»Nun, seien Sie vorsichtig.«

»Klar«, sagte ich und lächelte beruhigend. Aber wer, so fragte ich mich, paßt auf den Vergewaltiger auf?

Ich rief Harry an, der Neuigkeiten aus dem kriminaltechnischen Labor hatte. Die vorläufigen Ergebnisse der DNA-Untersuchungen des Umschlags hatten bestätigt, daß der Vergewaltiger den Brief geschrieben hatte, was keine Überraschung war. Harry war ebenfalls nicht begeistert darüber, daß Marianne Rhodes mit ihrer Geschichte an die Öffentlichkeit gegangen war. »Aber es ist ihre Entscheidung«, sagte er grimmig.

Einen Augenblick lang war ich versucht, ihm von der Nachricht zu erzählen, die Gretchen aufgenommen hatte, aber was hätte das für einen Sinn gehabt? Wenn derselbe Mann wieder anrief und mich davon überzeugte, daß er der Täter war und nicht nur irgendein Verrückter, dann würde ich es melden.

Ryan ging in die Cafeteria, um sich etwas zu essen zu holen, und ich überredete ihn, mir einen Kaffee mitzubringen. Als er sich über den Schreibtisch beugte, um den Becher hinzustellen, hielt er inne und schnupperte hörbar. Und dann noch einmal.

»Was haben Sie in Ihren Haaren, Britt?«

»Ignorieren Sie es.«

»Waren Sie wieder bei einer Polizeirazzia dabei?«

Ich drehte mich um und sah ihn an. »Nein, warum?«

»Es riecht wie Marihuana«, sagte er sanft, schloß die Augen, vergrub seine Nase in meinem Haar und sog den Duft ein.

»Oh, Ryan«, fauchte ich und stieß ihn weg.

»War nicht bös gemeint«, lächelte er und machte einen Schritt zurück. »Ich mag den Geruch.«

Ich trank meinen Kaffee und rief Detective Orestes Diaz von der Bezirkspolizei an, um mich nach den Ergebnissen der Autopsie von Farrington zu erkundigen. Nachdem sie den Beton stundenlang mit kleinen Hämmern bearbeitet hatten, stellten die Ärzte fest, daß Farrington – wie seine Frau vor achtzehn Jahren – eine Kugel in den Kopf bekommen hatte, bevor er in Beton eingegossen worden war. Die Todesursache war Mord.

Nachdem er hinabgestürzt oder vom Laufsteg gestoßen worden war, war seine Leiche zwischen den Stahlstäben hinuntergerutscht. Er wäre wohl in der Mitte der Säule stehengeblieben, doch die Wucht und das Gewicht des flüssigen Betons hatten ihn zwischen den Stäben durch und gegen die Innenwand der Sperrholzbeschalung gedrückt. Der Kriminalbeamte hatte recht gehabt. Farrington hätte leicht bis in alle Ewigkeit verschwunden bleiben können.

»Und es war sicher kein Selbstmord?«

»Keine Waffe, und glauben Sie mir, wir haben danach gesucht. Und es war ein Schuß in den Hinterkopf, wie bei seiner Frau. Ich habe eine Kopie der Akte über den alten Fall von der Polizei von Miami. Der Beamte dort hat damals ganze Arbeit geleistet. Mit Skizzen und Diagrammen und allem. Dieser Fall hier war bis in die Einzelheiten gleich.«

»Glauben Sie, das war ein Zufall, und daß der Mörder vielleicht vom ersten Mord gar nichts wußte?«

»Bei Morden gibt es keine Zufälle.«

»Dann glauben Sie, daß es sich um Vergeltung handelt, eine Art Lynchjustiz? Schauen Sie sich die Familie der toten Frau an? Aber warum sollten sie so lange warten, bis sie Rache nehmen? Und dann eine so auffällige Methode wählen? Sie hätten ihn auf der Straße erschießen und es wie einen Raubmord aussehen lassen können.« Ich war verwirrt und dachte laut.

»Sie vergessen, daß er eigentlich nicht gefunden werden sollte, Britt. Nur Farrington und sein Mörder hätten davon wissen sollen.«

»Was für ein Kaliber hatte die Kugel?«

»Diese Informationen wollen wir noch zurückhalten«, sagte Diaz.

»Warum?« fragte ich ungeduldig.

»Wenn der Mörder in der Zeitung darüber liest, dann wirft er die Waffe vielleicht weg, und wir wollen ihn damit fassen.«

Ich seufzte. Für mich ergab das keinen Sinn. Mörder sehen

auch fern, und sie wissen über die ballistischen Untersuchungen Bescheid. Wenn der Mörder vorgehabt hatte, die Waffe wegzuwerfen, dann hatte er das bereits getan. Natürlich gibt es Verbrecher, die an bestimmten Waffen hängen und sie unter allen Umständen behalten. Aber darüber hatten wir schon öfter, bei anderen Fällen, diskutiert, und Diaz blieb unnachgiebig.

»Hatte er noch andere Verletzungen? Was war in seinen Taschen? Wurde er ausgeraubt? Hatte er getrunken? Glauben Sie, daß er seinen Mörder vielleicht in einer Bar getroffen hat? Haben Sie die Bauarbeiter überprüft, um zu sehen, ob ihn vielleicht jemand, der mit ihm zusammengearbeitet hat –«

»Britt, Sie sind mir schon weit voraus, und ich muß weg«, sagte Diaz ungeduldig. »Er hatte noch seine Brieftasche, einen Ausweis und etwas Kleingeld einstecken, und er trug eine Rolex. Die anderen Verletzungen waren minimal; wahrscheinlich hat er sie sich zugezogen, als er vom Laufsteg in die Schalung hinunterfiel. Mehr kann ich Ihnen im Augenblick nicht sagen. Ein andermal.« Und er legte auf.

Ich ging in die Bibliothek, um mir die Akte über Farrington zu holen, die ich nach meinem ersten Artikel wieder zurückgegeben hatte. Onnie war erleichtert, als sie mich sah. Sie trug einen flotten sandfarbenen Hosenanzug, ein makelloses dunkles Make-up und kleine goldene Ohrringe.

Sie summte vor sich hin und wirkte glücklich. Ich fand ihre gute Laune aufreizend, aber ich behielt es für mich. Die Zeitungsausschnitte über Farrington waren wieder abgelegt worden, und sie stieg auf eine Trittleiter, um den Buchstaben *F* zu erreichen. Als sie in dem engen Raum zwischen den Regalen wieder herunterkletterte und mir den Umschlag reichte, schnupperte sie ein paarmal und machte ein verwirrtes Gesicht. »Was für ein Haarshampoo verwendest du, Britt?«

»Das ist kein Shampoo«, sagte ich. Verdammt, erst sechsunddreißig Stunden, und ich mußte noch weitere sechsunddreißig durchstehen.

»Haarspray?«

»Frag mich nicht. Das ist eine lange Geschichte.«

»Riecht wie Salat oder Suppengewürz.« Sie zuckte die Achseln und summte irgendein fröhliches Lied von Tina Turner. Ich fragte mich, warum ich meinen Freunden nicht mehr anvertraute. Der einzige Mensch, dem ich einfach alles erzähle, ist Lottie, und das auch nur, weil sie es entweder errät, ohne daß ich etwas sage, oder mich so lange mit Fragen bombardiert, bis ich es tue. Ich überlegte, wie Onnie wohl reagieren würde, wenn ich ihr von den Kräutern in meinem Haar erzählte oder von dem *resguardo*, der in diesem Augenblick an meiner Unterhose baumelte.

Ich schrieb einen weiteren Artikel über Farrington, wobei ich vor allem auf die unheimlichen Parallelen zwischen seinem Tod und dem Mord einging, den ihm die Polizei vor achtzehn Jahren angelastet hatte.

Ich gab den Beitrag ab, ließ mir für meine eigenen Unterlagen einen Computerausdruck machen und stopfte ihn in die unterste Schreibtischschublade, wo ich meine Ausdrucke und Notizen aufbewahre. Mein System ist einfach. Wenn die Schublade so voll ist, daß sie sich nicht mehr schließen läßt, ordne ich den Inhalt und lege ihn in einem kleinen Aktenschrank mit zwei Schubladen ab, der neben meinem Schreibtisch steht.

Ich hatte letzte Nacht nur wenig geschlafen und war müde und nervös; ich wollte nur aus der Redaktion hinauskommen, bevor irgend jemand da draußen auf etwas oder jemanden zu schießen begann und ich vielleicht die ganze Nacht im Einsatz war.

Das Telefon klingelte, und ich hob mit einem unguten Gefühl ab. Eine fremde Männerstimme meldete sich; sie klang zornig.

»Hier ist Ronald DeAngelo.«

Ich brauchte einen Moment, bis ich mich erinnerte, daß das der jetzige Ehemann von Mary Beth' Mutter war. Der Mann, der eine Leuchtstoffröhrenfabrik in Hialeah leitete. »Ja. Mr. DeAngelo.«

»Ich habe gerade gehört, daß Sie hier waren und meine Frau belästigt haben.«

Ich schloß die Augen und seufzte. »Ich glaube nicht, daß ›belästigen‹ das richtige Wort ist, Mr. DeAngelo.«

»Ich habe auch erfahren, daß Sie versuchen, unseren Kandidaten für das Amt des Gouverneurs, Mr. Fielding, einen alten Freund der Familie, in Mißkredit zu bringen.«

»Ich fürchte, Sie haben den falschen Eindruck –«

»Ich setze Sie hiermit davon in Kenntnis, daß ich das als eine Gefährdung der Sicherheit und des Wohls meiner Familie betrachte. Wie mir mein Anwalt mitteilte, handelt es sich hierbei um eine grobe Verletzung der Privatsphäre.« Seine Stimme wurde immer hitziger.

»Es geht um einen ungelösten Mordfall«, sagte ich ruhig.

»Schmerzliche Erinnerungen aufzurühren und gegen unschuldige Menschen zu verwenden, ist eine Verletzung unserer Privatsphäre. Ich warne Sie, ich werde alle nötigen Schritte unternehmen, um meine Familie zu schützen.«

Ich wollte fragen, ob seine Frau sich an den Namen des einzigen Zeugen, Mary Beth' Spielgefährten, erinnerte, doch das schien nicht der geeignete Zeitpunkt dafür zu sein. Es war sowieso zu spät; er hatte aufgelegt.

Ich griff nach dem Telefon, um ihn zurückzurufen und ihm zu versichern, daß seiner Familie weh zu tun das letzte war, was ich wollte; dann fiel mir ein, daß sie eine Geheimnummer hatten.

Als ich aufstand und gehen wollte, reichte mir die Bürokraft, die in der Lokalredaktion Nachtdienst hatte, eine Nachricht von einem Anruf, der hereingekommen war, während ich telefoniert hatte. Marianne Rhodes hatte mir ausrichten lassen, es sei dringend.

Ich seufzte und wählte die Nummer. Dreimal, immer besetzt. Beim vierten Mal hob sie sofort ab; sie sprach laut und undeutlich.

»Wissen Sie schon irgend etwas, Britt? Die Polizei sagt mir nichts«, sagte sie flehend. »Detective Arroyo ruft mich nicht mal zurück.«

»Wahrscheinlich ist er unterwegs«, sagte ich sanft. »Ich bin sicher, er gibt Ihnen sofort Bescheid, wenn es irgend etwas Neues gibt.«

»Diese Mistkerle rühren keinen Finger! Sie haben die Ermittlungen verpfuscht! Sie lassen ihn ungeschoren davonkommen.«

Sie klang, als würde sie jeden Augenblick zusammenbrechen.

»Sie haben sehr viele Leute darauf angesetzt«, versicherte ich ihr. »Sie arbeiten wirklich hart an dem Fall.«

»Davon merke ich nichts! Und Sie, Sie haben heute nicht mal einen Artikel darüber gebracht.« Ihre Stimme war anklagend.

»Weil es keine neuen Entwicklungen gibt. Haben Sie sich etwas ausgeruht?«

»Ich kann nicht schlafen«, murmelte sie.

»Hat Ihnen der Arzt etwas gegeben?«

»Ich will keine Pillen nehmen. Eine Freundin von mir hat gehört, daß eines der anderen Opfer alle möglichen Medikamente nimmt, seit es passiert ist, und jetzt läuft sie herum wie ein Zombie.«

»Sie brauchen ein wenig Schlaf«, sagte ich und dachte, daß ich selbst etwas Schlaf nötig hatte.

»Ich habe zuviel getrunken«, gab sie reumütig zu. »Das ist das einzige, was hilft.«

»Sie müssen weitermachen, Ihr Leben weiterleben.«

»Was für ein Leben? Was für ein Leben?« schluchzte sie gequält. »Ich kann nicht mehr zurück in meinen Job, und das war der beste Job, den ich je hatte. Und den einzigen Mann, der mich je geliebt hat, habe ich vertrieben.« Ich hörte das Klirren von Eiswürfeln; sie trank einen Schluck aus einem Glas.

»Ben? Ihren Verlobten?«

»Stimmt, dieser Mistkerl. Er konnte es nicht verkraften. Wer kann so etwas schon verkraften? Ich muß regelmäßig meinen Hals und meine Geschlechtsteile untersuchen lassen, um zu sehen, ob er mich mit seiner Geschlechtskrankheit angesteckt hat.«

Ich krümmte mich innerlich. »Wohnen Ihre Eltern hier?«

»Ja, in Cutler Ridge.«

»Warum ziehen Sie nicht eine Zeitlang zu ihnen?«

»Ich halte es bei ihnen nicht aus. Sie schauen mich ständig nur an und weinen.«

»Hören Sie«, sagte ich in zuversichtlichem, vernünftigem Tonfall, obwohl ich selbst hätte weinen mögen. »Sie müssen sich von irgend jemandem helfen lassen. Sie müssen wieder auf den Damm kommen, damit Sie helfen können, daß der Kerl verurteilt wird, wenn sie ihn schnappen.« Gott bewahre, daß er nicht gefaßt wird, dachte ich.

»Ich will nicht, daß er verurteilt wird!« schrie sie. »Ich will ihn tot sehen für das, was er mir angetan hat!«

»Ich weiß«, sagte ich düster.

»Sie wissen, daß er hinter Ihnen her ist.«

»Sie werden darüber hinwegkommen«, sagte ich ruhig. »Sie und Ben sollten zusammen in eine Beratung gehen.«

»Würden Sie ihn für mich anrufen?«

»Ben? Ich glaube, es ist besser, wenn Sie anrufen. Der letzte Mensch, von dem er jetzt angerufen werden will, ist eine Reporterin.«

»Aber ich habe seine Sachen auf die Straße geworfen. Ich habe ihm gesagt, ich will ihn nie wiedersehen. Warum schreiben Sie nicht darüber einen Artikel?« schluchzte sie. Dann krachte es – sie hatte den Hörer fallengelassen.

»Marianne? Ist alles in Ordnung?«

Sie nahm ihn nicht mehr in die Hand, aber ich konnte sie weinen und murmeln hören.

Nach ein paar Minuten legte ich auf, rief im Vergewaltigungsdezernat an und ließ Harry ausrichten, er solle sie anrufen, und daß sie Hilfe brauchte.

Ich habe schon bessere Tage in der Redaktion erlebt, dachte ich und starrte auf mein Telefon, als sei das der Feind. Ich ging allein aus dem Haus und sah mich vorsichtig auf dem Parkplatz um. Ich war froh, als ich eine Sicherheitsbeamtin sah. Ich winkte ihr zu, schloß das Auto auf, kontrollierte das Wageninnere und paßte gut auf, um sicherzugehen, daß mir niemand folgte, als ich vom Parkplatz weg und nach Hause fuhr.

KAPITEL 16

Am Morgen funkelte die Welt, frisch gewaschen von einem nächtlichen Gewitter. Alamandas blühten auf ihrem weißen Holzspalier; ihr leuchtendes Rosa hob sich von einem Himmel ab, der so blau war, und von Gras, das so grün war, daß meine Augen schmerzten. Ich duschte, schamponierte mir mit großem Vergnügen die Haare ein und wusch sie. Dann fuhr ich zur Redaktion. Auf meinem Schreibtisch erwartete mich eine Überraschung, ein großer, brauner Briefumschlag. Drinnen steckte ein zwanzig mal fünfundzwanzig Zentimeter großes glänzendes Foto von einem gutaussehenden, lächelnden Captain Curt Norske, das an Bord der *Sea Dancer* aufgenommen worden war. Vor dem Hintergrund der Skyline von Miami lehnte er an der Reling, entspannt und lachend, wahrscheinlich über etwas, das die Fotografin gesagt hatte. Lottie mußte es aus ihren alten Negativen herausgesucht haben. Daneben lag ein Zettel, auf den sie mit ihrer charakteristischen Linkshänderschrift gekritzelt hatte: *Verpaß nicht den Dampfer!*

Sogar auf Film gebannt, brachte mich sein gewinnender Gesichtsausdruck ebenfalls zum Lächeln. Ich steckte das Foto zurück in den Umschlag und wählte Lotties Durchwahl.

»Danke, daß du es mir ausgearbeitet hast, Lottie. Ein toller Tagesbeginn!«

»Hast du es schon gesehen?« fragte sie.

»Es lag auf meinem Tisch.«

»Den Leitartikel.« Ihre Stimme klang ausdruckslos.

»Was?« Ich hatte zwar bei Orangensaft und Kaffee die Morgenzeitung durchgesehen, den Leitartikel jedoch nicht gelesen. Das tue ich selten. Er ist normalerweise langweilig, manchmal auch peinlich.

»Wir haben heute Fielding unterstützt.«

Ich ging zur Lokalredaktion und holte mir eine Zeitung. Der Verfasser des Leitartikels rühmte Fieldings hervorragende Qualitäten und empfahl ihn begeistert als besten Mann für das Amt des Gouverneurs. Ich fragte mich, ob Dan das schon gesehen hatte und war mir plötzlich im klaren darüber, was ich heute tun wollte, wenn ich es vermeiden konnte, für eine andere Story eingespannt zu werden.

Ich lief eilig aus der Nachrichtenredaktion, als wäre ich schwer beschäftigt. Das gerichtsmedizinische Zentrum ist eine Art Häuserblock und hat für bis zu dreihundertfünfzig Leichen gleichzeitig Platz. Es steht nicht auf der Liste der Sehenswürdigkeiten, die das Fremdenverkehrsamt den Touristen empfiehlt, aber Miami hat wirklich das größte Leichenschauhaus der Welt.

Ich teilte mein Anliegen einer körperlosen Stimme mit, die von irgendeinem Teil des imposanten Gebäudes aus über Lautsprecher zu mir sprach, und die Sicherheitstür öffnete sich. Ich stellte mein Auto zwischen einem glänzenden schwarzen Leichenwagen und einem Zivilfahrzeug der Mordkommission ab und ging das Gebäude entlang bis zum Haupteingang, der von einer alten Kanone aus Bronze bewacht wird, die von einer versunkenen spanischen Galeone stammt.

Die *Santa Margarita* ist mit der gesamten Besatzung vor dreihundertsiebzig Jahren während eines Hurrikans vor der Küste von Florida untergegangen. Als der Chefpathologe ein Kunstwerk für sein Zwölfmillionendollargebäude auswählen sollte, entschied er sich für die Kanone. Der von den Politikern bestellte Ausschuß für Kunstwerke an öffentlichen Plätzen war entsetzt. Die Ausschußmitglieder waren der Ansicht, daß eine große Kanone – selbst eine große Kanone, die von Kunsthandwerkern des fünfzehnten Jahrhunderts hergestellt worden ist – kein Kunstwerk ist. Sie bevorzugen unverständliche abstrakte Kunstwerke von teuren zeitgenössischen Künstlern. Ein Kritiker meinte, die Kanone sei ein militaristisches Symbol des Todes.

Das Rohr ist auf die Innenstadt gerichtet, wo die letzten Unruhen ausbrachen. Ich finde, das ist passend.

Der leitende Ermittlungsbeamte saß an seinem Schreibtisch. Die Unterlagen hier gehen bis auf das Jahr 1955 zurück und werden nie vernichtet. Es ist allgemein üblich, die Unterlagen über ungelöste Mordfälle, deren Untersuchung theoretisch noch nicht abgeschlossen ist, der Presse nicht zugänglich zu machen. Die Reporter werden dann an den zuständigen Polizeibeamten verwiesen. Doch ein zweiundzwanzig Jahre alter Mord ist ein alter Fall, und ich erwartete keine Probleme, es sei denn, irgend jemand wußte um den Bezug zu Fielding Bescheid. Dann hielt man ihn möglicherweise für politisch brisant. Ich war froh, daß der Chefpathologe gerade eine Vorlesung hielt und von meiner Anwesenheit nichts wußte.

Der Ermittlungsbeamte, ein knallharter, ausgebuffter ehemaliger Kriminalbeamter, war einverstanden, und so lief ich hinter ihm her zu einem der Lagerräume, wo er etliche Kartons durchsuchte, bis er die Akte über Mary Beth Rafferty fand.

»Sagen Sie mir nur, wenn Sie fertig sind«, meinte er und ging zurück in sein Büro.

Ich setzte mich an einen Konferenztisch. Die Fotos waren beigefügt, ebenso ein separater Umschlag mit Farbdias.

Auf den Bildern vom Tatort sah Mary Beth aus wie eine zerbrochene und weggeworfene Puppe. Kein Wunder, daß dieser Fall Dan verfolgt, dachte ich. Ich schloß die Augen. Dann schob ich die Fotos beiseite, um den Autopsiebericht zu lesen. Der Chefpathologe hatte die Autopsie selbst vorgenommen.

Bei der Leiche handelt es sich um ein gut entwickeltes, gutgenährtes Kind, weiblich, einssiebenundzwanzig groß und fünfundfünfzig Pfund schwer. Das Aussehen der Toten entspricht ihrem Alter von acht Jahren.

Das Haar ist braun und schulterlang, die Iriden sind braun, die Pupillen je 0,5 cm im Durchmesser. Zahlreiche Petechien über der Bindehaut.

Petechien sind kleine, geborstene Blutgefäße in den Augen, und ich wußte genug, um zu verstehen, daß ihr Vorhandensein ein Hinweis auf Erdrosseln oder Ersticken war.

Dentition in gutem Zustand.

Ihre Zähne waren gut.

Das Frenulum ist eingerissen, verletzt und kontundiert.

Das kleine Häutchen zwischen ihrer Lippe und dem Zahnfleisch war eingerissen und wies Blutergüsse auf.

Die Untersuchung des Halses erbringt multiple lineare bis regelmäßige, teilweise konfluierende Abschürfungen mit vereinzelten Kontusionen.

Schrammen und blaue Flecken auf ihrem Hals.

Ich stellte mir vor, wie Fielding in einem Schulzimmer voll eifriger Kinder für das Fernsehen posierte, und ich schauderte.

Bei der nächsten Zeile begann mein Herz heftig zu pochen.
Auf der linken Schulter befindet sich ein Bißabdruck von 3,5 Zentimeter bzw. 2,5 Zentimeter Durchmesser. Die von den Zahnabdrücken verursachten Abschürfungen sind rot und getrocknet. Darunter befinden sich subkutane violette und rote Kontusionen des Bindegewebes.

Die roten und blauen Flecken unter der Haut wiesen darauf hin, daß sie gebissen wurde, bevor sie starb, daß ihr Herz noch schlug und Blutgefäße zerquetscht wurden. Wäre ihr der Biß nach dem Tod zugefügt worden, wäre in dem darunterliegenden Gewebe kein Blut mehr gewesen.

Was mich interessierte, war der Abdruck des Bisses selbst. Ich griff nach den Fotos und blätterte sie durch.

Einige von ihnen zeigten anschaulich, was die Reporter meinten, wenn sie schrieben, daß Mary Beth ›sexuell belästigt‹ und ›sexuell verstümmelt‹ wurde.

Sie war mit einem Ast vergewaltigt worden.

Voller Abscheu versuchte ich, diese Bilder nicht anzuschauen und suchte rasch nach denen, die ich brauchte. Sie waren im Leichenschauhaus aufgenommen worden und zeigten das nackte Kind, herzzerreißend klein auf dem Autopsietisch. Die Nahaufnahme des Bißabdrucks. Ja, dachte ich.

Der Chefpathologe dokumentierte Verletzungsspuren immer peinlich genau, selbst bevor die forensische Odontologie aufkam. Es gab einige Nahaufnahmen, aus verschiedenen Blickwinkeln aufgenommen. Auf jedem lag neben den Abdrücken auf Mary Beths Schulter ein L-förmiges Lineal mit Millimeteranzeige.

Die Kopie, die ich auf dem Kopiergerät des Büros vom besten Foto machte, war nicht so scharf, wie ich es mir gewünscht hätte, obwohl ich mit dem Kontrast herumprobierte und zuerst eine hellere, dann eine dunklere Kopie machte. Ich faltete sie zusammen, steckte sie in mein Notizheft und ging.

Dr. Everett Wyatts Büro liegt in meinem liebsten historischen Gebäude in der Innenstadt. Das Ingraham Building besteht nicht nur aus Neonlicht, Rauchglas und Spiegeln oder raffinierter Architektur, es ist eines der Schmuckstücke von Miami, ein Gebäude im damals wiederentdeckten Neo-Renaissance-Stil, das 1927 fertiggestellt wurde. Damals war ein neunstöckiges Gebäude ein ehrgeiziges Unternehmen. Die Decke der Eingangshalle ist vergoldet, mit Bronze-Kronleuchtern, von denen keiner wie der andere ist, und die eleganten bronzenen Aufzugtüren sind mit Gravierungen verziert, die Szenen der ursprünglichen Tier- und Pflanzenwelt von Florida darstellen.

Das Gebäude wurde nach James Ingraham benannt, einem Pionier von Miami, der das historische Treffen von Henry Flagler und Julia Tuttle, der Mutter von Miami, im Jahr 1895 in die Wege leitete. Dieses Treffen hatte zur Folge, daß die Eisenbahnlinie in den Süden hinunter gebaut wurde, ein Ereignis, das einen Wendepunkt darstellte und das Antlitz von Miami für alle Zeiten veränderte.

Die Eingangshalle mit der hohen Decke und dem ganzen Marmor hat eine Akustik, die ein solches Echo erzeugt, daß ich immer jodeln möchte.

Ich wartete auf einem bequemen Ledersessel in Wyatts Privatbüro und blickte aus den Fenstern hinter seinem Schreibtisch Richtung Westen auf eine Stadt und auf Schnellstraßen, die man sich zu der Zeit, als das Gebäude neu war, nicht einmal in seinen kühnsten Träumen hätte vorstellen können.

Dr. Wyatt ist ein überschäumender, schnell sprechender Mann mit einer brennenden Neugier, einer wachen Intelligenz und einer florierenden Praxis. Seine Patienten sind sowohl Lebende als auch Tote. Vor ungefähr einem Dutzend Jahren hat er seine Interessen auf forensische Zahnheilkunde ausgedehnt und identifiziert mit Hilfe seiner Fachkenntnisse Tote aufgrund von Zahnarztunterlagen. Man muß schon ein spezieller Typ Zahnarzt sein, um mit Skeletten und verwesten, verbrannten oder verunstalteten Leichen zu arbeiten. Dann dehnte er sein Betätigungsfeld auf die Analyse von Bißabdrücken aus.

Seine Expertengutachten haben zahlreiche Mörder überführt, von denen zwei auf dem elektrischen Stuhl landeten. Eine Bißabdruckanalyse kann belastender sein als Fingerabdrücke. Ein Verdächtiger mag das Vorhandensein seiner Fingerabdrücke am Tatort erklären können, aber es ist verdammt schwer, die Geschworenen davon zu überzeugen, daß er in aller Unschuld seine Zahnabdrücke auf einem Mordopfer hinterlassen hat.

Das Wartezimmer war voller Patienten, von denen die meisten wahrscheinlich nichts von seinem zweiten Spezialgebiet wußten. Da Wyatt auch mein persönlicher Zahnarzt ist, wurde mir fast sofort Einlaß gewährt. Er erinnert sich an mich, weil wir uns immer über Fälle unterhalten, und wenn ich auf seinem Stuhl sitze, flehe ich ihn ständig an, daran zu denken: »Ich lebe noch! Ich lebe noch!«

Er kam in seinem üblichen Tempo ins Zimmer, drahtig und angespannt, mit leuchtenden blauen Augen. »Was gibt's, Britt? Sie sagen, es sei wichtig?« Er warf einen Blick auf meine Unterlagen, die seine Sprechstundenhilfe auf den Schreibtisch gelegt hatte, und runzelte die Stirn. »Wann haben Sie sich das letzte Mal die Zähne reinigen lassen?«

»Dr. Wyatt, könnten Sie einen Bißabdruck auf einem Mordopfer noch nach zweiundzwanzig Jahren mit den Zähnen des Mannes vergleichen, der sie hinterlassen hat?«

»Zweiundzwanzig Jahre!« Seine leuchtenden Augen funkelten begeistert bei dieser Vorstellung. »Ich werde demnächst im Fall Archie Greene aussagen.«

Greene ist ein Arbeiter, der verdächtigt wird, im Laufe mehrerer Jahre ein Dutzend Prostituierte umgebracht zu haben.

»1984 hat er eine gebissen; wir haben die Abdrücke 1992 bekommen und konnten sie identifizieren. Aber ich hatte noch nie einen Fall, der zweiundzwanzig Jahre zurückliegt. Der Mörder müßte ungewöhnlich –«

Ich zog die Kopie des Fotos aus dem Akt der Gerichtsmedizin heraus. Er nahm sie und runzelte die Stirn. »Ich müßte natürlich das Original sehen und es überarbeiten lassen.«

»Überarbeiten?«

»Digitale Bildbearbeitung. Stammt das aus dem Akt der Gerichtsmedizin?«

Ich nickte.

»Gut, das bedeutet, daß wir auch Dias haben. Wir lassen das Dia auf Papier umarbeiten und dann vom Computer bearbeiten. Erstaunlich, wie diese Computer die Qualität verbessern können.«

Er warf einen Blick auf die Kopie.

»Ein klassischer Bißabdruck«, rief er fröhlich aus und legte das Blatt quer auf den Tisch. »Schauen Sie, selbst auf dieser miesen Kopie kann man die Abdrücke von scharfen Oberzähnen auf der Haut sehen, es sieht aus wie die Spur eines Eckzahns.

Der Mörder müßte schon eine ungewöhnliche Zahnstellung gehabt haben, eine Lücke oder einen Spalt, der auch nach zweiundzwanzig Jahren noch vorhanden ist.« Er überlegte und dachte laut nach. »Jegliches ungewöhnliche Merkmal der Zähne selbst hätte sich mittlerweile abgeschliffen.«

Ich versuchte, meine wachsende Aufregung nicht zu zeigen.

»Was würde einen Vergleich unmöglich machen – eine umfassende Zahnregulierung?«

»Wenn er eine Zahnspange hatte oder Kronen, oder wenn er sich die Zähne ziehen ließ, können Sie es vergessen.«

»Kronen«, echote ich besorgt und sah Fieldings perfektes Politikerlächeln vor mir.

»Ja, überkronte Zähne sind künstliche Zähne.«

»Aber, wenn nichts davon der Fall ist, glauben Sie, es wäre möglich?«

»Ich würde mich mit Begeisterung darauf stürzen«, sagte er.

»Was würden Sie für einen Vergleich brauchen?«

»Idealerweise einen Abdruck der Zähne des Verdächtigen.

Aber wir haben es schon oft mit etwas anderem geschafft, in das der Betreffende gebissen hat. Ich habe gerade eine Analyse mit den Zahnabdrücken gemacht, die ein Mann hinterließ, als er in eine Schoko-Milchschnitte biß. Am besten eignen sich Mortadella und Käse oder Schokoriegel, obwohl letztere leicht schmelzen. Auch ein Apfel oder ein Keks wäre gut.«

Er lehnte sich in seinem Stuhl zurück.

»Erinnern Sie sich noch, wie sie versucht haben, im Gefängnis Abdrücke von Bundy zu bekommen? Sie haben ihm ständig Obst gegeben, Äpfel. Aber er war schlau; er wußte, was sie vorhatten und aß sie immer bis zum Kerngehäuse auf. Einmal schickten sie mir ein abgenagtes Kerngehäuse. Es waren keine Abdrücke zu bekommen; er hatte alles aufgegessen.«

Meine Gedanken rasten, und ich hörte Wyatts Geschichte über Bundy nur mit halbem Ohr zu. Fieldings Zahnarzt ausfindig zu machen, sollte eigentlich kein Problem sein, und obwohl Patienten zu ihrem Zahnarzt dasselbe Vertrauensverhältnis haben wie zu Ärzten, Anwälten oder Geistlichen, mußte es eine Möglichkeit geben. Vielleicht konnte im Fall Mary Beth Rafferty doch noch der Gerechtigkeit zum Sieg verholfen werden.

»Ein Jammer, daß es nicht jetzt passiert ist«, sagte Wyatt. »Jetzt machen sie Speichelabstriche von Bißabdrücken, die auf Alpha-Amylase und auf Antigene untersucht werden, um mittels Blutgruppenbestimmung die Identifizierung des Beißers zu erleichtern.«

Ich schrieb ihm die Nummer der Akte auf, und er versprach, die Akte bis zum Ende der Woche anzufordern und die Fotos im gerichtsmedizinischen Zentrum zu untersuchen.

Dr. Wyatt kehrte zu seinen Patienten zurück, und ich bat die Sprechstundenhilfe beim Hinausgehen um den Toilettenschlüssel. Wenn das klappt, dachte ich, dann könnte das Fielding überführen. Was für eine Story! Das sind die Stories, die man sich wünscht, wenn man ständig über dieselben Sachen schreibt: Mord im Drogenmilieu, Mord aufgrund eines Dreiecksverhältnisses, im Eifersuchtsanfall, als Urlaubstragödie. So etwas passiert in meinem Ressort immer und immer wieder. Doch diese Geschichte war etwas anderes.

Meine Haut glühte, mein ganzer Körper fühlte sich wach und leicht an, aufgeputscht von der Erregung, die jeden Reporter erfaßt, der einer großen Story auf der Spur ist. Selten hatte ich mich so lebendig gefühlt, so zielbewußt.

Die altmodische Toilette war klein im Vergleich zu den Toiletten in neueren Gebäuden, doch makellos sauber und gut gepflegt, mit den original schwarzweißen Fliesen. Es gab vier Kabinen, zwei Waschbecken auf Sockeln und eine Spiegelwand. Mein Eintreten erschreckte eine Frau, die an einem Waschbecken vor dem Spiegel stand und in ihrer großen Tasche kramte. Ich erblickte mein eigenes Spiegelbild und lächelte meinem Gesicht zu, das über der rot-weißen Glasperlenkette lebhaft und rosig durchblutet war.

Es war noch nicht ganz an der Zeit, es meinen Herausgebern zu sagen, dachte ich. Ich mußte wirklich sicher sein. Trotz Freds Warnung und Mowrys Einschüchterungsversuch würden meine Vorgesetzten keinen Widerstand leisten, wenn ich diese Story zustande brachte. Es war noch immer nicht mehr als eine Möglichkeit, doch die Aussicht wirkte elektrisierend auf mich.

Als ich in den Spiegel sah, zog irgend etwas an der Frau, die ein paar Meter von mir entfernt war, meinen Blick auf sich. Sie war groß und schlank, trug Sandalen an den bloßen braunen Beinen, einen Wickelrock, eine langärmelige Hemdbluse und langes, glänzendes, dunkles Haar. Und Glasperlen. Es mußte ihre Perlenkette sein. Sie war ähnlich wie meine, aber bunt und länger, und sie trug sie quer über die Brust und unter einer Achselhöhle verlaufend, wie einen Schultergürtel. Wahrscheinlich kennt sie meine Tante Odalys, dachte ich ein wenig albern. Unsere Blicke trafen sich im Spiegel. Ich sah schnell weg und trat in eine Kabine.

Ich seufzte, als ich mein Geschäft erledigte. Ich war wohl die einzige Frau auf der Welt, die mehr Flüssigkeit ausschied, als sie zu sich nahm. Trank ich wirklich soviel Tee und Kaffee?

Irgend etwas glitt vor der Kabine lautlos auf den Fliesenboden, gerade noch in meinem Blickfeld. Als es auf dem Boden landete, breitete es sich bauschig aus. Eine Perücke. Schwarzes Haar, lang und glänzend.

Ich erstarrte und hielt den Atem an. Kein Laut war zu hören, nur ein leises Rascheln. Ein Kleidungsstück landete auf dem Boden; der Wickelrock, den die Frau getragen hatte. Dieser Raum hat keine Fenster, dachte ich, und mein Magen krampfte sich in Panik zusammen. Die Knöpfe auf der langärmeligen Bluse klickten, als sie ebenfalls auf den Fliesenboden geworfen wurde. Ich verfluchte meine Sorglosigkeit. Entsetzt stand ich auf und brachte mit zitternden Händen meine Kleider in Ordnung. Als ich nach der Pistole in meiner Handtasche griff, die am Türhaken hing, wurden mir plötzlich die Füße unter dem Körper weggezogen.

Ich fiel hin und schlug mit dem Schulterblatt heftig gegen den Toilettensitz. Kräftige Hände packten meine Knöchel und zogen mich unter der Tür durch. Ich hörte mich selbst schreien. Zwei Dinge wurden mir in diesem schrecklichen Augenblick auf einmal blitzartig klar; und – ich mußte wieder pinkeln.

Ich klammerte mich verzweifelt mit beiden Händen an die Tür, ich kämpfte und schlug heftig um mich.

Er schob sich über meinen Körper und riß meine rechte Hand weg, die die Unterkante der Tür gepackt hielt. Er lächelte. Der Angreifer war die Frau, die ich gesehen hatte. Doch jetzt war sie ein nackter Mann, der nur Tätowierungen trug. Sie bedeckten seine Brust und die Unterarme.

Er packte meine Haare, beugte sich zurück und riß fest daran. »*Chupen*«, flüsterte er, und sein Lächeln wurde zu einem breiten Grinsen. »*Chupen*«. Seine Tätowierungen hatten einen stumpfen Farbton, fast türkis. Ein grob gezeichneter Drache schlängelte sich vom Rücken über die rechte Schulter. Über der linken Brust war ein Frauengesicht mit dem Körper einer Schlange. Auf der linken Schulter waren Worte eintätowiert. Und Pfeile, überall.

»Nein! Loslassen!« schrie ich und schlug wild um mich. Irgendwo mußte er sein Messer haben. Der Gedanke jagte mir Angst ein.

Wir rangen miteinander, und er griff hinter sich – nach dem Messer, dachte ich. Nein, eine Rolle Klebstreifen. Er hielt sie in der linken Hand und griff mit der Rechten nach meinem Handgelenk. Ich wand mich aus seinem Griff und krabbelte auf allen vieren weiter. Ich umklammerte den Papierkorb aus Draht, der in der Ecke stand, und hielt ihn zwischen uns. Auf dem Waschbecken sah ich das Messer und die runde Schachtel mit dem Körperpuder. Ohne mich aus den Augen zu lassen, griff er nach dem Messer, und die Puderschachtel fiel hinunter. Explosionsartig breitete sich eine Wolke aus süß riechendem, weißem Staub im Raum aus.

Meine Schreie wurden vom Fußboden, den Wänden und der Decke zurückgeworfen wie in einer Echokammer, doch ich wußte, in diesem massiv gebauten alten Haus waren sie draußen am Gang sicher nicht zu hören, und noch weniger in den umliegenden Büros.

An der Außentür hing gewiß das Schild mit der Aufschrift ›Außer Betrieb‹, dachte ich und versuchte, seinem Griff auszuweichen. Niemand kam mir zu Hilfe. Ich dachte intensiv an Dr. Wyatts Sprechstundenhilfe, um sie dazu zu bringen, sich zu fragen, warum ich den Schlüssel nicht zurückbrachte, und nachsehen zu gehen.

Die erstickende Puderwolke begann sich zu setzen. Auf dem Fußboden, in meinen Haaren, auf meinen Augenlidern. Meine Schreie schienen ihn nicht zu beunruhigen. Sein Blick verriet, daß er sie genoß.

Er kostete die Verfolgung richtig aus, tänzelte hin und her und parierte wie ein wildes Tier, das mit seiner hilflosen Beute spielt. Er will, daß ich mich zur Wehr setze, und dann benutzt er das Messer, dachte ich.

Meine Pistole. Außer Reichweite, in einer versperrten Kabine.

Er riß mir den Drahtkorb aus den Händen, schleuderte ihn beiseite, und ich wich schnell zurück. Es gab keine Möglichkeit, an ihm vorbei zu der schweren Holztür zu gelangen.

Schreiend und nach Luft ringend, stolperte ich in die letzte Kabine der Reihe, ließ mich auf die Toilette fallen und trat mit beiden Füßen um mich, als er auf mich zukam. Da er nackt war, waren seine Geschlechtsteile ungeschützt, und er machte tänzelnd ein paar Schritte zurück, wie ein durchtrainierter Boxer beim Wettkampf. Ich sah das Messer in seiner Hand und die Worte, die auf seiner Schulter eintätowiert waren;

Mis amigos son los muertos. Meine Freunde sind die Toten.

Schweißperlen glitzerten in seinem Schamhaar, das aussah wie ein Scheuerlappen aus Stahlwolle und seine Hoden und den Penis umgab.

Ich dachte an Marianne Rhodes. An die Krankheit, die er hatte. Dieser Hurensohn! Wimmernd und zähneknirschend sprang ich auf und schlug die Kabinentür zu. Ich rammte den Metallbolzen zu, um ihn auszusperren, wohl wissend – und dabei brannten mir die Tränen in den Augen –, daß es nur für kurze Zeit war.

Meine Pistole befand sich drei Käfige weiter. Das hat man also davon, wenn man die Waffe ständig bei sich trägt, dachte ich schwer atmend. Vielen Dank für den Rat, Dan.

Eine Geräusch in der Kabine neben mir. Er schwang sich über die Wand, mit den Füßen voran, und stieß einen häßlichen gutturalen Laut aus. Ich ließ mich auf die Knie fallen und zwängte mich unter der Wand durch. Ich schrie. Keine Zeit, weiterzukriechen. Er griff unter der Wand durch, tastete mit seinen langen Armen um sich; das Messer blitzte auf. Dann zog er die Arme zurück. Ich knallte die Tür zu. Jetzt war ich zwei Kabinen von der Pistole entfernt.

Der Gedanke an meine Zukunft als Vergewaltigungsopfer – sofern ich eine Zukunft hatte – trieb mich vor Angst und Abscheu fast in den Wahnsinn. K. C. Riley, McDonald, Harry, der mich daran erinnern würde, daß er mich gewarnt hatte. Die Leute bei der Zeitung.

Entsetzt starrte ich auf die Oberkante der Kabinenwand und erwartete, daß er jeden Moment darüber klettern würde. Statt dessen glitt er, auf dem Rücken liegend, darunter hindurch, wie ein Mechaniker, der unter ein Auto rutscht. Sein Grinsen war furchtbar; er kräuselte die Lippen, und etwas, das aussah wie ein in die Innenseite seiner Unterlippe eintätowierter Pfeil wurde sichtbar. Ich trat brutal auf ihn ein, doch er packte grob meinen rechten Knöchel und stieß Obszönitäten aus. In panischer Angst ruderte ich wild mit den Armen, um etwas, irgend etwas zu finden, das ich als Waffe benutzen konnte.

Ich verdrehte meinen Körper und riß den schweren Porzellandeckel vom Wasserbehälter der Toilette ab, hob ihn über den Kopf und ließ ihn auf sein Gesicht hinunterkrachen. Er reagierte schnell genug, um ihn mit einer Hand etwas abzulenken, ohne jedoch meinen Knöchel loszulassen. Blut spritzte auf die Fliesen und die Innenwände der Kabine. Der Porzellandeckel brach entzwei. Ich trat immer noch wild um mich und packte grunzend das größere Stück des Deckels, um es nochmals auf ihn zu schleudern. Es traf ihn direkt über dem Haaransatz und zerbarst dann auf dem Boden, während er aus der Kabine hinausglitt und eine Tirade von spanischen Verwünschungen und Flüchen auf mich losließ.

Wenn er jetzt meine Pistole fand, war ich tot.

Einen Augenblick lang war alles still. Ich sah seine bloßen Füße. Ein Blutstropfen fiel auf den Fliesenboden. Dann lautes Klopfen. Klirren, Stille, und dann drehte sich ein Schlüssel im Schloß. Ich schrie so laut ich konnte. Sollten es Wyatts Sekretärin oder die Putzkolonne sein, würden sie gewiß die Polizei holen.

Schnelle Bewegungen vor der Kabine. Keuchend wich ich zurück. Ich setzte mich mit hochgezogenen Füßen auf den Toilettensitz. Mit hämmerndem Herzen wartete ich.

Das Licht ging aus. Er hatte den Schalter betätigt. Totale Finsternis. Gänsehaut breitete sich über meinem Körper aus, mein Hals schnürte sich vor Angst zusammen. Ich hörte, wie die Tür aufging, einen scharfen Ausruf, dann einen Schrei und das Geräusch laufender Füße.

War er weg? Wenn ja, dann mußten wir ihn aufhalten! Ich wagte nicht, die Kabinentür aufzumachen. Licht erfüllte den Raum. Ich blinzelte, stieg auf den Toilettensitz, versuchte, das Gleichgewicht zu halten und spähte über die Tür in die erschreckten Augen einer kleinen, grauhaarigen, dunkelhäutigen Frau in einem blauen Baumwollkittel. Hinter ihr stand ein Wagen mit einem Mop, Putzlappen, Putzmitteln und einem Eimer. Ich begann zu weinen.

Sie wirkte verärgert. »Was geht denn hier vor?« Mit offenem Mund starrte sie entrüstet auf den Puder im ganzen Raum.

Ich sprang auf den Boden, stürzte aus der Kabine und schrie: »Haltet ihn auf! Haltet ihn auf! Er ist es, der Vergewaltiger!«

Sie drehte sich um, stutzte, ihre Augen weiteten sich, und dann begann sie zu schreien.

»Faßt ihn! Faßt ihn!«

Sie kapierte schnell.

Ich wußte nicht, daß ich so laut schreien konnte. Der Schrei tat mir selbst in den Ohren weh, er klang wie ein Trillern, während ich über den Gang zurück zu Wyatts Ordination lief. Ich stürzte hinein, in ein Wartezimmer voller Zahnarztpatienten, und rief: »Wählen Sie Neun-Eins-Eins! Rufen Sie die Polizei! Rufen Sie die Polizei!«

Wyatts Sprechstundenhilfe, die darauf gewartete hatte, daß ich den Toilettenschlüsssel zurückbrachte, blickte auf und blinzelte. »Was ist denn mit Ihnen passiert?«

»Rufen Sie die Polizei!« schrie ich. »Der Vergewaltiger! Er ist in diesem Gebäude!«

Sie wählte die drei Nummern und schleuderte mir den Hörer förmlich entgegen.

Die routinemäßig gelassene Stimme der Telefonistin am anderen Ende machte mich rasend, und ich schrie sie an, sich zu beeilen. »Es ist noch im Gebäude! Schicken Sie jemanden her, schnell!« Ich fluchte, als sie mich meinen Namen buchstabieren ließ und legte auf, als sie nach dem Namen des Vergewaltigers fragte. Doch als ich wieder auf den Gang hinaustrat, in dem es jetzt von Leuten wimmelte, die von dem Kreischduett, das die Putzfrau und ich veranstaltet hatten, aus ihren Büros getrieben worden waren, hörte ich über dem Lärm der Stimmen und Fragen die atmosphärischen Störungen eines Polizeifunkgerät.

Es war Harry, der in das Walkie-talkie in seiner Hand sprach. Er marschierte den Korridor entlang, gefolgt von einem keuchenden Mann vom Sicherheitsdienst.

»Oh, mein Gott, Britt.« Er starrte auf den Puder auf meinen Kleidern und in meinem Haar.

»Er ist es, Harry, der Vergewaltiger. Schnappen Sie ihn!«

Er legte mir die Hand auf die Schulter, und ich widerstand der Versuchung, schlaff in seine Arme zu sinken. »Hat er Sie vergewaltigt, Britt?« Er wirkte peinlich berührt.

»Ich bin okay.« Für so etwas war jetzt keine Zeit. »Er ist es! Er ist es!«

»Drehen Sie mir jetzt nicht durch, Britt.« Harry sah mir fest in die Augen und hob eine Hand. »Was hat er angehabt?« Er sprach in drängendem Tonfall. Ich wies mit einer ruckartigen Kopfbewegung auf die Putzfrau, die jetzt ein Stück weiter am Gang stand und mit dem Sicherheitsbeamten und einem Streifenpolizisten sprach, der aus dem Nichts aufgetaucht war.

»Sie hat ihn als letzte gesehen, als er hinausging. Ich war in eine Kabine eingeschlossen.« Ich war außer Atem. Meine Stimme stockte, und ich schluckte die Tränen hinunter. »Er hat noch immer seine Tasche bei sich, sie ist braun. Er trägt vielleicht einen Wickelrock aus Jeansstoff, eine weiße, langärmelige Bluse und eine schwarze Perücke. Er war wie eine Frau angezogen, Harry! Deshalb hat ihn nie jemand erkannt. Kein Mensch hat den Vergewaltiger in den Bürohäusern der Innenstadt gesehen, weil er als Frau kam und ging!«

Harry sah aus, als wolle er sich mit der flachen Hand auf die Stirn schlagen, genau wie ich, als ich begriff, was das Geheimnis des Vergewaltigers war. Er begann über sein Funksprechgerät Anweisungen und Beschreibungen durchzugeben und die Verbrecherjagd zu koordinieren. Ich entdeckte in seinem geröteten Gesicht dieselbe Aufregung, die pulsierende Energie eines Menschen, der einer Sache dicht auf der Spur ist.

Mir war nie der Gedanke gekommen, daß wir nach derselben Art Hochgefühl süchtig sind.

Ich sah ihm nach, wie er den Gang hinunterschritt, rasch mit der Frau sprach, die lebhaft gestikulierte, und dann weitere Polizisten informiert, die jetzt eintrafen. Ich wußte, daß er sich nie lebendiger gefühlt hatte als in diesem Augenblick.

Ich gesellte mich zu ihnen. »Er hat mich fast erwischt, Harry.« Meine Knie zitterten. »Er muß noch irgendwo hier sein!«

»Ich weiß«, sagte er. »Wir überwachen die Eingangshalle, und jetzt durchsuchen wir ein Stockwerk nach dem anderen. Ich glaube nicht, daß er Zeit hatte, das Haus zu verlassen. Aber sie ziehen einen Kordon um den Häuserblock, und wir riegeln ihn ab.«

»Wie sind Sie so schnell hierhergekommen?«

»Ich war bereits da«, sagte er betreten und senkte die Stimme. »Wir haben Sie beschattet, für den Fall, daß Sie ihn aus seinem Schlupfloch locken.«

»Sie sind mir gefolgt?« krächzte ich entrüstet; meine Stimme war vom vielen Schreien ganz heiser.

»Ja, seit er Ihnen das kleine Geschenk ins Auto gelegt hat, dachten wir, es wäre am besten, wir suchen ihn dort, wo Sie sind.«

»Wo zum Teufel waren Sie, als ich mit ihm in der Toilette eingesperrt war?«

»Ich wußte ja nicht, in welches Büro Sie gingen. Mein Gott, Britt, Ihnen zu folgen, ist wirklich die Hölle. Sie machen nicht mal Pause, um zu Mittag zu essen. Ich bin sogar einmal durch das Gebäude gegangen, kehrte dann in die Eingangshalle zurück und holte jemanden, der sich auf Ihr Auto setzen mußte, für den Fall, daß Sie mir entwischten. Dann bekam der Sicherheitsdienst Anrufe, daß in diesem Stockwerk jemand schrie, und als wir heraufkamen, erhielten wir über Polizeifunk die Meldung, daß Sie angerufen hatten. Ich glaube, wir haben ihn eingeschlossen.«

»Sie sind mir *gefolgt*?« Ich dachte daran, wo ich in letzter Zeit so gewesen war. Glücklich und zufrieden war ich einer Spur gefolgt, ohne zu wissen, daß jemand *meiner* Spur folgte.

Die Polizei hatte mich ohne mein Wissen als Lockvogel benutzt. Meine Herausgeber würden das gewiß nicht billigen. Aus ethischer Sicht hatte ich das Recht, zu gehen, wohin ich wollte und Informationen einzuholen, ohne von der Polizei beschattet zu werden, das Recht, ganz allein vergewaltigt und ermordet zu werden, ohne Polizeiüberwachung. Aber es hat funktioniert, dachte ich. Und das allein zählt. Wenn sie ihn erwischen, hat es sich gelohnt.

Der Vergewaltiger mußte mich beobachtet haben, das wurde mir jetzt klar. Wahrscheinlich hatte er gesehen, daß ich praktisch überall, wo ich hinkam, die Toilette benutzte. Ich hatte ihn noch in seiner Frauenkleidung überrascht. In der großen Tasche hatte er seine Kleider und die Perücke – und das Messer.

Das Haus war evakuiert, und jeder, der hier beschäftigt oder auf Besuch war, mußte beim Verlassen des Gebäudes seinen Ausweis zeigen. Dann füllte es sich mit Polizisten, Polizeihunden und dem SWAT-Team. Sie fanden seine Tasche im einem Treppenhaus zwischen dem fünften und dem sechsten Stock. Neunzig Minuten später zogen sie ihn im dritten Stock aus einem Luftschacht der Klimaanlage.

Die Presse wurde auf Distanz gehalten, aber ich war mitten im Geschehen, da ich nicht als Reporterin, sondern als Opfer und Zeugin betrachtet wurde, die den Verbrecher identifizieren konnte.

Und genau das taten sowohl die Putzfrau als auch ich. Es war nicht schwer, da seine Nase gebrochen und blutig war und er am Kopf eine Wunde vom Deckel des Wasserbehälters hatte, den ich ihm ins Gesicht geschleudert hatte. Ich wollte den Mann anschreien, zitterte aber nur und schwieg. Blutverschmiert, mit nacktem Oberkörper, trug er nur seine Perlenkette und den Rock und weinte wie ein Baby. Wenn er etwas bereute, dann, daß er gefaßt worden war. Und daß er weinte, kam von dem Tränengas, mit dem ihn die Polizisten aus dem Luftschacht getrieben hatten.

Harry wollte, daß ich ins Zentrum für vergewaltige Frauen fuhr, obwohl ich ihm versicherte, daß mir der Mann nur ein paar blaue Flecken zugefügt hatte, als er meinen Knöchel packte. Die Polizisten fotografierten meine Verletzungen, und Harry redete weiter auf mich ein, ich sollte vielleicht doch mit einem Therapeuten sprechen.

Als ich sagte, ich sei in Ordnung, wollten sie mich ins Polizeipräsidium mitnehmen, damit ich dort meine Aussage machte. Wir trafen eine Abmachung: Sie würden zuerst die Aussage der Putzfrau aufnehmen, und ich würde in einer Stunde hinkommen und meine Aussage machen. Sie waren nicht begeistert davon, erklärten sich aber dann doch widerwillig einverstanden, als ich beteuerte, daß ich mich bei meinen Vorgesetzten melden müßte. Ich wollte zurück in die Redaktion und für die nächste Ausgabe eine Kurzfassung der Story schreiben. Als ich im *News*-Gebäude ankam, blieben mir gerade noch vierzig Minuten von meiner Stunde, und ich ging mit ein paar Redakteuren direkt in Freds Büro, um ihnen zu erzählen, was passiert war.

»Sind Sie okay, Britt?« fragte er. Als ich sein aschfahles Gesicht sah, wurde mir klar, daß trotz meiner Bemühungen, den Puder wegzuwischen, noch immer welcher in meinen Haaren und an meiner Kleidung hing.

»Mir geht es gut. Aber ich habe nicht viel Zeit«, sagte ich . »Ich muß einen Artikel für die überregionale Ausgabe schreiben und dann zur Polizei, um meine Aussage zu machen.«

Fred rieb sich den Nacken, als ob er ihn schmerzte, und wechselte einen Blick mit Mark Seybold, dem Rechtsberater der Zeitung, der ebenfalls gekommen war. »Und dann besteht noch das Problem, ob wir Ihre Identität als Opfer eines Sexualverbrechens enthüllten sollen.«

»Kein Problem«, sagte ich und berührte die roten und weißen Perlen an meinem Hals. »Er hat vielleicht vorgehabt, mich zu vergewaltigen, ist aber nicht zu mehr als einem tätlichen Angriff gekommen.« Es war still im Raum. »Er hat meine Hand- und Fußgelenke gepackt.« Ich merkte, daß meine Stimme zitterte, genau wie meine Knie unter dem Tisch. In der Hoffnung, daß sie es nicht merkten, hielt ich einen Augenblick inne und schluckte. »Die Polizei kann ihn der versuchten Vergewaltigung anklagen, aber juristisch gesehen bin ich nicht wirklich das Opfer eines Sexualverbrechens.«

Bei ihren Blicken war mir unbehaglich zumute; ich spürte, daß diese Männer mich jetzt als eine Frau sahen, die gerade jemand hatte vergewaltigen wollen, und nicht als Profi, als Reporterin.

»Britt«, sagte Fred, »ich weiß nicht, wie ich Ihnen das sagen soll, aber wir werden die Story von Janowitz schreiben lassen. Sie waren daran beteiligt, sind zu sehr darin involviert, um darüber zu berichten.«

Er verstummte und wappnete sich gegen einen empörten Ausbruch, daß das meine Story sei. Sie wissen, daß ich mir mein Ressort und meine Stories nicht wegnehmen lasse. Aber ehrlich gesagt war diese Eröffnung fast eine Erleichterung. Ich mußte einer viel wichtigeren Story nachgehen.

Die Berichterstattung über den Vergewaltiger würde Tage in Anspruch nehmen. Zuerst über die Verhaftung, dann über die Anklageerhebung. Dann der Bericht darüber, wer der Mann war, und Interviews mit Menschen, die ihn kannten. Interviews mit Psychologen zur Frage, wie er so geworden war. Und vielleicht ein Interview mit ihm in seiner Zelle. Das alles konnte Janowitz gerne übernehmen.

»Okay«, sagte ich. Vergewaltiger kommen und gehen, dachte ich. Fielding zu überführen, das ist die Story, die ich will. Fred Douglas wirkte erleichtert über meine Zustimmung. »Warum informieren Sie jetzt nicht Janowitz und nehmen sich dann ein paar Tage frei?« schlug er freundlich vor.

Seine Haltung ärgerte mich. »Ich habe gerade ein paar Sachen in Arbeit«, sagte ich scharf. »Warum sollte ich mir freinehmen?«

Ich merkte, daß sie mich anstarrten.

»Ganz wie Sie wollen, Britt.« Fred wirkte unsicher.

Ich will nicht mehr, als daß sie mich wie einen Profi behandeln, dachte ich, wie alle anderen auch.

Von Janowitz interviewt zu werden, der mich ständig unterbrach, wenn ich eine Frage beantworten wollte, war grauenvoll. Zum ersten Mal verstand ich wirklich, wie den Opfern von Verbrechen zumute war, wenn ich sie befragte.

Natürlich wollten Eduardo und Ryan, daß ich ihnen alles bis ins kleinste scheußliche Detail erzählte. Ich schlug ihnen vor, am nächsten Morgen die Zeitung zu lesen.

Als ich im Polizeipräsidium ankam, stellte sich heraus, daß die Polizei Probleme mit der Gegenüberstellung zur Identifizierung des Vergewaltigers hatte, dessen Name Hector Ugalde war. Es war nicht leicht, andere Männer mit gebrochenen Nasen zu finden, die sich mit ihm in einer Reihe aufstellten.

Ich überlegte, ob man mir wohl Brutalität vorwerfen würde.

Meine Aussage zu machen, war nicht unangenehm. Ein Gerichtsstenograf schrieb jede Silbe mit, während Harry und ein zweiter Kriminalbeamter Fragen stellten und zuhörten. Nicht zu fassen – diese Typen, die jetzt an meinen Lippen hingen, waren dieselben Männer, die sich manchmal weigerten, mit mir zu sprechen.

In diesem Augenblick stand ich für sie auf der richtigen Seite. Wie lange das anhielt, würde von meiner nächsten Story abhängen. McDonald war nirgends zu sehen, doch sogar Lieutenant Riley schaute herein. »Gute Arbeit, Britt«, sagte sie und klopfte mir auf die Schulter, als hätte ich etwas anderes getan, als meine eigene Haut zu retten.

»Klar«, sagte ich erbittert, da mir plötzlich klar wurde, daß sie meine Überwachung genehmigt haben mußte. »Vielleicht werde ich Polizist des Monats.«

Als wir fertig waren, verspürte ich einen merkwürdigen Widerwillen, das hell erleuchtete Büro zu verlassen, in dem es von Leuten wimmelte, die alle mehr oder weniger in Jubelstimmung waren. Die Nacht war jetzt um eine Gefahr ärmer, doch die Dunkelheit machte mich nervös und womöglich noch vorsichtiger. Ohne darüber nachzudenken, fuhr ich in Richtung Redaktion; dann fiel mir ein, daß ich dort nicht gebraucht wurde. Vielleicht, dachte ich, sollte ich trotzdem hineingehen und Janowitz helfen, aber der Gedanke an all die neugierigen Blicke, mit denen sie mich in der Nachrichtenredaktion mustern würden, war mir zuwider.

Ich fühlte mich einsamer als je zuvor in meinem Leben und fuhr nach Hause wie ein Zombie, wie ferngesteuert.

KAPITEL 17

Ich schaute bei den Goldsteins vorbei, um ihnen zu sagen, daß der Vergewaltiger verhaftet war. »Was haben Sie da am ganzen Körper?« fragte Mrs. Goldstein besorgt und drängte mich, Platz zu nehmen und ihre ausgezeichnete Hühnersuppe mit den leichten, flaumigen Griesklößchen zu essen. Ich hatte keinen Hunger, aber sie bestand darauf, daß ich welche mitnahm.

Bitsy sprang mir in die Arme, schüttelte dann den Kopf, zuckte zurück und nieste. Ich sperrte mich ein, zog die Jalousien herunter und fütterte die Tiere.

Dan, Curt Norske und McDonald hatten auf den Anrufbeantworter gesprochen und um Rückruf gebeten. McDonald. Erwartete er, daß ich ihn bat, herzukommen und mir die Hand zu halten? Oder wollte er mir nur sagen: ›Ich habe es dir ja gesagt‹?

Ich überlegte, ob ich Curt anrufen solle, aber es war alles viel zu kompliziert, ich war zu müde, und der Hals tat mir weh.

Ich wählte Dans Nummer.

»Bist du okay? Warum zum Teufel hast du mich nicht angerufen?« wollte er wissen. »Ich habe es in den Nachrichten gehört. Ich habe ein halbes dutzendmal in der Redaktion angerufen und um Rückruf gebeten.«

»Ich habe angenommen, daß du meine Schreie gehört hast«, sagte ich in dem Versuch, unbekümmert zu klingen. Es tat gut, seine Stimme zu hören. »Laut genug waren sie. Mir geht es gut. Ich mußte ins Polizeipräsidium, um meine Aussage zu machen.«

»Dieser Scheißkerl hat aber nicht Hand an dich gelegt, oder?« Seine Stimme klang besorgt.

»Er hat es versucht. Ich hatte solches Glück, Dan. Ich habe ein paar blaue Flecken, Druckstellen auf dem Knöchel, und ich bin heiser vom vielen Schreien. Das ist alles.«

»Dieser Hurensohn!« Irgend etwas knallte, als hätte er der Wand einen Tritt oder einen Faustschlag versetzt.

»Dan. Was war das?«

»Ich hätte gern nur fünf Minuten mit ihm allein. Du hattest doch deine Pistole bei dir, ja? Warum zum Teufel hast du dem Schweinehund nicht den Arsch weggeblasen?«

»Dan.« Ich bemühte mich, ruhig zu klingen, aber meine Stimme bebte. »Ich habe versucht, deinen Rat zu befolgen. Aber er hat mich total überrumpelt. Eine Pistole in einer großen Handtasche herumzuschleppen, das nützt nichts. In einem echten Notfall muß man an die Tasche herankommen und sie erst herausholen. Wir kämpften miteinander. Ich war in eine Kabine eingeschlossen, und er hat mich unten durchgezerrt.«

»Mein Gott! Dieser Hurensohn!«

»Ich hatte solche Angst, er würde sie finden.« Die Worte blieben mir im Hals stecken. »Eine Pistole bringt nur dann etwas«, krächzte ich, »wenn man sie an der Hüfte in einem Halfter tragen kann, das ans Bein geschnallt ist, wie bei den Revolverhelden im Wilden Westen. Die hätten in Dodge City keine zwanzig Minuten überlebt, wenn sie in einer Handtasche hätten kramen müssen.«

Ohne zu wissen, daß ich überwacht worden war, ließ er kein gutes Haar an Harry, weil er nicht dagewesen war, als ich ihn brauchte. »Wie zum Teufel konnte er dich verlieren? Der Typ konnte schon zu seiner besten Zeit nicht mal einen Elefanten im Schnee verfolgen!«

»Ach komm«, krächzte ich, »sei nicht zu hart zu ihm, Dan. Er konnte doch nicht vor der Damentoilette Wache stehen. Ich hätte ihn sofort bemerkt, wenn er mir auf die Fersen getreten hätte.«

»Was zum Teufel hast du eigentlich dort gemacht?«

»Ich war bei Dr. Wyatt. Er wird sich die Fotos von dem Bißabdruck auf der Leiche von Mary Beth Rafferty ansehen. Es besteht die Möglichkeit, daß er ihn identifizieren kann.«

»Nach so langer Zeit?« Dan klang skeptisch. »Ich habe vor Jahren jemanden danach gefragt, und die Antwort war nein.«

»Die Technik hat sich weiterentwickelt.« Ich setzte mich hin und zog die Schuhe aus. »Sie können die Bildqualität mittels Computer verbessern.«

»Einen Versuch war es wert«, sagte er. »Du hörst dich furchtbar an, Mädchen. Ist mit dir auch ganz sicher alles in Ordnung? Brauchst du irgend etwas?«

»Vielen Dank, Dan, du bist ein wahrer Freund. Mir geht es gut. Wir reden morgen weiter.«

Ich legte den Hörer auf und fuhr mir müde mit den Fingern durch die Haare. Danach waren sie voller Puder.

Ich schauderte und fühlte mich plötzlich so schmutzig, daß ich am liebsten meine Kleider ausgezogen und verbrannt hätte.

Ich stellte den Anrufbeantworter an, nahm den *resguardo* von meiner Unterhose ab, legte ihn auf das Waschbecken im Badezimmer, wo ich ihn sehen konnte, und schloß die Tür ab. Ich ging unter die Dusche, ohne die Glasperlenkette abzunehmen, und ließ das heiße Wasser über meinen Körper laufen. Als es mir nicht mehr heiß genug vorkam, drehte ich den Hahn immer weiter auf, bis der Dampf den ganzen Raum erfüllte und meine Haut krebsrot war. Als ich mich mit einer harten Körperbürste abschrubbte, sah ich die Abdrücke der Finger des Mannes auf meinem rechten Knöcheln und schrie auf. Wimmernd und fluchend versuchte ich vergeblich, die Abdrücke wegzuschrubben, bis mein Knöchel wund war. Zum ersten Mal wurde mir bewußt, daß es mir *nicht* gut ging. Vom Dampf ganz schwindlig und matt, glitt ich zu Boden, bis ich saß. Dann zog ich die Knie an die Brust und weinte.

Irgendwann einmal ging das heiße Wasser aus. Es wurde kühler und dann ganz kalt. Ich konnte nicht aufhören zu weinen. Als ich so dasaß und meine Knie umklammerte, begannen meine Zähne zu klappern. Und dann hörte ich es. Lautes Hämmern. Irgend jemand versuchte, meine Eingangstür aufzubrechen. Voller Angst und nach Luft ringend, rappelte ich mich unsicher auf, drehte das Wasser ab und lauschte. Das Hämmern war jetzt lauter, und die Türklingel, die ich unter der Dusche nicht hören konnte, läutete. Die Pistole! Sie war noch immer in meiner Handtasche. Die Polizisten hatten sie mir zurückgegeben, aber ich konnte mich nicht erinnern, wo ich sie hingelegt hatte, als ich hereinkam.

Zu erschöpft und verängstigt, um einen Bademantel zu suchen, wickelte ich mich in ein Badetuch und ging, noch immer weinend, barfuß über den nassen Fußboden.

»Um Himmels willen, Britt, mach die Tür auf!«

McDonald. Ohne zu denken, nahm ich die Sicherheitskette ab, öffnete den Schließriegel, drehte den Türknopf und lag in seinen Armen.

»Warum zum Teufel hast du nicht geöffnet?« murmelte er mir ins Ohr. »Ich habe mir solche Sorgen gemacht.« Er strich mir über das Haar. »Du bist ganz naß und kalt.« Er hob mich hoch und trug mich zu meinem Lieblingssessel neben dem Telefon.

»Als du nicht abhobst, habe ich durchgedreht.« Seine Stimme war sanft. Ich weinte immer noch.

Er ging einen Augenblick aus dem Zimmer und kam dann mit meinem Frottierbademantel zurück, den er mir unbeholfen umlegte.

»Was tust du hier?« sagte ich schniefend und versuchte, meine Arme in die Ärmel zu stecken.

Er zwängte sich in den dick gepolsterten Sessel neben mir und legte seine Arme um mich. Er war so warm, und mir war so kalt. »Ich war in Broward bei einer überregionalen Konferenz und habe keine Funkmeldungen gehört. Ich erfuhr es erst, als ich zurückkam. Ich mußte wissen, ob du auch unversehrt bist. Ich wollte bei dir sein.«

»Ich dachte, du und K. C. –«

»Nicht reden, versuch, dich zu entspannen.« Er ging ins Schlafzimmer, das ich einmal als unser gemeinsames betrachtet hatte, und kam mit der geblühmten Überdecke zurück. Er deckte mich damit zu, und ich schloß die Augen wie ein verwundetes Tier, das endlich daheim und in Sicherheit ist. Ich hörte ihn in der Küche hantieren.

Er brachte mir einen dampfenden Riesenbecher mit Mrs. Goldsteins Suppe, und ich trank sie langsam. Sie war eine Wohltat für meine wunde Kehle.

Er zog noch einen Sessel heran, legte meine Füße auf seine

Knie und sah mich mit seinen stahlblauen Augen an. »Möchtest du darüber reden?«

»Ich hatte solche Angst, McDonald. Ich dachte, er würde mich vergewaltigen. Er hatte ein Messer –« Ich schüttelte den Kopf. »Ich weiß nicht, was mit mir los ist. Es ging mir gut. Und dann bin ich einfach zusammengebrochen. Ich glaube, der Adrenalinstoß hat mich die ganze Zeit auf den Beiden gehalten, und als der Adrenalinspiegel sank, machte ich schlapp.«

»Das ist eine verzögerte Reaktion. Du hast ein schlimmes Erlebnis hinter dir. Du hast ein Recht darauf. Jetzt brauchst du etwas Schlaf.« Er half mir auf die Beine. Ich stützte mich auf ihn, fast zu müde, aufzustehen und ins Bett zu gehen.

Er deckte mich zu. »Willst du die abnehmen?« fragte er und berührte meine Glasperlenkette.

»Nein«, sagte ich und faßte an meinen Hals. Verschlafen holte ich tief Luft und murmelte: »Vergiß nicht, die Tür abzuschließen, wenn du gehst.«

»Ich gehe nicht weg«, sagte er. Er zog sich die Jacke aus, nahm das Schulterhalfter ab und legte es auf meine Kommode, wie er es früher so oft getan hatte. »Ich bleibe hier. Ich gehe nicht weg von dir.«

Er legte sich neben mich. Ich lag unter der Decke und zitterte. Er streichelte mein Haar. »Ich bin bei dir. Mach die Augen zu. Denke an den Strand und an die warme Sonne«, flüsterte er. »Schlaf ein.«

Geborgen und schläfrig schloß ich nur einen Moment lang die Augen ...

Als ich erwachte, breitete sich rund um die Kanten der heruntergezogenen Jalousie in meinem Zimmer die Morgenröte aus, und McDonald döste auf dem Stuhl neben meinem Bett. Aus irgendeinem Grund war ich nicht überrascht, ihn hier vorzufinden. Es kam mir ganz normal vor. Als ich mich bewegte, öffnete er die Augen, gähnte und legte sich dann wieder zu mir auf das Bett. Wir hielten uns umarmt und dösten noch ein wenig weiter.

Als ich das nächsten Mal erwachte, war die Jalousie hochgezogen, und ich konnte den Himmel und den Mangobaum vor dem Fenster sehen. Aus der Küche duftete es nach Kaffee.

Er machte Rühreier mit Toast. Wir aßen und tranken Orangensaft, ohne dabei viel zu sprechen.

Er holte die Zeitung herein, und wir saßen in meiner Küche und lasen wie eine halbe Million anderer Abonnenten den Artikel über Hector Ugalde, den Vergewaltiger. Ich fühlte mich ganz unbeteiligt, als wäre das alles einer Fremden passiert. Der Artikel enthielt ein Detail, das uns beiden neu war. Als Hector gefaßt wurde, trug er den Slip seines letzten Opfers unter seinem Wickelrock, ebenfalls ein Souvenir von einem früheren Opfer. Wenn ihm ein Kleidungsstück gefiel und paßte, dann nahm er es anscheinend mit. Vielleicht war er abergläubisch und dachte, es würde ihm Glück bringen, oder vielleicht hatte er einfach ein makabres Vergnügen daran, oder es war ihm unangenehm, selbst Frauenkleider für sich zu kaufen.

Die Anklagepunkte umfaßten mehrfache Vergewaltigung – laut Gesetz heißt es ›Notzucht‹ –, bewaffneten Raubüberfall, schwere Körperverletzung, Verletzung der Privatsphäre, anstößiges Benehmen, tätlichen Angriff, versuchte Vergewaltigung und Auftreten in der Öffentlichkeit als eine Person des anderen Geschlechts. Er war ein *Marielito,* verheiratet, und seine Frau, die von ihm getrennt lebte, hatte einmal in einem Bürogebäude in der Innenstadt gearbeitet, wo zwei der Vergewaltigungen stattgefunden hatten.

Er wohnte in einem heruntergekommenen Apartmenthaus hinter einer Schiffswerft am Miami River, wo er gelegentlich auf einem Schlepper arbeitete. Seine letzte geregelte Arbeit bestand darin, während der Stoßzeit an Straßenecken Blumen an die vorbeifahrenden Autofahrer zu verkaufen.

Die Polizei sagte, daß er ein Anhänger der *Santería* und fassungslos und wütend auf seinen *santero* war, dem er viel Geld für Rituale gezahlt hatte, die ihn vor einer Verhaftung schützen sollten. Offenbar war er zornig, weil er nicht bekommen hatte, wofür er bezahlt hatte. Die eintätowierten Pfeile sollten ihm ebenfalls die Polizei vom Leib halten. Ich berührte die weißen und blutroten Glasperlen an meinem Hals. Tante Odalys Zauber war stärker ...

Jetzt schnappe ich auch schon über, dachte ich und lachte.

»Du siehst heute morgen schon viel besser aus«, sagte McDonald.

Er nicht. Er mußte sich rasieren. Aber in meiner Wohnung sah er wunderbar aus.

»Danke. Hast du in letzter Zeit mit Dan gesprochen?«

Er schüttelte den Kopf. »Schon seit Wochen nicht mehr. Der Mann macht mir Sorgen, Britt. Er redet nie über die Zukunft oder die Gegenwart. Er lebt in der Vergangenheit. Das ist anscheinend das einzige, was ihn interessiert.«

»Vielleicht glaubt er, daß die Vergangenheit alles ist, was ihm geblieben ist. Er kann manchmal ein wenig trübsinnig sein. Er muß mehr raus und mit Freunden und netten Leuten zusammenkommen.«

»Das läßt sich machen«, sagte er und lächelte. »Wenn ich ihn je erwische und ihm Daumenschrauben anlegen kann.«

Ich trank meinen Kaffee. »Weißt du, du hättest mir sagen können, daß ich beschattet werde.«

»Dazu war ich nicht befugt«, sagte er, unangenehm berührt. »Es war nicht –«

»Ich weiß, ich weiß«, unterbrach ich ihn. »Es war nicht dein Fall.«

»Du hättest auf Harry hören sollen. Das war wirklich knapp, Britt. Viel zu knapp.« Sein Blick war ernst. »Harry sagte, er hat dich gewarnt, daß du keine Artikel mehr über den Mann schreiben sollst, bis er gefaßt ist. Du solltest nicht immer so stur sein. Und außerdem, wenn du gewußt hättest, daß du beschattet wirst, dann hätte es wahrscheinlich nicht funktioniert. Du hättest dich nicht unbefangen benommen, und das hätte den Typen mißtrauisch gemacht.«

»Habt ihr es lustig, du und Harry, wenn ihr euch darüber unterhaltet, wie stur ich bin?« Der unangenehme Unterton in meiner Stimme erinnerte mich plötzlich an Marianne Rhodes.

Er schwieg und starrte in seine Kaffeetasse, und als er wieder sprach, war seine Stimme sanfter, hoffnungslos. »Britt, warum läuft es bei uns immer so?«

»Ich weiß es nicht, McDonald. Ich weiß es nicht«, flüsterte ich.

Er nahm meine Hand.

»Also, wie fühlt man sich als Lieutenant?« fragte ich und drückte seine Finger.

»Gut«, sagte er energisch. »Es entwickelt sich sehr gut. Vielleicht schicken sie mich im Frühjahr auf das SPI.«

»Ich bin beeindruckt.« Ich lächelte, doch mein Herz war schwer. Nur Polizisten, die befördert werden sollen, werden auf das Southern Police Institute in Kentucky geschickt. »Jeder Polizeichef, den wir hatten, hat dieses Institut besucht.«

»Stimmt.« Seine Augen funkelten. »Das könnte eine echte Chance sein.«

»Was ist mit dir und K. C. Riley?«

»Das hat nichts mit uns zu tun, Britt.«

»Ach?«

»Ich hab' dich wirklich gern, Britt. Du wirst mir immer wichtig sein. Ich werde dich immer gern haben, und ich werde immer für dich da sein.« Er hielt inne. »Weißt du, zuerst war ich eifersüchtig, als ich dich mit diesem Typen in der Eisverkäuferuniform sah.« Seine Miene besagte, daß er überzeugt war, daß ich das wohl kaum glauben konnte. »Aber dann habe ich mich für dich gefreut, Britt. Du verdienst es, glücklich zu sein.«

Ich wußte, was er damit sagen wollte. Es gab so vieles, was ich ihm sagen wollte, so viele Dinge, die er mir hätte erklären sollen. Aber wieder standen unsere Berufe zwischen uns.

Er gab mir zum Abschied an der Tür einen Kuß, und meine Wohnung wirkte plötzlich leer.

Ich schenkte mir noch Kaffee nach und las den Artikel über den Vergewaltiger ein zweites Mal. Heute sollte der Kautionsantrag gestellt werden.

Janowitz hatte gründliche Arbeit geleistet, aber ich hätte es anders geschrieben. Verärgert stellte ich fest, daß ich mindestens einmal falsch zitiert wurde. ›Hat mir eine höllische Angst eingejagt‹ klang blöd, und so etwas würde ich nie sagen.

Das Telefon läutete. Mrs. Goldstein hatte gerade den Artikel gelesen. »Bin ich froh, daß er im Gefängnis ist«, sagte sie. »Das muß ja furchtbar gewesen sein, Britt.«

Ich kauerte auf meinem Lieblingssessel, die Knie unter das Kinn gezogen, den Hörer ans Ohr gedrückt.

»Ich bin auch froh , daß es vorbei ist«, sagte ich. »Der Mann hat mir eine höllische Angst eingejagt –«

Als ich hörte, was ich sagte, drückte ich die Stirn auf die Knie und schloß die Augen. Du gibst dein ganzes Leben die Worte anderer Menschen wieder, und es ist dennoch eine Offenbarung, wenn jemand deine eigenen Worte genau wiedergibt.

»Ich habe Ihren Lieutenant gesehen«, sagte meine Vermieterin hinterlistig. »Ich bin froh, daß er wieder da ist.«

»Er ist nur vorbeigekommen, um zu sehen, ob ich okay bin«, flüsterte ich; mein Hals schnürte sich zusammen. »Mehr nicht.«

KAPITEL 18

Ich nahm Fred Douglas' Angebot an, mir einen Tag freizunehmen, und kuschelte mich mit Bitsy und Billy Boots zusammen, um noch ein wenig weiterzuschlafen. Am späten Vormittag wachte ich zum zweiten Mal auf, ausgeruht und froh, am Leben zu sein. Ich rief Lottie zurück, Onnie, meine Mutter, Tante Odalys und etliche andere Freunde, versicherte ihnen, daß es mir gut gehe und lehnte ihre Angebote ab, mich mit ihnen zu treffen. Ich wollte heute nur allein sein. Ich nahm Bitsy an die Leine und ging mit ihr hinaus.

»Du hättest dir fast eine neue Besitzerin suchen müssen«, sagte ich zu ihr, als wir von unserem Spaziergang zurückkamen, hob sie hoch und drückte sie an mich.

Ich trauerte um Francie, und ich hatte tiefes Mitleid mit Dan. Der Tag war so schön, der Himmel so blau. Jetzt sah ich das alles wieder viel bewußter. Wie konnte man es nur ertragen, dies alles zurückzulassen, dachte ich. Ich war gerührt, daß sich Dan bei all seinen eigenen Problemen Sorgen um mich gemacht hatte. Ich gelobte, eine bessere und fürsorglichere Freundin zu werden.

Als ich am nächsten Morgen in die Redaktion kam, fühlte ich mich fast so gut wie neu. Ein Gesteck aus Löwenmäulchen und Paradiesvogelblumen zierte meinen Schreibtisch. Es war nicht von McDonald. *Ich hoffe, es geht dir gut,* stand auf dem Kärtchen. *Vergiß nicht den Vollmond. Curt.*

Janowitz sammelte noch immer Informationen über Hector Ugalde, dessen Kautionsantrag abgelehnt worden war. Der Mann war bereits früher in Union City, New Jersey, wo er eine Zeitlang gewohnt hatte, einige Male wegen versuchter Vergewaltigung verhaftet worden. Er wurde sogar gesucht, weil er abgehauen war und die Kaution hatte verfallen lassen.

Das vom Gericht angeordnete Gutachten eines Psychiaters aus New Jersey hatte folgendes ergeben; Als Ugalde – noch in Havanna – ein Kleinkind war, hatte seine Mutter, die vor der Revolution mit Auftritten in Sexshows ihren Lebensunterhalt verdiente, sich geweigert, ihm die Haare zu schneiden und ihm oft zur Strafe Mädchenkleider angezogen. Die Mutter hatte häufig wechselnde Partner gehabt, wie der Doktor in seinem Bericht schrieb, und sich ihrem Sohn gegenüber aufreizend benommen; als kleiner Junge mußte er ihr nach dem Baden den nackten Körper einpudern.

Ich bin Psychiatern gegenüber von Natur aus skeptisch. Der Arzt mußte alle diese Informationen von Ugalde selbst bekommen haben und hatte keine Möglichkeit, sie zu überprüfen. Aber auf eine perverse Art ergab das alles einen Sinn.

Am Nachmittag rief ich in Fieldings Anwaltsbüro in Miami an, ließ mich mit seinem Sekretär verbinden und log das Blaue vom Himmel herunter.

»Ich rufe wegen Mr. Fieldings Zahnarzttermin an.«

»Zahnarzttermin?« fragte er.

»Ja, die normale Routinekontrolle und Zahnreinigung.«

»Aber er war doch erst vor zehn Tagen bei Dr. Wiseman, das letzte Mal, als er in Miami war. Das verstehe ich nicht. Er ist mitten im Wahlkampf und fährt im ganzen Staat herum, wissen Sie.«

»Hmmmm«, sagte ich. »Das muß wohl ein Irrtum in unseren Unterlagen sein.«

Es gab nur einen Dr. Wiseman im Telefonbuch.

»Sie sind also verantwortlich für das schöne Lächeln unseres Kandidaten«, säuselte ich überschwenglich, nachdem ich erklärt hatte, daß ich für einen Artikel über Fielding Recherchen anstellte, was auch stimmte. »Oder hat er es geerbt?«

»Sagen wir mal, sein Zahnarzt hat auf dem Gebiet etwas nachgeholfen«, sagte Dr. Wiseman.

Vor zwei Jahren, sagte er, habe sich der Kandidat Jacketkronen machen lassen.

Also wieder von vorne anfangen, mich wieder meiner normalen Arbeit zuwenden, verfolgt von etwas, das noch nicht zu Ende war.

Ich steckte die Zeitungsausschnitte über Mary Beth Rafferty in meinen Schreibtisch, statt sie in die Bibliothek zurückzubringen; ich hatte vor, sie noch einmal gründlich zu studieren, Zeile für Zeile. Aber in Miami und in meinem Job ging es hektisch zu. Die Ereignisse wurden zusehends merkwürdiger, wie immer in unserem brütend heißen Sommer, der heimtückischsten Jahreszeit von allen.

Am Stadtrand wanderten Katzenwelse über Straßen in Wassernähe. Quallen, die Südflorida normalerweise im späten Winter heimsuchen, tauchten zu Hunderten auf, Schwärme von schimmernden blauen Blasen in der Brandung. Etwas Undefinierbares, Beunruhigendes lag in der Luft, als sei mit Mutter Natur etwas ganz und gar nicht in Ordnung.

Ein Hardrock-Radiosender machte Werbung für eine Schatzsuche; sie versteckten einen Jackpot mit tausend Dollar in bar in einer Telefonzelle und animierten die Zuhörer mit Hinweisen zum Mitmachen. Die Leute begaben sich in Scharen auf die Suche, und der Höhepunkt war erreicht, als nach einem Auffahrunfall vor der falschen Telefonzelle die nachfolgenden Autofahrer in die drei ursprünglich beteiligten Fahrzeuge hineinrasten. Vor der richtigen Zelle kam es nach einem Verkehrsstau zu Schlägereien, die fast in Krawalle ausarteten. Am schwersten verletzt wurde ein unbeteiligter Zuschauer, der nur telefonieren wollte.

Das Rio Theater, ein in der Innenstadt gelegenes Kino für Teenager aus einkommensschwachen Schichten, machte wegen seiner Ratten Schlagzeilen. Leider tauchten sie während eines Horrorfilms auf. Die Handlung nahm ihren Lauf, und die Spannung stieg. Das Publikum hielt aufgeregt den Atem an, und ein halbwüchsiges Mädchen lockerte den Griff um ihr halbgegessenes Wurstsandwich. Die Spannung auf der Leinwand steigerte sich zum grausigen Höhepunkt, als eine riesige Ratte dreist das Sandwich packen wollte. Das Mädchen ließ jedoch nicht los und kreischte: »Sie hat mich gepackt! Sie hat mich gepackt!« Ein regelrechtes Tauziehen begann, und fünfhundert schreiende Jugendliche trampelten aus der Dunkelheit des Kinosaals ins Tageslicht hinaus.

Es gab vor allem Leichtverletzte, dafür aber viele.

Am nächsten Morgen kaufte ich ein paar dick mit Frischkäse bestrichene Salz-*Bagels*, fuhr in die Redaktion und ging damit nach hinten ins Fotolabor, wo Lottie gerade Wasser aufsetzte.

»Du hast einen schlechten Einfluß auf mich, Britt«, jammerte sie, biß in ihr *Bagel* und seufzte zufrieden auf. »Mmmm«, sagte sie. »Du hast sogar Frischkäse mit Schnittlauch genommen.«

Da sich unsere Gespräche in letzter Zeit vor allem um Hector Ugalde gedreht hatten, hatte ich ihr noch gar nicht richtig von meiner Ausflugsfahrt mit Curt Norske erzählt. Ich berichtete ihr von seiner phantastischen Version der Geschichte von Miami und von seiner Einladung zu einer Fahrt bei Vollmond.

»Du wirst es doch tun, oder?«

»Ich weiß nicht«, sagte ich zweifelnd, löffelte Instant-Kaffee in einen Becher und goß heißes Wasser darauf.

Sie verdrehte die Augen. »Das würde ich mir auf keinen Fall entgehen lassen. Eine Fahrt ins Blaue mit Captain Curt!«

Ich zuckte die Achseln. »McDonald sagt, er sieht aus wie ein Eisverkäufer.«

»Was hast du geglaubt, was er sagen würde? Er hat dich mies behandelt, er turtelt mit einer Polizistin, aber es geht ihm noch immer gegen den Strich, wenn er sieht, daß du dich mit jemand anderem gut verstehst. Stell dir das mal vor, ganz allein in der Bucht herumzufahren, bei Vollmond.«

»Ich weiß nicht«, sagte ich halbherzig. »McDonald war toll, einfach wunderbar, er war da, als ich ihn brauchte. Und bei Vollmond ist in meinem Job gewöhnlich am meisten los.«

»Britt« – sie blickte mir forschend in die Augen – »bist du verrückt? Was nützt dir ein Mann, der nur auftaucht, wenn du mehr tot als lebendig bist?«

Ein Meckern aus der Lokalredaktion ertönte in der Gegensprechanlage; Gretchens Stimme. Sie versuchte, ein Foto an die

Außenstelle in Broward zu faxen und brauchte Hilfe. Lottie seufzte und stand auf. »Ich schwöre, diese Frau wäre zu blöd, Pisse aus einem Stiefel herauszuschütten, wenn er vorne und hinten ein Loch hätte! Bin gleich wieder da.« Sie nahm den Rest ihres *Bagels* mit und ging.

Ich saß da, aß und trank Kaffee. Dann zog ich lustlos zwei Kataloge aus dem Seitenfach der überdimensionalen Kameratasche, die Lottie statt einer Handtasche trägt. *Victoria's Secret of London.* Müßig blätterte ich die glänzenden, bunten Seiten mit Spitzenunterwäsche und aufreizender Kleidung durch, die von wunderschönen, langbeinigen Fotomodellen vorgeführt wurde.

Eine stand in herausfordernder Pose da, die Lippen geöffnet, eine Hand auf die Hüfte gestützt, und strich sich mit der anderen träge ihre üppige Haarmähne mit den sonnengebleichten Strähnchen zurück. Der rote Body, den sie trug, war aus hauchdünner, weicher Stretch-Spitze, mit Schleifchen und unechten Perlen besetzt, wie in der Beschreibung zu lesen war.

Ich starrte das Bild lange an und wußte plötzlich, was nicht stimmte, was ich die ganze Zeit geleugnet hatte, selbst in meinen Träumen. Mir war schlecht. Ich wischte mir den Frischkäse mit Schnittlauch vom Mund ab und stand auf.

Lottie kam zurück. »Ich bin total vollgefressen«, sagte sie lustvoll. »Aber es war s-o-o-o- gut.« Dann sah sie mein Gesicht. »Was ist denn los, Britt? Ist dir nicht gut?«

»Ich komme später wieder«, flüsterte ich und floh an meinen Schreibtisch. Ich kramte die Notizen und Ausdrucke in meiner untersten Schreibtischlade durch, bis ich fand, was ich suchte: Steiner, Creech, Farrington. Mit bangem Herzen las ich sie alle nocheinmal, sah dann noch andere Stories durch und überlegte hin und her. Konnte es wirklich wahr sein?

Was hatte Detective Diaz gesagt? ›Bei Morden gibt es keine Zufälle.‹

Halbausgegorene Ängste nahmen in meinem Kopf Gestalt an, während ich zu Lottie zurücklief. Sie war in der Dunkelkammer. Ich trat in die Drehtür, packte die seitlichen Griffe und wurde in die Dunkelheit befördert.

Im gespenstischen Orange der Dunkelkammerbeleuchtung arbeitete sie am Ende einer Reihe von Vergrößerungsapparaten. Aus ihrem Kassettenrecorder in der Ecke klang Musik; ›Mean Mistreatin' Momma‹, gesungen von Elmore James, dem tollen Blues-Gitarristen.

»Lottie, ich glaube, es ist etwas Schreckliches passiert.«

»Ich weiß, ich weiß.« Sie drehte sich zu den Waschbecken in der Mitte des Raumes. »Ich habe den Rest deines *Bagels* gegessen. Ich wußte nicht, wann du zurückkommst, und ich wollte ihn nicht verkommen lassen.«

»Ich meine es ernst.« Beim beißenden Säuregeruch des Fixiermittels in einer der drei großen Wannen über den Waschbecken drehte sich mir der Magen um. In der Dunkelkammer lief ständig Wasser, und der Trockner summte. Ich trat näher an ihren Arbeitsplatz heran.

»Denkst du an Ugalde? Verfolgt er dich?«

»Noch schlimmer«, sagte ich. Der Vergewaltiger war beängstigend, aber er war ein Fremder, nicht jemand, den ich kannte und dem ich vertraute. »Glaubst du, es ist möglich, daß jemand, der sein ganzes Leben auf der richtigen Seite des Gesetzes gestanden ist, plötzlich zum Mörder wird?«

»Redest du von Gretchen?«

»Lottie, ich meine es ernst!«

»Ich auch!« Sie stampfte nachdrücklich mit dem Fuß auf. Ich trat näher zu ihr und sah, wie auf dem Barytpapier in der Wanne durch den Entwickler wie durch Zauberhand Bilder von Miami auftauchten. Dominospielende alte Männer im Park, junge Kubaner in einem Alfa 66 Ausbildungslager in den Everglades, Obdachlose im Bayfront Park. Sie benutzte Zangen, um die Bilder vom Entwickler in die Fixierlösung zu befördern. »Scheiße«, rief sie, machte einen Schritt zurück und inspizierte den aufgekrempelten Ärmel ihrer Bluse. »Jetzt habe ich mir Entwickler auf meine gute Bluse gespritzt, das Dektol bringe ich nie mehr heraus.«

»Es geht um Dan«, sagte ich. »Ein verrückter Zufall.«

Sie drehte sich im dämmrigen Licht zu mir um.

»Du weißt doch, daß er Tag und Nacht an alte Fälle denkt?«

»Wie ein alter Kampfbulle, er gibt niemals auf.« Sie nickte und wandte ihre Aufmerksamkeit wieder den Abzügen in der Wanne zu.

»Erinnerst du dich an Farrington, den Verdächtigen in einem alten Mordfall? Er hat vor Jahren seine Frau in Beton eingegossen, und jetzt hat jemand ihn in Beton eingegossen.«

»Natürlich. Ein wahrer Fall von ausgleichender Gerechtigkeit.« Sie ließ einen Abzug vom Fixiermittel in die Wässerungsschale gleiten.

»Genau. Als ich mir den *Victoria's-Secret*-Katalog ansah, mußte ich an Creech denken, der Mann, der an Asphyxie gestorben ist. Es hieß, sein Tod sei ein Unfall gewesen. Er hatte mit Sex zu tun. Ihn hat man ebenfalls einmal eines Mordes verdächtigt – an seiner halbwüchsigen Nichte. Der hatte ebenfalls mit Sex zu tun.

Und Dieter Steiner, Dans alter Mordverdächtiger. Der hätte auf dem elektrischen Stuhl landen sollen, kam aber aufgrund eines Formfehlers ungeschoren davon und ging frei – und wurde durch Stromschlag getötet. Ein Unfall.«

Lottie hielt mit ihrer Arbeit inne. »Ich werd' verrückt«, murmelte sie. »Ganz schön viele Fälle von ausgleichender Gerechtigkeit. Sonst noch welche?«

»Ich weiß es nicht.«

»Du glaubst, irgend jemand killt die Bösewichter wie ein Racheengel?« Sie senkte die Stimme. »Dan?«

»Der Mann ist wie ein Teddybär«, sagte ich. »Ich habe ihn meiner Mutter vorgestellt. Er ist nett zu Kindern und alten Damen.« Der Raum wirkte kalt und feucht; ich zitterte und wünschte, ich hätte einen Pullover dabei. »Ich habe einmal gesehen, wie er im Dienst auf der Schnellstraße stehenblieb, um eine Schildkröte zu retten, die die Straße überquerte.«

»Diese Leute, die da gestorben sind, sind keine unschuldigen Kinder oder hilflose Tiere oder alte Damen, Britt. Er weiß, daß sie kaltblütige Mörder sind.«

»Er hat sein ganzes Leben das Gesetz vertreten«, flüsterte ich.

»Und schau, was er davon hat.« Sie wischte sich die Hände an der Schürze ab. »Wir wissen, daß sich die Guten von den

Bösen nur durch eine dünne Trennlinie unterscheiden. Vielleicht ist er auf die andere Seite übergewechselt.« Ihr Gesicht leuchtete in dem orangefarbigen Licht.

»Dan würde niemals ... obwohl er sich wirklich verändert hat, seit er nicht mehr bei der Polizei ist.« Ich dachte laut. »Seine Gesundheit wird immer schlechter, er hat seine Familie verloren, und dennoch wirkt er in letzter Zeit voller Energie, wie jemand, der ein Ziel verfolgt.«

»Er stirbt, und er hat nichts mehr, wofür er leben kann, außer für die Gerechtigkeit, die bei ihm selbst versagt hat. Vielleicht glaubt er, eine Mission zu haben.«

Wir lauschten eine Zeitlang dem laufenden Wasser und dem Summen des Trockners. Elmore James begann ›I Got a Right to Love My Baby‹ zu singen.

»Wer kann einen Mord besser wie einen Unfall aussehen lassen als jemand, der dreißig Jahre lang Mordfälle untersucht hat?« sagte sie.

»Es ist so verrückt.« Ich kämpfte gegen die Gewissensbisse an, die mir meine eigenen illoyalen Gedanken verursachten.

»Glaubst du, daß ihm noch jemand anderer auf der Spur ist?«

»Das bezweifle ich. Wir wissen ja nicht einmal, ob es wahr ist. Es kann nicht wahr sein. Was zum Teufel soll ich tun?«

»Das, was du immer tust, wenn du so ein Gefühl oder einen Verdacht hast. Recherchieren. Warum fragst du ihn nicht? Du hast immer gesagt, daß er dich noch nie belogen hat.«

»Stimmt.« Ich fuhr mir mit den Fingern durchs Haar. »Aber ich habe ihn noch nie gefragt, ob er ein Verbrechen begangen hat. Dieser Mann ist von seinem eigenen Herzen attackiert worden, und er hat Fürchterliches durchgemacht. Er vertraut mir. Was mache ich, wenn er mir Dinge erzählt, die ich nicht hören will?«

Lottie schüttelte den Kopf, als sei sie über meine Frage überrascht. »Was immer du machst, Britt. Du berichtest darüber.«

»Über Dan?«

»Wenn es stimmt, dann wird jemand darüber schreiben. Besser du als irgendein Fremder, der ihn nicht einmal kennt. Dir bedeutet er wenigstens etwas.«

»Wahrscheinlich irren wir uns ja.«

»Wenn ja, dann wirst du es herausfinden. Ich war immer der Meinung, daß dein Gefühl dich recht selten trügt.« Sie legte einen nassen Abzug auf das Förderband des Trockners. Auf Rollen wurde er langsam in die Trockenmaschine transportiert, wo heiße Luft darüber geblasen wurde. Sekunden später kam der fertige Abzug sauber und trocken auf der anderen Seite heraus.

Lottie und ich debattieren oft darüber, wer von uns beiden den schwierigeren Job hat. Jetzt weiß ich es, dachte ich, als ich ging. Fotografieren ist einfacher. Da gibt es keine Fragen. Bilder lügen nicht.

KAPITEL 19

Ich verließ die Nachrichtenredaktion, ohne zu sagen, wohin ich ging. Ich wußte es selbst nicht genau. Ich wollte einfach nur mit dem Thunderbird Richtung Westen fahren, quer durch die Everglades, zum Golf von Mexiko. Warum zog es mich plötzlich zur sanfteren Küste Floridas? Das letzte Mal war ich mit Kendall McDonald dortgewesen, als wir dem zunehmenden Druck unserer Jobs miteinander in Richtung Westen entflohen und eine idyllische Woche an weißen Sandstränden am warmen Wasser verbrachten. Das war, bevor es in unserer Beziehung und in der Stadt zum großen Knall kam.

Ich parkte an einer versteckten Stelle, wo ich oft hinfahre, um nachzudenken oder neue Kräfte zu tanken, wenn die Realität, die Verbrechen und die Stadt übermächtig werden. Mein Auto war das einzige, das auf diesem kleinen Spielplatz am Strand stand, von dem aus man die Bucht und das silberne Wasser im Westen, den schimmernden Horizont und einen endlosen, kobaltblauen Himmel sah.

Ich ordnete meine Gedanken. Zum ersten Mal würde ich recherchieren und dabei hoffen, daß ich mich irrte, daß keine Story drin war.

Das wäre am besten. Dann würde Dan nie auf die Idee kommen, daß die Freundin, der er vertraute, Nachforschungen über ihn anstellte, als wäre er ein in Geldwäscherei verstrickter Bankier oder ein korrupter Staatsbeamter – oder ein Polizist, der die Fronten gewechselt hatte.

Mit Dan würde ich zuletzt reden. Man darf sein Opfer nicht mißtrauisch machen, bevor man sich seiner Sache nicht ganz sicher ist. Man muß seine Informationen zusammentragen und dann den Betreffenden damit konfrontieren und ihn um eine Stellungnahme bitten. Eine der Grundregeln des Journalismus.

Mit etwas Glück würde ich nichts finden, und es würde erst gar nicht dazu kommen.

Ein verbeulter grüner Buick hielt an und parkte in der Nähe. Der Fahrer war allein und sah in meine Richtung. Er nickte mir zu. Die ›Geister‹ meiner Tante Odalys hatten mich darauf aufmerksam gemacht, das ich zu vertrauensvoll sei. Daß ich nicht lache, dachte ich. Meine Reaktion auf den Fremden war, daß ich nachsah, ob meine Türen auch versperrt waren und dann den Motor anließ.

In Wirklichkeit bin ich zu mißtrauisch, eine hervorragende Eigenschaft für eine Reporterin, aber eine miese Eigenschaft für eine Freundin. Seltsam, obwohl die Gefahr vorbei war, trug ich noch immer meine Glasperlenkette und den *resguardo*. Aus Gewohnheit oder zur Sicherheit? fragte ich mich.

Ich fuhr zurück zur Zeitung, um eine Akte anzulegen. Zum Glück war Tubbs im Dienst und zu beschäftigt, um eine ausführliche Erklärung zu verlangen, als ich im Vorbeigehen etwas davon murmelte, daß ich einer Sache auf der Spur sei und genauere Nachforschungen anstellen wolle.

Als erstes fuhr ich zum gerichtsmedizinischen Zentrum. Der Chefpathologe war unterwegs, aber Dr. Duffy war da.

Ich nahm vor seinem vollgeräumten Schreibtisch Platz. »Ich interessiere mich für den Fall Farrington«, sagte ich.

Er schüttelte den Kopf, nahm die Brille ab und putzte die Gläser; seine Miene war erwartungsvoll, wenn auch etwas mißtrauisch.

»Sie sind nicht die einzige«, sagte er und wies auf den Berg von Zetteln auf seinem Schreibtisch, auf denen Anrufe notiert waren. »Der Fall hat viel Aufmerksamkeit erregt. Aber Sie wissen, Britt, bei einem ungelösten Fall muß ich Sie an den zuständigen Beamten der Mordkommission verweisen.«

»Über die Ermittlungen habe ich bereits mit Diaz gesprochen«, sagte ich beiläufig. »Aber die Leute interessieren sich dafür, wie Sie die Leiche aus dem Beton herausbekommen haben. Muß 'ne Menge Arbeit gewesen sein.«

»Das stimmt«, sagte er. »Es scheint, daß bestimmte Arten von Mordfällen in Zyklen auftreten. Ist Ihnen schon einmal aufgefallen, daß wir manchmal ständig Leichen finden, dir nur oberflächlich verscharrt sind? Und dann wieder im Kofferraum von Autos oder in der Bucht oder irgendwo in den Everglades. Ich hoffe, dieser Mord setzt nicht eine ganze Serie in Gang.«

»Im Beton haben Sie wohl nichts finden können. Ein Jammer. Was ist, wenn es wirklich Selbstmord war und der Mann eine Waffe und einen Abschiedsbrief bei sich hatte? Diese Dinge wird man dann nie finden.«

Er stand auf. »Ich will Ihnen etwas zeigen, Britt.« Ich folgte ihm, und wir gingen durch den Korridor zu einem abgeschlossenen Raum in der Ermittlungsabteilung.

Duffy schaltete das Alarmsignal aus, das ertönt, wenn die Tür geöffnet wird, trat ein und nahm einen Karton von einem Regal. Er brachte ihn heraus und stellte ihn auf die glänzende Arbeitsfläche. Er enthielt betonverkrustete leere Limoflaschen; etwas, das aussah wie ein halb aufgegessenes Sandwich, eine Coladose; Zigaretten-, Keks- und Kaugummipackungen; zwei leere Streichholzheftchen; Nägel; einen Zigarettenstummel; Holzstückchen; einen zerbrochenen Hammer – alles trug Spuren von Beton; kleine Steinchen waren auch darunter.

»Was ist das für ein Zeug?«

»Die Bauarbeiter werfen ihren Abfall in die Schalungen, bevor sie den Beton hineingießen.« Er zuckte die Achseln. »Kein Mensch sieht mehr was davon. Zumindest in den meisten Fällen.« Er seufzte. »Ich habe einen guten Knochenmeißel ruiniert. Wir mußten Löcher bohren, damit der Beton leicht wegbrach, wenn wir ihn mit diesen Edelstahlhämmerchen, die man in der Chirurgie verwendet, abklopften.«

Ich sah mir den Plunder in dem Karton an. »Glauben Sie, daß irgend etwas davon vielleicht dem Mörder gehört hat?«

»Das bezweifle ich, aber Diaz will es mit auf die Baustelle nehmen und schauen, wieviel davon die Männer erklären können.«

Bei der Schachtel war auch ein durchsichtiger, verschließbarer Plastikbeutel, der mit rotem Klebstreifen zugeklebt war;

Farringtons persönliche Habe. »War der Inhalt seiner Taschen unbeschädigt?«

»Das meiste ja. Seine Beine waren etwas gebeugt, daher standen seine Hosentaschen oben leicht offen. Es war etwas Beton darin, aber zum Großteil war es nur naß.«

»Naß?«

»Das Wasser macht den Beton fließfähig. Wir haben die Stücke, die seinen Kopf umschlossen«, bemerkte Duffy. »Die werde ich im nächsten Frühjahr in Chicago beim Kongreß der amerikanischen Akademie für Kriminaltechnik präsentieren. Es ist ein ausgezeichnetes Lehrbeispiel«, sagte er. »Das hintere Stück ist sogar verfärbt, Blut von der Schußwunde.«

»War es ein Zweiunddreißiger?« riet ich.

»Nein, ein Achtunddreißiger.« Ihm war sichtlich etwas unbehaglich zumute. »Sie werden doch alles, was Sie verwenden wollen, vorher mit dem zuständigen Kriminalbeamten abklären?«

»Natürlich«, versicherte ich ihm. »Sehen Sie mal, wie seine Uhr zugerichtet wurde.«

Auf der Innenseite, die an Farringtons Haut angelegen war, glänzte die goldene Rolex noch immer. Außen war sie mit Beton überzogen. »Geht sie noch?« fragte ich.

»Nein«, sagte er.

Einige der anderen Dinge in dem durchsichtigen Plastikbeutel waren schwer zu erkennen. »Das ist ein Piepser«, sagte Duffy. »War noch an seinem Gürtel befestigt, zusammen mit seinem Schlüsselbund.«

Der Beutel enthielt ein Feuerzeug, eine dünne lederne Brieftasche, einen Banknotenclip (die gefalteten Geldscheine waren unversehrt) und ein Fläschchen mit Tabletten darin. »Was hat er denn für Medikamente genommen?«

»Tagamet«, sagte Duffy. »Gegen Magenbeschwerden.«

»War seine Gesundheit sonst in Ordnung?«

»Anscheinend ausgezeichnet.«

Ich drehte den verschlossenen Beutel herum und untersuchte noch immer den Inhalt. Ein zerdrücktes Taschentuch – und etwas, bei dessen Anblick sich mein Herz schmerzhaft zusammenzog. Ein winziger Schraubverschluß von einer Flasche Nitro-Tabletten gegen Herzanfälle. An einem Verschluß kann man nicht erkennen, was in der Flasche ist – außer, er ist mit einem Stückchen knallrotem Klebstreifen versehen.

»Wo ist das Fläschchen, das zu diesem Verschluß gehört?« fragte ich; ich hatte nicht erwartet, daß es mich – wenn dieser Augenblick wirklich eintreten sollte – so hart treffen würde.

Ich blinzelte und drehte mich weg, um zu verbergen, daß meine Augen plötzlich voller Tränen standen, die mir die Sicht raubten. Dan hatte eine Tochter verloren. Ich hatte meinen Vater verloren. Jetzt würden wir einander verlieren, und er würde alles verlieren.

»Schauen wir mal nach.« Dr. Duffy hatte meine Reaktion nicht bemerkt. Er studierte die Inhaltsliste, die an dem Beutel hing. »Es wurde keine dazupassende Flasche gefunden. Vielleicht gehört der Verschluß in die Schachtel mit den Abfällen von der Baustelle, aber da er bei der Leiche gefunden wurde, haben wir ihn hier hineingetan. Anscheinend hat sich der Verschluß in seinen Hemdfalten verfangen, und als die Leiche durch das Gewicht des Betons verschoben wurde, rutschte er zwischen Kinn und Hemd.«

»Haben Sie je gesehen, daß jemand ein Fläschchen für Tabletten so markiert?« fragte ich und berührte den Verschluß durch das Plastik. Ich dachte daran, wie ich diesen – oder einen ähnlichen Verschluß – zum ersten Mal gesehen hatte.

»Nein«, sagte Duffy und nahm mir den Beutel aus der Hand. »Aber die Leute machen alle möglichen Dinge.«

Er brachte den Karton und den Plastikbeutel in den verschlossenen Raum zurück und kam dann wieder heraus. Mein Gesicht muß mich verraten haben.

»Ist irgend etwas nicht in Ordnung, Britt?«

Ich sah auf die Uhr. »Ich bin nur schon spät dran, und ich muß noch woanders hin, bevor ich zur Redaktion zurückfahre.«

Wie eine Wahnsinnige fuhr ich zu meinem nächsten Ziel. Es stimmte also; es war wirklich wahr, keine Einbildung. Jetzt ging es um Leben und Tod. Ich brauste in die schmale Straße und parkte den Wagen mit quietschenden Bremsen auf einem freien Platz. Warum? dachte ich. Wie konnte er das tun?

Sie war daheim, wie ich gehofft hatte, und öffnete die Tür einen Spalt.

»Hallo«, sagte ich mit herzlicher, allzu vertraulich klingender Stimme. »Mrs. Creech. Ruby. Sie erinnern sich an mich, Britt Montero. Ich war an dem Tag hier, als Ihr Mann starb. Ich muß mit Ihnen reden.«

»Ich habe ein Telefon«, sagte sie kalt.

»Ich bitte Sie nur um eine Minute Zeit. Es ist für uns beide wichtig.« Ich versuchte, ruhig zu bleiben; meine Stimme klang angespannt.

»Was?«

»Es geht um den Tod Ihres Mannes.«

»Darüber möchte ich nicht sprechen«, sagte sie. Ihr Tonfall war noch kälter.

»Es ist nicht, was Sie glauben. Nur eine Minute.«

Die Tür wurde aufgeschlossen, die Sicherheitskette rasselte, dann ging sie auf. Sie starrte mich an und trat dann einen Schritt zurück. »Wahrscheinlich werde ich das bereuen«, sagte sie.

»Danke«, sagte ich. Sie trug eine dunkle Hose und ein T-Shirt, ähnlich wie das erste Mal, als ich sie sah, aber sie hatte ein paar Pfund zugenommen und leuchtenden Lippenstift aufgelegt. Sie war beim Friseur gewesen und hatte sich die Haare nachfärben lassen. »Sie sehen gut aus«, sagte ich, ich versuchte, die Sache langsam anzugehen. »Wie geht es Ihnen?«

Auf dem Fußboden standen etliche vollgepackte Kartons und Kisten.

»Ziehen Sie aus?«

Sie nickte. »Würden Sie das nicht auch tun?«

Sie hatte vor, das Haus zu verkaufen, sagte sie, und eine Zeitlang zu ihrer Schwester nach Sarasota zu ziehen. Ich sagte, ich hätte gehört, es sei dort sehr schön; es würde ihr gewiß gefallen. Ein guter Ort für einen Neuanfang, dachte ich.

»Warum sind Sie hergekommen?« fragte sie.

Ich holte tief Luft. »Erinnern Sie sich an die polizeilichen Ermittlungen im Mord an Ihrer Nichte?«

Sie nickte, starrte ernst auf den Fußboden und setzte sich an denselben Küchentisch, an dem wir uns auch das erste Mal unterhalten hatten.

»Ich weiß, es ist Ihnen zuwider, daß diese Geschichte wieder aus der Versenkung auftaucht.« Ich nahm ihr gegenüber Platz.

»Was heißt, wieder auftaucht?« sagte sie bitter und hob ihren Blick. »Sie war nie vergessen. Wir haben jeden Tag damit gelebt.«

»Erinnern Sie sich an den Kriminalbeamten, der den Fall bearbeitete, der Ihren Mann verdächtigte?«

»Detective Flood, so hieß er. Wie könnte man den vergessen? Ich war überrascht, daß er hier nicht so aufkreuzte wie all die anderen, nur um sich daran zu weiden, an dem Tag, als ich Emerson fand ... an dem Tag, als Sie hier waren.«

»Da war er schon in Pension.«

»Seit wann?« fragte sie skeptisch.

»Er ist im letzten Frühjahr pensioniert worden.«

»Pensioniert?« sagte sie laut. »Pensioniert?« Ihre Miene war ungläubig. »Dieser alte Hurensohn! Warum hat er dann die ganze Zeit hier herumgehangen und hat uns gequält, wenn er nicht mal mehr bei der verdammten Polizei war? Ich wußte nicht, daß er in Pension war.«

»Wollen Sie damit sagen, Sie haben ihn in letzter Zeit noch einmal gesehen?« fragte ich. Ein Gefühl der Angst breitete sich in meinem Magen aus.

Die knochigen Hände zu Fäusten geballt, stand sie auf. »Früher kam er nur einmal im Jahr oder so, manchmal am Jahrestag des Mordes, manchmal an Feiertagen, zu Weihnachten oder zu Ostern. Immer, wenn er nichts Besseres zu tun hatte, nehme ich an. Emerson weigerte sich, mit ihm zu reden, und Flood sagte, er wolle nur, daß wir wüßten, daß er den Fall noch nicht zu den Akten gelegt hatte. Er hinterließ immer seine Visitenkarte und sagte, wenn einer von uns ihm etwas zu sagen hätte, sollten wir ihn anrufen. Jedesmal, wenn er hier war, gab es danach wochenlang Streit.«

»Wann ist er das letzte Mal hiergewesen?«

»Zwei Tage, bevor Emerson starb.« Sie ging in dem kleinen

Raum auf und ab, drei Schritte vom Herd zur Spüle, drei Schritte zurück. »Aber jetzt hatte er sich irgend etwas Neues ausgedacht. An dem Morgen ging ich zum Bus, stieg ein, und als ich mich hinsetzte und der Bus losfuhr, sah ich ihn einen halben Häuserblock weiter auf der anderen Straßenseite im Auto sitzen und das Haus beobachten.

Ich dachte, er würde vorbeikommen, aber er kam nicht. Ich habe es meinem Mann erzählt, und am nächsten Tag sahen wir ihn beide. Wir ignorierten ihn einfach, als wüßten wir nicht, daß er da draußen war. Wir dachten, daß er es jetzt mit etwas Neuem versuchte, daß er uns Angst einjagen wollte, irgend so 'ne psychologische Scheiße, um uns unter Druck zu setzen.«

»War das das letzte Mal, daß Sie ihn sahen?«

»Nein, er war auch am Tag, als es passierte, da. Als ich in der Früh wegging, sah ich ihn wieder, er saß in seinem Auto, einem dunkelblauen Buick Riviera, der auf der anderen Straßenseite geparkt war. Als ich zurückkam, war er weg. Als ich meinen Mann fand, dachte ich, daß es funktioniert hatte. Ich dachte, der Druck sei ihm schließlich doch zuviel geworden, und er hätte sich umgebracht. Das war, bevor sie das mit dem Sex erklärten.« Sie wirkte verlegen. »Und Sie sagen, dieser Scheißkerl war schon in Pension und hat das alles auf eigene Faust gemacht? Dazu hatte er kein Recht. Warum hat er das getan?« Die Erregung in ihrer Stimme legte sich. Müde verstummte sie und setzte sich wieder an den Tisch.

»Ich glaube, ich weiß es. Noch etwas«, sagte ich. »Dieser rote Spitzenbody. Der hat doch Ihnen gehört, nicht wahr?«

Sie lächelte traurig. »Ja. Ich weiß nicht, warum ich ihn gekauft habe. Nach allem, was passiert war, haben wir so lange wie Fremde nebeneinander gelebt. Irgendwie dachte ich wohl, wenn wir schon unser restliches Leben miteinander verbringen müssen, vielleicht –«

Ich sagte ihr, sie sollte die Zeitung lesen, daß ich einen Artikel über Dan Flood schreiben würde.

»Das sollte wirklich jemand tun«, sagte sie. »Der Mann geht zu weit.«

»Sie wissen gar nicht, wie weit«, sagte ich traurig.

An der Tür drehte ich mich um.

»Noch etwas. Glauben Sie, daß Ihr Mann Darlene ermordet hat?«

Ihr Blick wurde stumpf, und ihre Stimme war ausdruckslos. »Daran besteht kein Zweifel.«

Es war Zeit, mit einem Redakteur zu sprechen.

Ich hätte wochenlang weiterrecherchieren und versuchen können, weitere Beweise zu finden, aber dazu war keine Zeit – außerdem war das die Aufgabe der Polizei. Meine Aufgabe bestand darin, zu tun, was ich immer tue – darüber zu schreiben, wie Lottie gesagt hatte. Das war mir bisher immer so einfach vorgekommen. Jetzt war ein Interview mit Dan unvermeidlich. Würde er mich hassen? Nichts zu tun, war ausgeschlossen. Er mußte aufgehalten werden. Ich war dahintergekommen; es würden auch andere dahinterkommen. Kriminalbeamte sind nicht dumm. Doch es mußte geschehen, bevor noch irgend jemand anderer, einschließlich Dan, zu Schaden kam.

Aber er ist ein kranker Mann, dachte ich, der einen Großteil seines Lebens für diese Stadt gearbeitet hat. Und jetzt wird dieses Leben vielleicht hinter Gittern enden. Vielleicht stirbt er im Gefängnis.

Ich schluckte und ging in die Nachrichtenredaktion. Als Fred frei war und gerade nicht telefonierte, trat ich in sein Büro. »Ich habe Grund zu der Annahme«, sagte ich vorsichtig, »daß ein Kriminalbeamter, der nicht mehr lange zu leben hat, ein geachteter, pensionierter Beamter der Mordkommission, jetzt das Gesetz selbst in die Hände genommen hat und Selbstjustiz übt und mindestens drei Verdächtige ermordet hat, die seiner Meinung nach durch die Maschen des Gesetzes geschlüpft sind.«

Fred stieß einen Pfiff aus und wirkte beeindruckt. »Tolle Geschichte. Können Sie sie beweisen?«

Es gab kein Zurück. »Ich bin noch bei der Recherche, aber ich habe genug Material, um einen Artikel zu schreiben und die Leser ihre eigenen Schlüsse ziehen zu lassen.«

Bei der Redaktionssitzung einigte man sich darauf, daß der Artikel, sofern ich ihn zustande brächte, am Sonntag veröffentlicht würde – natürlich erst, nachdem man ihn auf Schwachstellen abgeklopft hatte.

»Glauben Sie, daß er etwas zugeben wird, Britt?« fragte Fred skeptisch.

»Trotz allem, war er getan hat, ist er ein ehrlicher Mann, der mich noch nie belogen hat. Ich glaube, er hat das Gefühl, im Recht zu sein. Das Schlimmste, was passieren kann, ist, daß er vielleicht die Beherrschung verliert und sich weigert, überhaupt mit mir zu sprechen.«

»Selbst wenn er alles leugnet, was wahrscheinlich ist – allein die Tatsache, daß er mit all diesen Fällen zu tun hatte, ist schon eine tolle Geschichte«, nickte Fred. »Glauben Sie, wir können ein Foto von diesem Flaschenverschluß bekommen? Glauben Sie, daß noch jemand anderer gesehen hat, wie er sie markiert?«

»Wahrscheinlich jeder, der ihn kennt. Ich werde morgen vormittag versuchen, ihn zu interviewen.«

Die beiden letzten Anrufe an jenem Abend erledigte ich von zu Hause aus.

McDonald machte Überstunden; er arbeitete an Statistiken für den neuen Budgetplan der Mordkommission. Die besten Polizeibeamten werden befördert und machen dann keine richtige Polizeiarbeit mehr, dachte ich. Er klang nüchtern und sachlich, wie immer, wenn er im Dienst war. »Ich habe nur eine Frage«, sagte ich.

»Schieß los, Britt.«

»Wie hat Dan reagiert, als du ihm von Farrington erzählt hast?«

»Wovon redest du?« Er klang ehrlich verwirrt.

»Von Farrington, dem Bauunternehmer, der draußen im neuen Einkaufszentrum in eine Betonsäule eingegossen wurde.«

»Das war nicht unser Fall. Dafür ist die Bezirkspolizei zuständig.«

»Ich weiß, ich weiß«, sagte ich ungeduldig. »Aber du hast davon gehört, und du hast gewußt, daß er in Dan Floods altem Fall als Mordverdächtiger galt und ihn angerufen, stimmt's?«

»Ich weiß noch immer nicht, wovon zum Teufel du sprichst, Britt. Ich hatte vor, Dan anzurufen, aber erinnere dich doch, ich habe dir gesagt; ich habe seit Wochen nicht mehr mit ihm geredet, und ganz gewiß nicht über einen Fall, für den die Bezirkspolizei zuständig ist.

»Oh. Da habe ich mich wohl geirrt. Danke, McDonald.«

Dan hob beim ersten Läuten ab. Er schien sich zu freuen, daß ich anrief.

»Ich muß dich treffen.«

»Wann immer du willst, Britt. Zum Mittagessen an deinem freien Tag?«

»Nein, ich hätte gerne einen Termin für ein Interview mit dir, morgen.« Waren meiner Stimme die Schuldgefühle anzuhören, die mich plagten?

Er schwieg. Dann sagte er: »Seit wann brauchst du einen Termin, um mich zu treffen?

»Ich wollte sichergehen, daß du Zeit hast.«

»Wie ich gesagt habe, wann immer du willst. Was für eine Art Interview?«

»Über deine alten Fälle. Kann ich zu dir nach Hause kommen? Um zehn Uhr?«

»Ist mir recht.« Es klang verwirrt, oder war es Vorsicht? »Ich hoffe, du bist nicht leicht zu schockieren.«

»Warum sollte ich schockiert sein?« Meine Kehle war trocken.

»Meine Bude ist nicht gerade ein Beispiel aus *Schöner wohnen*, weiß du.«

»Uns sollte nichts mehr schockieren. Weißt du noch, das hast du mir mal gesagt.«

»Stimmt.«

Ich schlief schlecht vor unserem bevorstehenden Treffen. Hatte Dan Verdacht geschöpft? Konnte er schlafen? Wie gefielen Hector Ugalde die Nächte im Gefängnis? Schließlich mußte es wohl Zeit zum Aufstehen sein. Mühsam setzte ich mich im Bett auf und starrte ungläubig auf meinen Digitalwecker. Vier Uhr früh. Verdammt, dachte ich und rieb mir die Augen, ich habe mehr Schlaf bekommen, als der Vergewaltiger noch sein Unwesen trieb.

KAPITEL 20

Am nächsten Morgen zog ich mich sorgfältig an, wie für ein Rendezvous. Es *war* auch eine Art Rendezvous; Dan war mein alter Freund.

Ich zog meinen blauen Lieblingsblazer an. Ich trug noch immer Tante Odalys' Glasperlenkette und befestigte den *resguardo* an meiner Unterwäsche. Vielleicht war mir das jetzt schon zur Gewohnheit geworden. Vielleicht wollte ich, daß mein Glück anhielt.

Die Pistole ließ ich daheim.

In all den Jahren, die ich Dan jetzt kannte, hatte ich ihn noch nie zu Hause besucht. Um Punkt zehn Uhr parkte ich vor dem hübschen kleinen Haus. Es war vielleicht ein bißchen vernachlässigt, doch war nicht zu übersehen, daß hier eine glückliche Familie gelebt und das Haus geliebt hatte. In der Nähe der Eingangstür war ein kleines Vordach über metallenen Fahrradständern, die in den Boden eingelassen waren. Die Hitze des Sommers hatte in den einst gutgepflegten Blumenbeeten ziemliche Verwüstungen angerichtet. Die Hecken waren überwuchert. Die Äste eines riesigen Gummibaumes wuchsen gefährlich nahe ans Dach heran, und ein Avocadobaum mußte zurückgeschnitten werden.

Sein Wagen, der Buick, stand in der Einfahrt.

Trübselig starrte ich ihn einen Augenblick an, dann klingelte ich an der Tür.

Er machte auf und blinzelte im Sonnenlicht. Zu der Sporthose, die ihm ein wenig zu weit zu sein schien, trug er Hausschuhe. Seine Augen sahen verquollen aus, und als wir uns umarmten, fühlte sich sein Körper in meinen Armen schwach und zerbrechlich an, so ganz anders als der kräftige Bär von einem Mann, der er einmal gewesen war.

»Ich wußte, du würdest pünktlich sein«, sagte er mit einem breiten Lächeln. »Reporter sind immer pünktlich zur Stelle. Das gehört zu den Dingen, die ich von dir gelernt habe.«

Die Hände auf meinen Schultern, trat er einen Schritt zurück, blickte mir forschend in die Augen und berührte dann mit seiner Faust sanft mein Kinn.

»Siehst aus, als wärst du okay, Mädchen. Du hast mir ganz schön Sorgen gemacht, als sich dieser Irre hier herumtrieb.«

Das Wohnzimmer war gemütlich, mit naturholzfarbenen Möbeln, Bücherschränken und Blumentöpfen, die jedoch leer waren. Auf einem Sessel türmten sich Unmengen alter Zeitungen, doch sonst sah alles sehr ordentlich aus.

»Zieh die Jacke aus und bleib ein Weilchen. Kann ich dir irgend etwas anbieten?« Er war ganz der eifrige Gastgeber. »Kaffee?«

»Nein, danke, außer, du trinkst welchen.«

»Klar, komm, wir setzen uns hierher.« Er wies auf den Eßzimmertisch und tappte langsam in die Küche. Er merkte, daß ich seine weichen Hausschuhe sah und wirkte peinlich berührt.

»Heute früh waren meine Knöchel und Füße so geschwollen, ich komme nicht mal in die Schuhe. Was sagst du dazu? Muß von den Medikamenten kommen.«

Ich nickte. »Und, wie ist es so in der Pension?«

Er stellte mir einen randvollen Becher hin und einen zweiten auf seinen Platz. »Ich hätte ein paar Krapfen oder so was besorgen sollen.«

»Nein, vielen Dank. Ich habe schon gefrühstückt.«

»Nun gut«, sagte er. »Ich wußte nicht, für welche Fälle du dich interessierst, also habe ich die alten Alben hervorgeholt.« Auf einem Fußschemel neben einem Sessel war ein halbes Dutzend Alben aufgestapelt. »Meine Frau und meine Tochter haben sie angelegt«, sagte er; er wirkte verlegen. »Haben jeden Zeitungsartikel ausgeschnitten, in dem mein Name erwähnt wurde, und auch solche, wo er nicht drinnen stand. Alle alten Fälle. Das letzte Album ist nicht ganz auf dem letzten Stand. Mein letztes Jahr im Dienst.« Er ließ sich schwerfällig auf den

Sessel nieder und sah mich liebevoll an. Ich schämte mich und kam mir hinterhältig vor. Es war grauenhaft, aber ich mußte die Sache durchziehen.

Ich legte meinen winzigen Kassettenrecorder neben die Zuckerdose und drückte auf den Aufnahmeknopf. »Macht es dir etwas aus?«

Er schüttelte den Kopf; sein Blick suchte den meinen. »Wo waren wir stehengeblieben?«

»Bei der Pensionierung«, sagte ich munter und trank einen Schluck Kaffee.

»Nun ja«, sagte er ohne zu zögern, »das ist, wie wenn man eine Nabelschnur durchtrennt. Auf einmal ist man ganz allein, nicht mehr länger Teil der großen Familie. Ist mir in den ganzen Jahren nie aufgefallen, aber es war ein angenehmes Gefühl, bei der Polizei zu sein, die sich um die Versicherung, die Altersversorgung und alles kümmerte. Wie ein verwöhntes Kind, das von daheim auszieht, muß man dann erst lernen, allein zu überleben oder unterzugehen. Man fühlt sich etwas unsicher, wenn man die Familie verläßt, die sich dreißig Jahre lang um einen gekümmert hat.« Er grinste. »Das ist nicht zur Veröffentlichung gedacht. Ich würde das niemandem außer dir gegenüber zugeben.«

Er griff hinter sich nach einem Aschenbecher, zog ein Päckchen Zigaretten aus der Tasche und schüttelte eine heraus. »Hast du was dagegen?«

»Nur deinetwegen.«

»Apropos Pension – weißt du, Irene und ich, wir hatten schon alles genau geplant.« Er zündete sich mit zitternder Hand die Zigarette an, machte den ersten Zug und stieß durch die Nase eine dünne Rauchfahne aus. »Wir dachten voraus. Haben ein Grundstück in den Bergen oben gekauft, in Carolina. Wollten im Jahr vor meiner Pensionierung dort ein Haus bauen. Die Pläne sind hier noch irgendwo. Es sollte ein eigenes Schlafzimmer mit Bad für das Mädchen haben, wenn sie zu Besuch kam.« Er schniefte und trank seinen Kaffee. »Es kommt nie so, wie man es plant.«

»Scheint so«, sagte ich sanft.

»Eins muß ich dir sagen, die Arbeit fehlt mir. Bösewichter einzufangen, Leute zu verhaften, Pärchen zu überraschen, die es um drei Uhr früh im Wald miteinander trieben, das viele nackte Fleisch im Dunkeln im Auto auf- und abhopsen zu sehen.«

Er grinste boshaft.

»Es ist nicht schlecht gelaufen. Wir haben viele Fälle erfolgreich abgeschlossen. Erinnerst du dich an diese unbekannte Tote, die sechs Monate lang nicht identifiziert werden konnte, bis wir schließlich doch herausbekamen, wer sie war, und ihren Freund in Georgia schnappten?«

»War das die Geschichte, wo ihr schließlich die Fingerabdrücke der Toten über die Abdrücke auf einem Bewerbungsschreiben identifiziert habt?«

»Genau!« Seine Augen leuchteten auf. »Er hatte ihrer Familie erzählt, sie hätte einen anderen Mann kennengelernt und sei mit ihm nach Miami abgehauen.«

»Toller Fall. Ist er noch im Gefängnis?«

»Er sollte noch drinnen sein. Er hat eine Mindeststrafe von fünfundzwanzig Jahren bekommen. Der Fall ist auch da drinnen.« Er deutete auf die Alben, und die Erinnerungen tauchten wieder auf. »Weißt du, es hat mich immer geärgert, daß wir den Fall Susan Stratford nie gelöst haben. Der ist ungefähr zur selben Zeit passiert.«

»Der, wo das Auto des Mädchens am Parkplatz eines Einkaufszentrums stand und sie etliche Meilen weiter erstochen im Wald gefunden wurde?«

»Stimmt. Das muß eine zufällige Begegnung gewesen sein, jemand, den sie beim Einkaufen getroffen hatte. Erinnerst du dich? Sie hatte ein Hemd für ihren Vater gekauft.«

»Zum Geburtstag.«

»Dein Gedächtnis ist genauso gut wie meines.« Er seufzte bedauernd und schüttelte den Kopf. »Ich habe immer gedacht, daß wir diesen Fall hätten lösen können. Wir müssen etwas übersehen haben. Das hat mich sehr beunruhigt, Britt.« Er massierte die schlaffen Hautfalten auf einer Seite seines Gesichts mit den Fingern. »Ich hatte oft das Gefühl, daß wir diese Opfer im Stich gelassen haben. Ich mußte meine Arbeit tun. Vielleicht hätte ich sie besser machen sollen. Ich tat, was ich konnte, aber sehr oft lag es an den Gerichten oder den Umständen.« Er wirkte melancholisch.

»Du hast alles getan, was du konntest. Niemand hat härter gearbeitet als du«, sagte ich. »Du bist nicht verantwortlich für unser Rechtssystem. Es läßt viel zu wünschen übrig, aber etwas anderes haben wir nun mal nicht.«

Sein Blick verriet unausgesprochene Gedanken. »Je mehr ich an die Ungerechtigkeit zurückdenke, an die Wunden und Narben, desto unzufriedener werde ich mit dem Rechtssystem, der Polizei und allem, was unerledigt geblieben ist.«

»Manchmal muß man es einfach Gott überlassen.«

Er machte ein spöttisches Gesicht und lächelte bitter. »Ich habe Gott nicht gewählt. Wenn dieser irre *Marielito* oder jemand anderer dir oder jemand anderem, der mir etwas bedeutet, jetzt etwas Schreckliches antäte, dann würde ich ihn umbringen wollen. Ich würde nicht wollen, daß das Opfer durch diesen Fleischwolf gedreht wird, der sich Rechtssystem nennt. Das Gerechteste ist, ihn umzubringen und dem Opfer die ganze Scheiße zu ersparen.«

Er sah mich an und wartete; ich rührte meinen Kaffee um.

»Ich hätte nie gedacht, daß du mal für Selbstjustiz plädieren würdest.«

»Ja, ich habe selber Leute verhaftet, weil sie das Gesetz in die eigene Hand genommen haben. Als Polizist war ich oft persönlich von Fällen betroffen, doch ich habe nie daran gedacht, die Bösewichter umzubringen. Nicht ein einziges Mal. Ist mir nie in den Sinn gekommen. Aber jetzt, in dieser Phase meines Lebens –«

Er zuckte die Achseln.

»Woran genau arbeitest du, Britt?« Er hob seinen Kaffeebecher.

»An einem Artikel darüber, was du in der Pension tust.«

Er stellte den Becher wieder hin.

»Du warst in letzter Zeit sehr beschäftigt.« Ich sagte es als nüchterne Feststellung, nicht als Vorwurf.

»Ja.« Er sah mir fest in die Augen.

»Ich habe gestern abend mit Ruby Creech gesprochen.«

Dans Blick wanderte zu einer Stelle irgendwo über meiner linken Schulter; seine Kiefermuskel arbeiteten. »Sie hat diesen Hurensohn all die Jahre gedeckt«, sagte er schließlich.

»Sie war überrascht, als sie hörte, daß du in Pension bist, weil du um die Zeit, als er starb, bei ihrem Haus warst.«

Seine ernste Miene verdüsterte sich.

»Farrington, den man nie hätte finden sollen, ist mit einem Achtunddreißiger, ähnlich einem Revolver der Kriminalpolizei, erschossen worden. Der Täter hat am Tatort etwas fallengelassen. Erstaunlich, daß sie es in dem vielen Beton fanden.«

Er holte tief Luft.

»McDonald hat dir gar nicht erzählt, daß er tot war, und doch hast du genau Bescheid gewußt, als ich anrief.«

Unvermittelt stand Dan auf; er erschreckte mich. Wortlos schlurfte er in die Küche. Ich hörte, wie die Kühlschranktür auf- und zuging. Er kam mit einer Dose Budweiser zurück und setzte sich wieder hin.

»Ich bin der letzte, mit dem du sprichst, stimmt's?« Er machte die Bierdose auf.

Ich nickte; mir steckte ein Kloß im Hals.

»Siehst du«, sagte er und starrte auf das Etikett auf der Dose. »Ich weiß, wie du vorgehst. Ich habe dich lange genug beobachtet. Habe ich dir je gesagt, daß ich immer der Meinung war, du hättest Polizistin werden sollen? Du wärst eine tolle Partnerin gewesen.«

»Wenn du dazwischen etwas länger gewartet hättest, dann wäre ich nie dahintergekommen«, sagte ich leise.

»Das hätte ich auch getan, aber Zeit ist ein Luxus, den ich mir nicht leisten konnte.« Er beugte sich vor, als wäre es wichtig, daß ich ihm glaubte. »Du weißt, die Arbeit hat mir immer sehr viel bedeutet –«

»Die Gerechtigkeit.«

»Aber am Ende wurde mir klar, daß es in diesem System keine Gerechtigkeit gibt.«

»Aber warum? Wie konntest du das tun?«

»Wie konnte ich es nicht tun?« Seine Stimme wurde eindringlich. »Für solche Mistkerle gibt es nur eine Art dauerhafte Rehabilitierung, und das ist der Tod.« Die kleinen Rädchen am Kassettenrecorder drehten sich. Er starrte sie an und wiederholte diesen Gedanken, als wolle er sichergehen, daß ihn das Gerät auch richtig aufnahm. »Der Tod ist die einzig bekannte sichere Rehabilitierung. Das war eine Präventivaktion: proaktive anstelle von reaktiver Polizeiarbeit.«

»Aber warum du?« fragte ich mit gequälter Stimme.

»Ich habe nichts zu verlieren.«

»Was ist mit deinem Ruf, den Auszeichnungen?«

»Stimmt, ich war sehr erfolgreich. Und das war die letzte gute Arbeit, die ich leisten konnte. Ich habe immer versucht, mit den Opfern und ihren Familien in Kontakt zu bleiben, sie wissen zu lassen, daß noch jemand daran dachte. Das war das letzte, was ich für sie tun konnte.«

Er trank einen Schluck Bier und leckte sich über die bleichen Lippen. »Manchmal läuft es im Leben auf die Frage ›Recht und Gesetz und Gerechtigkeit‹ hinaus. Und zum Teil habe ich es wahrscheinlich auch aus Gehässigkeit getan.«

»Wie das?«

»Wenn ich so einen Scheißkerl sah, der eigentlich in die Todeszelle gehört, dachte ich: ›Dieser Schweinehund soll mich nicht überleben.‹ Ich wollte ihren Nachruf lesen, bevor sie meinen lesen, verstehst du? Diesen Abschaum zu überleben, das ist die beste Rache.«

Schweißgebadet zuckte er zusammen, die rechte Hand fuhr an die Brust, als hätte er Schmerzen.

»Geht es dir gut?«

»So gut, wie es mir gehen kann.« Seine Stimme war ein Keuchen.

»Kann ich dir etwas holen?«

»Ein Glas Wasser.« Er kramte nach den Tabletten in seiner Tasche und zog ein kleines braunes Fläschchen mit dem verräterischen Verschluß heraus.

Ich ging in die Küche, ließ ein Glas kaltes Wasser einlaufen und brachte es ihm. Er legte zwei winzige weiße Tabletten unter die Zunge und schloß die Augen.

Ich saß da und wartete, während sie sich auflösten und über die Schleimhaut unter seiner Zunge aufgenommen wurden. Nach einer Weile öffnete er die Augen und stieß einen zittrigen Seufzer aus.

»Fühlst du dich besser?«

»In einer Minute. Das Nitro wirkt schnell.« Sein bleiches Gesicht wurde langsam rot.

»Die sind gegen Brustschmerzen«, erklärte er. »Ich habe alles, Nitro, Digitalis, Diltiazem, Aspirin, Digoxin, Lasix, Capoten, Maalox. Ich bin eine wandelnde Apotheke.«

»Vielleicht sind deine Medikamente daran schuld, daß du –«

Er warf mir einen verächtlichen Blick zu. »Du weißt, wie ich das hasse. Wenn die Leute das, was sie getan haben, auf schlechte Familienverhältnisse, ihre traurige Kindheit, Schnaps oder Drogen schieben. Das ist alles Mist. Wir tun etwas, weil wir es tun wollen. Es gibt keine Ausreden.«

»Aber in deinem Zustand, wie warst du körperlich in der Lage –«

»Mit dem Revolver. Ich war Polizist, also glaubten sie nicht wirklich, daß ich es tun würde. Obwohl ich sie schikaniert habe.

Creech war stocksauer, aber schließlich war er bereit, die Unterwäsche seiner Frau anzuziehen, mit vorgehaltener Waffe. Ich habe im Laufe der Jahre zwei derartige Fälle gesehen, also war es nicht schwer zu inszenieren. Seine Frau hatte ich weggehen gesehen. Ich hatte sie beobachtet und kannte ihre Gewohnheiten. Wußte, wieviel Zeit ich hatte.«

Ich saß da wie betäubt, unfähig, zu sprechen.

»Das gleiche bei Farrington. Schimpfend und jammernd ging er die Planken hinauf und schwor, er würde sich am nächsten Morgen schriftlich über mich beschweren. Kapierte nicht, warum wir da raufgingen. Ich zwang ihn, zu springen und erschoß ihn im Fallen.

Ich hatte Schmerzen in der Brust, die Angina pectoris. Mußte ein paar Nitro-Tabletten nehmen. Ich zitterte und nestelte an der Flasche herum, verlor den Verschluß. Er ist davongerollt, und ich sah nicht, wohin. Sie haben ihn gefunden, ja?«

»Ja.«

»Wissen sie, wem er gehört?«

»Noch nicht.«

»Du bist wahrscheinlich der einzige Mensch, der ihn erkennen würde.«

»Was war mit Steiner? Wie hast du die Kabel manipuliert?«

Er stutzte und zog die Augenbrauen hoch. »Du glaubst, ich habe ihn umgebracht?« Seine Stimme war total erstaunt, seine Miene ungläubig.

»Hast du nicht?«

Er schüttelte den Kopf und schnaubte; es klang fast wie ein Lachen.

»Du weißt, ich lüge dich nicht an, Britt. Das einzige, was je einer Lüge nahekam, war, als ich durchblicken ließ, Ken hätte mir von Farrington erzählt, aber wenn du dich genau erinnerst, habe ich es nicht wirklich gesagt.« Er richtete den Zeigefinger auf mich wie eine Waffe. »Steiner habe ich nicht umgebracht. Das hat der blöde Schweinehund selbst getan. Es war so passend.« Er lächelte wie ein Geistlicher, der von einer Predigt inspiriert wird. »Das brachte mich ja erst auf die Idee. Also dachtest du, ich hätte ihn umgebracht!« Er grinste hämisch. Sein Gesichtsausdruck besagte, daß ich doch nicht so clever war.

Er sah, daß ich den Recorder kontrollierte und leckte sich über die Lippen. »Wann wirst du diesen Artikel bringen?«

»Er muß erst von unserem Anwalt gecheckt werden.«

Er gab ein kurzes, ironisches Lachen von sich. »Warum? Glaubst du, daß ich gegen dich klagen werde? Hast du vergessen? Wir sind Freunde.«

»Die Zeitung muß eine so heikle Story wie diese von einem Anwalt durchsehen lassen. Wahrscheinlich erscheint sie am Sonntag.«

»Diese Woche?« Er wirkte erschreckt.

Ich nickte.

»So bald?« Er schien in Gedanken versunken zu sein.

Nach einem Augenblick legte er beide Ellbogen auf den Tisch und beugte sich zu mir.

»Hör zu, Britt, ich war dir gegenüber absolut ehrlich. Wie immer. Ich könnte nicht mehr für dich empfinden, wenn du meine eigene Tochter wärst. Ich weiß, du mußt tun, was du tun mußt. Wenn ich an deiner Stelle wäre, wäre es dasselbe. Tust du mir einen einzigen Gefallen?«

»Wenn ich kann.«

»Gib mir eine Woche. Halte es eine Woche zurück. Der Artikel wird dann noch genauso einschlagen.« Seine Hände waren gefaltet, sein Blick war flehend.

Ich schluckte schwer, meine Augen füllten sich mit Tränen. »Das geht nicht, Daniel.«

Er griff über den Tisch und drückte auf den STOP-Schalter des Recorder. Sein Blick war grimmig. »Sag, du mußt noch recherchieren. Sag deinen Redakteuren, daß du länger zum Schreiben brauchst, als du dachtest. Ein letzter Gefallen, den du einem alten Freund erweist. Wir kennen uns schon sehr lange. Vertrau mir, Britt. Ich bitte dich nur um eine Woche.«

»Ich kann nicht. Meine Redakteure wissen schon davon.«

»Mist«, murmelte er. »Du weißt, daß der Teufel los sein wird, wenn es in der Zeitung steht. Du warst immer schon stur. Mußtest immer alles auf deine Art machen.«

»Es tut mir leid.« Ich versuchte, die Tränen zurückzuhalten.

»Du tust nur deine Arbeit«, sagte er matt. »Das hat mir an dir immer gefallen, Mädchen. Du hast nie lockergelassen, hast immer nach der Wahrheit gesucht, wolltest immer wissen, was dahinter steckt.« Langsam stand er auf. »Noch Kaffee?«

»Nein, danke.«

Er nahm trotzdem meinen leeren Becher mit.

Er kam mit zwei vollen Bechern aus der Küche zurück und stellte einen vor mich auf den Tisch. Er hob seinen an die Lippen. »Was ist los?« fragte er, als ich zögerte. »Traust du mir nicht?«

»Wir sind schon zu lange befreundet, um einander nicht zu trauen«, sagte ich und hob die Tasse.

Der Kaffee war stark und gut.

»Trägst du noch immer deine Waffe bei dir?« fragte ich.

»Nein. Nur wenn ich sie benutzen muß.«

»Wo bewahrst du sie auf?«

Er drehte sich auf seinem Sessel herum, öffnete eine Schublade der Anrichte an der Wand zum Wohnzimmer, nahm ein abgenutztes ledernes Schulterhalfter heraus, öffnete es und zog die Waffe heraus. Sanft legte er sie auf den Tisch. Es war eine schöne, gut polierte Waffe aus glänzendem dunkelblauen Stahl, ein Werkzeug für Menschen, die im Dienste des Rechts stehen. Ich stellte mir vor, wie sie wohl auf Farrington und Creech gewirkt hatte.

Ich griff über den Tisch und berührte seine Hand. »Dan, kann ich die Waffe mitnehmen?«

»Nein. Aber keine Sorge, ich werde sie nicht verschwinden lassen. Und ich werde sie mir nicht in den Mund stecken, wenn du das befürchtest.« Sein Lächeln war humorlos.

»Versprich, daß du nicht versuchen wirst, dir etwas anzutun.«

»Das würde ich niemals tun, und das ist die Wahrheit.« Sein Blick war fest.

Ich trank meinen Kaffee aus, und er begleitete mich zur Tür. »Also erscheint der Artikel am Sonntag?«

»Soviel ich weiß, ja«, sagte ich.

»Ich werde einen Anwalt brauchen«, sagte er sachlich. »Was können sie mir schon tun? Die Todesstrafe verhängen? Mir lebenslang geben? Und bis dahin bekommt niemand anderer den Artikel zu Gesicht?«

»Niemand außer mir und meinen Redakteuren und Mark, das ist der Anwalt der Zeitung. Vielleicht tauchen beim Schreiben Fragen auf. Kann ich dich anrufen?«

»Jederzeit. Ich werde da sein, Britt.«

Wir umarmten uns. Mir stockte der Atem, und ich trat hinaus in die glühende Hitze. Er hat keine Angst, dachte ich. Er weiß, daß sein Leben zu Ende geht, und es ist ihm egal.

KAPITEL 21

Die Redaktionssitzung fand im Konferenzzimmer statt. Fred, ein paar stellvertretende Lokalredakteure, der Chefredakteur, der Chefredakteur der überregionalen Ausgabe, der Fotoredakteur, der Chefredakteur der US-Ausgabe und Mark Seybold, der Rechtsberater der Zeitung nahmen daran teil.

Sie waren hocherfreut über Dans erschütternde Eingeständnisse und die Tatsache, daß die Polizei noch immer keine Ahnung hatte, daß zwei der drei Todesfälle Morde waren, ganz zu schweigen davon, daß sie vom selben Täter, einem Mann aus ihren eigenen Reihen, begangen worden waren. Ich teilte ihre Begeisterung nicht.

»Wird er für Fotos zur Verfügung stehen?« fragte Joe Hall, der Fotoredakteur.

Der Gedanke widerte mich an. »Wir haben ein gutes Foto von ihm, das vor zwei Jahren aufgenommen wurde, als er den Fall mit dem gedungenen Mörder löste«, entgegnete ich. »Wo der Ehemann über eine Anzeige in einer Zeitschrift einen Killer engagierte, der seine Frau umbringen sollte.«

Das Foto gefiel mir: Es zeigte Dan, stark und souverän, bei einer Pressekonferenz vor dem Mikrofon; hinter ihm stand der Polizeichef.

»Aber etwas Neues wäre besser. Besonders, wo Sie sagen, daß er jetzt so anders aussieht«, meinte Hall.

»Er sieht furchtbar aus«, sagte ich. »Sein Herz macht nicht mehr mit.« Diese Sitzung war schwieriger, als ich mir vorgestellt hatte.

»Nehmen wir bei ihm zu Hause ein paar Bilder auf«, sagte Fred bestimmt. »Sie können ihn bestimmt dazu überreden, Britt.«

»Nun ja«, sagte ich unsicher. »Er kennt Lottie. Wahrscheinlich ist er einverstanden, wenn sie ihn fotografiert.«

»Besteht die Möglichkeit, daß er abhaut oder sich umbringt, bevor wir in Druck gehen?« fragte der Chefredakteur.

»Ich glaube nicht«, sagte ich erschöpft. »Er hat versprochen, es nicht zu tun. Wo sollte er auch hin? Und er war in bezug auf alles andere ehrlich.«

»Was ist, wenn er stirbt?« fragte jemand.

»Dann haben wir ein Geständnis auf dem Totenbett«, erwiderte Fred.

Die ganze Szene war irgendwie unwirklich. Ich saß in einem geräumigen Konferenzzimmer, sah durch die Panoramafenster den strahlend blauen Himmel und die Bucht und sprach mit Fremden, die Dan nicht einmal kannten, über sein Leben und seinen Tod, als wäre er kein Mensch aus Fleisch und Blut, sondern nichts als ein Aufhänger für einen Zeitungsartikel. Für sie würde er nie mehr sein als eine Schlagzeile für die Sonntagsausgabe.

»Was noch schlimmer wäre – was ist, wenn er zum Telefonhörer greift, seine alten Kumpels bei der Polizei anruft und ihnen alles gesteht? Oder es irgendeinem Fernsehreporter erzählt, bevor wir die Story bringen?« fragte der Nachrichtenredakteur.

»Wenn Ermittlungsbeamte auftauchten, würde er nicht lügen, aber er wird sie nicht selber anrufen – und ich bin die einzige Reporterin, mit der er spricht.« Meine Stimme hörte sich so müde an, wie ich mich fühlte. »Er mag das Fernsehen nicht.«

»Wie stehen die Chancen, daß er jemand anderem etwas antut?« fragte Mark, der hinter seiner Metallbrille nachdenklich dreinsah.

»Nicht, wenn er weiß, daß wir es wissen. Außerdem ist der Mann in einem miesen Zustand«, sagte Fred. Er drehte sich zu mir, damit ich es bestätigte.

»Seine Füße und Knöchel sind so geschwollen, daß er heute nicht mal seine Schuhe anziehen konnte«, sagte ich mit gedämpfter Stimme. »Und während ich dort war, mußte er ein paar Nitro-Tabletten nehmen.«

»Glauben Sie, es stimmt, daß er diesen Deutschen nicht umgebracht hat, den ersten?« Die Augen des Nachrichtenredakteurs waren schmal und argwöhnisch.

»Ja. Er sagt, Steiners Unfall habe ihn erst auf die Idee gebracht.«

»Vielleicht macht er das schon seit Jahren, die ganze Zeit, auch während er noch bei der Polizei war«, sagte der Chefredakteur der überregionalen Ausgabe, ein Mann, den ich noch nie leiden konnte. »Wer weiß, wie viele er schon umgebracht hat? Was ist mit seiner Frau? Glauben Sie, hat er sie auch umgebracht? Was haben Sie gesagt, woran sie gestorben ist, Britt?«

»An einem Aneurysma. Sie brach mitten auf der Straße zusammen und war tot. Er hat sie sehr geliebt. Er ist kein Ungeheuer. Er war ein guter Polizist, ein wahrer Held, der sein ganzes Leben lang schwer gearbeitet hat.«

Irgend etwas in meiner Stimme oder in meinem Blick veranlaßte ihn, wegzuschauen und den Mund zu halten.

»Ein guter Polizist.« Fred nickte. »Deshalb ist das ja eine so tolle Geschichte.«

»Wir sollten bei der Polizei anrufen und nach ihrer Reaktion fragen«, sagte der Chefredakteur.

»Wenn wir das tun, werden sie sofort in Aktion treten, um die Wirkung des Berichts zu entschärfen«, sagte Fred.

»Stimmt. Erinnern Sie sich, wie uns der Polizeichef im Fall Brown zusammentrommelte und eine Pressekonferenz einberief?« sagte der Nachrichtenredakteur. »Dieser Schweinehund.«

Empörtes Murmeln erklang rund um den Tisch.

»Diese Chance können wir ihm nicht geben«, sagte der Nachrichtenredakteur.

»Bringen wir es zuerst in der überregionalen Ausgabe, und dann soll ihn Britt vor der Spätausgabe anrufen und um seinen Kommentar bitten.«

»Ja, wenn es bereits in der Zeitung steht, hat er keinen Vorsprung mehr«, sagte Fred. Alle äußerten ihre Zustimmung.

Fred wandte sich an mich. »Fangen Sie an zu schreiben, Britt. Schauen Sie, ob wir Bilder von den Opfern haben, auch von

Steiner, und vereinbaren Sie einen Fototermin mit Dan. Wir brauchen den Artikel so früh wie möglich, damit wir ihn uns noch heute abend ansehen können, bevor wir nach Hause gehen.«

»Es wird eine Weile dauern«, sagte ich widerstrebend. »Wir werden Platz brauchen. Ich möchte eine Extraspalte mit den großen Mordfällen bringen, die Dan im Laufe der Jahre gelöst hat.«

»Gute Idee. Aber schreiben Sie zuerst den Hauptartikel.«

Ich wollte, daß die Leser wußten, daß es soviel mehr über den Mann und sein Leben zu sagen gab als nur das, was er in diesem Sommer getan hatte. Über Dans Leistungen zu berichten war nicht nur fair, es gehörte sich.

»Ich werde morgen pünktlich um zehn da sein und den Artikel durchsehen«, sagte Mark zu mir.

»Was, glauben Sie, wird mit Flood passieren, wenn es publik ist?« sagte Fred. Die Redakteure, die bereits ihre Sessel zurückschoben, hielten inne.

»Er ist ganz gefaßt«, sagte ich leise. »Bei der Mordkommission wird es heiß hergehen wegen der Publicity. Am Montag werden sich sicher Kriminalbeamte der Stadt und des Bezirks mit dem Staatsanwalt und dem Gerichtsmediziner zusammensetzen. Am Dienstag, spätestens am Mittwoch, werden sie Dan wahrscheinlich schon verhören. Ich nehme an, er wird verhaftet und des Mordes angeklagt werden . . .« Meine Stimme brach ab. Freds scharfer Blick zwang mich, fortzufahren. »Sie werden ihn einsperren, aber nicht zu den anderen Gefangenen, weil er dort als Polizist gefährdet wäre. Wahrscheinlich kommt er in eine Einzelzelle im Sicherheitstrakt, wo ihn ein Krankenpfleger wegen seines schlechten Gesundheitszustands im Auge behalten kann.«

Mein Hals schnürte sich zusammen. Indem ich es laut aussprach, wurde Dans Zukunft real und rückte bedrohlich nahe. Es war unmöglich, ihn mir hinter Gittern vorzustellen wie die Verbrecher, die er jahrelang ins Gefängnis gebracht hatte. »Vielleicht schaltet sich sein Arzt ein«, sagte ich, »und sie bringen ihn in ein Krankenhaus. Wenn sein Anwalt den Prozeß lange genug hinauszögern kann, wird er aufgrund seiner körperlichen Verfassung nie vor Gericht kommen. Sein Leben ist so oder so vorbei.«

Es war still im Raum.

»Deshalb hat er es ja getan«, sagte jemand. »Ein letzter Triumph.«

»Eine tolle Story«, murmelte jemand anderer.

»Ich bin froh, daß es unsere Story ist«, sagte Fred. »Gute Arbeit, Britt.«

Ich zwang mich zu einem Lächeln.

Niedergeschlagen ging ich an meinen Schreibtisch zurück und las mir alle Zeitungsausschnitte über Dan und seine alten Fälle nochmal durch und meine eigenen Notizen. Dann fing ich an. Um sechs Uhr nachmittags war eine Rohfassung des Artikels im Computer, die Extraspalte um halb acht.

Ich dachte daran, Dan anzurufen und den Fototermin zu vereinbaren, verschob es dann aber. Onnie suchte die Bilder aus dem Verbrecheralbum heraus, die wir gebracht hatten, als Dieter Steiner und Benjamin Farrington verhaftet wurden. Außerdem gab sie mir ein neueres Foto von Farrington; es stammte von einem Gruppenbild, das im Wirtschaftsteil erschienen war.

Wir brachten noch eines von Creech, doch ich konnte Ruby telefonisch nicht erreichen und überlegte, ob sie vielleicht schon ausgezogen war. Onnie suchte die Bilder aus den Unterlagen über Darlene Fiskus, die ermordete Nichte, heraus und landete einen Volltreffer: ein Zeitungsfoto der Familie des Opfers, nahe der Stelle aufgenommen, wo ihre Leiche gefunden worden war. Die Mutter weinte, die Hände vors Gesicht geschlagen, in den Armen ihres Mannes. Der ›gute Onkel‹ trug ein kariertes Hemd und eine Baseballmütze; er hatte das Gesicht abgewandt, wie um ihren Schmerz nicht sehen zu müssen, und schien in die Ferne zu schweifen. Rückblickend wirkte er verdammt schuldbewußt.

Ich würde nach Hause fahren, beschloß ich, mich ausruhen und dann zeitig in die Redaktion kommen, um den Artikel mit etwas mehr Distanz noch mal zu lesen, bevor Mark um zehn Uhr eintraf. Dann würde ich Dan anrufen, ihm eventuell noch ein paar letzte Fragen stellen und mit ihm für elf einen Termin mit Lottie vereinbaren. Ich wußte, er würde sich für das Foto rasieren und umziehen wollen. Ein Foto von Lottie war gewiß weniger erniedrigend für spätere Veröffentlichung als das Polizeifoto mit einer Nummer unter dem Kinn.

Lottie und ich sprachen im Fotolabor darüber, bevor ich nach Hause ging.

»Verdammt noch mal, Britt, du hattest recht. Natürlich sollten sie dem Mann eher eine Auszeichnung geben. Ich wette, irgendwer wird einen Dan-Flood-Verteidigungs-Fonds ins Leben rufen.«

»Viele Menschen werden das so sehen«, sagte ich bitter. »Wir alle wollen die Welt von diesem Abschaum befreien. Warum hat er nicht einfach alles geleugnet oder sich geweigert, mit mir zu sprechen?«

»Seine Zeit läuft ab«, sagte sie. »Statt einfach zu Hause zu sitzen und darauf zu warten, allein zu sterben, hat er etwas getan, das er glaubte tun zu müssen, und er ist Manns genug, dazu zu stehen. Jetzt kehrt er wieder ins Rechtssystem zurück, doch diesmal steht er auf der anderen Seite. Aber zumindest kennt er es. Der Teufel, den man kennt, ist besser als ein unbekannter Teufel.«

Ich seufzte und fragte mich, wo das wohl enden würde. »Ich rufe ihn in der Früh an und sage ihm, daß du kommst.«

»Okay, solange wir vor zwei damit fertig sind – kein Problem.«

Zu Hause brachte ich Bitsy eine Weile hinaus, ging dann lange allein auf der Strandpromenade spazieren und sah zu, wie das Tageslicht allmählich verblaßte. Später beschäftigte ich mich mit einem Berg Wäsche und anderen Hausarbeiten und versuchte, nicht zu denken.

Als ich schließlich einschlief, träumte ich in Schlagzeilen und schlechtem Zeitungsjargon: Es ging um nächtliche Brände, haifischverseuchte Gewässer, feuchte tropische Dschungel, den tiefen Süden, verslumte Hinterhofstraßen und dichtbewaldete

Gegenden; darin tauchten klischeehafte Typen auf; der einsame Jäger, der feurige Kubaner, der geistesgestörte Vietnam-Veteran, der panamesische Muskelprotz, der flüchtige Bankier, der bärtige Diktator, der ermordete Bürgerrechtskämpfer, die trauernde Witwe, der draufgängerische Football-Spieler, der smarte Kokaindealer, der mächtige Drogenboß, der verstörte Jugendliche und der kämpferische Bürgermeister, der am Boden zerstört war wegen der unsicheren Zukunft, Stützpunkte in Miami, wahnsinnige Verfolgungsjagden und gemeine Bombenanschläge, politische Krisen, brutale Morde, von Kugeln durchsiebte Leichen und Wohlstandsverwahrlosung. Als ich aufwachte, hatte ich quälende Kopfschmerzen und nahm vor dem Zähneputzen zwei Aspirin.

Beim Anziehen starrte ich in den Spiegel und nahm langsam die Halskette mit den roten und weißen Glasperlen ab. Es wird Zeit, daß du erwachsen wirst, sagte ich mir und warf sie auf meine Frisierkommode, wo sie wie eine Schlange zusammengerollt liegenblieb. Den *resguardo* steckte ich in eine Schublade und knallte sie zu. Dann überlegte ich es mir anders, nahm den Talisman heraus, warf ihn in den Abfalleimer und genoß das Gefühl, Herr über mein eigenes Schicksal zu sein. Von Fremden droht mir jetzt keine Gefahr mehr, dachte ich. Die Leute, die einem am meisten weh tun können, sind die, die man gern hat.

Als ich zur Redaktion fuhr, wurden im Radio schwere Stürme vorhergesagt und entlang der ganzen Küste Sturmwarnung gegeben, doch das Wetter in Miami war heiß und drückend und der Himmel hell und klar.

Ich nahm mir ein Stück Plundergebäck und kubanischen Kaffee mit an den Schreibtisch, las mir den Artikel noch ein paarmal durch und nahm kleine Korrekturen vor. Ungefähr um neun Uhr wählte ich Dans Nummer. Gewöhnlich meldete er sich sehr schnell, doch diesmal nicht. Ich rief noch einmal an und ließ es läuten – neun, zehn, elf Mal. Niemand hob ab. Vielleicht war er unter der Dusche oder draußen im Garten. Vielleicht war er frühstücken gegangen, dachte ich, oder einkaufen.

Zwanzig Minuten später versuchte ich es wieder. Und um

zehn Uhr nochmal. Die anderen Reporter, Redakteure, Bibliotheksangestellten und die Sekretärin der Lokalredaktion trudelten ein; die Nachrichtenredaktion füllte sich. Als ich mir die Extraspalte durchlas, klingelte mein Telefon. Lottie wollte wissen, ob ich schon einen Termin ausgemacht hatte.

»Er hebt nicht ab. Ich mache mir Sorgen.«

»Versuche es weiter«, sagte sie. »Vielleicht hat er es abgeschaltet und schläft sich aus. Oder vielleicht ist er zum Arzt gegangen. Er kann überall sein.«

»Ja, zum Beispiel bewußtlos auf dem Fußboden liegen. Er hat mir gesagt, er würde da sein«, antwortete ich besorgt. »Vielleicht ist er –« ich sprach das Wort nicht aus.

»Mach dich nicht verrückt«, sagte Lottie. »Ich muß zum *Seaquarium* hinüber und die zwei neugeborenen Seehundbabys fotografieren. Bin in einer Stunde zurück.«

Ich ließ mir den Artikel für Mark ausdrucken. Dan hob noch immer nicht ab. Ich fragte bei dem Mitarbeiter nach, der den Polizeifunk abhört, und er sagte, weder die Rettung noch die Polizei sei zu Dans Adresse gerufen worden.

Ryan war auch da und schien in der Lokalredaktion mit Gretchen zu streiten; das war ungewöhnlich, da die beiden in letzter Zeit so gut miteinander ausgekommen waren. Stinkwütend kam er zurück und warf einen Packen Papier auf seinen Schreibtisch, der aussah wie eine Presseinformation. »Warum ich?« sagte er. »Ich hasse das!«

»Was?« Ich drehte mich lässig auf meinem Stuhl hin und her.

»Die Politik. Ich bin nicht für politische Beiträge zuständig, und ich hasse die Politik. Und jetzt gibt sie mir diesen blöden Auftrag –«

»Was denn?« Ich mußte lächeln, als ich den gewöhnlich so liebenswürdigen, sanften Ryan einmal fuchsteufelswild erlebte.

»Diesen Gouverneurs-Wahlkampf«, schmollte er. »Eric Fielding hält hier eine Wahlkampfveranstaltung ab, und ich muß über seine verdammte Rede berichten.« Er steckte sich ein Notizheft in die hintere Hosentasche.

Von Angst erfaßt, sprang ich auf.

»Fielding ist in Miami? Wo?«

Ich riß ihm die Unterlagen aus der Hand. Er interpretierte mein Interesse falsch.

»Wollen Sie es machen, Britt? Sie können es haben. Ich hasse Politik.«

»Wo ist er genau?«

»Hier, im Hilton. Wenn ich es mache, dann muß ich jetzt gleich hin.« Er sah auf die Uhr. »Er hält bei einem Mittagessen des Biscayne Bay Club eine Rede.«

Mit zitternden Händen wählte ich noch einmal Dans Nummer. Nichts.

»Wollen Sie es übernehmen oder nicht?« Ryan sah mich ungeduldig an. Ich schüttelte den Kopf, und er stapfte zum Aufzug.

Ich versuchte, ruhig zu bleiben, wählte noch einmal, betete, ließ es läuten, flüsterte seinen Namen, versuchte ihm mit aller Kraft zu suggerieren, er solle abheben. Als mir klar wurde, daß er es nicht tun würde, geriet ich in Panik.

Mark saß in Freds Büro und las dem Computerausdruck. Ich steckte den Kopf zur Tür hinein. »Ich muß eine Weile weg. Ich komme wieder.«

Er lächelte und nickte mir zu und hob die Daumen zum Zeichen, daß das, was er bisher gelesen hatte, in Ordnung war.

Ich lief die Feuertreppe hinunter und schalt mich selbst dafür, daß ich so schwer von Begriff war. Als er mich um eine Woche Zeit gebeten hatte, hatte ich angenommen, er wolle seine persönlichen Angelegenheiten regeln, bevor die Hölle ausbrach. Aber wenn er die Zeit brauchte, um auf eigene Faust den Mord an Mary Beth Rafferty zu rächen? Dieser Fall hatte ihm die ganzen Jahre am meisten zu schaffen gemacht. Wie konnte ich bloß so blind sein?

Er hatte mir selbst gesagt, daß er es nicht ertragen könne, wenn Fieldings Gouverneur würde.

Außer Atem kam ich zu meinem Wagen und fuhr mit quietschenden Reifen vom Parkplatz weg. Im Wahnsinnstempo legte der Thunderbird die Meilen zwischen dem *News*-Gebäude und Dans Haus zurück, wobei ich den Verkehr und die elenden Sonntagsfahrer verfluchte. Bitte, sei da, Dan, betete ich.

Der Buick war weg, die Einfahrt leer. Ich klopfte trotzdem an die Tür, zuerst mit der Faust, dann mit meinem schweren Schlüsselbund. Ich spähte durch ein Wohnzimmerfenster, sah niemanden, lief dann um das Haus herum und hämmerte an die Hintertür. Vielleicht war er drinnen. Vielleicht stand sein Auto in einer Werkstatt. Vielleicht hatte er ihn jemandem geliehen. Ich fuhr über die Oberkante des Türrahmens und sah unter der Fußmatte nach. Leute, die allein leben, verstecken oft Reserveschlüssel für den Fall, daß sie sich aussperren.

Ich tastete die Wurzeln einer vertrocknenden Grünlilie ab, die in einem Blumentopf neben der Tür hing. Nichts. Verstohlen sah ich mich um. Niemand beobachtete mich. Der Mann, der hier wohnt, ist sehr krank, dachte ich; ich sagte mir die Geschichte vor, die ich erzählen würde, wenn man mich erwischte. Er könnte bewußtlos am Boden liegen. Es ist gerechtfertigt, daß ich mir Zutritt verschaffe, dachte ich grimmig und sah mich nach etwas um, womit ich das Glas in der Tür einschlagen konnte. Einem Impuls folgend, probierte ich den Türgriff. Die Tür war nicht verschlossen. Ich stieß sie auf. Die Scharniere wimmerten um Öl. »Danny?« flüsterte ich. »Bitte, sei da.«

Ich trat in die Küche. »Dan?« rief ich. »Bist du zu Hause? Dan? Bist du da?« Die Kaffeekanne war kalt. Kein Geruch, kein Laut. Nur der Sekundenzeiger der Uhr über der Spüle tickte.

»Dan!« Ich ging rasch durch das Wohnzimmer und das Eßzimmer. Sah im großen Schlafzimmer nach. Das Bett war gemacht. Ein Raum, der das Zimmer seiner Tochter gewesen sein mußte, enthielt jetzt nur alte, verstaubte Stofftiere, die mich mit leerem Blick anstarrten. Mit Tränen in den Augen ging ich ins Arbeitszimmer. Auf einem ordentlichen Schreibtisch lagen die Alben, die wir gar nicht angeschaut hatten, und Kopien von Polizeiunterlagen. Dans alte Fälle.

Ein Ordner war aufgeschlagen, eine braune Mappe, die feinsäuberlich mit ›71–1479– Mary Beth Rafferty‹ beschriftet war.

Ich stürzte hinaus. Dann kam mir ein schrecklicher Gedanke, und ich sauste zurück und durchsuchte die Schublade in der

Anrichte neben dem Eßzimmertisch. Stoffsets, Serviettenringe und Geschirrtücher, sonst nicht. Keine Waffe. »Hol dich der Teufel, Dan! Verdammt!«

Das Hilton war in der Nähe des Flughafens, mindestens fünfzehn Minuten Fahrt. Ich stieß in der Einfahrt zu rasch zurück und erwischte mit dem Fahrwerk des Thunderbird den Randstein. Ich hatte gedacht, er würde aufhören. Statt dessen hatte ich es ihm noch leichter gemacht. Er brauchte nicht einmal mehr vorsichtig zu sein, weil ich es bereits wußte.

Fielding würde von Pressesprechern, Wahlkampfhelfern und Förderern umringt sein. Es würde keine Möglichkeit geben, ihn allein zu erwischen. Aber mein Artikel würde bald erscheinen, und das war Dans letzte Chance. Es war ihm egal, ob die ganze Welt zusah.

Als ich die Blumenbeete sah, die die kreisförmige Auffahrt zum Hilton säumten, wechselte ich abrupt die Spur. Von hinten überholten mich Autos mit heulenden Sirenen. O Gott, dachte ich. Ich ließ meinen Wagen auf der Rampe stehen und rannte auf die Eingangshalle zu. Ein Sicherheitsbeamter und ein Mann vom Parkservice wedelten mit den Armen und riefen mir nach.

»Fahren Sie weg!« schrie der Mann vom Parkservice. »Da können Sie ihn nicht stehenlassen. Die Rettung wird jeden Moment hier sein!«

Ich warf ihm die Schlüssel zu und lief weiter. O nein, betete ich. Nach links, vorbei an der Geschenkboutique, zum großen Tanzsaal, wo das Essen stattfand. Auch andere Leute rannten. Eine Frau weinte. Ein Sicherheitsbeamter versperrte mit die Tür. »Die *News*«, sagte ich und zeigte ihm meinen Presseausweis. Verunsichert zögerte er einen Augenblick. Ein Polizist rief: »Niemand kommt da hinein!« Zu spät. Ich war bereits drinnen.

Ein Menschenmeer teilte sich, und ich erblickte Fieldings silbergraue Haare. Er war auf den Beinen, unverletzt, mit fassungslosem Gesicht, und wurde von seinen Leuten zur Tür geschoben. »Fahren Sie mit der Limousine vor«, schrie jemand in sein Walkie-talkie.

»... offenbar geistesgestört ...«, hörte ich Fielding sagen, während sie ihn vorbeischoben.

»Was ist passiert?« fragte ich einen jungen Mann in Kellneruniform.

»Irgendein Verrückter hat versucht, den Kandidaten anzugreifen«, sagte er, »und Fieldings Leibwächter hat ihn niedergeschossen.«

In einer anderen Tür tauchten zwei Sanitäter auf und liefen schnurstracks auf einen kleinen Raum hinter der Tribüne zu, auf der zu beiden Seiten des Podiums die Stühle der Honoratioren standen. Ich folgte ihnen und sah, daß zwei andere Sanitäter sich bereits über jemanden beugten, der ausgestreckt auf dem lavendelfarbenen Teppichboden lag. Ich sah den ausgebeulten grauen Anzug und die Schuhe mit den offenen Schnürsenkeln, die kaum auf seine geschwollenen Füße paßten.

Die Sanitäter schnitten ihm das blutgetränkte Hemd vom Leib. Ich kniete mich neben ihn. »Der Mann ist herzkrank«, sagte ich eindringlich. »Er ist schwer krank.«

»Das ist jetzt nicht das Problem. Er ist angeschossen worden. Kennen Sie ihn?« fragte ein Sanitäter.

Aus dem Einschußloch auf Dans bleicher rechter Brustseite quoll Blut. Er atmete schnell und rang nach Luft; einer der Sanitäter drückte ihm eine Sauerstoffmaske auf das Gesicht.

»Ja, er ist Polizist, bei der Mordkommission von Miami, seit kurzem pensioniert.« Die Sanitäter reagierten sofort. Einer, der mit dem Krankenhaus Verbindung hatte, gab via Funk durch, daß der Patient ein Polizeibeamter war. Das würde ihm einen erstklassigen Empfang im Krankenhaus garantieren, dachte ich. Wenn er es bis ins Krankenhaus schaffte.

Die Sanitäter drückten einen Gazeverband über das Einschußloch.

»Fang mit der Infusion an. Ringer-Lösung, voll aufdrehen«, wies einer an.

»Er hat versucht, Eric Fielding umzubringen, unseren nächsten Gouverneur!« dröhnte ein Mann mit rotem Gesicht, der neben uns stand und uns beim Sprechen anspuckte.

»Wer hat auf ihn geschossen?« fragte ich.

»Der Mann da drüben«, sagte er und zeigte auf Martin Mowry, der genauso aussah wie auf den Fotos. »Er arbeitet für

Fielding. Der alte Mann ist zu Fielding hingegangen, hat etwas gesagt und eine Waffe gezogen, und der andere hat ihn niedergeschossen.«

Mowry, ein Bär von einem Mann, Ende Dreißig, mit Bürstenhaarschnitt, hatte gerade seine Waffe aus einem Schulterhalfter genommen und sie einem der Polizisten gegeben, die um ihn herum standen. Ein anderer Polizist hielt Dans Revolver aus dunkelblauem Stahl in der Hand.

Ein Hotelangestellter war ans Podium getreten und verkündete, daß nach dem bedauerlichen Zwischenfall jetzt alles unter Kontrolle sei, daß der Kandidat das Hotel verlassen habe und das Essen serviert würde. Niemand beachtete ihn.

Dans linkes Augenlid flatterte, und ich umschloß mit beiden Händen seine rechte Hand. Seine bläuliche Haut fühlte sich kalt und schweißig an.

»Daniel. Ich bin hier.«

Ein Sanitäter gab via Funk dem Krankenhaus die Werte des Verletzten durch; »Blutdruck achtzig zu fünfzig, Puls einszwanzig, Atemfrequenz vierzig.«

Sie drückten ihm auf beiden Seiten der Brust und am Unterleib drei silberdollar-große Elektroden auf die Haut. Jede war mit einem Gerät von der Größe eines Kofferradios verbunden.

»Ich habe den Herzmonitor angeschlossen«, gab einer durch. »Sieht nach Sinustachykardie aus.«

»Du solltest doch zu Hause bleiben«, sagte ich lahm und drückte Dans Hand, »für den Fall, daß ich noch Fragen habe.«

Er verdrehte die Augen, als wolle er sagen, so geht's eben.

Weil es eine Brustwunde war, hatten sie es sehr eilig, ihn ins Unfallkrankenhaus zu bringen. Ich hörte, wie sie einen Transporthubschrauber anforderten, doch beide Rettungshubschrauber waren gerade im Süden des Bezirks im Einsatz, wo sie Opfer von Verkehrsunfällen ins Krankenhaus beförderten. Also schoben sie ihn im Laufschritt auf einer Trage durch den Speisesaal und die Eingangshalle, vorbei an Hunderten von feindseligen, fragenden oder neugierigen Augen.

Ich lief mit ihnen mit und sah Ryan bei Polizisten und Leuten vom Hotel stehen, wandte aber den Blick ab, um bei Dan bleiben zu können.

Sie bestanden darauf, daß ich mich neben den Fahrer setzte, obwohl ich bei Dan hinten im Rettungswagen bleiben wollte. Ein junger Polizist setzte sich neben ihn, um etwaige Aussagen von Dan aufzuschreiben.

Die Sirene heulte über unseren Köpfen auf, und die Autos vor uns flitzten zur Seite. Der Fahrer gab Gas, scherte aus und fuhr von der Schnellstraße ab; ich hielt mich krampfhaft am Türgriff fest.

Dan lag im Sterben, das war mir klar. Und der Schweinehund, der Mary Beth Rafferty ermordet hatte, würde zu seiner nächsten Wahlkampfveranstaltung weiterreisen und dann in die Gouverneursvilla einziehen. Wo war da die Gerechtigkeit? Ich fühlte Zorn in mir aufsteigen und faßte einen Entschluß.

Binnen weniger Minuten kamen wir vor dem dreistöckigen Unfallkrankenhaus an, obwohl es mir länger vorkam. So ist das immer. Ich kletterte vom Beifahrersitz, und sie luden ihn mit all den Geräten, an denen er hing, aus: der Infusion, dem Sauerstoffgerät und den Herzmonitoren. Ich hielt mich am Rand der Trage fest, während er eilig durch die automatischen Türen geschoben wurde, wo ihn bereits ein Dutzend Leute, alles medizinisches Personal, erwartete.

Dan zog seine Sauerstoffmaske herunter, und ich beugte mich über ihn, um zu hören, was er sagte. Er versuchte, zu grinsen; seine Augen waren trüb. »Es gibt keine pensionierten Kamikaze-Flieger, Britt.«

Er schien keine Angst zu haben.

»Soll ich für dich beten, Dan?«

»Nein«, murmelte er. »Wenn ich wiedergeboren werde, dann bin ich wirklich sauer. Einmal reicht.« Ich lächelte, hätte aber vor Schmerz und Empörung am liebsten geweint.

Die Sauerstoffmaske wurde ihm wieder ins Gesicht gedrückt, und eine übereifrige Krankenschwester schickte mich weg. Doch vorher mußte ich es ihm sagen. Ich flüsterte ihm ins Ohr; »Ich werde es tun, Dan. Ich werde Fielding für dich schnappen.«

Er wirkte verwirrt, drückte mir aber die Hand. »Ich werde beweisen, daß er es war«, sagte ich. »Ich werde den Jungen aufspüren, den Zeugen, das schwöre ich. Er wird mir nicht entkommen. Das verspreche ich dir.«

Er schloß die Augen, aber ich wußte, er hatte mich gehört.

Dann übernahm ihn das Krankenhausteam.

»Ich brauche eine Blutgasuntersuchung«, befahl eine Krankenschwester. Ein Laborant schob ein tragbares Röntgengerät herbei. Ein Arzt untersuchte ihn mit dem Stethoskop. »Ich höre rechts keine Atemgeräusche. Er hat Blut in der rechten Seite des Brustkorbs. Bereiten Sie alles zum Absaugen vor.«

Eine Krankenschwester sagte, ich müsse ins Wartezimmer gehen. Ich fragte mich, ob ich ihn wohl lebend wiedersehen würde.

Von einer Telefonzelle vor der Notaufnahme aus rief ich in der Lokalredaktion an und diktierte, was ich zu berichten hatte. Mein Artikel über Dan würde jetzt in der Frühausgabe erscheinen, da er von den neuesten Entwicklungen überholt worden war.

Ich nahm mir ein Taxi und fuhr zurück ins Hilton, stieg in den Thunderbird und fuhr zum Polizeipräsidium. Die Mordkommission ist am Wochenende nur minimal besetzt.

»Ich muß eine alte Akte einsehen«, sagte ich dreist zu dem jungen Kriminalbeamten, »es geht um den Fall Mary Beth Rafferty. Er ist zweiundzwanzig Jahre alt. Lieutenant McDonald hat gesagt, es ist okay.«

»So alte Akten haben wir nicht hier, die sind auf Mikrofilm im Lager. Die Anforderung dauert ungefähr eine Woche«, sagte er.

»Nein, es ist ein ungelöster Fall. Die ungelösten Fälle sind alle hier.«

»Aber die Presse ist nicht ermächtigt, in Fälle Einsicht zu nehmen, bei denen die Ermittlungen noch nicht abgeschlossen sind.«

»Noch nicht abgeschlossen? Der Fall ist zweiundzwanzig Jahre alt! Ich muß bloß ein paar Hintergrundinformationen abchecken, für einen Artikel über alte Fälle.«

»Und der Lieutenant hat es auch wirklich genehmigt?«
»Wäre ich sonst hier?«
Er verschwand in einen Lagerraum und kam mit einem etwa fünfzehn Zentimeter dicken Ordner zurück. »Hier, bitte. Ist ein ganz schöner Wälzer.«

Ich blätterte die Unterlagen schnell durch, da ich fürchtete, Kendall McDonald, dessen Namen ich mißbräuchlich benutzt hatte, könne jeden Augenblick auftauchen und mich erwischen. Er würde gewiß auf die Nachricht reagieren, daß Dan versucht hatte, Fielding zu erschießen. Würde er ins Krankenhaus fahren oder hierher?

Bei den Fotos fand ich, wonach ich suchte: ein altes zwanzig mal fünfundzwanzig Zentimeter großes Glanzfoto von einem kleinen Jungen mit ernsten blauen Augen. Sein junges Gesicht wirkte verängstigt. Seine Mutter, eine hübsche, rundliche Frau, hielt ihn an der Hand; den anderen Arm hatte sie ausgestreckt, als wollte sie jeden, der sich ihm näherte, abwehren. Ihr Mund war verzerrt, als hätte sie gerade protestiert.

Auf einem beiliegenden Bericht stand ihr Name, Mildred Van de Hyde, und der ihren Sohnes, Robert. Bobby Van de Hyde. Mager, wie er war, sah er jünger als elf aus und zart. Ich erinnerte mich, daß Dan gesagt hatte, der Junge sei einmal von einem Auto angefahren worden und fast gestorben. Und daß er stark hinkte.

Ich schrieb mir die Namen und die Adresse von dem Bericht ab, prägte mit die Gesichter auf dem alten Foto ein und gab wieder alles zurück in den Ordner.

»Ich habe alles, was ich brauche«, sagte ich fröhlich. Der Kriminalbeamte sah nicht einmal auf. Als ich aus dem Präsidium ging, stieß Lieutenant Kendall McDonald gerade die Glastür zur Eingangshalle auf.

»Britt, hast du was von Dan gehört?« Sein Gesicht war grimmig.

»Wie geht es ihm?« fragte ich.

»Er liegt auf der Intensivstation. Das ist unglaublich. Ich weiß nicht, was zum Teufel da vorgeht.« Er fuhr sich mit den Fingern durch die Haare, sein Blick war gequält.

»Irgendwer hat gesagt, daß er auf Fielding schießen wollte! Ich glaube es nicht.«

»Glaube es, McDonald. Wir bringen in der Frühausgabe einen Artikel darüber.

»Nun, ich werde herausfinden, was da eigentlich los ist, und warum so ein Schweinehund auf ihn geschossen hat«, sagte er und stürmte in das Polizeigebäude.

Ich floh. Mein Piepser meldete sich hartnäckig zum zweiten Mal, und ich schaltete ihn ab. Ich wußte, sie wollten, daß ich über den Mordversuch an unserem Kandidaten schrieb. Wenn ich zur Zeitung zurückfuhr, würden sie mich sofort dazu abkommandieren. Doch ich hatte Wichtigeres zu tun.

Ich sah im Telefonbuch nach, das ich immer im Auto habe.

Kein Van de Hyde. Ich blieb bei einer Telefonzelle am Straßenrand stehen und rief in der Zeitung an. Gott sei Dank war Onnie in der Bibliothek.

»Wie geht es ihm?« fragte sie.

»Er lebt noch. Kannst du mal das große blaue Telefonbuch mit den Querverweisen holen?«

»Wird gemacht.« Eine Minute später war sie wieder da. »Ich habe es.«

»Okay.« Ich gab ihr die alte Adresse der Van de Hydes. Sie fand sie. Eine aus vier Einheiten bestehende Apartmenthausanlage, sagte sie.

»Wer wohnt jetzt dort?«

Sie rasselte die Namen und Telefonnummern herunter, während ich mitschrieb und in den Tiefen meiner Handtasche nach Vierteldollarstücken kramte. Ein Mieter hatte noch nie von Mildred oder Bobby gehört. Ein zweiter hob nicht ab. Der dritte, ein alter Mann, erinnerte sich noch gut an sie.

»Sind sie noch in Miami?«

»Sie wohnen unten in Malagon, gleich nach LeJeune«, sagte er. »Haben sich dort ein kleines Haus gekauft.«

»Wo?« fragte ich. »Ich kann sie im Telefonbuch nicht finden.«

»Es ist ein kleines Haus«, sagte er. »Zwischen der 37. und der 39. Straße, irgendwo in der Gegend dort, ein kleines gelbes

Haus. Der Sohn repariert Geräte; er hat mir ein Radio und eine Uhr repariert.«

Ich rief Onnie zurück. »Die Lokalredaktion sucht dich«, sagte sie.

»Ich weiß; sag nicht, daß du von mir gehört hast. Schau in Malagon nach, zwischen der 37. und der 39. Straße.«

Ich hörte sie atmen und Namen vor sich hinmurmeln, während sie die Eintragungen zu diesen Straßen im Telefonbuch durchsah. »Ich hab's«, sagte sie. »Mildred und Robert Van de Hyde; 3774 Malagon. Geheimnummer. Letzten Februar, als dieses Telefonbuch herauskam, haben sie noch dort gewohnt.«

»Ich liebe dich, Onnie.«

Ich fuhr über die Flughafen-Schnellstraße Richtung Süden nach LeJeune und bog dann nach rechts nach Malagon ab.

Das Haus war klein und gedrungen, der Verputz frisch leuchtend sonnengelb gestrichen und mit weißen Kanten verziert. Das war ohnehin besser, als vorher anzurufen, sagte ich mir. Warum dem Jungen Zeit geben, darüber nachzudenken oder es mit seiner Mutter zu besprechen? Er hat zweiundzwanzig Jahre Zeit gehabt, darüber nachzudenken.

Ich parkte auf der Straße, ging zur Eingangstür und klingelte. Ich hörte ein leises Geräusch und spürte, daß ich durch das Guckloch in der Tür gemustert wurde.

»Wer ist da?« fragte eine Männerstimme.

Ich wies mich aus, und die Tür wurde langsam geöffnet. Dieselben ernsten blauen Augen und der ernste Blick wie auf dem alten Bild. Das sandfarbene Haar war jetzt dunkler, aber noch immer zerzaust. Die Gesichtszüge waren etwas schärfer als auf dem Foto, aber das Gesicht war noch immer jungenhaft. Ich hätte ihn überall erkannt.

»Bobby Van de Hyde«, sagte ich lächelnd.

Er lächelte zurück. »Ich kenne Ihre Artikel«, sagte er. »Ich lese ständig Sachen von Ihnen.« Seine Augen und seine Stimme waren sanft.

Ich war geschmeichelt und jubelte innerlich. Wir schienen uns auf Anhieb zu verstehen. Vielleicht, dachte ich, wird das leichter, als ich mir hätte träumen lassen.

Er war locker und freundlich und wirkte jetzt eher schlank als mager. In seinen Blue jeans und dem T-Shirt mit dem Aufdruck ›Miami Hurricanes‹ wirkte er wie ein gesunder Collegestudent.

»Ich freue mich so, Sie kennenzulernen, Bobby«, sagte ich. »Ich möchte mit Ihnen über das Ereignis sprechen, das vor zweiundzwanzig Jahren passiert ist.«

Er nickte leicht und machte ein nachdenkliches Gesicht. »Das würde ich auch gerne tun.« Er trat einen Schritt zurück und machte die Tür weit auf. »Ich habe mich schon gefragt, warum nicht schon früher jemand gekommen ist. Treten Sie ein.«

Gespannt und aufgeregt folgte ich ihm. Er hinkte noch immer und schonte sein rechtes Bein. An einer Wand des Raumes stand eine Werkbank, auf der Teile von einem zerlegten kleinen Radio und einem Toaster lagen, sowie ein Lötkolben, ein Voltmeter, eine Pinzette, eine Flachzange, Schraubenzieher, Transistoren, Kondensatoren und Draht. Die Möbel waren einfach und billig. Ich setzte mich auf das Sofa, legte mein Notizheft auf den Couchtisch vor mir und schraubte meinen Füllfederhalter auf.

Er setzte sich mir gegenüber auf den braunen Kunstledersessel. Sein Gesichtsausdruck war offen und ernst; er schien froh zu sein, mich zu sehen. Ich wußte kaum, wo ich anfangen sollte.

»Bobby, ich weiß, daß Sie sich nach all den Jahren noch daran erinnern, und ich möchte, daß Sie mir von dem Mord an Mary Beth erzählen. Es ist wichtig.«

»Ich weiß.« Er schwieg einen Augenblick und stützte dann den Kopf auf die Hände. »Ich wollte sie nicht umbringen.«

KAPITEL 22

Wie vom Donner gerührt, gelang es mir, zu flüstern; »Nun, warum haben Sie es dann getan? Reden wir darüber.«

Die Ellbogen auf die Knie gestützt, die Finger ineinander verschlungen, blickte er auf. Er sprach leise. »Sie schrie und schrie. Sie hörte nicht auf, und da kam dieser Typ auf dem Fahrrad. Ich mußte sie zum Schweigen bringen. Ich wollte nicht, daß es jemand erfuhr. Also tat ich es. Er ist auf dem Fahrradweg weitergefahren und hat uns nicht gesehen.«

Mühsam löste ich meine Zunge vom Gaumen. »Fielding«, sagte ich. »Fielding ist dann zurückgekommen und hat ihre Leiche gefunden.«

Bobby nickte und knetete mit einer Hand die andere auf seinem Schoß.

»Und Sie haben das die ganzen Jahre nie jemandem erzählt?«

Er machte ein scheues Gesicht. »Meine Mama wollte es nicht. Sie sagte, sie würden mich ins Gefängnis stecken, und ich würde sie nie wiedersehen.«

»Sie waren doch noch ein Kind«, sagte ich. »Ich bin sicher, das wäre nicht geschehen.«

Er runzelte die Stirn und machte ein merkwürdiges Gesicht. Ich blickte mich im Raum um.

»Was arbeiten Sie? Haben Sie einen Job?«

Er betrachtete eingehend den Fußboden. »Nicht direkt. Seit das passiert ist, wollte meine Mama immer, daß ich zu Hause bleibe, damit ich nicht nochmals in Schwierigkeiten gerate. Aber ich repariere Sachen für die Leute, für Nachbarn.«

Er deutete auf die Werkbank, an der er offensichtlich gearbeitet hatte, bevor ich gekommen war.

»Heutzutage ist es schwer, Sachen reparieren zu lassen«, erklärte er. »Meine Mama sagt, wir sind eine Wegwerfgesellschaft. Niemand will mehr etwas reparieren, sie schwatzen den Kunden lieber neue Toaster, Kassettenrecorder oder Radios auf. Jeder hat irgendwelche kleinen Geräte, die nicht mehr funktionieren. Oft wäre nur eine kleine Reparatur nötig, und sie wären so gut wie neu. Ich habe ein Talent dafür, sagt meine Mama. Ich komme schnell dahinter, wie etwas funktioniert. Das mache ich.«

»Sie haben recht«, sagte ich. »Ich wollte mal ein Dampfbügeleisen reparieren lassen und konnte niemanden finden, der das macht. Alle haben gesagt, es zahle sich nicht aus, ich solle ein neues kaufen.«

»Ich wette, ich hätte es reparieren können«, sagte er stolz.

Ich kam mir vor wie ein Pokerspieler – äußerlich ruhig, doch unter der Oberfläche arbeiteten meine Gedanken wie verrückt.

»Bobby«, sagte ich und beugte mich vor, »ich glaube, es ist gut für Sie, über Mary Beth Rafferty zu reden. Es ist Zeit. Allen wird es danach besser gehen, besonders Ihnen. Dann könnten Sie endlich einen Strich unter die Geschichte ziehen.«

Er nickte nachdenklich; dann änderte sich sein Gesichtsausdruck.

Ein Geräusch oder vielleicht ein Gefühl alarmierte mich. Vielleicht war es auch Bobbys schuldbewußter Blick. Wir waren nicht mehr allein.

Links hinter mir, in der Tür, die, wie ich annahm, in die Küche führte, stand eine Frau. Die zweite Person auf dem Foto das vor zweiundzwanzig Jahren aufgenommen worden war. Jetzt war Bobbys Mutter nicht mehr hübsch und rundlich. Jetzt war sie dick und trug ihr schulterlanges Haar straff zurückgekämmt in einem Haarnetz. Es war schwarz gefärbt, jede Strähne hatte denselben stumpfen schwarzen Farbton. Sie sah aus wie Mitte Fünfzig, obwohl sie vielleicht auch etwas älter war. Ihre Hose spannte sich über den dicken Oberschenkeln, und an ihrer weißen Bluse steckte ein Plastikausweis der Morningside-Grundschule.

Ich überlegte, wieviel von unserem Gespräch sie wohl mitgehört hatte. Ihr feindseliger Blick war nicht gerade einladend.

Sie hatte den Mund geöffnet und keuchte leicht, als hätte sie sich überanstrengt.

»Ist das Ihre Mama?« sagte ich. Ich versuchte, einen harmlosen, freundlichen Eindruck zu vermitteln. Ich strahlte sie an, stand auf und hielt ihr die Hand hin.

»Wer ist das, Bobby?« Sie blieb in der Tür stehen und starrte ihren Sohn vorwurfsvoll an; mich ignorierte sie. »Was machst du da?« Sie richtete ihre Frage an Bobby, als wäre ich nicht vorhanden.

»Sie hat nach ... Mary Beth gefragt«, verteidigte er sich stotternd. »Sie ist von der Zeitung.«

Nicht gerade die Worte, die ich gewählt hätte.

»Was hast du getan?« explodierte sie.

»Hallo«, sagte ich. »Ihr Sohn und ich, wir haben nur geplaudert, Mrs. Van de Hyde. Ich arbeite an einem Artikel über Mr. Fielding, den Kandidaten für das Gouverneursamt. Es ist heute etwas Tragisches passiert, es wurde jemand angeschossen –«

»Wie können Sie es wagen, sich in mein Haus einzuschleichen und meinen Sohn zu belästigen!« begehrte sie auf. Zornig machte sie einen Schritt auf mich zu.

»Ich habe mich nicht eingeschlichen«, sagte ich ruhig; ich versuchte, meinen Standpunkt zu behaupten und trotzdem vernünftig zu klingen. »Ich würde mich wirklich gerne hinsetzen und mit Ihnen beiden reden.«

»Warum?« Ihre argwöhnischen Augen musterten mich, registrierten das Notizheft auf dem Couchtisch, meine Autoschlüssel auf dem Sofa, auf dem ich gesessen hatte.

»Ich bin Reporterin bei der *News.*« Ich kramte in meiner Tasche und hielt ihr meine Karte hin.

Wenn sie mich hinauswirft, dachte ich beunruhigt, dann sorgt sie wahrscheinlich dafür, daß auch die nächsten zwanzig Jahre niemand an Bobby herankommt.

»Sie haben kein Recht, hierherzukommen. Wir sind an keinem Artikel interessiert«, sagte sie scharf und ignorierte die Karte in meiner ausgestreckten Hand.

»Ich glaube, es wäre vielleicht gut für Ihren Sohn.« Ich sah ihn an, damit er mich unterstützte, und fand meine Befürchtungen bestätigt. Bei meinem ersten Wortwechsel mit seiner Mutter war er aufgestanden und dann mitten in der Bewegung in einer halb hockenden Position erstarrt; seine Augen schossen zwischen uns hin und her. Der arme Teufel wußte im wahrsten Sinne des Wortes nicht, ob er sich hinsetzen oder aufstehen sollte. Das war also die Hilfe, die ich von ihm zu erwarten hatte bei meinem Versuch, seine Mutter davon zu überzeugen, daß wir drei uns gemütlich miteinander unterhalten sollten.

»Ich weiß, was gut für Bobby ist«, sagte sie, und ihre Stimme klang auf einmal resigniert. »Aber er kann machen, was er will. Ich muß die Lebensmittel wegräumen.« Sie lächelte und wirkte fast freundlich. »Vielleicht können wir uns ein andermal unterhalten.« Sie drehte sich um und verschwand in dem Raum, aus dem sie gekommen war.

Überrascht und erleichtert ging ich zurück zum Sofa. Bobby war wieder auf seinen Sessel gesunken; seine Augen wanderten nervös zwischen mir und der Küchentür hin und her.

»Es ist schon okay, Bobby.« Entweder hörte er mich nicht, oder er glaubte mir nicht. Am besten wäre es, ihn auf der Stelle von hier wegzubringen, dachte ich. »Gehen wir doch irgendwo eine Tasse Kaffee trinken. Wäre Ihnen das recht? Ich habe ein paar Häuserblocks weiter eine Imbißstube gesehen.« Ich nahm meine Autoschlüssel. Wenn wir einmal im Auto saßen, würde ich nicht bei dem Lokal hier stehenbleiben, ich würde ein anderes vorschlagen, wo nicht die Gefahr bestand, daß seine Mutter hereinplatzte, vielleicht irgendwo in der Nähe des Polizeipräsidiums.

Ich lächelte Bobby an und fragte mich, warum sich bei meinem Vorschlag ein solches Entsetzen auf sein Gesicht malte. Ein Aufblinken am Rand meines Gesichtsfeldes sagte mir, daß der Grund nicht meine Wort waren, sondern etwas, das er hinter mir sah.

Sie bewegte sich erstaunlich schnell. Ein brennender Schmerz durchzuckte meine linke Schulter, direkt unter dem Hals. Die Frau hatte ein Fleischermesser! Hätte ich mich nicht umgedreht, wäre die Klinge an der Schädelbasis in die Wirbelsäule eingedrungen.

Ich schrie auf, eher aus Schock als vor Schmerz. Der Ärmel meines Baumwollkleides war naß. Ich warf mich nach hinten und rollte mich zur Seite, um den Messerhieben zu entgehen und hinterließ auf dem Sofakissen einen Blutfleck.

»Was tun Sie da?« rief ich und rappelte mich auf. Jetzt war der Couchtisch zwischen uns.

Schwer atmend stand sie da, die Beine gespreizt, die Augen zornblitzend, das Messer noch immer fest in der Hand.

»Sind Sie verrückt?«

Ich faßte mit der rechten Hand an meine Schulter. Blut lief mir über den Arm. »Bobby?« Hilfesuchend wandte ich mich an ihn.

Er saß da wie hypnotisiert und sah mit weit aufgerissenen Augen seine Mutter an.

»Du wirst keinen Artikel schreiben«, zischte sie gehässig. »Glaubst du, ich habe meinen Sohn mein ganzes Leben lang beschützt, damit du hier antanzen und ihn ins Gefängnis bringen kannst?«

Mir schlotterten vor Angst die Knie. Ich trat zurück, die Hände in Hüfthöhe vor mir ausgestreckt. Bobby, der noch immer auf seinem Sessel saß, wirkte erregt. »Es war nicht meine Schuld!« rief er.

Beide waren zwischen mir und der Tür. »Niemand würde Ihnen etwas tun«, sagte ich schwach. »Sie waren noch ein Kind. Sie würden nicht ins Gefängnis kommen.«

»In ein Krankenhaus, Bobby, sie würden dich in ein Krankenhaus stecken, zu Verrückten. Du würdest nie mehr herauskommen.« Ihre Augen sahen mich unverwandt an.

Ich wandte mich an Bobby, dessen Gesicht gerötet war. »Wenn Sie damals, als es passierte, mit der Polizei geredet hätten, dann wären Sie jetzt schon frei, Sie könnten ein normales Leben führen.«

Seine Augen blickten irre. Er öffnete den Mund, um etwas zu sagen, und ich stürzte an ihm vorbei zur Tür.

»Pack sie, halte sie auf, Bobby!« schrie sie.

Ich stolperte und fiel gegen ihn; als er aufstehen wollte, stieß ich ihn zurück auf seinen Sessel, fand mein Gleichgewicht wieder und gelangte zur Tür. Ich drehte den Knopf und rüttelte verzweifelt daran herum. Er ließ sich nicht öffnen.

Bobby sprang auf; seine Mutter gab schreiend Anweisungen. Wir rangen an der Tür miteinander, und als er seine rechte Hand hob, sah ich, daß er einen Hammer von der Werkbank genommen hatte. Der Schlag streifte mich seitlich an der Stirn, und meine Knie gaben nach. Dunkelheit umfing mich, doch ich bemühte mich verzweifelt, bei Bewußtsein zu bleiben, und sie wich wieder von mir. Ich sank zu Boden. Bobby war über mir und schob mich zurück; mit gespreizten Beinen hockte er auf meinem Körper und drückte meine Schultern auf den Boden.

Ich sah die zerschrammten Nike-Schuhe seiner Mutter in Augenhöhe rasch näherkommen und wußte, sie würde mich töten, das Messer immer und immer wieder in meinen Körper stechen.

»Nein!« keuchte ich. Er kniete auf meinem Bauch, die Fäuste auf meine Schultern gepreßt und sah zu seiner Mutter auf; sein Gesichtsausdruck war der eines Kindes, das gelobt werden will. Sein Blick war, wie meiner, auf das Messer in ihren Händen gerichtet.

»Der Teppich«, sagte sie kurz angebunden. »Sie soll uns nicht den Teppich ruinieren. Hol ein Klebeband«, sagte sie. »Schnell!«

Als er aufstand, fühlte ich, wie der Druck wich, doch bevor ich reagieren oder tief Atem holen konnte, preßte mir ein wuchtiges Gewicht die Luft aus den Lungen.

Die Frau hockte auf meiner Brust und drückte meine Arme in unnatürlichem Winkel auf den Boden. Ich konnte nicht atmen, geschweige denn schreien. Meine Lungen lechzten nach Luft, und die Stelle, wo sie mich mit dem Messer verletzt hatte, tat entsetzlich weh. Ihre Stimmen erklangen wie aus weiter Ferne; ich konnte die Worte nicht verstehen. Das Messer blitzte über mir auf. Ich zuckte zusammen, schloß die Augen und erwartete, die Klinge zu spüren. Nichts. Ich öffnete die Augen. Sie benutzte das Messer, um damit Stücke von einem schwarzen Plastikisolierband von einer Rolle abzuschneiden. Sie begann es um meinen Kopf zu wickeln, über meinen Mund. Ich befand mich in einem schwerelosen Zustand, der gerade noch Bewußtsein zu nennen war, als sich das Gewicht von meiner Brust hob und ich herumgedreht wurde. Mein Gesicht lag auf den fusseligen Teppichfasern.

Während meine Knöchel und Handgelenke zusammengebunden wurden, strichen Finger leicht und forschend über mein Bein, über die Innenseite meines Oberschenkels hinauf. Ich wollte schreien, doch ich konnte nicht. Ich versuchte noch immer mit all meiner Kraft, Luft zu bekommen.

Bobbys Füße tauchten aus einem Schlafzimmer auf. Er brachte einen Bettüberwurf aus rosa Chenille, den er über den Teppich hinter sich herschleifte wie eine wallende Robe. »Hier.«

Ich hörte sie grunzen. »Leg sie auf den Boden.« Sie breiteten die Decke aus, und ich versuchte verzweifelt, etwas zu sehen, den Kopf zu heben. Ich wurde in die Überdecke eingewickelt, über den Fußboden geschleift und in einen Schrank gesteckt. Die Tür wurde geschlossen, und es war finster.

Meine Beine waren in einem schmerzhaften Winkel unter mir abgebeugt, die Fusseln der Überdecke trieben mir die Tränen in die Augen, und ich mußte ständig blinzeln. Geschockt lag ich da, rang nach Luft und versuchte zu denken. Würde irgend jemand nach mir suchen? Konnte mich überhaupt jemand finden? Kein Mensch konnte meine paar kurzen Schreie gehört haben. Würden sie mich umbringen? Tränen brannten mir in den Augen. Die Frau ist verrückt, dachte ich. Konnte sie so verrückt sein? Meine Schulter schmerzte.

Dan hatte sich die ganze Zeit geirrt. Und ich auch. War er noch am Leben? Wie lange würde er noch leben? Mit bitterer Ironie dachte ich an die rotweiße Glasperlenkette, die ich so leichtsinnig auf meine Kommode geschmissen hatte, an den *resguardo,* den ich weggeworfen hatte.

Würde mich irgend jemand vermissen, bevor es zu spät war? Wer würde wissen, wo er suchen sollte? Onnie hatte keinen Grund, sich an die Adresse zu erinnern, die sie für mich herausgesucht hatte, geschweige denn, sie der Lokalredaktion zu verraten. Ich hatte ihre nahegelegt, nicht zu sagen, daß ich mich bei ihr gemeldet hatte. Ich hoffte, daß nicht ausgerechnet Gretchen meinen Artikel redigierte.

Eine Zeitlang hörte ich die Stimmen vor meinem kleinen, dunklen Gefängnis noch an- und abschwellen. Dann fiel eine Tür ins Schloß. Es war still im Haus. Und wenn sie jetzt wegfuhren und irgendwo untertauchten? Wie lange würde es dauern, bis jemand kam? Zu lang. Zu spät für mich.

Mein linkes Bein war taub, als wäre es eingeschlafen, aber in meiner beengten Position hatte ich keine Möglichkeit, es zu entlasten. Nachdem, wie mir schien, fast eine Stunde vergangen war, hörte ich ein Geräusch. Ich lauschte angestrengt; meine Nerven waren zum Zerreißen gespannt. Eine Tür knallte. Schritte. Die Schranktür ging auf und wurde wieder zugemacht.

Minuten später ging sie wieder auf, und ich wurde hinausgezerrt. Sie werden mich umbringen, dachte ich, und ich kann nichts dagegen tun. Ich wurde an den Füßen durch das Haus geschleift, über die Türschwelle hinweg. Dann polterte ich über drei Stufen hinunter; ich wimmerte in das Klebeband über meinem Mund. Schließlich wurde ich von zwei Leuten hochgehoben und unsanft irgendwo hineingeschmissen. Die Überdecke hatte sich gelöst und wurde auf mich draufgeworfen. Hände drückten mich nieder. Ein Deckel fiel zu. Ich befand mich im Kofferraum eines Autos.

Es war stockfinster und beengt und roch nach abgestandener Luft und Abgasen. Plötzlich mußte ich an meine Wäsche denken, die ich im Trockner gelassen hatte. Billy Boots und Bitsy hatten seit dem Morgen nichts zu fressen bekommen. Würde ich sie je wiedersehen?

Ich versuchte, mich in eine bequemere Position zu drehen, und mein Gesicht drückte sich gegen etwas, das leicht nach Sonnenöl, Sand und Salzwasser roch. Meine Strandtasche. Ich war im Kofferraum meines Thunderbird! Irgend jemand setzte sich auf den Fahrersitz. Der Wagen schaukelte leicht. Die Tür fiel zu. Ich hörte Schlüssel klimpern.

Der Motor sprang an, und der Thunderbird stieß zurück. Wohin bringen sie mich? fragte ich mich. Panik erfaßte mich.

Es war nur eine Person ins Auto gestiegen. Wenn es Bobby war, konnte ich versuchen, vernünftig mit ihm zu reden. Aber zuerst mußte ich das Klebeband von meinem Mund herunterbekommen. Ich habe schon gesehen, wie gelenkige Verhaftete die mit Handschellen gefesselten Handgelenke unter ihren Füßen durchzogen und so die Hände nach vorn brachten. Ich stützte mich gegen den in den Kofferraum eingelassenen erhabenen Behälter für den Reservereifen und versuchte es immer wieder, bis ich das Gefühl hatte, mir beide Schultern ausgerenkt zu haben. Meine Schulter schmerzte und blutete. Ich hatte nicht genug Platz für die nötigen Verrenkungen. Ich mußte etwas anderes probieren.

Das Isolierband, mit dem sie mich gefesselt und mir den Mund zugeklebt hatten, war relativ geschmeidig und dehnbar. Jetzt, wo ich von dem Bettüberwurf befreit war, konnte ich versuchen, es zu bearbeiten. Das Klebeband um meine Handgelenke und Knöchel hatte sich bereits etwas gelockert, so daß es die Blutzirkulation nicht abschnitt.

Ich erinnerte mich, daß im Kofferraumdeckel ein paar Aussparungen mit relativ scharfen Metallrändern waren. Ich drehte mich auf den Bauch – in meiner beengten Lage tat mir der Rücken weh, und meine Schulter brannte wie Feuer –, hob die Handgelenke und tastete damit herum. Als ich eine der Aussparungen fand, begann ich das Isolierband dagegen zu scheuern.

Diese Stellung war so unbequem, daß ich nach zwei oder drei Minuten aufhören mußte. Ich atmete zu hastig und bekam keine Luft. Ich wand mich, bis mein Kopf auf meinem Liegetuch lag. Um mich zu beruhigen, stellte ich es mir vor; MIAMI BEACH, in großen blauen Lettern, und ein riesiger, lächelnder Delphin. Was würde mein Vater tun? Nicht aufgeben, das wußte ich. Er hatte für sich und andere politische Gefangene die Flucht aus dem berüchtigten Isle-of-Pines-Gefängnis organisiert. Wenn er es geschafft hatte, konnte ich es auch.

Ich machte mich wieder ans Werk und rieb meine Handgelenke gegen das Metall, wobei ich versuchte, so wenig Lärm und Erschütterung wie möglich zu verursachen. Eine Schicht Klebeband zerriß. Der Rest lockerte sich und ging auf. Ich bewegte die Handgelenke hin und her, und das Band löste sich ab. Mit meinen befreiten Händen riß ich mir das Klebeband vom Mund. Dankbar atmete ich ein paar Minuten lang Luft und Abgase ein und leckte mir über die trockenen Lippen. Das Klebeband hing mir schlaff um den Hals. Ich wünschte, es wäre Tante Odalys Glasperlenkette gewesen.

Ich betete, daß Bobby am Steuer saß.

Ich holte tief Luft. »Bobby«, rief ich schwach. »Bobby, hilf mir.«

Keine Antwort, doch das Auto verlangsamte die Fahrt.

Meine Stimme wurde kräftiger. »Hör mir zu, Bobby. Du warst ein Kind. Wenn du der Polizei gesagt hättest, was passiert ist, als Mary Beth starb, wärst du vielleicht für kurze Zeit in Jugendhaft gekommen. Im schlimmsten Fall bis zum achtzehnten Lebensjahr. Aber jetzt wärst du frei. Frei von deiner Mutter. Du hättest dein eigenes Leben.«

Irgend etwas knallte gegen den Rücksitz, und der Wagen scherte abrupt aus. Von der plötzlichen Bewegung und den Abgasen wurde mir übel.

»Halt's Maul!« schrie Mildred Van de Hyde. »Halt's Maul!«

Das Blut gefror mir in den Adern, mein Magen drehte sich um.

»Ich habe eine Waffe!« rief sie mit wuterfüllter Stimme. »Halt's Maul, du Schlampe, sonst bleibe ich stehen und feuere sie in den Kofferraum ab.«

Ich schloß die Augen; Schweiß und Tränen liefen mir über das Gesicht.

Verflucht, dachte ich, ich habe nie jemanden ans Steuer meines Thunderbird gelassen. Ich war froh, daß sie ohne Klimaanlage fahren mußte.

Sie verlangsamte das Tempo und hielt an, wahrscheinlich vor einer Ampel. Ich trat um mich und hämmerte so laut ich konnte mit den Fäusten, um Aufmerksamkeit zu erregen, und warf mich gegen den Kofferraumdeckel. Wenn ich auf die Straße hinausfiel, waren meine Überlebenschancen größer, als wenn wir unser Ziel erreichten.

Sie blieb nicht mehr stehen. Wir waren auf der Schnellstraße.

Verkehrslärm umgab uns. Und wenn wir einen Unfall hatten? Wenn das Auto in Flammen aufging? Ich zwang mich, die klaustrophobischen Gedanken aus meinem Kopf zu verbannen und begann meine Knöchel loszumachen.

Inzwischen mußte die Frühausgabe im Umlauf sein. Vermißte mich irgend jemand? Die Frau am Steuer mußte vermuten, daß meine Hände frei waren. Sie zu überrumpeln, hätte mir einen Vorteil verschafft. Doch das war noch immer möglich. Wenn sie den Kofferraum öffnete, stand es nur sie gegen mich. Wenn ich unerwartet hinaussprang und davonlief, würde sie mich nicht einholen können. Dazu war sie zu alt und zu schwer. Hatte sie wirklich eine Waffe? Meine lag zu Hause, genau wie meine Glasperlen und der *resguardo*, dachte ich düster. Zumindest war sie nicht im Handschuhfach, wo sie sie finden und gegen mich einsetzen konnte.

Endlich hatte ich meine Knöchel losgemacht. Ich massierte meine Finger und Zehen und fand meinen rechten Schuh, der mir vom Fuß geglitten war. Ich versuchte, meine Muskeln zu bewegen und mich auf das Kommende vorzubereiten. Meine Schulter schmerzte, blutete aber nicht mehr.

Irgend etwas stach in meinen Rücken. Der Radmutterschlüssel. Meine Finger schlossen sich um das kühle Metall.

Der Verkehrslärm wurde schwächer. Wir holperten über eine offenbar unasphaltierte Straße. Schließlich blieb der Wagen stehen, der Motor verstummte. Es war still, nur die Abkühlgeräusche des Thunderbird waren zu hören. Ich hielt den Atem an und lauschte.

Schließlich bewegte sie sich auf ihrem Sitz, stieg aus und warf die Tür zu. Ich stählte mich innerlich und umklammerte den Radmutterschlüssel. Meine Angst wuchs. Dann hörte ich ein zweites Auto, noch eine Tür, die zugeknallt wurde. Meine Hoffnung stieg und sank sofort wieder. Es war Bobby.

Es stand noch immer zwei gegen einen. Er mußte mit ihrem Auto hinter ihr hergefahren sein. Ich lauschte angestrengt, konnte aber nicht verstehen, was sie sagten. Die Stimmen wurden lauter, kamen näher.

Ich stählte mich wieder, biß die Zähne zusammen, mein

Adrenalinspiegel stieg. Ich hielt den Radmutterschlüssel in beiden Händen.

Wieder falscher Alarm. Die Fahrertür wurde quietschend geöffnet, aber niemand stieg ein. Was ging hier vor? Der Motor sprang an, und der Wagen bewegte sich ruckartig vorwärts, obwohl ich sicher war, daß niemand am Steuer saß. Das Auto wurde schneller und fiel mit dem Vorderteil ins Nichts. Ich hörte Lachen. Als ich das Aufklatschen hörte, wußte ich, was sie getan hatten.

Plötzlich sank der Thunderbird ins Wasser. Ich dachte an die Überreste von Paul Eldridge in seinem Wagen, der vor langer Zeit untergegangen war, und geriet in Panik. Ich hatte den Radmutterschlüssel verloren und suchte verzweifelt danach. In weiter Ferne, in einer anderen Welt, hörte ich eine Tür knallen, ein Auto anspringen und davonfahren.

Der Thunderbird trieb auf dem Wasser; das Vorderteil war untergegangen. Ich hörte, wie Wasser in den Fahrerraum strömte. Schluchzend fand ich schließlich den Radmutterschlüssel und versuchte verzweifelt, mit dem spitz zulaufenden Ende den Schnappverschluß des Kofferraumdeckels aufzubrechen. Rund um mich stieg das Wasser. Jetzt begann auch der hintere Teil des Wagens langsam zu sinken, und das Wasser strömte durch die Kofferraumabdichtung herein.

In einer letzten Kraftanstrengung stieß ich mit den Schultern gegen den Deckel, und er sprang weit auf. Luft und Wasser strömten mir ins Gesicht. Einen Augenblick war ich nicht sicher, ob er wirklich aufgegangen war. Ich war noch immer von Dunkelheit umgeben. Dann sah ich die Sterne am nächtlichen Himmel über mir und den Mond, der durch das Gewirr der Äste von fernen Bäumen schien. Bis zu den Achseln im Wasser, beugte ich mich vor und stieß mich vom Wagen ab, der wie ein Aufzug auf dem Weg nach unten im Wasser versank.

Mein Thunderbird gurgelte, blubberte und war verschwunden; er hinterließ nur ein paar kleine Strudel. Ich stieß mich stärker ab und griff nach den Pflanzen, die an der Uferböschung wucherten, um nicht mit dem Auto hinuntergezogen zu werden. Mein rechter Fuß fand auf einer Schieferplatte Halt, die aus der steinigen Böschung ragte. Meine Schulter brannte, ich zitterte am ganzen Körper und war erschöpft, und meine nasse Kleidung schien eine Tonne zu wiegen.

Meine Finger krallten sich in die Erde und die grasbewachsenen Felsbrocken auf der steilen Uferböschung. Ich hörte ein Wimmern und hielt inne, um zu lauschen; dann erst wurde mir klar, daß ich das war. Angsterfüllt verstummte ich. Die Nacht umgab mich mit bleierner Stille. Ich mußte sichergehen, daß sie weg waren. Ich wagte kaum zu atmen, bis allmählich die nächtlichen Laute nach dieser Störung wieder einsetzten.

Mein ganzer Körper schmerzte. Langsam zog ich mich mit den Händen hinauf und brach schließlich keuchend auf festem Boden mitten im Unkraut zusammen. Irgendwie rappelte ich mich auf. Ich zitterte in der Hitze, mir war bis in die Knochen kalt.

Sie waren weg. Sie waren entkommen. Meine Müdigkeit verwandelte sich in Zorn und Entrüstung. Sie glauben, daß ich ertrunken bin. Daß sie jetzt heimfahren können und ihnen keine Gefahr droht. Ich werde es ihnen zeigen, dachte ich mit schlotternden Knien.

Dunkler Wald umgab mich. Ich hatte keine Ahnung, wo ich war. Das hier sah aus wie einer der Kanäle der Wasserschutzbehörde, die kreuz und quer durch die Everglades verlaufen. Sie haben so phantasievolle Namen wie C-54 und C-115. Der hier mochte sich vielleicht im westlichen Teil von Broward befinden, obwohl wahrscheinlicher war, daß es sich um Dade Country handelte. Ich hatte nicht den Eindruck gehabt, daß wir viel länger als fünfundzwanzig Minuten gefahren waren, vielleicht auch weniger. Die Zeit vergeht langsam, wenn man Angst hat und im Finstern ist.

Die Schotterstraße war im Dunkeln kaum zu erkennen. Wenn ich ihr folgte, mußte ich bald zu einer Hauptstraße kommen. Ich versuchte, so gut ich konnte meinen Rock auszuwringen. Meine Füße rutschten auf den glatten Sohlen meiner nassen Sandalen herum und machten beim Gehen quietschende Geräusche.

Ich rieb mir die Schulter. Aus der Wunde sickerte noch

immer Blut. ich werde mich gegen Tetanus impfen lassen müssen, dachte ich; der Gedanke war mir zuwider. Ich fragte mich, ob mir – klatschnaß und schmutzig wie ich war – wohl ein Autofahrer helfen würde. Das würde ich bald merken. Wenn mich niemand mitnahm, konnte ich vielleicht jemanden überreden, die Polizei anzurufen. Vielleicht war gleich hinter den Bäumen ein Haus oder sogar eine Tankstelle, dachte ich zuversichtlich.

Ich warf einen letzten Blick auf die Wirbel, die im Schein des Mondes noch immer auf der glatten Wasseroberfläche des Kanals zu sehen waren. Manche Kanäle der Wasserschutzbehörde sind fast zehn Meter tief. Mein Thunderbird. Das beste Auto, das ich je gehabt hatte. Ich drehte mich um und begann, in der Dunkelheit die Straße entlang zu stolpern.

KAPITEL 23

Das mißtrauische ältere Ehepaar, das mich schließlich mitnahm, war ziemlich erleichtert, als ich bei der ersten Telefonzelle in der Krome Avenue ausstieg, dem ersten Vorboten der Zivilisation, wenn man in östlicher Richtung aus den Everglades kommt.

Binnen Minuten war ein Streifenwagen da. Ich sagte den Polizisten, daß Bobby und seine Mutter entkommen waren. Sie erklärten mir, daß dem nicht so sei.

Nachdem die Frühausgabe hinausgegangen war, erfuhren die Kriminalbeamten, daß ich vermißt wurde. Dan erzählte ihnen im Krankenhaus, daß ich Bobby suchen wollte. Als er und seine Mutter zum Haus zurückkamen, war die Polizei bereits da. Sobald die beiden getrennt waren, konnte Bobby gar nicht schnell genug gestehen.

Ich erkundigte mich nach Dan.

In der Intensivstation sind während der ersten zehn Minuten jeder Stunde Besucher erlaubt. Ich berührte seine Hand, und er öffnete die Augen. Er wirkte grau und absolut hilflos. Ich selbst sah auch nicht gerade toll aus.

Er kniff die Augen zusammen und sah mich an. »Was ist mit dir passiert?« Seine Worte waren total nüchtern.

Während ich ihm alles erzählte, begannen seine Augen wieder ein wenig zu leuchten.

»Oh, nein. Mein Gott«, stöhnte er, als ich ihm erzählte, daß Bobby Mary Beth Rafferty umgebracht hatte. »Und die ganze Zeit über dachte ich –«

»Was zählt, ist, daß der Fall jetzt gelöst ist. Es *gibt* noch Gerechtigkeit.«

Eine Schwester sagte, ich müsse gehen.

Ich sagte auf Wiedersehen. Ich legte mein Ohr an seine Lippen, und Dan flüsterte; »Es geht mit mir zu Ende. Das war's dann, Mädchen.«

»Mach's gut, Dan«, sagte ich, »mach's gut.«

Er wollte noch etwas sagen. Ich beugte mich über ihn.

»Sie werden mich nicht kriegen«, keuchte er und versuchte zu grinsen.

Er hatte recht. Er starb vier Stunden später, um drei Uhr früh, bevor die Mordanklage erhoben werden konnte.

Seit seinem Tod habe ich viel über Daniel P. Flood nachgedacht; meist dachte ich an Gespräche und denkwürdige Augenblicke. Wie er das Mikrofon des Funkgeräts wie einen elektrischen Rasierapparat ans Gesicht hielt, um mich zum Lachen zu bringen, was ihm auch jedesmal gelang. Wie ich ihm einmal spätnachts in einem rund um die Uhr geöffneten Drugstore begegnet war: Er kam gerade von einem Mord im Gangstermilieu, stand groß und wuchtig da und studierte Muttertagskarten – er las tatsächlich die Verse darauf, bevor er diejenige auswählte, die ihm als geeignetster Liebesbeweis für seine Frau erschien. Wie er einer jungen Reporterin bei der Berichterstattung über Ereignisse geholfen hatte, die sie sonst nie zustande gebracht hätte.

Wie er sein ganzes Leben an das Rechtssystem geglaubt hatte und erst am Ende zu dem Schluß gekommen war, daß es nicht funktionierte.

Wir alle haben einen Verlust erlitten. Kein anderer als Dan erinnerte sich an so viele alte Mordfälle, die vielleicht eines Tages doch noch gelöst werden könnten, an Fälle, die zum Abschluß gebracht werden könnten, wenn sich nur irgend jemand lang genug dafür interessierte und damit befaßte. Er war ein Verbindungsglied zu einer anderen Zeit, zu einer anderen Welt, zu dem Miami vor der Masseneinwanderung, Drogenkriegen und positiver Diskriminierung. Doch wie die Dinosaurier war auch er zum Aussterben verurteilt.

Mein Thunderbird wurde ein paar Tage später aus dem Kanal gezogen; Totalschaden. Lottie war mir ein Trost. »Ist doch nur Blech«, sagte sie, als ich weinte. Sie hatte recht, und ich wußte es. Als ich mein Auto wiedersah, wurde mir noch einmal bewußt, was für ein Glück ich habe, noch am Leben zu sein. Das einzige Mittel gegen den Tod ist das Leben. Ich weinte um mehr als um dieses Metallding. Mein kaputtes Auto war ein Symbol für alles, was ich in diesem Sommer verloren hatte.

Als ich wieder zur Arbeit kam, rief mich Fred Douglas in sein Büro. Auf seinem Schreibtisch lag ein Bündel amtlich aussehender Papiere; er wirkte ernst. »Britt, sowohl die Polizei von Miami als auch die Polizei von Metro-Dade hat beim Chefredakteur offiziell Beschwerde über Ihr Verhalten eingelegt.«

Ich verdrehte die Augen und wollte protestieren, doch Fred hob die Hand.

»Ich bin noch nicht fertig.«

Ich rutschte ungeduldig auf meinem Stuhl herum. Meine Schulter schmerzte unter dem Verband. Er blätterte in den Unterlagen, und mein Augenlid begann zu zucken.

»Und der Staatsanwalt ebenfalls.« Als ich etwas sagen wollte, hielt er mich wieder auf.

Mein Gott, was kommt denn noch? dachte ich. »Und ebenso das Büro von Eric Fielding.«

»Fielding!« heulte ich auf. »Himmel, der Mann sollte mir dankbar sein. Er war über zwanzig Jahre mordverdächtig. Wir haben bewiesen, daß er das kleine Mädchen nicht umgebracht hat. Er sollte uns herzen und küssen.«

»Er ist Ihnen nicht dankbar dafür, daß Sie das jetzt, während seines Wahlkampfs, getan haben.«

»Und?«

»Er leugnet nicht, daß man ihn verdächtigt hat, aber es wurde nie in den Medien darüber berichtet, und die Wähler wußten es nicht. Jetzt ist er öffentlich mit dem Fall in Verbindung gebracht worden, und alle Welt weiß, daß er einmal des Mordes verdächtigt wurde. Obwohl er reingewaschen ist, hat er das Gefühl, daß allein die Tatsache, daß er damit zu tun hatte, in den Augen mancher Wähler ein Makel ist.«

»Er sollte uns dankbar sein«, wiederholte ich indigniert.

»Ist er aber nicht. Die Polizei und der Staatsanwalt sind fuchsteufelswild, daß Sie mit Ihren Informationen nicht zu ihnen gegangen sind, damit sie –«

»Ich weiß, ich weiß«, sagte ich ungeduldig. »Sonst noch etwas?« Ich rieb mir das Augenlid; jetzt war ich allmählich wirklich gereizt.

»Noch eins«, sagte er und sah in den Unterlagen vor ihm nach. »Sie bekommen eine zehnprozentige Gehaltserhöhung, ab dieser Woche.«

Ich starrte ihn an. »Meine jährliche Gehaltserhöhung ist erst im Mai fällig.«

»Das ist eine freiwillige Gehaltserhöhung als Anerkennung Ihrer Leistungen, aber sagen Sie um Gottes willen kein Wort davon in der Nachrichtenredaktion. In der Chefetage ist man allgemein der Ansicht, wenn die Polizei und die Politiker so wütend sind, daß sie Beschwerde einlegen, ist dies ein Zeichen dafür, daß ihr da draußen eure Arbeit gut macht.«

Ich dankte ihm und stand auf. Ich wollte gehen, hielt aber dann inne. »Was haben Sie ihnen gesagt?«

»Wem?«

»Als sie sich beschwert haben. Was haben Sie ihnen da gesagt?«

»Daß ein Redakteur Sie über Ihre Pflichten aufklären würde. Betrachten Sie sich hiermit als aufgeklärt.«

»Okay.«

»Und noch etwas«, sagte er. »Nehmen Sie sich den Rest des Tages und morgen frei; Zeitausgleich.«

»Und Gretchen ist damit einverstanden?«

»Wir sorgen dafür.«

»Sicher? Sie wollte, daß ich bei dem Artikel über das Wetter mitarbeite. Janowitz ist auf Urlaub, und der erste Hurrikan der Saison steht vor der Tür.«

»Machen Sie sich keine Sorgen um den Sturm, Britt. Miami hat seit dreißig Jahren keinen Hurrikan mehr erlebt.«

»Okay, ich kann die Zeit brauchen. Komme ich wenigstens dazu, mich wegen eines neues Autos umzusehen.«

Ich ging zurück in die Nachrichtenredaktion.

Lottie erwartete mich. Die langen Beine überkreuzt, die Arme verschränkt, lehnte sie an meiner Schreibtischkante. »Hast du gehört, daß Bobby heute morgen dem Richter vorgeführt wurde? Er ist in Haft; der Kautionsantrag wurde abgelehnt. Hoffentlich stecken sie ihn mit dem Vergewaltiger in eine Zelle.«

Armer Bobby, dachte ich. »Selbst hinter Gittern ist er wahrscheinlich freier, als er es seit langer Zeit war«, sagte ich und packte meine Sachen zusammen.

»Wohin gehst du?«

»Ich bin schon weg«, sagte ich. »Ich geh' auf eine Kreuzfahrt.«

»Ich werd' verrückt, es ist auch wirklich Zeit, daß du mal Urlaub machst.«

»Nur keine Aufregung. Es ist keine große Sache.«

Sie wirkte verwirrt.

»Keine weite Kreuzfahrt, nur in der Biscayne Bay. Hast du es nicht mitbekommen? Heute nacht ist Vollmond.«

Sie lächelte und zwinkerte mir zu. »Bon voyage, Britt.«

ENDE

DANKSAGUNG

Mein Dank gilt Dr. Charles Wetli, Dr. Steve Nelson, Dr. Roger Mittleman. Dr. Richard Souviron und Dr. Joseph H. Davis sowie seinen Kollegen Norman Kassoff und Veronica Melton; meinen kreativen und fürsorglichen Freunden Marilyn und Ed Gadinsky, Ann und D. P. Hughes, Renee Turolla, Peggy Thornburgh, Pearl Thornburgh, Norma Thornburgh, und besonders David M. Thornburgh. Ich danke den besten und klügsten Köpfen der Polizei von Metro-Dade: Bud Stuver, Sergeant Christine Echroll und Detective Rick Kology; und den besten Polizisten von Miami: Major Mike Gonzales, den Sergeants Louise Vasquez und Jerry Green, Lieutenant Robert Murphy und Officer Lori Nadelman. Dr. Bernard Elser, Rafael Martinez, M. S. M. Ed. und Dr. Julia Morton von der University of Miami schulde ich Dank für ihre fachkundige Hilfe, die sie mir so bereitwillig angedeihen ließen; ebenso den besten Mitarbeitern des Miami *Herald* – Arnold Markowitz, Gene Miller und Bill Rose und dem Bibliothekspersonal des *Herald* sowie einigen von Miamis größten Kapazitäten: dem Historiker Dr. Paul George, dem Fotojournalisten Bill Cooke und Diane Montane von Exito. Weiterhin möchte ich Mike Baxter und Reverend Dr. Garth Thompson danken, die mir meine Energie und meinen Verstand gerettet haben; meiner talentierten Redakteurin Leslie Wells von Hyperion; und Michael Congdon, meinem Agenten.

Mein Leben ist voller wunderbarer Akteure.